HEYNE <

DAS BUCH

Sie sind Menschen, aber sie leben in einer Galaxis, Millionen Lichtjahre von Terra entfernt: in Ambriador, wo alle Naturgesetze verrückt spielen. Doch auch dort haben Menschen ein Sternenreich errichtet – sie nennen es das Imperium Altera.

Perry Rhodan wird von der Superintelligenz ES in die Galaxis Ambriador versetzt. Mit Hilfe seiner wenigen Begleiter soll er die 29 Milliarden Menschen vor dem Untergang retten, denn sie werden von den Robot-Raumschiffen der dortigen Posbis angegriffen. Und die Laren, die in Ambriador siedeln, spielen ihre eigenen Spiele. Für die Laren von Ambriador sind Menschen Lebewesen zweiter Klasse, sie gelten ihnen als Sklaven. Doch fast zehntausend Menschen gelingt die Flucht aus einem Sklavenlager – dank der Hilfe des Teleporters Startac Schroeder. Mit einem altersschwachen Raumschiff versuchen sie, eine der alteranischen Welten zu erreichen. Doch die Flüchtlinge geraten in Raumnot. Rettung verspricht ausgerechnet ein Planet, der nichts als ein riesiger Friedhof für Raumschiffe zu sein scheint – für Raumschiffe und ihre Besatzungen ...

DIE AUTORIN

Cathrin Hartmann, Jahrgang 1969, arbeitete nach ihrer Ausbildung für diverse Buchhandlungen und Verlage. Von 2001 bis 2003 war sie Inhaberin des Federwelt Verlags und Herausgeberin der Literaturzeitschrift *Federwelt*. Heute ist die Autorin, die sich mit phantastischen und historischen Romanen für Erwachsene und Jugendliche einen Namen machte, freiberuflich als Mediendesignerin tätig. Sie lebt mit ihrem Mann und zwei Kindern in einem Dorf in Niedersachsen.

DER UMSCHLAGILLUSTRATOR

James Clyne studierte zunächst Kunst und Malerei und später Industriedesign, bevor er Mitte der 90er-Jahre begann, Kulissen und Figuren für Computerspiele zu entwickeln. Seit 1997 arbeitet Clyne als Illustrator in Hollywood, unter anderem für Filme wie *Krieg der Welten, Poseidon, Charly und die Schokoladenfabrik, Der Polarexpress* und *Minority Report*.

Perry Rhodan

DER POSBI-KRIEG

CATHRIN HARTMANN

FRIEDHOF DER RAUMSCHIFFE

Roman

Perry Rhodan » Der Posbi-Krieg 3

Mit einem Anhang von Hartmut Kasper

Originalausgabe

WILHELM HEYNE VERLAG
MÜNCHEN

Für meinen Vater, Georg Hartmann.
Wer hätte das je gedacht?

Umwelthinweis:
Dieses Buch wurde auf chlor- und säurefreiem Papier gedruckt.

Originalausgabe 1/07
Redaktion » Hartmut Kasper
Lektorat » Sascha Mamczak & Ursula Bergenthal

www.heyne.de
Printed in Germany 2007
Umschlagbild » James Clyne
Umschlaggestaltung » Nele Schütz Design, München
Satz » C. Schaber Datentechnik, Wels
Druck und Bindung » GGP Media GmbH, Pößneck

ISBN: 978-3-453-53264-9

Eins

29. April 1343 NGZ, System Blossom

Das larische Raumschiff, die POTAR-FARR, flog in das System der roten Riesensonne ein, und auf den Holoschirmen sah es aus, als endeten alle Wege genau an dieser Stelle.

Einer der äußeren Planeten, ein fahler Gasriese mit einem ungewöhnlich großen Trabanten, schien aus den Tiefen des Alls direkt auf die POTAR-FARR zuzuspringen. Einen Moment lang war das gesamte Holo angefüllt mit dem wirbelnden Gelb des Gasriesen und dem hellen, metallischen Blau seines offenbar mit einer Atmosphäre ausgestatteten Mondes. Nur in einer Ecke, oben rechts, gloste die Sonne Blossom und vertrieb auch noch den letzten Rest des schwarzen Weltalls. Der Anblick wirkte wie der Blick in einen Hochofen.

Ein Höllenschlund.

In seiner Kabine lehnte Perry Rhodan sich zurück und schloss kurz die Augen. Wie ein Bild schien ihm das Universum an dieser Stelle – ein Bild für seine eigene Lage. Chaotisch, beinahe unkontrollierbar. Er presste die Lippen zusammen bei dem Gedanken daran, wo er sich befand: an Bord eines larischen Raumschiffs!

Seufzend streckte er die Hand aus und verstellte die Vergrößerung der Außenkameras. Wie an einer Schnur gezogen wanderten Planet und Mond und auch die Sonne ein Stück weg, und zwischen ihnen war wieder die vertraute Leere zu sehen. Schlagartig verging zumindest der äußere Eindruck eines Infernos und machte dem gewohnten Bild eines normalen Sonnensystems Platz.

»Vor mir ist kein geschaffen Ding gewesen, nur Ewiges, und ich muss ewig dauern. Lasst jede Hoffnung, wenn ihr eingetreten.« Rhodan lachte bitter auf. Dann verschränkte er die Arme hinter dem Kopf.

»Was hast du?« Mondra Diamond trat hinter ihn, beugte sich über den Holoschirm und berührte ihn dabei fast an der Schulter. Er konnte den Duft wahrnehmen, der von ihrer Haut aufstieg, und ihr dunkles Haar knisterte leise, als sie sich bewegte.

Er wies auf den Gasriesen, der inzwischen langsam nach links aus dem Bild gewandert war und nur noch einen kleinen Ausschnitt davon beherrschte. »Der Captain fliegt einen interessanten Kurs«, sagte er. »Soweit ich sehen kann, wäre es kürzer gewesen, den Mond auf der sonnenabgewandten Seite zu passieren. Man hat einen kleinen Umweg in Kauf genommen, um uns mit dem Anblick zu beeindrucken.«

Mondra verfolgte die Silhouette des Mondes, bis sie am rechten Rand des Bildschirms verschwunden war. Vor ihnen glommen jetzt nur noch Blossom, ein Stern der Kategorie M5IIIg, und zwei ihrer inneren Planeten, die vor der großen, in allen Tönen der Rotskala schillernden Sonne jedoch nur als kleine, weißliche Punkte auszumachen waren.

»Nein, ich meinte eigentlich dieses Zitat.«

»Lasst jede Hoffnung, wenn ihr eingetreten?« Rhodan schwang seinen Sessel herum, weil Mondra zurückgetreten war. Er nahm die Arme herunter. »Nur ein Stück alte terranische Literatur. Da unser Kommandant es vorgezo-

gen hat, mich auf dem ganzen Flug kein einziges Mal in die Zentrale zu lassen, habe ich mir die Zeit ein bisschen mit der Lektüre von klassischem larischem Schrifttum vertrieben. Es gab hier eine berühmte Dramatikerin, und ihre Texte haben mich irgendwie an Dantes *Inferno* erinnert.«

Mondra runzelte die Stirn und blies eine Haarsträhne aus dem Gesicht.

Rhodan winkte ab. »Ich glaube, ich habe in den letzten drei Tagen zu viel Zeit zum Nachdenken gehabt, das ist alles.«

»Möglich.« Sie lehnte sich mit verschränkten Armen gegen die Wand. Rhodan spürte leises Bedauern darüber, denn auf diese Weise war sie völlig außerhalb jenes Radius, in dem er sie noch riechen konnte. »Inferno.« Sie schüttelte den Kopf. »Die Zustände auf Caligo könnte man durchaus mit diesem Wort beschreiben.«

Rhodan schloss die Augen und dachte an die letzten Tage zurück. Daran, wie sie in Ambriador angekommen waren und festgestellt hatten, dass die hier ansässigen Posbis nicht befriedet waren, daran, wie sie sich entschieden hatten, einen havarierten Posbi-Raumer wieder flott zu machen, um damit die Zentralwelt der biopositronischen Roboter zu suchen. Wie sie nach dem eher peinlichen Intermezzo auf dem Wonnemond auf die Idee gekommen waren, sich von einem larischen Techniker namens Verduto-Cruz helfen zu lassen. Wie Demetrius Onmout die Besatzung der MINXHAO zusammengestellt hatte und sie nach Caligo aufgebrochen waren, wo sie mitten in einen Bürgerkrieg gerieten. Wie sie versucht hatten, Kat-Greer davon zu überzeugen, dass er ihnen helfen musste ...

Sie hatten erreicht, was sie gewollt hatten, und waren nun auf dem Weg zu einem der wichtigsten alteranischen Außenposten an der Grenze zum Sektor der Laren. Fort

Blossom, der sechste Planet der roten Sonne, war nur noch wenige Minuten entfernt.

Rhodan streckte sich und bewegte die verkrampften Schultern. Er schätzte es nicht besonders, drei Tage lang untätig herumzusitzen, während rings um ihn herum eine Galaxis mitten in einem alles vernichtenden Krieg stand. Ihm waren jedoch die Hände gebunden: Die Laren flogen ihr Schiff mit einer Effizienz, die angesichts der andauernden Hyperstürme in Ambriador fast schon bewundernswert war. Und mit einem Selbstvertrauen, das an Arroganz grenzte. Rhodan dachte noch einmal an die Passage zwischen dem Gasriesen und seinem Trabanten. Das Flugmanöver war so ziemlich die einzige Abwechslung gewesen, die sich ihm auf dem Flug von Caligo hierher geboten hatte.

Das leise, melodiös klingende Zirpen des Bordfunks riss ihn aus seinen Grübeleien. Kopfschüttelnd stellte er fest, dass Mondra gänzlich unbemerkt von ihm die kleine Kabine verlassen hatte.

Er sprang auf. Schluss mit den krausen Gedanken! Mit der Faust schlug er auf den Knopf, der den Empfang aktivierte. »Ja?«

»Großadministrator?« Die Stimme des larischen Captains klang ähnlich melodiös wie das Signal. »Fort Blossom steht zurzeit in Opposition zu dem Gasriesen, den wir gerade passiert haben. Wir haben soeben einen Kurs dicht am Zentralgestirn vorbei programmiert und werden den Planeten in ungefähr zwanzig Minuten erreichen. Das ist in Ihrer Zeitrechnung kalkuliert. Unsere Orter entdecken etwa 200 alteranische Raumschiffe sowie 110 Raumforts. Ich denke, es wird Zeit, dass Sie sich den Leuten dort unten zu erkennen geben.«

Rhodan verzog den Mund zu einem grimmigen Lächeln, weil der Lare es sich nicht hatte nehmen lassen, sein Flugmanöver eigens noch einmal zur Sprache zu bringen. Dabei schaute er zu, wie sich, einem Schwarm winziger Lichtpunkte gleich, aus dem Schein der Sonne eine Handvoll alteranischer Kreuzer näherte. Ein kurzes Flimmern glitt über den Schirm, wie ein feiner Schleier aus heißer Luft, und Rhodan wusste, dass der Kommandant die Schutzschirme aktiviert hatte.

»Schalten Sie mich auf den Hypersender«, bat er.

»Schon geschehen. Sie können sprechen!«

Rhodan heftete den Blick auf die sich nähernden Schiffe. Sie waren noch zu weit entfernt, um bei der geringen Vergrößerung, auf die er vorhin den Bildschirm geschaltet hatte, erkennen zu können, ob ihre Waffensysteme kampfbereit waren. Er machte sich nicht die Mühe, die Anzeige zurückzuregeln. Er konnte sich gut vorstellen, wie nervös dort drüben die Finger an den Sensortasten der Kanonen lagen; immerhin näherte sich hier ein Larenschiff einem der wichtigsten Stützpunkte, die das alteranische Imperium in diesem Quadranten der Galaxis unterhielt. Dass die Laren nicht direkt Feinde des Imperiums waren, sondern ebenfalls gegen die Gefahr durch die Posbis kämpften, änderte nichts daran, dass die Alteraner ihnen gegenüber misstrauisch waren.

Was angesichts der Informationen, die sie von Dekombor mitbrachten, auch keine schlechte Idee war. Rhodan räusperte sich.

»Hier spricht Perry Rhodan«, sagte er mit ruhiger Stimme. »Ich befinde mich zusammen mit Mondra Diamond an Bord des larischen Troventaar und erbitte, auf ein alteranisches Schiff übernommen zu werden.«

Zwei der näher kommenden Raumer schwenkten aus der Formation und beschrieben einen Bogen, der sie auf die andere Seite des Larenschiffes brachte. Dabei vollführten sie eine Drehung, bei der sich die Strahlen der Sonne in ihren Aufbauten brachen. Ein Lichtreflex flammte kurz auf und verlosch wieder.

»Großadministrator?« Die Antwort des alteranischen Kommandanten klang zögernd, geradeso, als glaube er seinen Ohren nicht zu trauen. Im selben Moment jedoch hatte der larische Kommandant Rhodan durchgestellt, und vor dessen Augen erschien das Bild eines korpulenten, dunkelhäutigen Mannes, dessen Lider so stark nach unten hingen, dass er Rhodan an eine alte, terranische Hunderasse erinnerte.

Der Mann sah den Unsterblichen, und seine Augen weiteten sich. »Großadministrator!«, wiederholte er. »Was machen Sie an Bord eines Larenschiffes?«

Rhodan lächelte knapp. »Ich denke, das können wir besprechen, wenn wir uns gegenüberstehen, Major ...«

»Mao, Sir! Major John Mao. Verzeihen Sie!« Der Mann gab einen knappen Befehl über die Schulter hinweg und wandte sich dann wieder Rhodan zu. »Wir werden ein Boot zu Ihnen schicken, um Sie an Bord zu nehmen. Haben wir die Erlaubnis Ihres Kommandanten ...?«

»Erlaubnis erteilt«, erklang die kühle Stimme des larischen Befehlshabers. »Wir übermitteln Ihnen, an welcher Stelle Sie andocken können.«

Eine halbe Stunde später befanden Rhodan und Mondra Diamond sich an Bord eines alteranischen Beibootes, das auf dem Stützpunkt aufsetzte. Die Verabschiedung durch den larischen Kommandanten war kurz gewesen.

Fort Blossom wirkte aus dem Orbit nicht wie ein blauer, sondern wie ein grüner Planet, und das, obwohl die Zusammensetzung der Atmosphäre der Erde fast bis aufs Haar glich.

»Sehen Sie sich die Ozeane an«, meinte ihr Pilot, der sich als Yünnan Li vorgestellt hatte. »In ihnen wächst eine besondere Algenart, und zwar in recht hoher Konzentration. Sie färbt das Wasser smaragdgrün. Wir benutzen sie als Nahrungsgrundlage.« Ohne näher auf Einzelheiten einzugehen, schwenkte er das Beiboot auf eine steil abfallende Bahn und landete schließlich auf dem Raumhafen einer großen Stadt. Auf dem Flugfeld stand bereits ein Gleiter bereit, der sie in wenigen Minuten ins Herz der Stadt brachte, wo sie vor einem nadelspitzen und über 500 Meter hohen Gebäude anhielten.

Die Fassade des Wolkenkratzers war mit winzigen Prismen aus einer Rhodan unbekannten metallischen Legierung versehen und schimmerte in einem warmen Bronzeton. Rhodan nahm sich nicht die Zeit, den interessanten Spiegelungseffekt der Prismen näher zu studieren, sondern folgte dem Gleiterpilot ins Innere des Gebäudes, quer durch eine große, mit ähnlichem Material ausgelegte Halle und in einen in seinem Durchmesser beinahe protzig wirkenden Antigrav-Schacht. Als sie nach oben schwebten, warf Rhodan einen Blick in Mondras Gesicht. Er schenkte ihr ein leises Lächeln, aber sie reagierte nicht darauf.

Ein schwer gebauter, kräftiger Mann mit kurzem, struppigem Haar und grauen Augen begrüßte sie, als sie auf der zwanzigsten Ebene des Gebäudes angekommen waren und ein weitläufiges Büro betraten. Er hatte ein kantiges Kinn und sprach tief und dröhnend. Sein Name war Goberto Ho, und er stellte sich ihnen als Administrator von Fort Blossom vor. Er bat Rhodan und Mondra, sich zu setzen, und der Unsterbliche gab ihm eine kurze Zusammenfassung der Ereignisse der letzten Tage. Er begann damit, wie sie von Lotho Keraete nach Ambriador geschickt worden waren, um den Menschen hier bei ihrem Kampf gegen die Posbis beizustehen. Er erzählte von ihrem Plan, den havarierten Fragmentraumer wieder flugtüchtig zu machen, und ihrer Hoffnung, der Laren-Techniker Verduto-Cruz könne ihnen dabei helfen. Und dann berichtete er, wie die MINXHAO über Caligo abgeschossen worden und sie in den Bürgerkrieg auf dem Heimatplaneten der Laren verwickelt worden waren.

Er endete damit, wie sie das Knechtschaftslager Dekombor entdeckt, Schroeder die Menschen dort befreit hatte und dann mit einem altersschwachen Troventaar geflohen war.

Ho zog die Augenbrauen hoch, was seine breiten Wangenknochen noch stärker hervortreten ließ. »Ihr Mann hat achttausend Alteraner aus larischer Gefangenschaft befreit?«

Rhodan nickte. Genau das hatte er soeben gesagt. Er spürte, dass Ho Mühe hatte, seinen Worten Glauben zu schenken. Der Administrator strahlte eine Skepsis aus, die beinahe mit Händen zu greifen war. Während er sich über ein Funkgerät beugte, das in die Armlehne seines eigenen Sessels eingelassen war, und jemandem am anderen Ende der Leitung den Befehl gab, Kaffee und Wasser für seine Gäste zu bringen, beugte sich Mondra zu Rhodan herüber.

»Der hält dich für einen Schwindler«, flüsterte sie.

Rhodan nickte. Dieser Gedanke war ihm selbst bereits gekommen. Mit zusammengepressten Lippen zuckte er die Achseln. »Er wäre nicht der Erste«, murmelte er.

»Langsam könnten die hier einmal damit anfangen, dich ...« Mondra unterbrach sich, weil Ho sich ihnen wieder zuwandte. Er lächelte nicht, aber die Aussicht auf Kaffee schien zumindest seine Laune ein wenig gebessert zu haben. Rhodan zwang sich, nicht sofort eine schlechte

Meinung über sein Gegenüber zu bilden, aber es wollte ihm nicht recht gelingen. Im Lauf seines langen Lebens hatte er genug Zeit gehabt, seine Menschenkenntnis zu verfeinern.

Rhodan warf einen Blick aus dem Fenster des weitläufigen Büros. Er sah ein Stück der Skyline, mehrere schraubenförmig gewundene Gebäude, deren Zweck ihm fremd war, und die Ecke eines Parks, in dem schlanke, blaugrüne Bäume standen. Weiter hinten, halb im Dunst verborgen, der über dem Horizont lag, erhob sich ein Gebirge in den Himmel.

Als Rhodan den Blick wieder auf Ho richtete und bemerkte, wie der Mann darauf wartete, dass er etwas sagte, fuhr er sich mit der Zunge über die Lippen. Eine uniformierte Frau betrat das Büro, stellte ein Tablett auf den Schreibtisch und verschwand wieder, ohne ein einziges Wort gesagt zu haben. Ho erhob sich und begann, Kaffee in zwei Tassen zu gießen. Aromatischer Geruch erfüllte den Raum. »Wir haben hier eine echte terranische Sorte«, erklärte Ho. »Sie stammt noch von dem ersten Schiff, das in Ambriador strandete. Wir haben sie sorgfältig kultiviert und gentechnisch den Verhältnissen auf Fort Blossom angepasst.« Mit den Tassen kam er zurück zu der Sitzgruppe, gab sie Rhodan und Mondra und setzte sich wieder. »Also, raus mit der Sprache«, sagte er. »Was wollen Sie von mir?«

Rhodan legte die Fingerspitzen gegeneinander. »Das gekaperte Larenschiff ist nicht mehr in der Lage, Fort Blossom zu erreichen. Ich habe darum mit Startac Schroeder einen Treffpunkt ausgemacht.«

»Einen Treffpunkt.« Hos Stimme ließ keinen Zweifel daran, dass er bereits wusste, was auf ihn zukam.

»Golth-System«, gab Rhodan mit kühler Stimme an. »Der Sumpfplanet Golthonga. Dorthin wird Schroeder die

Flüchtlinge bringen, und ich will sie von dort abholen. Dazu brauche ich zwei Ihrer Schlachtschiffe.«

Ho verzog spöttisch den Mund. »Zwei gleich?«

»Zwei.«

»Warum?«

»Weil sich die Galaxis im Krieg befindet und ich fast neuntausend Menschen zu bergen habe. Ich brauche Geleitschutz.«

Zuerst kaum hörbar begann Goberto Ho zu lachen. Es war ein tiefes Lachen, das direkt aus seinem Bauch nach oben zu steigen schien. »Ich muss schon sagen, *Großadministrator*«, gluckste er und betonte das Wort *Großadministrator* dabei so ironisch, dass Mondra sich wütend vorbeugte. »Was glauben Sie eigentlich, was hier los ist? Dies ist ein Frontier-Planet! Wir befinden uns mitten im Grenzgebiet zum Trovent. Hier müssen Sie mit allem rechnen! Außerdem hat das Imperium vor wenigen Tagen erst alle Kräfte abgezogen, die ich entbehren kann. Entbehren!« Er lachte bitter. »Fort Blossom steht mit runtergelassener Hose da! Und Sie wollen *zwei* Schlachtschiffe!«

Rhodan sog Luft durch die Nase. Er konnte den Administrator verstehen, gut sogar. Dennoch ging ihm die aufgeblasene Art des Mannes zunehmend auf die Nerven. »Sagen wir es so«, parierte er Hos Ausbruch. »Altera braucht meine Hilfe. Die soll es auch bekommen, aber ich verlange, dass dafür die Leute aus Dekombor von Golthonga evakuiert werden.«

Ho schlug gegen seine Sessellehne. Rhodan sah seinen Unterkiefer malmen, dann presste der Administrator hervor: »Die MINXHAO hat auf ihrem Flug nach Caligo auf Fort Blossom Station gemacht. Ich bin also darüber informiert, dass Sie mit Weisung von höchster Stelle ausgestattet sind.« Er verstummte und klopfte nachdenklich mit dem Zeigefingerknöchel gegen seine Vorderzähne.

Mondra, die noch immer mit vorgebeugtem Oberkörper in Hos Gesicht spähte, lehnte sich endlich zurück. »Ich weiß nicht, was es da noch zu überlegen gibt.«

Goberto Ho gab sich einen Ruck. Er stand auf, ging an seinen Schreibtisch und aktivierte einen dort installierten Sender. Bevor er zu sprechen begann, wandte er sich noch einmal an Rhodan und Mondra. »Ich werde per Funkbrücke aus dem Altera-System Befehle einholen. Das kann einige Zeit dauern.«

»Tun Sie das.« Obwohl Rhodan sich innerlich wand bei der Vorstellung, wieder tagelang warten zu müssen, nickte er zustimmend. »Und fügen Sie der Nachricht an Laertes Michou bitte folgende Informationen bei: Wir haben auf Caligo die Abstellung von Verduto-Cruz erreicht. Der Lare wird in ungefähr zwei Wochen Fort Blossom erreichen und steht uns dann für BOX-1122-UM zur Verfügung.«

Ho nickte. »Bis die neuen Befehle eintreffen«, sagte er, »bleiben Sie hier.«

»Was heißt hier?« Mondra stemmte sich aus ihrem Sessel hoch.

Der Administrator ignorierte sie. Mit ausdruckslosem Blick sah er Rhodan ins Gesicht. »Sie und Ihre Begleiterin werden so lange in Hausarrest genommen. Für den Fall, dass die Administration Haft für Sie anordnet. Schließlich haben Sie den teuren Totalverlust der MINXHAO zu verantworten.«

Mondra riss die Arme hoch. »Das ist ja wohl nicht ...«

Sie wurde rüde unterbrochen, als Ho einen Knopf drückte. Die Tür zu seinem Büro öffnete sich, und herein traten zwei mit Thermostrahlern bewaffnete Soldaten.

Zwei

»Das wagst du nicht!« Larische Worte.

Fassungslos hervorgestoßen.

Und auf einmal verschwand die Welt hinter der sonnenhellen Glut eines Thermostrahls ...

Mit einem Ruck riss Tamra Cantu die Augen auf. Obwohl der Schuss ein Teil der Vergangenheit war – ihrer eigenen Vergangenheit –, glaubte sie sich von grellen Lichtfunken umgeben. Sie löste die Arme von ihren Knien, die sie eng umschlungen gehalten hatte, und stellte die Füße von der Sitzfläche ihres Sessels wieder auf die Erde. Mit der flachen Hand strich sie sich über die Stirn. Kalter Schweiß bedeckte die Haut. Kurz betrachtete sie den feuchten Film an ihren Fingern und wischte ihn sich dann an der Kleidung ab.

»Alles in Ordnung?« Startac Schroeder schaute von der Positronik auf, an der er sich kurz nach dem Start der ORTON-TAPH niedergelassen hatte. Tamra sah, wie seine Blicke mit einer Mischung aus Besorgnis und Nachdenklichkeit an ihrer dünnen Gestalt auf und ab wanderten. Kurz zuckte ihr ein Gedanke durch den Kopf.

Ahnt er es?

Sie hielt seinem fragenden Blick stand, doch es gelang ihr nicht, aus seinen unruhigen Augen abzulesen, was er dachte.

Sie nickte ihm zu. Lächelte. »Ja. Alles in Ordnung. Nur müde.«

Die Positronik des Larenschiffes gab Schroeder mit einem leisen Zirpen ein Signal, und er betätigte mehrere Tasten. Tamra sah ihn mit beiden Händen über das Gesicht und durch die Haare fahren und fragte sich, ob er sich völlig klar darüber war, was er tat. Immerhin versuchten sie, ein larisches Raumschiff zu fliegen, dessen Technik der alteranischen um einiges überlegen war.

Wie vermessen sie doch waren ...

Tamra schüttelte den unerwünschten Gedanken ab. Wann würde sie sich von dem lösen können, was die sogenannten Herren ihr in vielen Jahren der Erziehung eingetrichtert hatten?

»Nur müde?« Nachdem er eine Weile den Datenstrom auf seinem Bildschirm beobachtet hatte, nahm Schroeder das Gespräch wieder auf. »Bei allem, was auf Caligo passiert ist, müsstest du zu Tode erschöpft sein.«

»Müde, ja?« Die quäkende Stimme Boffääns überlagerte den letzten Rest von Schroeders Satz. »Tut mir leid, meine Liebe. Wenn ich könnte, würde ich es ändern, ja?«

Tamra lächelte dem kaktusartigen Wesen zu. Seit sie von Caligo geflohen waren und er seiner Tätigkeit als Reparator nicht mehr nachkommen konnte, hatte er ein fast rührend anmutendes Verantwortungsgefühl für sie an den Tag gelegt. Jetzt wackelte er mit einigen seiner stängelähnlichen Extremitäten. Es sah fast aus wie ein resigniertes Schulterzucken.

»Schon gut«, murmelte Tamra und kehrte in Gedanken zu dem zurück, was Schroeder eben gesagt hatte.

Das Erste, woran sie stets dachte, wenn sie sich an Caligo erinnerte, war der Moment, in dem sie die Augen aufgeschlagen und sich Perry Rhodan gegenübergesehen hatte. Aber diese Erinnerung wurde sofort überlagert von dem Bild ihrer eigenen Hand, die die Waffe auf Mitrade gerichtet hielt.

Und abdrückte.

Die die Larin für all das bestrafte, was sie ihr in den vergangenen Jahren angetan hatte.

Tamra lauschte in sich hinein. Nein, sie fühlte sich nicht zu Tode erschöpft, und sie schrieb das der Tatsache zu, dass sie endlich erreicht hatte, wovon sie seit so vielen Jahren träumte. Freiheit. »Geht schon«, sagte sie an Schroeder gewandt.

Er ließ den Blick nicht von ihrem Gesicht. Er sah skeptisch aus, widersprach aber nicht.

Plötzlich hatte sie das Bedürfnis, sich ihm zu erklären. »Es ist nur ... ich hätte mich davon überzeugen sollen, dass Mitrade-Parkk wirklich tot ist.«

Schroeder blies die Backen auf. »Du hast sie mit einer Thermokanone genau in den Bauch getroffen! Sie *ist* tot!«

»Wahrscheinlich.«

»Bald sind wir da.« Schroeder studierte die larischen Schriftzeichen auf seinem Monitor. »Dann könnt ihr das alles hinter euch lassen.«

Tamra presste die Lippen zusammen. »Wenn wir Golthonga erreichen.« Wie zur Bestätigung für ihre düsteren Worte regelte die Bordpositronik die Schaltpultbeleuchtung in Schroeders Umfeld herunter und tauchte ihn in rötliches Zwielicht. Tamra wusste, dass dies ein Warnsignal war. Laren orientierten sich in Extremsituationen eher über ihr Gehör als über den Gesichtssinn, und das Dimmen der Beleuchtung diente ihnen als Konzentrationshilfe.

Hastig flogen Startacs Finger über die Schaltungen der Konsole. Die Beleuchtung flammte ebenso rasch wieder auf, wie sie sich verdunkelt hatte.

Elias Awadella, einer von Captain Onmouts Männern, trat hinter Schroeder, langte über seine Schulter und legte einen Schalter um. Links neben Schroeders Hand sprang eine Anzeige von grau auf gelb, und ein Leuchtbalken wanderte mehrmals rasch über die Anzeige. »Sie müssen mehr Energie in die Andruckabsorber leiten.«

»Dieses Ding fliegt sich bockig wie ein dalmarischer Reithase!«, knurrte Schroeder.

»Sie machen das gut.« Der Offizier grinste und ging dann zurück an sein eigenes Pult.

Tamra ließ die Blicke durch die Kommandozentrale der ORTON-TAPH wandern. Wie der bizarre Schmuck eines Ökologie-Fanatikers hockte Boffään auf der Ecke einer Konsole. Rings um ihn arbeiteten Männer und Frauen an den ihnen fremden Geräten und Instrumenten. Etliche wirkten auf ihre Weise nicht weniger exotisch als der Reparator, denn trotz der Ereignisse auf Caligo sah man ihnen ihre zwielichtige Herkunft noch immer an. Tamra entdeckte in mehr als einem Nacken groteske Tätowierungen, und auch Kleidung und Haartrachten entsprachen bei weitem nicht dem, was als militärisch korrekter Stil gelten würde. Doch trotz aller wilden Optik arbeiteten die Leute wie absolute Profis, ruhig und so effizient wie möglich.

Die meisten von ihnen mussten sich leicht vornüberbeugen, weil die Pulte für sie zu niedrig waren. Dieser Umstand machte Tamra die Tatsache, dass sie sich auf einem gestohlenen Larenschiff befanden, deutlicher als alles andere. Mehr als die vielen toten Bildschirme, die sie nicht zum Leben hatten erwecken können. Mehr als die wirren Kabelstränge, die überall aus den Verkleidungen hingen und sich wie dicke Taue über Boden und Wände wanden. Tamras Blick blieb an einem Stück der Wandverkleidung hängen, das noch immer gegen einen Drehsessel gestellt stand wie in dem Moment, als die ersten Alteraner die Zentrale betreten hatten. Aus irgendeinem Grund machte ihr der Anblick Angst, und sie zog es vor, sich wieder mit den Menschen in der Zentrale zu beschäftigen.

Einem jeden von ihnen war die Konzentration anzusehen, mit der sie fremdartige Anzeigen entzifferten, Datenströme lasen und zu interpretieren versuchten, was das altersschwache Schiff ihnen mitzuteilen hatte. Die Tatsache, dass sie mit der ORTON-TAPH nicht nur ein Schiff der feindlichen Laren fliegen mussten, das eher einem Wrack denn einem flugtüchtigen Raumer ähnelte, sondern dass sie darüber hinaus auch noch Verantwortung trugen für knapp neuntausend Flüchtlinge aus Dekombor, war jedem von ihnen ins Gesicht geschrieben.

Tamra schloss die Augen, um sich einen Augenblick lang Ruhe zu gönnen. *Wir müssen Golthonga erreichen,* dachte sie. Und dann würden sie warten müssen. Warten darauf, dass Perry Rhodan, der sagenumwobene Großadministrator von Terra, auf den sie seit zweieinhalb Jahrtausenden gehofft hatten, sie dort fand und rettete.

Tamra zuckte zusammen. Ihre Hand legte sich auf den noch flachen Bauch.

Sie hatte das Baby gespürt.

Zum ersten Mal.

Wie ein zerschlagenes Spielzeug lag der Körper der Lagerkommandantin zwischen verschmorten Kabeln und glimmenden Konsolteilen. Ein leichtes Zucken ihrer Finger verriet noch immer die Energie, die durch ihre Muskeln geflossen war, und die Augäpfel, deren leerer Blick sich gegen die Decke richtete, hatten einen milchigen Schimmer. Wegen der von Natur aus schwarzen Haut war die tödliche Brandwunde in der Leibesmitte der Larin nur schwer zu erkennen. Allein die verkohlte Uniform kräuselte sich über dunklem Fleisch, und ein schwerer, süßlich atemberaubender Geruch wurde langsam von den auf halber Kraft laufenden Klimaanlagen aufgesogen.

In anderen Teilen des Raumhafens von Taphior wurde noch gekämpft, doch hier herrschte Stille, die durch die fernen Schüsse und ab und zu aufklingendes Gebrüll nur noch undurchdringlicher wirkte.

Mit einem leisen Zischen öffnete sich ein Schott.

Ein kleiner, auf sechs Beinen laufender Roboter näherte sich Mitrade-Parkks Leiche, umkreiste sie einmal und begann dann, ihre Glieder mit vier tentakelähnlichen Armen abzutasten. Dabei drang ein dumpfes Brummen aus dem kugelförmigen Leib des Roboters.

»Lagerkommandantin Mitrade-Parkk identifiziert«, meldete er über Funk.

»Wie ist ihr medizinischer Status?«

Der Roboter hielt in seinen Bewegungen inne. Es sah aus, als verharre er in nachdenklichem Schweigen, doch in Wirklichkeit sondierte er per Funkübertragung die Gehirnwellen Mitrades. »Sie ist tot.«

»Befindet sich das Sen-Trook an ihrem Gürtel?«

»Bestätige. Sen-Trook befindet sich hier.«

»Hat es sich aktiviert?«

»Bestätige. Der bio-hyperkinetische Signalgeber ist in Betrieb. Energiefluss zufriedenstellend.«

»Sehr gut.« Zum ersten Mal war in der körperlosen Stimme seines Befehlsgebers Erleichterung zu hören. Den Roboter kümmerte es nicht. Er registrierte sie und wartete auf weitere Anweisungen. »Sorg dafür, dass die Leiche auf schnellstem Wege hierher gebracht wird.«

Der Roboter machte sich nicht die Mühe, den letzten Befehl zu bestätigen. Er zog seine Tentakel ein und legte sie eng an den Körper, sodass sie mit einem leisen Klicken einrasteten. Dann fuhr er seine sechs Beine aus. Sie wurden länger und länger, bis er mit seinem Leib über die zerstörten Instrumentenpulte ragte. Er ignorierte die dort in wildem Zucken ablaufenden Lichtreflexe und stakste stattdessen mit drei seiner Beine so über den Leichnam der Lagerkommandantin, dass er ihn brückenartig überspannte. Wieder begann es in seinem Leib zu brummen, doch nun baute sich zwischen den Beinen ein schillerndes Energiefeld auf, das Mitrade-Parkk einhüllte und sanft anhob.

So vorsichtig wie ein alteranisches Kind, das mit einem xylischen Feengeist spielte, bugsierte der Roboter die Leiche zwischen den zerschossenen Konsolen hindurch, vorbei an Funken sprühenden Hochspannungsleitungen, qualmenden Monitoren und zerschlagenem Mobiliar. Das Schott öffnete sich, Mitrade-Parkk schwebte hindurch, und zurück blieb nur die Zerstörung, die der Bürgerkrieg von Calisto hinterlassen hatte.

»Bio-hyperkinetischer Signalgeber auf 100 Prozent Leistung. Daten der Lagerkommandantin gespeichert und vollständig. Beginne mit der Konfiguration für den zellulären Reparaturvorgang ...«

Kelton-Trec lauschte jeder Angabe der Medoeinheit mit schief gelegtem Kopf und wachsender Erleichterung. Die Stimmausgabe klang noch mechanisch und hässlich, aber das war eines der geringeren Probleme, die er hatte. Dennoch machte er sich im Geist eine Notiz auf seiner langen Liste der noch zu erledigenden Änderungen. An seinem Hals pochte eine Ader in langsamem, schmerzvollem

Rhythmus, aber er hatte jetzt weder die Zeit noch die Nerven dafür, sich um dieses Problem zu kümmern. Sein gesamter Körper stand ohnehin derartig unter Adrenalin und Endorphinen, dass er das Brennen in seinen Gliedern kaum wahrnahm. »Oh, Mitrade«, seufzte er und tätschelte die Schulter des Leichnams, während die Medoeinheit leise summend ihre Arbeit verrichtete. »Wer hätte gedacht, dass ausgerechnet du die erste Larin sein würdest, an der ich meinen wunderbaren Schatz hier ausprobieren muss?«

Er ließ Mitrade los, hob die Hand und streichelte gedankenverloren über Schläuche und Kabelstränge, die aus den offenen Verkleidungen der Medoeinheit baumelten. Noch einer dieser kleinen Schönheitsfehler, den er irgendwann beseitigen musste. Im Moment jedoch war es wichtiger, dass das Gerät funktionierte und seine Arbeit in der vorgesehenen Weise verrichtete. Einige sichtbare technische Eingeweide waren vorerst völlig ohne Belang, auch wenn sie Kelton-Trecs ästhetisches Empfinden massiv störten.

Von Bedeutung war allein Mitrade.

Der Lare, dessen Körper schmal und eingefallen wirkte und dessen Haut einen auffallend grauen Schimmer hatte, lächelte schwach. Lange würde es nicht mehr dauern!

»Konfiguration des zellulären Reparaturvorgangs abgeschlossen!«, schnarrte die Medoeinheit. Neben Keltons Schulter begann ein gläserner Behälter in sanftem Gelb zu schimmern, während winzige Blasen darin aufstiegen und wieder niedersanken. »Nano-Reparatur-Module werden programmiert. Geschätzte Dauer: zwanzig Stunden.«

Kelton-Trec seufzte auf und ließ sich in einen Rollsessel fallen. Die hydraulische Lehne fuhr automatisch in eine für ihn angenehme Position zurück, und der Lare entspannte sich ein wenig. Jetzt, da er nichts weiter tun konnte als zu warten, dass der Programmiervorgang beendet war, spürte er seinen schmerzenden Körper stärker als zuvor. Er lauschte in sich hinein. Fast glaubte er zu hören, wie das Blut in seinen Adern stockte, sich in den feinsten Verästelungen seines Kreislaufs sammelte und sie verklebte. Seine Finger kribbelten heute stärker als sonst, und das war kein gutes Zeichen. Die Krankheit war vorangeschritten in den letzten Tagen, und das lag wahrscheinlich auch an der vielen Arbeit, die Kelton gehabt hatte. Er schloss für einen Moment die Augen und ertappte sich bei dem Gedanken, dass ihm die Zeit knapp wurde.

Es war unbedingt erforderlich, dass die Sen-Trook-Einheit heute ihre Funktionstüchtigkeit bewies!

Kelton hob den Kopf. Der pochende Schmerz in seiner Halsschlagader wurde schlimmer. In wenigen Tagen würde sein Blut zu dickflüssig sein, um noch seine wichtigen Organe zu versorgen. Dann würde die letzte Etappe seines langsamen Sterbens einsetzen. Eines Sterbens, gegen das er trotz aller fortgeschrittenen Medizin nichts ausrichten konnte.

Kelton-Trec stieß einen Fluch aus. Er verfluchte Ambriador samt ihren widerspenstigen hyperphysikalischen Besonderheiten, die es unmöglich machten, seine Krankheit zu bekämpfen. Er verfluchte seine Eltern, die das Risiko gekannt hatten, als sie sich entschlossen hatten, ihn zur Welt zu bringen, und die keinen Gedanken daran verschwendet hatten, dass es hier in diesem Teil des Universums unmöglich sein würde, ihn zu heilen. Er verfluchte die Wahrscheinlichkeitsrechnung, die sie in Sicherheit gewiegt und ihnen vorgegaukelt hatte, Kar-Teparisches Blutfieber komme nur in einem von drei Komma vier sieben acht neun Millionen Fällen aller Schwangerschaften vor.

Und er verfluchte seinen eigenen, schwachen Körper, der bereits seit Jahrzehnten von dem tödlichen Virus befreit wäre, wenn, ja wenn er nicht ausgerechnet in Ambriador geboren worden wäre, sondern in einem anderen Teil des larischen Reiches, in dem niemand auch nur einen zweiten Gedanken an eine Krankheit wie die seine verschwendet hätte.

Mit der flachen Hand schlug Kelton-Trec auf die Lehne seines Sessels und ließ ihn dann in eine aufrechte Position hochfahren. Es hatte keinen Sinn, mit seinem Schicksal zu hadern. Immerhin bestanden gute Chancen, dass er bald in der Lage sein würde, es abzuwenden.

Gegen sein Sterben konnte er nichts tun.

Wohl aber gegen das Totsein.

Er verzog die Lippen zu einem zufriedenen Lächeln, als das gelbliche Leuchten des Behälters dunkler wurde. Wieder schüttelte er den Kopf.

»Ich hätte es vorgezogen, die Tauglichkeit des Sen-Trooks für den larischen Organismus an einem anderen Versuchsobjekt zu testen, meine Liebe«, murmelte er. »Das könnt Ihr mir glauben.«

Die angekündigten zwanzig Stunden vergingen langsam, und nach der Hälfte der abgelaufenen Zeit begannen Keltons Gedanken abzuschweifen.

Er kehrte zurück in die Vergangenheit, dachte daran, wie er begonnen hatte, seine Erfindung zu entwickeln. Er erinnerte sich an die Rückschläge, die er hatte hinnehmen müssen, und an seine erste Begegnung mit Mitrade-Parkk. An dieser Stelle jedoch zuckte er zurück. *Zu schmerzhaft ...*

Die Medoeinheit signalisierte mit einem Zirpen den Anbruch des letzten Drittels der Nano-Programmierung, und um sich abzulenken, richtete Kelton den Blick auf die Verbrennungen Mitrades. Das Loch in ihrem Leib hatte die Größe einer Faust, und es war gegen die schwarze Haut nur schwer zu erkennen. Zu Keltons Erleichterung saß es weit genug entfernt von einem so wichtigen Organ wie dem Herzen. Zwar würde seine Medoeinheit irgendwann einmal auch in der Lage sein, ganze Organsysteme zu replizieren, doch im Moment war er sich dieser Fähigkeit noch nicht ganz sicher. Eine zerschossene Lunge zu vervollständigen oder sogar ein durchbohrtes Herz, würde keine Schwierigkeiten bereiten, das wusste er. Ein gänzlich fehlendes Organ komplett neu zu erschaffen, funktionstüchtig noch dazu, dafür reichten seine Möglichkeiten nicht. Noch nicht.

Schließlich beendete die Medoeinheit die Programmierungssequenz. Die Flüssigkeit in dem Glasbehälter wirkte jetzt sämig, fast wie Blut. Die Bläschen waren wegen der Konsistenz nicht mehr zu sehen, aber Kelton wusste, dass sie noch da waren. Sie waren das Herzstück dieses Teils des Vorgangs.

»Nano-Module bereit für den Reparaturvorgang«, meldete die Medoeinheit.

»Vorgang starten«, befahl Kelton. Er erhob sich aus seinem Sessel. Die Erregung hatte ihn jetzt wieder im Griff und überlagert die Wahrnehmung seiner Schmerzen. Mit halb geöffneten Lippen beobachtete der Lare, wie die gelbe Flüssigkeit aus dem Behälter gesaugt wurde.

Die Medoeinheit schnitt sämtliche Kleidung von der Leiche und entsorgte sie. Kurz lag die Larin völlig nackt vor Kelton, und er musste schlucken. Dann entstand über dem Körper ein Energiefeld, legte sich um ihren Leib wie ein dünnes Tuch und blähte sich auf. Zu Keltons Bedauern war es undurchsichtig, sodass er nicht verfolgen konnte, was nun in seinem Inneren geschah. Er wusste jedoch, dass die gelbe Flüssigkeit in Mitrades Wunde gepumpt wurde, wo die Nano-Module sich sogleich daran machten, Zellen zu bilden, Verbrennungen zu heilen und sämtliche auch noch so feinen Verletzungen mit neuem, körpereigenem Gewebe zu verschließen.

Bis schließlich das Energiefeld in sich zusammenfallen und Mitrades nackten Körper gänzlich unversehrt enthüllen würde. Das würde jedoch dauern. Kelton nahm das Sen-Trook, das die ganze Zeit neben dem Kopf der Lagerkommandantin gestanden hatte, und hakte es an seinem Gürtel fest.

Er konnte nichts dagegen tun, dass ihm dabei ein Schauer der Erregung durch den gesamten Leib jagte.

Er aktivierte ein Funkgerät, das als kleine Einheit an seinem Handgelenk baumelte, und wählte die eine, spezielle Frequenz. Seine Lippen verzogen sich zu einem zufriedenen Grinsen, als das Gespräch angenommen wurde.

»Ja?«

»Die Sache läuft«, erklärte er, als sei er der Befehlsempfänger und der andere der Herr. In Wirklichkeit, sagte er sich, war es jedoch umgekehrt.

»Gut. Ich sehe zu, dass ich so bald wie möglich wieder bei Ihnen bin. Zurzeit fliegt die ORTON-TAPH in Richtung Golthonga-System, und ich fürchte, ich kann daran nichts ändern.«

»Lassen Sie sich Zeit!« Kelton unterbrach die Verbindung, bevor der andere noch etwas sagen konnte.

Die Regeneration der Larin dauerte die ganze Nacht und den halben Vormittag des nächsten Tages.

Als Kelton-Trec die Medostation wieder betrat, zeigte ihm ein einfaches Symbol auf dem Bildschirm den Erfolg der Aktion an.

Jetzt war es Zeit für den letzten Akt.

Der Lare befahl der Medoeinheit, den Energieschirm abzuschalten. Trockene Kälte fiel zu Boden, als das geschah, und ein paar Nebelstreifen bildeten sich um Keltons Füße.

Mit der Zunge fuhr er sich über die Lippen. Da lag sie vor ihm, kalt wie Eis und absolut leblos, jedoch ohne die schrecklichen Verbrennungen und Wunden, die man ihr beigebracht hatte. Er musste sich zwingen, den Blick von dem nackten Körper abzuwenden. Sacht griff er nach dem Gesicht der Kommandantin; diesmal berührte er sie jedoch nicht.

Er nahm das Sen-Trook von seinem Gürtel. Dann stellte er es auf die flache Bauchdecke der Toten.

Für eine einzige Nacht hatte sie ganz ihm gehört ...

Er schob den gleichzeitig traurigen und ketzerischen Gedanken von sich. Seine Stimme klang heiser, als er sagte: »Platzierung des Memo-Chips bereit?«

»Bereit.«

Auf einen Befehl hin öffnete sich eine winzige Klappe im Kopfteil der Liege, auf der Mitrade ruhte. So schnell, dass es mit den Augen nicht zu erkennen war, wurde ein kurzer Schnitt ausgeführt, dann versenkten mikrofeine Greifarme einen ungefähr daumennagelgroßen Chip im Fleisch dicht unter Mitrades Haaransatz. Es dauerte einen Augenblick, in dem außer einem beständigen, durchdringenden Summen nichts zu hören war. Die Mikroarme verbanden den Chip mit den entsprechenden Nervenfasern von Stammhirn und Rückenmark. Dann fuhren sie zurück und verschwanden wieder in der Kopfstütze.

»Reanimierungs-Komplex anschließen«, befahl Kelton.

Ein Greifarm fuhr aus der Decke über Mitrade-Parkks Körper. Er war bestückt mit einem Bündel haarfeiner, nachtschwarzer Fasern, zwischen denen hellrote Entladungen hin- und herzuckten. Er senkte sich auf Mitrade-Parkks Körper herab, die Fasern streiften über ihre Haut zwischen den Brüsten, über den Hals und das Gesicht, bis hinauf zur Stirn. Auf dem Brustkorb und seitlich an den Schläfen kamen sie schließlich zur Ruhe. Der Greifarm erbebte kurz, als wecke die in ihm fließende Energie nicht nur Biomasse zum Leben, sondern auch ihn selbst. Mit einem kaum hörbaren Zischen drangen die Fasern durch die bleiche Haut Mitrades. Das Beben des Greifarms ergriff den Körper.

Auf dem glatten Untergrund der Medoliege begannen die Finger der Larin zu zucken.

Drei

Wieder hüllte allumfassende Dunkelheit sie ein, und doch wusste Tamra, dass die Larin dahinter lauerte.

Sie ist tot!, mahnte sie sich. *Sie kann dir nichts mehr tun.* Und doch spürte sie die Angst tief in ihrem Inneren, als sie durch die Finsternis stolperte.

Etwas Weiches stellte sich ihrem Fuß in den Weg.

Wie ferngesteuert kniete sich Tamra nieder. Sie wusste, was kommen würde, und konnte es nicht ändern.

Plötzlich war da Licht, ein fernes, düsteres Licht, das gerade ausreichte, um zu erkennen, was sie da hatte stolpern lassen.

Die Leiche der Larin.

Tamra roch Blut und verbranntes Gewebe, und obwohl sie wusste, dass es nur ein Traum sein konnte, ließen Angst und Panik sie erzittern. Sie hob beide Hände vor den Mund, um sich ihr Stöhnen zurück in die Kehle zu stopfen.

Und in diesem Augenblick schlug Mitrade-Parkk die Augen auf.

Schreiend fuhr Tamra zurück.

»He! Schon gut. Du hast wieder geträumt!«

Startac Schroeders Stimme kam aus der Dunkelheit, von der anderen Seite der Kabine, wo er sein Nachtlager aufgeschlagen hatte. Die ORTON-TAPH war zwar ein recht großes Raumschiff, aber für die fast neuntausend Flüchtlinge wurde es dennoch eng, sodass sich die meisten von ihnen eine Kabine mit mehreren anderen teilen mussten. Bei Tamra und Schroeder befand sich außer Boffään noch eine alteranische Familie mit einem kleinen Jungen, die jedoch offenbar zu erschöpft waren, um von Tamras Schrei aufzuwachen.

Tamra hörte das leise Schniefen des Jungen. Er war erkältet.

In Dekombor hatten sie häufig unter solchen kleinen Unpässlichkeiten gelitten, was ihnen die Unterlegenheit der alteranischen gegenüber der larischen Rasse immer wieder deutlich vor Augen geführt hatte.

Tamra richtete sich auf und fuhr sich mit der Hand an die Kehle, wie um sich für diesen verhassten Gedanken zu strafen. Würde sie es jemals schaffen, die alten Verhaltensmuster abzustreifen?

Du bist frei!, sagte sie sich, aber es fiel ihr schwer, sich davon zu überzeugen. Gestern noch hatte sie Euphorie gespürt bei diesem Gedanken, aber in den letzten Stunden war dieses Hochgefühl etwas anderem gewichen, einer dumpfen Ahnung von Bedrohung.

Als würde sie verfolgt.

Sie lachte bitter auf.

»Alles okay?«

Sie hörte, dass Schroeder aufstand und vorsichtig zu ihr herüberkam. Er musste dabei über den Vater der Familie steigen, aber er schien es zu meistern, ohne den Mann anzustoßen. Tamra spürte, wie die Matratze sich senkte, als Schroeder sich neben sie setzte.

In diesem Moment flackerte die rötliche Alarmbeleuchtung der ORTON-TAPH auf, und Sirenen erschollen, deren Laute schrill klangen, wie Fingernägel, die über eine Tafel gezogen wurden.

Der Alarm riss Kelton-Trec aus seinen Gedanken. Er fuhr so hastig aus seinem Sessel in die Höhe, dass sein von der Krankheit geschundener Körper mit Schwindel und Übelkeit protestierte. Leise fluchend und mit den Händen nach Halt tastend, stolperte Kelton zur Medoeinheit und überflog die Skalen und Linien auf den Monitoren.

Die Reanimierung war abgeschlossen.

Kelton sog Luft in die Lungen. In diesem Moment waren all seine Schmerzen, all die anstrengende Arbeit der letzten Jahre vergessen. Seine Erfindung funktionierte!

Die Larin war am Leben!

Zumindest vom biologischen Standpunkt aus.

Jetzt gab es nur noch eines zu tun. Kelton hielt die Luft an, denn was nun kam, war das Schwierigste und Gefährlichste an dem gesamten Vorgang. Noch fehlte der Lagerkommandantin etwas Wesentliches.

Ihr Ich.

»Rückspiel-Programm vorbereiten!«, befahl Kelton-Trec. Diesmal zitterte seine Stimme vor Erregung und auch vor Angst. Diesen Teil der Prozedur hatte bisher noch niemand an einem Laren ausprobiert.

Der Greifarm mit den schwarzen Fasern verschwand in der Decke und machte einem zweiten Platz, dessen Fasern in einem irisierenden Silber schimmerten. Auch dieser Arm teilte sich; die Hälfte seiner Fasern senkte sich auf das Sen-Trook und verschwand mit einem Knistern in seinem Innersten. Die andere Hälfte schwebte über Mitrades Gesicht, umfasste dann ihren Hals und klinkte sich in ihrem Nacken an die Schnittstelle des Memo-Chips.

»Rückspiel-Programm vorbereitet«, meldete die Medoeinheit.

»Starten!« Jetzt war Kelton kaum noch in der Lage,

richtig zu sprechen. Er räusperte sich, doch seine Kehle wurde dadurch nicht frei.

Der geteilte Greifarm begann zu zucken, sich zu winden, dann drang ein rhythmisches Pochen aus dem Sen-Trook.

»Rückspiel-Vorgang läuft«, meldete die knarzende Stimme.

Kelton nickte zufrieden. Das sah alles sehr gut aus! Überaus gut, um ...

Ein schrilles Zischen ließ ihn mitten im Gedanken zusammenfahren. Es gab ein reißendes Geräusch, dann flackerten sämtliche Anzeigen über Mitrades Körper einmal auf und fielen eine nach der anderen aus.

»Nein!« Kelton spürte, wie sein Leib sich erleichtern wollte. In Panik krallte er die Hände um die Medo-Liege. »Was ...?«

In diesem Moment versiegte das Zischen so abrupt, wie es begonnen hatte.

»Energiezuf...m Hauptaggregat nicht ausreich... Vorg... uschließen ...«

Kelton brauchte seine gesamte Konzentration, um zu verstehen, was die schnarrende, abgehackte Stimme ihm mitteilen wollte.

Energiezufuhr vom Hauptaggregat nicht ausreichend, um den Vorgang abzuschließen.

»Vorg... ebrochen. Vollend... ufen ein...« Die Stimme erstarb in einem langgezogenen Quäken.

Vorgang abgebrochen. Vollendete Rückspielstufen ...

Ja, welche? Welche Elemente hatte die Medoeinheit überspielt?

Kelton riss die Augen auf. »Komm schon!«, murmelte er fieberhaft, während seine Finger über eine Tastatur flogen, als hätten sie ein Eigenleben entwickelt. »Komm schon, wenigstens die Noteinheit muss doch ... aha!« Langsam, den Blick auf einen in die Pultoberfläche eingelassenen Monitor geheftet, ließ er sich in seinen Sessel sinken. Gelbe Zahlenkolonnen rollten über den Bildschirm, der jedoch auch nur sporadisch Energie zu erhalten schien. Immer wieder fiel die Anzeige aus und flammte dann erneut auf. Kelton legte einen Zeigefinger auf den Monitor und tippte ungeduldig mit dem Fingernagel auf das handwarme Glas.

Und dann hatte er es.

»Eins?« Wütend warf er die Hände in die Höhe. »Eins? Weiter bist du nicht gekommen?«

Die Medoeinheit hatte den Rückspielprozess bereits vor Vollendung der ersten Sequenz abgebrochen. Mit anderen Worten: Nichts, gar nichts war überspielt worden.

Kelton-Trec knirschte mit den Zähnen. Versuchshalber gab er einen Befehl in die Tastatur, aber die Medoeinheit reagierte nicht mehr. Die Kämpfe schienen die Energieversorgung in diesem Teil der Stadt endgültig zu Erliegen gebracht zu haben. Zwar waren die medizinischen Labors mit Notstromaggregaten versehen, aber der Rückspielprozess brauchte weitaus mehr Energie, als sie liefern konnten.

Mitrade-Parkks Wiederbelebung war gescheitert.

»Nein! Nein! Nein!« Kelton-Trec stemmte sich mühsam aus dem Sessel in die Höhe. Mit einem Mal stand sein gesamter Körper in schmerzhaften Flammen. *Aus!*, dachte er. *All die Mühe umsonst!* Er hatte versagt.

Er war nicht in der Lage, den Anblick der toten Lagerkommandantin noch länger zu ertragen, also wandte er sich ab, ging zu einer der Wände und legte beide Hände dagegen. Lange Zeit stand er einfach nur da, während in seinen Adern das Blut stockte und die Enttäuschung ihm den Magen umdrehte.

Ein Geräusch ließ ihn aufmerken. Es klang wie ein leises Stöhnen. Kelton-Trec wandte den Kopf, sah in Mitrade-Parkks Richtung und zuckte zusammen. Sein Herz begann zu hämmern.

Die Lagerkommandantin hatte die Augen geöffnet.

Die Alarmsirenen der ORTON-TAPH verstummten so schnell, wie sie erklungen waren. Startac Schroeder lauschte, als könne er auf diese Weise die dicken Wände des Larenschiffes durchdringen.

In seinem Nacken hatten sich die Haare aufgerichtet. Er schüttelte langsam den Kopf. »Da stimmt was nicht!« Er sagte es mit großer Ruhe, denn innerlich hatte er sich längst auf den Ernstfall vorbereitet. Der Troventaar war zu alt und nicht gut genug instandgesetzt, um sie problemlos durch die unruhige Galaxie Ambriador zu fliegen. Früher oder später würden Schwierigkeiten auftauchen, und es sah ganz danach aus, als sei dieser Zeitpunkt jetzt gekommen.

Gemeinsam mit dem Alarm waren überall im Schiff die Notbeleuchtungen angegangen, und in der jetzt einsetzenden Stille, die sich dick wie Watte auf die Ohren legte, verbreiteten die roten Lampen ihr diffuses, bedrohlich wirkendes Licht. In seinem Schein sah Startac die starr aufgerichteten Körper der beiden Alteraner und ihres kleinen Jungen. Ebenso wie er und Tamra lauschten sie auf Anzeichen dafür, was geschehen war. Durch ihre weit aufgerissenen Augen erinnerten sie Schroeder an wilde Tiere. Als der kleine Junge seine Faust angstvoll in den Mund stopfte, biss Schroeder die Zähne zusammen.

Dann erklang aus dem Bauch der ORTON-TAPH ein langgezogenes, dumpfes Stöhnen.

»Es lebt!«, flüsterte der Junge und ließ die Hand fallen. Seine Stimme war heiser und flach vor Angst.

»Unsinn!«, murrte Boffään mit träger Stimme, die sich anhörte, als sei er eben erst aus dem Schlaf erwacht. Was unmöglich war, dachte Schroeder. Tamra hatte ihm erzählt, dass der Reparator so gut wie nie schlief. »Ein Schiff ist eine Maschine, ja? Maschinen leben nicht.«

In diesem Augenblick erklang die Stimme von Captain Onmout. »Wir haben einige Probleme mit unseren Linearkonvertern«, sagte er. »Darum sind die Übergänge zwischen Hyperraum und Normalraum unruhig. Es besteht im Moment jedoch kein Grund zur Besorgnis. Bewahren Sie bitte Ruhe.«

»Startac, was hat das zu bedeuten?« Tamra saß noch immer aufrecht auf der Liege, in beinahe derselben Position, in die sie aus ihrem Alptraum aufgeschreckt war. Schroeder sah, wie ihr schmaler Körper zusammenzuckte, als das dumpfe Stöhnen sich wiederholte. Er hob die Achseln. »Ich weiß es nicht. Ich gehe mal nachsehen.«

Schneller, als er es bei Tamras geschwächtem Zustand für möglich gehalten hätte, war sie auf den Beinen. »Ich möchte mitkommen.«

Kurz überlegte er, nickte dann. »Gut. Komm.«

Auf den ersten Blick wirkte in der Zentrale alles normal. Gao Tow, ein schmächtiger Mann, dessen schneeweiße Augenbrauen über der Nase zusammenwuchsen und den Demetrius Onmout zum Ersten Offizier ernannt hatte, nachdem feststand, dass sein bisheriger Adjutant Firsam beim Absturz der MINXHAO um Leben gekommen war, unterhielt sich mit einigen Kommunikationskadetten. Sie führten Berechnungen durch und diskutierten leise miteinander. Onmout selbst befand sich im Kommandostand, wo er sich mit einem hochgewachsenen, spindeldürren Alteraner besprach. Schroeder beobachtete Tamra, wie sie ein paar Stufen zu einer erhöht angebrachten Galerie erklomm. Dort oben befanden sich nur unbenutzte Kontrollpulte, und sie würde dort niemandem im Weg sein. Dann huschten seine Blicke über die vielen toten Monitore und dicken Kabelstränge. Er runzelte die Stirn.

Auf Caligo schon war es ihm fast unmöglich vorgekommen, dieses altersschwache Schiff zu fliegen, doch jetzt, im Angesicht der blassen und angespannten Gesichter der Menschen rings herum und mit den nur halbwegs instandgesetzten Instrumenten der Zentrale, erschien es ihm wie ein Himmelfahrtskommando.

Ein Eindruck, der noch verstärkt wurde, als Tamra leise aufstöhnte und ihn mit einer zaghaften Geste auf den Hauptschirm aufmerksam machte.

Darauf waberte eine undurchsichtige, seltsam lebendig wirkende Masse. An ihren Rändern schillerte sie in allen Farben des sichtbaren Spektrums, während ihre Mitte von geradezu abartig kompakt aussehendem Schwarz war. Tiefe, absolute Dunkelheit präsentierte sich ihnen, schwärzer selbst als ein Schwarzes Loch, so kam es Schroeder zumindest vor, als er den Blick in die Mitte des *Dings* richtete.

Ab und an zuckten grellweiße Blitze aus der Schwärze hervor und blendeten jeden, der so ungeschickt war, genau in ihre Richtung zu blicken.

»Ein Hypersturmriff«, erklärte Boffään ihm und pflanzte sich mit einem vorwurfsvollen Blick in Schroeders Richtung auf einer Positronikkonsole auf. Bevor er dazu kam, darüber zu maulen, dass der den ganzen Weg »zu Fuß« hatte zurücklegen müssen, statt von Schroeder oder Tamra getragen worden zu sein, erscholl die Stimme einer jungen Sergeantin.

»Ereton/A, Sir«, informierte sie Schroeder. »Es liegt eigentlich etwas seitab von unserem Kurs nach Golthonga.«

»Eigentlich?«

Die Frau hatte langes, ungewöhnlich lockiges Haar, das ihr wie eine Haube um den Kopf lag. Schroeder hatte einmal gehört, wie Captain Onmout sie mit Lin anredete, und fragte sich, was sie auf dem Kerbholz haben mochte, dass es sie an Bord der MINXHAO verschlagen hatte.

»Eigentlich«, wiederholte Lin. »Im Moment sieht es allerdings so aus, als ziehe es uns unwiderstehlich an.«

Schroeder musste an die Auswirkungen Ambriadors denken, an die Art und Weise, wie die Magnet-Galaxie Raumschiffe in ihre Richtung zwang und nicht wieder hergab. Er fixierte das unruhige, nachtschwarze Etwas auf dem Hauptschirm.

»Ich weiß nicht, wie es euch geht«, murmelte er, »aber ich würde es vorziehen, da nicht hindurchzufliegen.«

»Wir auch.« Onmout gab Lin eine Reihe von Befehlen, um die nächste Linearetappe einzuleiten. »Wir haben einen Kurs an Ereton/A vorbei programmiert, aber jedes Mal, wenn wir aus dem Hyperraum auftauchen, scheinen wir näher an dem Ding dran zu sein.«

Schroeder betrachtete erneut die absolute Schwärze. »Glaubst du wirklich, es zieht uns an?«

»Keine Ahnung! Ich weiß nur, dass jeder Sprung uns an eine Stelle bringt, die ich definitiv nicht habe programmieren lassen.«

»Kann es an der Kalibrierung der Linearkonverter liegen?«

Diesmal erhielt Schroeder die Antwort von Lin. »Möglich ist alles, Sir! Vielleicht lag die ORTON-TAPH genau aus diesem Grund im Hangar. Möglicherweise waren die Laren nicht in der Lage, die Konverter zu reparieren.«

»Die Laren sind zu allem in der Lage«, warf Tamra ein.

Startac ignorierte sie. »Aber wir wissen nicht genug, um sicher zu sein.« Er blickte in Onmouts Richtung. »Wann wird er den nächsten Sprung befehlen?« Ohne Linearetappen, das stand für alle in der Zentrale fest, würden sie nirgendwohin gelangen. Egal, welche Gefahr von Ereton/A auch immer ausging: Von Demetrius Onmouts Leuten stellte kein Einziger den nächsten Linearflug in Frage.

Lins Miene wirkte bleich. »In fünf Minuten«, antwortete sie.

VIER

Kurz vor dem dritten Linearsprung lag die Stille in Block III-7a des Maschinenraums wie Watte in Jason Nekos Ohren. Einmal kurz nur fauchte ein Impulsschlüssel, mit dem ein übergewichtiger Techniker der MINXHAO, ein Menschling namens Han Tsutaya, versuchte, ein bei der letzten Überlichtetappe durchgebranntes Energiemodul aus seiner Halterung zu lösen, dann verstummte auch dieses Geräusch wieder.

Jason Neko lauschte und kratzte dabei gedankenverloren in seinen nach larischer Sitte geflochtenen Haaren. In den anderen Blocks dieser Etage wurde ebenfalls gearbeitet, das wusste er. Die dicken Wände der Konverterräume jedoch schirmten jedes gesprochene Wort und auch jeden anderen Ton wirkungsvoll ab, sodass Neko sich wie in einer Gruft fühlte. *In einer heißen Gruft,* dachte er und wischte sich einen Schweißtropfen von der Nasenspitze. Wie lange hockte er jetzt eigentlich schon hier und gab dem fetten Kerl da unten sein Werkzeug an?

Es mussten Stunden sein. Er hatte längst jegliches Zeitgefühl verloren.

Mit einem ungeduldigen Klopfen signalisierte Tsutaya, dass Neko ihm den Impulsschlüssel abnehmen sollte. Neko tat es. Das Werkzeug war warm und fühlte sich in seiner Hand ekelig feucht an. »Kommen Sie zurecht?«, fragte Neko. Gleich darauf biss er sich auf die Lippe. Seit wann war ihm an Smalltalk gelegen?

Er wog den Schlüssel, der wie ein kleiner Impulsstrahler aussah, in der Hand. Sein Blick fiel auf Tsutayas Beine, die dicht vor seiner Nase baumelten. Die Uniformhose war ein Stück hochgerutscht und enthüllte tätowierte Waden mit langen, blonden Haaren.

»Nein«, kam die Antwort des Technikers auf seine Frage. »Das Ding sitzt zu fest. Die Überschlagsenergie hat die Metalle förmlich ineinandergefräst.« Wieder entstand in Nekos Kopf die Vorstellung einer Gruft; die Stimme des Mannes klang hohl, als käme sie aus einem Sarg. Tsutaya kroch ein Stück rückwärts und schob dabei das absurde, mit roten Rosen bestickte Kissen vor sich her, das er benutzte, um bei der unbequemen Arbeit in den engen Schächten keine blauen Flecken an seinem dicken Hintern zu bekommen. Kurz konnte Neko sein Gesäß sehen, über dem sich die Hose ein ganzes Stück zu eng spannte. Er ballte die freie Hand zur Faust.

»Moment mal!« Der Techniker kroch wieder nach vorn. Sein Hintern entschwand Nekos Blicken. »Vielleicht geht es so ...« Neko hörte ihn an irgendetwas herumbasteln.

Wieder glitten seine Gedanken in die Vergangenheit. Manchmal hatte er in Dekombor selbst kleinere Reparaturarbeiten ausgeführt. Meistens dann, wenn die Lagerkommandantin ihn eigens darum gebeten hatte. Sie wusste, wie geschickt Jason Neko mit den Händen war, und er hatte jede Gelegenheit genutzt, der Herrin zu zeigen, wie sehr er ...

»Impulsschlüssel!«, riss ihn Tsutayas Stimme aus seinen Träumen. »Pennen Sie da hinten eigentlich, oder was?«

Hastig reichte Neko ihm das Werkzeug und erntete dafür ein böses Schnaufen. Warum hatte der Kerl aus der ganzen Masse an Flüchtlingen ausgerechnet ihn ausgesucht, um ihm zur Hand zu gehen? Mehr als achttausend Menschlinge hockten verstreut in den Eingeweiden dieses alten Schrotthaufens, aber ausgerechnet er wurde einem schwitzenden und stinkenden Fettwanst zugeteilt, der kaum noch in der Lage war, seiner Arbeit nachzugehen, weil er einfach nicht mehr in die Zwischenräume passte!

Neko hörte, dass Tsutaya den Impulsschlüssel benutzte, dann erklang ein dumpfes Dröhnen, als der Techniker mit der Faust gegen die Innenseite des Konverters schlug. »Mist, verdammter!«

»Es geht auch nicht«, sagte Neko mehr zu sich selbst.

Statt eine Antwort zu geben, wedelte Tsutaya mit dem Schlüssel hinter sich. Neko nahm ihn. Ein Zischen zeigte an, dass der Techniker eines der Introventile geöffnet hatte, die der Vermeidung eines internen Hitzestaus dienten. Ein Schwall heißer Luft drängte sich an Tsutayas dickem Bauch vorbei und schlug in Nekos Gesicht. Er wich angeekelt zurück, als handele es sich dabei um die Ausdünstungen des Technikers.

Mit einem kaum hörbaren Summen zeigte Konverterblock III-7a an, dass er wieder einsatzbereit war.

»Sehr gut«, ließ Tsutaya sich vernehmen. »Jetzt muss ich nur noch hier ...« Fordernd streckte er die Hand nach hinten.

Neko hatte keine Ahnung, was er wollte. »Was ist, wenn bei der nächsten Linearetappe noch mehr von den Aggregaten ausfallen?«, fragte er.

Tsutaya ließ die Hand ein Stück sinken. »Die ORTONTAPH ist eine robuste alte Lady, es müssen schon mehr als die Hälfte den Abgang machen, bevor sie überhaupt auch nur daran denkt, den Dienst zu verweigern. Die Maschinen sind hier definitiv nicht das Problem. Jedenfalls meine nicht.«

Natürlich, dachte Neko. *Das typische Techniker-Verhalten.* Wenn etwas schief ging, dann lag es garantiert an den Maschinen der anderen. Ungeduldig klopfte Tsutaya gegen sein Knie.

»Was denn?«, herrschte Neko.

»Den Impulsschlüssel, bei Konfuzius! Auf wie viel Prozent hatte ich ihn eben? Zehn? Stellen Sie ihn um auf zwanzig.«

Neko warf einen Blick auf die Seite des Werkzeugs. Eine fingernagelgroße Anzeige zeigte ihm, dass die Energiezufuhr auf dem niedrigsten Level stand. Er drehte an einer kleinen Stellschraube neben der Anzeige und erhöhte die Leistung des Instruments. Auf 20 Prozent. Er zögerte, überlegte kurz, dann drehte er weiter. 30, 40, 50. Schließlich stand der Wert auf der Anzeige auf 100 Prozent.

Schweigend reichte er Tsutaya den Schlüssel. Er hörte an den typischen klirrenden Geräuschen, wie der Techniker das Werkzeug durch einen Strang titaniumummantelter Leitungen schob. Im nächsten Moment schoss eine orangene Stichflamme aus Block III-7a.

Jason Neko entkam ihr nur mit knapper Not.

»Maschinenraum, sind die Linearkonverter einsatzbereit?« Lins Stimme ließ nichts von den Gefühlen ahnen, die die junge Offizierin spürte. Mit unbewegter Miene nahm sie die Okaymeldungen aus den einzelnen Konverterblöcken ab, und Tamra sah ihr dabei zu.

»Block III-4a einsatzbereit und hochgefahren.«

»Block III-5a einsatzbereit. Hochgefahren.«

»Block III-6a ebenfalls einsatzbereit. Ich fahre hoch.«

Ein kurzes Zögern. Dann: »Block III-7a: Einsatzbereit. Und hochgefahren.«

Lin nickte Captain Onmout zu. Nur durch ein leichtes Senken des Kinns gab er den Befehl für den dritten Hyperraumsprung des Tages.

Und im nächsten Moment brach die Hölle los.

Tamra wusste nicht, wie ihr geschah. Sie nahm nur wahr, dass sie von den Füßen gerissen wurde und über die Reling flog, die die Galerie umgab. Meterweit flog sie durch die Luft und krachte mit dem Rücken gegen etwas Hartes. Ein beißender Gestank drang ihr in Nase und Rachen, ließ sie husten und dann würgen, während sie verzweifelt herauszufinden versuchte, wo oben und unten war. Jemand schrie etwas. Dann ein Kreischen, leise erst, aber beständig lauter werdend, bis Tamra die Hände hochriss und gegen die Ohren drückte. Es half nichts. Das Schiff kreischte, und das Geräusch übertrug sich direkt durch das Metall des Fußbodens auf Tamras ausgemergelten Körper.

Sie rappelte sich auf.

»Tamra!« Schroeders Stimme klang, als könne er nicht allzu weit von ihr entfernt sein, aber in dem undurchdringlichen Qualm, der sie umgab, konnte Tamra keine zwei Handbreit sehen. Wieder musste sie würgen, doch zu ihrer Erleichterung begannen automatische Klimaanlagen zu arbeiten und sowohl Qualm als auch Gestank aus der Zentrale zu saugen. Gierig holte sie Luft. Ihre Lungen brannten, ebenso ihre Augen, aber beides vergaß sie in dem Moment, als sie die Zerstörungen sah.

»Bei Rhodan!«, flüsterte sie.

Sie spürte, wie sich eine Hand auf ihre Schulter legte. Schroeder. Sein Gesicht war von Ruß verschmiert. Hell leuchtete das Weiß seiner Augen und Zähne durch den Schmutz auf seiner Haut. »Alles in Ordnung?«

Tamra nickte. Sie fühlte sich ein wenig benommen. Die linke Schulter tat ihr weh, dort, wo sie aufgeprallt war, aber sonst war sie unverletzt. Unwillkürlich tastete sie über ihren flachen Bauch. Im Moment spürte sie das Kind nicht, aber sie wusste, dass es lebte.

Die Zentrale der ORTON-TAPH war nicht wiederzuerkennen. Düsterer, flackernder Halbdämmer hatte sich über sie gesenkt, nur an wenigen Schaltpulten flammte in unregelmäßigen Abständen eine der in Geräte und Wände eingebauten Leuchten auf und verlosch sofort wieder.

»Linearkonverter abschalten!«, gellte Onmouts Stimme durch das Halbdunkel. Niemand reagierte, nur das Schiff selbst, indem es zum zweiten Mal aus seinem Innersten ein hohes Kreischen ausstieß. Tamra sah mehrere Körper regungslos vor und zwischen den Konsolen liegen, mit verdrehten Armen, Beinen, Hälsen. Von einer Tastatur tropfte dunkles, zähflüssiges Blut, zog eine haarfeine Linie über das helle Plastik der Verkleidung und traf schließlich in einer langsam größer werdenden Lache auf dem Boden auf. Aus der Hälfte der Monitore, die Tamra von ihrem Standpunkt überblicken konnte, schlugen Flammen in die Höhe. Notfallroboter waren dabei, die Feuer zu löschen, und auch wenn Tamra es mit Erleichterung registrierte, wusste sie doch, dass es nicht viel nützen würde.

»Das Schiff ist ein Wrack, oder?« Aus weit aufgerissenen Augen sah sie Schroeder an.

Er antwortete ihr nicht. Seine Blicke huschten über das Chaos, und ebenso langsam wie von der Tastatur rann jetzt auch aus seinen Haaren ein Blutsfaden.

»Du bist verletzt!« Tamra wollte die Hand ausstecken, um die Blutung zu stillen, doch er wich ihr aus.

»Linearkonverter abschalten!«, schrie Onmout ein zweites Mal. Diesmal bekam er eine Antwort.

»Unmöglich!« Jemand hustete, dann hörte es sich an, als werde ein Stuhl fortgeschoben. Über der Konsole, die dem ersten Offizier vorbehalten war, hob sich ein blasses Gesicht in die Höhe. Tamra sah rote Lippen und rote Speichelfäden. Der Offizier wischte sich mit dem Ärmel das Blut vom Mund, und als er sich zu voller Größe aufgerichtet hatte, war zu erkennen, dass ihm beide Vorderzähne fehlten. Entsprechend undeutlich war seine Aussprache, als er meldete: »Im Maschinenraum hat es einen Kurzschluss gegeben. Die Konverter laufen sich fest.«

Onmout drehte sich einmal um die eigene Achse. Mehr Zeit blieb ihm nicht, um sich einen Eindruck davon zu verschaffen, wie viele seiner Leute noch am Leben waren. Sein Gesicht wurde härter, als er auf den Hauptschirm sah, der wie durch ein Wunder noch unversehrt schien.

Ereton/A war um ein Vielfaches größer als noch kurz vor dem Sprung! Tamra biss sich auf die Zunge.

»Block III-7a«, rief eine weibliche Stimme. Es war Lin. Tamra wandte sich suchend nach der Frau um, konnte sie jedoch nirgends entdecken. »Die Störung kommt aus Block III-7a. Offenbar hat eine Explosion die Energiezufuhr überbrückt, darum lässt sich der Konverter nicht abschalten!«

Gleichzeitig mit Onmout drehte sich Tamra zu Schroeder um, doch sie war nicht schnell genug. Dort, wo noch eben seine schlaksige Gestalt gestanden hatte, entstand plötzlich ein Vakuum. Der Qualm, den die Abluftanlagen noch nicht fortgeschafft hatten, wehte in die entstandene Leere und bildete dabei kleine Wirbel.

»Bewegt Euch nicht!«

Kelton-Trec vermochte nur zu flüstern, so voller Staunen starrte er auf Mitrade-Parkks Gesicht nieder. Ihre Augäpfel ruckten einmal nach rechts und nach links, aber er hatte nicht das Gefühl, dass die Lagerkommandantin ihn sah. Auch ob sie ihn gehört hatte, wusste er nicht, aber sie blieb tatsächlich still liegen, wie er sie gebeten hatte.

Mit zwei langen Schritten kehrte Kelton zurück an den kleinen Monitor. Inzwischen waren die Notstromaggregate angesprungen, die Beleuchtung in der Medostation flackerte in trübem Gelb. Auch etwa die Hälfte seiner Instrumente funktionierte wieder. Genug, um herauszufinden, was geschehen war. Rasch scrollte Kelton durch den Datenwust auf dem Monitor.

Sämtliche Vitalfunktionen der Lagerkommandantin befanden sich im grünen Bereich. Ihr Herz schlug kräftig und gleichmäßig, die Lunge arbeitete zufriedenstellend. Auch alle anderen Organe verrichteten ihre Aufgaben.

Das war nichts Ungewöhnliches, schließlich hatten sie das vor Beginn des Rückspiel-Vorgangs ebenfalls getan. Bis auf das Gehirn waren alle Organe zu Keltons vollster Zufriedenheit reaktiviert worden.

Das Gehirn.

Stirnrunzelnd suchte der Lare zwischen den Daten nach einem bestimmten Wert. Als er ihn fand, schüttelte er fassungslos den Kopf und blickte dann wieder auf Mitrades Gesicht.

Ihre Augen waren noch immer offen. Und sie bewegten sich!

Zumindest Letzteres hätte auf keinen Fall sein dürfen. Die Fähigkeiten seiner Sen-Trook-Erfindung waren längst noch nicht ausgereift genug, um bei einem toten Körper Regionen wie Groß- oder Mittelhirn wieder zum Funktionieren zu bringen. Er vermochte lediglich – wie er in langen Versuchsreihen mit Tieren und Gunstbolden herausgefunden hatte – archaischere Teile eines toten Gehirns zu reaktivieren. Teile wie Klein- und Zwischenhirn, die Gleichgewichtssinn und Hormonsteuerung koordinierten.

Es war ja schon ein immenser Durchbruch gewesen, als es ihm auch noch gelungen war, das Nachhirn zu reparieren, jenen Teil, der etwa Herz und Lungen steuerte.

Keins der reaktivierten Areale jedoch war imstande, Mitrades Augen zu bewegen.

Kelton tippte einen kurzen Befehl ein und änderte damit die Anzeige auf seinem Monitor. *Vielleicht habe ich mich getäuscht.* Vielleicht schaffte es die Reanimier-Einheit bei einer larischen Leiche, größere Teile des Gehirns zu aktivieren, als es bei seinen Versuchsobjekten der Fall gewesen war. Immerhin waren larische Gehirne denen der Gunstbolde weit überlegen.

Doch er täuschte sich. Keinen einzigen Hinweis fand er darauf, dass in Mitrades Schädel auch nur eine einzige Nervenzelle arbeitete, die dem Großhirn angehörte. Offenbar waren die Augenbewegungen nichts anderes als eine reflexbedingte Reaktion des toten Körpers, ähnlich wie das Muskelzucken kurz nach Eintritt des Todes.

Kelton richtete sich ein wenig auf und straffte die Schultern.

Gerade, als er sich davon überzeugt hatte, dass alle Hoffnung unsinnig, dass Mitrade-Parkk wirklich tot war, öffnete sie den Mund.

»Kelton«, hauchte sie.

Fünf

Startac Schroeder landete nach seinem Sprung in einem schmalen, spiralförmig gewundenen Gang, der angefüllt war mit beißendem Qualm. Sein rechter Fuß befand sich auf etwas Weichem, und rasch trat er zur Seite. Er bückte sich, aber seine Befürchtung, es könne ein Mensch gewesen sein, bestätigte sich nicht. Vor ihm lag ein Kissen! Es war halb verkohlt, und dennoch konnte man sein buntes Muster noch erkennen. Rote, üppige Rosen.

Schroeder schüttelte den Kopf.

Im hinteren Teil des Ganges waren die Techniker damit beschäftigt, eine Handvoll kleinerer Brände zu löschen. Stimmen schrieen durcheinander, jemand brüllte ein paar Befehle. Das Prasseln der Flammen klang seltsam dumpf, wie unter Wasser. Schroeder nahm sich nicht viel Zeit, um sich einen Überblick über die Situation zu verschaffen, sondern packte einen Mann am Arm, der eilig an ihm vorbeihasten wollte.

»Wo ist Block III-7a?«, schrie er ihm ins geschwärzte Gesicht.

Der Mann reagierte nicht sofort. Schroeder packte noch fester zu und sah, wie der andere protestierend den Mund öffnete und mit seiner freien Hand hinter sich wedelte.

»Hier herrscht absolutes Chaos! Der Linearantrieb lässt sich nicht abstellen, und wir können nicht herausfinden, woran das liegt! Die Diagnoseeinheiten scheinen in Mitleidenschaft gezogen worden zu sein. Ich soll ...«

»Konverter III-7a«, herrschte Schroeder den Mann an. »Los Mann! Machen Sie schon!« Er schob ihn vor sich her und wies mit dem Kinn in den dichten Qualm.

Endlich schien der Mann aus seiner Starre zu erwachen. Schroeder sah, wie er zweimal rasch hintereinander blinzelte. Inzwischen brannten auch ihm die Augen, und er wischte sich mit dem Unterarm darüber.

»Kommen Sie!«

Gemeinsam eilten Schroeder und der Techniker den gewundenen Gang entlang, vorbei an Nischen, aus denen entweder leises, beständiges Summen drang oder aber ein statisches Knistern, das für Schroeders gereizte Sinne irgendwie bösartig klang. Mehr als die Hälfte der Konverter, schätzte er, waren durchgebrannt.

»Passen Sie auf!«

Die Stimme des Technikers gellte in Schroeders Ohren, und er reagierte instinktiv. Mit einem kurzen Teleportersprung brachte er sich in Sicherheit. Ein Kabel, das einen Augenblick zuvor noch wie tot am Boden gelegen hatte, war plötzlich zu zuckendem Leben erwacht. Ein Lichtbogen sprang aus seinen zerfetzten Enden, überbrückte eine Strecke von zwei oder drei Metern und schlug genau an der Stelle in die Wandverkleidung ein, an der Schroeder noch Sekundenbruchteile zuvor gestanden hatte. Ein ohrenbetäubender Knall ertönte, und schwarzen Protuberanzen gleich zeichneten sich auf der Oberfläche der Wand strahlenförmige Einschlagspuren ab.

»Bei Tunima und Nora!« Die hellen Augen des Technikers starrten Schroeder an. »Wie haben Sie das gemacht?«

Schroeder antwortete nicht. Vorsichtig stieg er über das Kabel, das jetzt ebenso reglos dalag wie in dem Moment vor der Entladung. An der Stelle, an der sich einmal Konverterblock III-7a befunden hatte, klaffte ein Loch in der Wand.

»Lassen Sie die Konverter vom Energienetz trennen!« Wieder hallte ein Alarm durch die Gänge, und Schroeder musste gegen ihn anschreien.

»Aber das würde ...«

»Wenn Sie es nicht tun, setzen sich die Explosionen wie eine Kettenreaktion fort, und am Ende fliegt uns alles um die Ohren!« Schroeder gab dem Mann einen unsanften Stoß. »Los doch!«

Endlich schien der Techniker zu begreifen und lief los.

Schroeder wollte zurück in die Zentrale springen, als ihn ein kaum wahrnehmbares Stöhnen innehalten ließ.

Er fuhr herum. »Ist da wer?« Er tastete sich durch den dicken Qualm in die Richtung, aus der er das Geräusch vermutete. »Sagen Sie etwas!«

Die Antwort konnte er nicht verstehen, aber das undeutliche Gemurmel genügte, um sein Ziel zu erreichen.

Aus einem wie von einem irren Titanen zerquetschten Kommunikationsstand ragten ein paar Beine. Rasch trat Schroeder neben sie. Er legte eine Hand auf das Metall. Zu seiner Überraschung war es nicht heiß, sondern eiskalt. Er zuckte zurück und beugte sich, vorsichtiger geworden, über das Hindernis.

Mit weit nach hinten gebogenem Oberkörper lag ein Mann in den Trümmern. Schroeder sah eine rote Schürfwunde auf blasser Gesichtshaut und ein paar Augen, über denen die Lider bedenklich flatterten.

»Warten Sie, ich hole Sie da raus!« Er bückte sich, untersuchte die halb eingestürzten Wände und fand schließlich eine Stelle, an der er sich hindurchzwängen konnte. Neben dem Verletzten ging er in die Knie. »Wie geht es Ihnen?«

Die Frage kam ihm absurd vor angesichts der Lage, in der sie sich befanden, aber er musste wissen, wie schwer der Mann sich verletzt hatte, bevor er es wagen konnte, ihn mit einem Teleportersprung in Sicherheit zu bringen.

»Toll!« Der Mann knirschte mit den Zähnen.

»Schmerzen im Rücken?«

»Klar, Mann! Machen Sie endlich, hier bricht gleich alles zusammen!«

Wie um dem Verletzten Recht zu geben, senkte sich mit einem bedrohlichen Knirschen die Decke über ihnen.

Schroeder zog den Kopf ein. Es war keine Zeit mehr zum Überlegen. Er packte den Mann an den Schultern, konzentrierte sich und sprang zurück in die Zentrale.

Lins Stimme schrillte durch die Zentrale. »Konverterleistung noch immer auf über siebzig Prozent! Abstand zu Ereton/A fünfzehn Millionen Kilometer.«

Tamra erhaschte einen Blick auf das Schaltpult vor der Offizierin, auf dem Hunderte von kleinen Leuchtdioden flackerten. Die meisten standen auf Grün, aber ein ganzer Block von vielleicht 20 Stück sprang in diesem Augenblick um auf Rot. Ein Leuchtbalken, der eine Anzeige ausfüllte, wandelte die Farbe in ein helles Gelb und begann zu blinken. Dann wanderte er in Richtung null.

Im nächsten Moment fiel die ORTON-TAPH zurück in den Normalraum. Alarmsirenen heulten auf, verstummten jedoch sofort wieder. Tamra, die inzwischen auf ihren Beobachtungsposten auf der Galerie zurückgekehrt war, sah auf die Bildschirme. Das Hypersturmriff wirkte jetzt bedrohlich nah, so nah, dass es mehr als die Hälfte der Monitore ausfüllte. Lin gab einen Befehl in ihre Konsole ein, und die Anzeige zoomte aus. Unten in der rechten Ecke erschien eine kleine gelbliche Sonne.

»Statusbericht?«, bellte Onmout.

Tamra hörte die Ansagen der anderen Besatzungsmitglieder nicht, denn in diesem Augenblick erschien Schroeder wieder in der Zentrale. Er taumelte einige Schritte zur Seite, und da er von einem mitten im Raum befindlichen Antigrav-Schacht halb verdeckt war und ihr außerdem den Rücken zugewandt hatte, bemerkte sie erst auf den zweiten Blick den Grund dafür.

Er trug einen Verletzten! Vorsichtig legte er ihn hinter dem Schacht zu Boden. Er verlor keine Zeit damit, die Zentrale zu durchqueren, sondern teleportierte ein weiteres Mal und kam direkt neben dem Captain an.

»... Linearkonverter abgeschaltet. Funktionsanalyse läuft noch«, hörte Tamra die letzten Worte von Gao Tows Statusbericht. Der Weißhaarige sah auf seine Anzeigen und wurde blass. Hektisch gab er ein paar Befehle ein. »Captain?«

»Reden Sie!« Onmout drehte sich zu seinem ersten Offizier um.

»Wir haben ein Problem. Die Kurzschlüsse im Konverterraum haben sich offenbar selbstständig gemacht und weite Teile des Normalantriebs in Mitleidenschaft gezogen.«

»Wie viel Kapazität haben wir noch?« Onmout verlor keine Zeit damit, nach den Auswirkungen dieser Schäden zu fragen. An den Mienen der anderen Mitglieder der Zentrale, einschließlich Schroeder, konnte Tamra ablesen, dass sie alle bereits ahnten, was Gao nun sagen würde.

»Ungefähr zehn Prozent. Der Normalantrieb ist bis auf ein paar Steuer- und Bremsdüsen unbrauchbar.«

Schroeder stieß einen leisen Fluch aus. Tamra suchte seinen Blick, doch er wirkte ähnlich nachdenklich wie immer.

»Lin, wie sehen die Raumscans aus?«, fragte Onmout.

Raumscans. Tamra zog die Achseln hoch. Die Art, wie Onmout plötzlich sprach, bereitete ihr Unbehagen. Spannung legte sich wie ein unsichtbares Netz über die Zentrale und ließ Tamra frösteln. Sie schlang die Arme um den Leib.

»Eine gelbe Sonne, Sir, ein Zwergstern vom Spektraltyp G-Zwo, etwa sechstausend Kelvin heiß. Ein einziger Planet befindet sich in der Biozone, eins Komma acht Astronomische Einheiten von der Sonne entfernt.«

»Können wir ihn erreichen?« Onmouts Frage galt Gao.

Der Offizier sprach einige Sätze in den Hyperkom an seinem Mund und lauschte dann. Schließlich nickte er, schaute aber ernst drein. »Mit etwas Glück, Sir! Nach dem Austritt aus dem Hyperraum haben wir noch immer annähernd Lichtgeschwindigkeit. Wenn es uns gelingt, in den Schwerkrafteinfluss des Planeten zu fliegen, bringe ich uns heil runter.«

Demetrius Onmout schlug auf die Lehne seines Kommandosessels. »Worauf warten Sie noch? Fliegen Sie uns in dieses System!«

Während die ORTON-TAPH mit dem Einflug in das unbekannte Sonnensystem begann, trat Schroeder zu Tamra und blieb neben ihr stehen.

Auf den Monitoren schob sich die gelbe Sonne aus ihrem Blickfeld und machte schließlich einer grünlich schillernden Kugel Platz, die sich unendlich langsam der Bildmitte näherte. *Langsam!* Tamra hätte beinahe aufgelacht. Sie flogen fast mit Lichtgeschwindigkeit! Hatte sie sich bereits so sehr daran gewöhnt, durch das Universum zu jagen, dass sie begann, in den Kategorien der Raumfahrer zu denken? Wie lange war es her, dass sie zum letzten Mal geflogen war? Sie erinnerte sich an den Rundflug über Taphior, den der Hohe Verwalter Pulpon-Parkk mit ihr unternommen hatte, damals, als er sie aus dem Internat geholt hatte. Und sie erinnerte sich an die Angst, die sie im ersten Moment empfunden hatte.

Gegen diese Angst von damals war das Unbehagen minimal, das sie angesichts der spürbaren Anspannung der Zentralebesatzung erfasst hatte, und sie fragte sich, ob das an der Gegenwart des Mannes lag, dessen stummer Blick auf ihrem Gesicht ruhte. Schroeder. Traute sie ihm allein deshalb, weil er sie aus Mitrade-Parkks Gewalt befreit hatte, so viel zu, dass es ihr nicht mehr möglich war, in seiner Gegenwart um ihr Leben zu fürchten?

Ein kaum wahrnehmbares Zittern durchlief den Boden der Zentrale.

Tamra griff nach einem Halt. »Was war das?«

»Der Einflussbereich des Planeten ist groß genug, um uns aus unserer Flugbahn zu ziehen«, erklärte Schroeder leise.

»Was ist, wenn auf dem Planeten keine für uns günstigen Lebensbedingungen herrschen?«

Schroeder musterte sie einen Augenblick lang schweigend. Seine dunklen Augen zuckten unruhig, während er die Blicke über ihre Züge gleiten ließ, als wolle er ihr die Gedanken an den kleinen Falten rings um ihre Augen ablesen. Schließlich schüttelte er den Kopf. Er war ehrlich genug, sie nicht mit halbherzigen Sprüchen zu beruhigen, und Tamra war ihm dankbar dafür.

Mit dem Kinn wies er auf die andere Seite der Zentrale. »Da hinten habe ich einen Verletzten aus dem Maschinenraum abgelegt. Boffään ist es zwar gelungen, ein paar Medorobots auf den menschlichen Metabolismus umzuprogrammieren, aber vielleicht wäre es ganz gut, wenn du dich um den Verletzten kümmerst. Es ist ein Mann aus Dekombor.«

Tamra löste ihre Hände von der Verstrebung, an der sie sich festgehalten hatte. Sie nickte, und während Schroeder wieder zu Onmout ging, durchquerte sie die Halle.

Der Verletzte war in eine Ecke gebracht worden, die von einem Kommunikationspult und einem Leitungsschacht gebildet wurde. Tamra umrundete das Pult und kniete neben dem Mann nieder. Seine Kleidung war schmutzig und über seiner Schulter und am Oberschenkel zerrissen. Blut war aus mehreren Abschürfungen gesickert und hatte den Stoff getränkt, aber die Verletzungen selbst hatte der Medoroboter bereits versorgt. Sie lagen unter einem dünnen, durchsichtigen Remed-Film und begannen bereits zu heilen. Eine handgroße Verbrennung, die der Mann seitlich an Hals und Nacken erlitten hatte, hatte der Robot ebenfalls behandelt. Jetzt war er gerade dabei, eine weitere an der rechten Hand mit dem Film zu bedecken. Er ließ sich von Tamra dabei nicht stören.

Der Verletzte schien durch den Schleier aus Schmerzmittel, das ihm offenbar injiziert worden war, ihre Anwesenheit zu spüren. Er wandte Tamra das Gesicht zu. In einem hageren, ausgemergelten Gesicht unter langen, zu einem Nest geflochtenen Haaren lag ein Augenpaar, das sie kannte.

Tamra zuckte zurück. »Jason?«

Sein Blick verriet, dass er sie ebenfalls erkannte. »Tamra.« Seine Stimme klang matt.

Sie schüttelte den Kopf. »Jason Neko!«

»Kelton!« Beim zweiten Mal, da Mitrade seinen Namen hauchte, reagierte er endlich und sprang auf. Fassungslos sah er, dass die Lagerkommandantin die Finger bewegte, dann schließlich Arme und Beine. Endlich richtete sie sich ein Stück auf, sank jedoch gleich darauf mit einem schmerzhaften Stöhnen zurück auf die Liege.

»Vorsicht!« Kelton war bei ihr und hielt ihren Kopf, den sie jetzt in quälend aussehenden Zuckungen von rechts nach links warf. Nur mit Mühe konnte er die Larin davon abhalten, sich zu verletzen.

Die Fasern des Greifarms steckten noch immer in ihrer Nackenhaut. Bei seinen Bemühungen, ihren Kopf festzuhalten, berührte er sie – und zuckte zusammen.

Die Fasern waren noch aktiv!

Zu seiner Erleichterung beruhigte sich die Lagerkommandantin wieder, und er konnte ihren Kopf loslassen.

»Was ist geschehen?« Die Frage war nur schwer verständlich, klang eher wie ein Lallen denn wie gesprochene Worte. Dennoch waren sie für Kelton-Trec ein Wunder.

»Ich weiß es nicht«, antwortete er. »Noch nicht. Ihr müsst unbedingt ruhig liegen bleiben.«

»Mir ist schwindelig.«

»Verständlich.« Kelton biss sich auf die Lippe. Bei den Zuckungen ihres Körpers hatte Mitrade das Sen-Trook von ihrem Bauch geworfen. Es lag auf der Seite neben ihrer Hüfte, und auch in ihm steckten noch immer die unter Energie stehenden Faserbündel des Greifarms.

Keltons Augen wurden weit, als er begriff.

Die Angaben der Medoeinheit waren nicht falsch gewesen: Der Rückspielprozess war tatsächlich gleich zu Beginn abgebrochen worden. Dass Mitrade trotzdem in der Lage war zu sprechen, hatte einen anderen Grund.

Ein eisiger Schauer überlief Kelton, als ihm die Konsequenz dieser Erkenntnis klar wurde. Er fühlte, dass seine Beine nachzugeben drohten, und nur, indem er sich an der Medoliege festklammerte, konnte er einen Sturz verhindern.

»Kelton?« Mitrade hatte den Kopf gewendet und blickte ihm direkt ins Gesicht. »Was ist mit mir passiert?«

Täuschte er sich, oder wurde ihre Artikulation langsam besser? Er löste vorsichtig die Hände von der Liege und atmete tief durch. Auch ihm war schlecht. Sehr schlecht sogar.

»Das Sen-Trook«, flüsterte er.

Mitrade hob einen Arm, doch er drückte ihn auf die Liege zurück. »Auf keinen Fall dürft Ihr Euch bewegen!«

»Warum nicht? Was ...« Mitrade schob den Kopf ein wenig hin und her, und Verstehen glomm in ihren Augen auf. »Ich bin noch an die Übertragungseinheit angeschlossen?«

Kelton nickte. »Es gab einen Energieabfall, genau in dem Moment, als ich Euer Bewusstsein auf den Memo-Chip überspielen wollte. Die Übertragung brach ab.«

»Aber trotzdem lebe ich.« Mitrades Zunge erschien zwischen ihren Lippen. Sie wirkte rissig und belegt.

»Ja. Ich weiß auch nicht, wie das passieren konnte, aber offenbar haben die genetischen Komponenten der Übertragungsfasern es übernommen, die Impulse des Sen-Trooks an Euren Körper weiterzugeben. Biomechanische Nervenfasern, sozusagen. Ich hatte keine Ahnung, dass sie auf diese Weise funktionieren würden.«

Mitrade brauchte einige Augenblicke, bis ihr klar wurde, was er gesagt hatte. Dann jedoch erschien das Begreifen mit solcher Wucht in ihren Augen, dass es Kelton fast körperlich schmerzte.

»Ich denke mit dem Sen-Trook?«, flüsterte sie.

Kelton konnte den drohenden Schwächeanfall nicht mehr unterdrücken. Kraftlos fiel er in den Sessel, der seinen Sturz sanft auffing.

»Ja«, ächzte er. Zu mehr war er nicht fähig.

Die Schmerzen an Nacken und Hals waren erträglich geworden, nachdem der hässliche, larische Blechkopf ihm eine Spritze in den Oberarm gejagt hatte. Unangenehm war allerdings der Nebel, der durch Nekos Kopf wallte und die Gedanken wie Leim miteinander verkleben ließ.

Eine junge Frau trat neben ihn, aber er war zu matt, um sie sich genauer anzusehen. »Jason?«

Das eine Wort ließ ihn hochfahren. »Tamra!«

»Jason Neko!«, murmelte sie kopfschüttelnd, und die Laute zerrissen den Nebel in seinem Gehirn. Mühsam stemmte er sich auf die Ellenbogen. Den warnenden Schnarrlaut des Medorobots ignorierte er.

»Tamra?«, wiederholte er. Seine Zunge wollte ihm nicht gehorchen. Der Schmerz der Brandwunde in seinem Nacken wurde unerträglich, und so ließ er sich wieder zu Boden sinken. »Ich dachte, du wärst tot.«

»Mitrade-Parkk hat mich nicht getötet.« Sie sprach leise, und er hatte Mühe, sie zu verstehen. Ihr Körper wirkte wie ein Skelett, über das jemand eine papierne Haut gespannt hatte. Wie überdimensionale Haken ragten die Wangenknochen aus dem Gesicht, und die Augen darüber glühten ungesund. Ihr Blick brannte auf Nekos Zügen und erinnerte ihn an früher. An die Art, wie sein Herz galoppiert war, sobald er sie auch nur aus der Ferne gesehen hatte. Daran, wie er sich hinter seiner Überheblichkeit hatte verschanzen müssen, um nicht Gefahr zu laufen, sich lächerlich zu machen.

Er versuchte, die Hand zu heben, aber die Muskeln protestierten. Sein Arm zitterte, als stünde er unter Strom, und doch gelang es ihm, Tamras Wange zu berühren. *Sie ist untot!*, flüsterte sein Unterbewusstsein.

Hastig fragte Tamra: »Was ist passiert?« Sie wies auf seine Verletzungen.

Er schloss die Augen, und wie von einem grellen Schlaglicht erhellt, stand die Szene wieder vor seinen Augen. Tsutaya, dessen fette Beine vor seiner Nase baumelten. Der Impulsschlüssel mit dem larischen Zahlzeichen für 100. Dann die Explosion, die ihn völlig überrascht hatte. Hätte er geahnt, dass der gesamte Block in die Luft fliegen würde, hätte er sich rechtzeitig zurückgezogen ... Jetzt richtete er den Blick auf Tamra. *Falsch!* Hätte er gewusst, dass *sie* sich an Bord befand, dass sie nicht tot war, hätte er Tsutayas Schlüssel niemals umprogrammiert. Oder vielleicht doch? Er lauschte in sich hinein.

Es war ohnehin egal.

Weil es zu spät war.

Er konnte es nicht mehr rückgängig machen. Wie so vieles in seinem Leben. Wie die dämliche Art und Weise, mit der er damals Tamra versucht hatte, davon zu überzeugen, ihn zu heiraten ... Mit einem Ruck riss er die Lider in die Höhe. »Es gab eine Explosion«, erklärte er. »Keine Ahnung, wieso.«

»Du hast Glück gehabt.«

»Wahrscheinlich. Warum lebst du noch?« Ebenso, wie sie kurz zuvor das Gespräch von einem Thema fortgelenkt hatte, das ihr unangenehm schien, floh jetzt er vor der Erinnerung.

Sie senkte den Blick, und wieder war er versucht, sie zu berühren, zu streicheln. Er ballte die unverletzte Hand zur Faust.

Sie ist untot!

Seiner Kehle entrang sich ein Stöhnen. »Ich war dabei, als du damals ...«

Ein Geräusch drang zwischen Tamras Lippen hervor, das wie ein Fauchen klang. Er verstummte.

Mühsam löste er die Fingernägel aus dem eigenen

Fleisch. Der Medorobot hatte seine Arbeit inzwischen beendet, stand jedoch wartend an seiner Seite, um im Notfall rasch eingreifen zu können. Er winkte ihn fort.

Der Robot gehorchte, nicht ohne zuvor mit flacher Stimme zu schnarren: »Falls die Schmerzen zurückkehren, ruft mich.«

Tamra sah ihm nach, und kurz blieb ihr Blick an einem seltsamen, dürren Kerl haften, der damit beschäftigt war, in ein Armbandkom zu sprechen.

Neko biss die Zähne zusammen. Die Schmerzen *waren* bereits wieder da, aber er wollte keine weitere Betäubung. Er wollte wach sein, sich klar darüber werden, was in seinem Innersten vor sich ging.

Tamra lebte.

Neko spürte, wie ihm schlecht wurde.

Sechs

In Tamras Kopf wirbelten die Gedanken in wildem Reigen umeinander. Sie stand auf und ließ Neko in seiner Ecke liegen. Jener Tag, an dem er ihr den Antrag gemacht hatte, stand nur noch schwach vor ihrem inneren Auge, denn die Ereignisse danach, ihr Beitritt zu den Taoisten und alles weitere, hatten die Erinnerung daran überlagert. Aber sie wusste noch, dass sie hinter all dem Getue, hinter der Darstellung eines verliebten Katers, die er ihr geboten hatte, seine Zuneigung zu ihr gespürt hatte. Offiziell hatte er so getan, als halte er eine Verbindung mit ihr für eine sinnvolle Sache, aber insgeheim, das war ihr damals klar gewesen, und daran erinnerte sie sich auch jetzt, war ihre Zurückweisung ein empfindlicher Schlag für ihn gewesen. Sie hatte ihn verletzt, nicht nur in seinem Stolz, sondern auch ganz tief im Inneren. In seinem Herzen. Und, was vielleicht schlimmer war, danach hatte sie keinen einzigen Gedanken mehr an ihn verschwendet. Bis zu dem Moment, an dem sie ihn verletzt dort in der Ecke hatte liegen sehen.

Der Ausdruck in seinen Augen, als er sie erkannt hatte, war wie ein Schlag ins Gesicht gewesen.

Kopfschüttelnd kehrte Tamra an ihren Platz auf der Galerie zurück, von wo aus sie den besten Überblick über das Geschehen in der Zentrale hatte. Schroeder sah kurz von einer Datenfolie auf, die Onmout ihm gegeben hatte, konzentrierte sich dann wieder auf seine Arbeit. Auf den Monitoren war der Planet jetzt sehr nah. Die dünne Hülle der

Atmosphäre grenzte seine Oberfläche wie ein blau schimmernder Mantel gegen die Nachtschwärze des Alls ab.

»Schön, oder?«

Erst als sie angesprochen wurde, bemerkte Tamra, dass Lin ihren Platz gewechselt hatte und nun an einer Konsole ganz in ihrer Nähe stand. Sie folgte Lins Fingerzeig auf die Abbildung des Planeten und nickte.

»Er hat eine Atmosphäre«, murmelte sie.

Lin lächelte leicht. Ihre Lippen öffneten sich dabei einen Spalt und enthüllten ebenmäßige, wie Perlen schimmernde Zähne. »Und sie ist atembar.«

»Gut.« Tamra beobachtete, wie sie sich dem Planeten näherten. Das blaue Band der Atmosphäre wuchs, bis es schließlich den gesamten Bildschirm ausfüllte. Im nächsten Moment flammten sämtliche Monitore grellweiß auf.

Das Prasseln der Befehle, die plötzlich hin und her flogen, war wie ein Hintergrundrauschen in Tamras Ohren. Sie nahm nur noch das grelle Leuchten der ionisierten Luft rings um die ORTON-TAPH und das beständige Murmeln Lins dicht neben ihr wahr, die die Oberflächenscans durchführte. Um ihr Herz zu beruhigen, das angesichts des flammenden Infernos außerhalb der Schiffshülle geradezu galoppierte, konzentrierte sie sich auf die Worte der Sergeantin.

»Neunzig Prozent Wasser, die gesamte Nordhalbkugel ist für eine Landung ungeeignet. Ein Kontinent auf der Südhalbkugel.«

Das Geräusch, das die an ihrem Schiff vorbeirauschende Luft machte, steigerte sich zu einem orkanartigen Tosen. Das Weiß der Reibungshitze wandelte sich für den Bruchteil einer Sekunde in grelles Blau, wurde dann jedoch zu hellem Gelb, das rasch in Orange überging und dann in Rot.

Sie wurden langsamer.

»Die Backbordsteuerdüsen halten nicht mehr lange!« Schroeder hatte hinter einer Steuerkonsole Platz genommen.

Das Rot der Bildschirme wurde wieder zu Orange. Ein scharfer Ruck durchfuhr die ORTON-TAPH, und ein Hämmern erklang, als habe ein Riese das Schiff wie eine Glocke angeschlagen.

»Lin! Landeplatz!« Onmout saß längst nicht mehr in seinem Kommandosessel, sondern stand davor, breitbeinig, die Hände zu Fäusten geballt und halb erhoben, als könne er ihr Schiff eigenhändig vor dem Fallen bewahren.

Lins Stimme überschlug sich jetzt. »Die Landoberfläche ist zu instabil für eine Landung!«

»Wir müssen ...« Der Rest von Onmouts Worten ging in einem weiteren Hämmern unter. Aus einer Konsole dicht neben dem Captain schlugen meterlange Flammen und hüllten Gao Tow ein. Das gepeinigte Schreien des ersten Offiziers ging ebenso in der Hölle aus Dröhnen, Kreischen und Hämmern unter, das die ORTON-TAPH jetzt von sich gab, wie Lins nächste Angaben.

Vor Tamras Augen verlangsamte sich die Szenerie wie in einem grausigen Alptraum. Sie sah Onmout Schroeder etwas zuschreien. Dann sah sie Schroeder teleportieren. Im selben Moment, als er neben dem Captain verschwand, tauchte er neben Lin auf. Auch sie schrie ihm etwas zu. Er teleportierte erneut. Überbrachte Onmout die Informationen. Onmout wies auf Gaos zerstörtes Steuerpult.

Ein Schlag schüttelte die ORTON-TAPH und riss Tamra von den Beinen. Sie schlug hart auf dem Zentralenboden auf, stemmte sich auf alle viere hoch. Es gelang ihr nicht, sich hochzuzerren, denn jetzt bockte die ORTON-TAPH wie ein junges Pferd. Etwas flog dicht an ihrem Kopf vorbei, streifte ihre Ohrmuschel und krachte irgendwo hinter ihr in die Wandverkleidung. Auch dieser Aufprall verging in dem nervenzerfetzenden Getöse des Schiffes.

Tamra sah Lin mit ausdrucksloser Miene an ihren Datenanzeigen arbeiten. Immer wieder musste die junge Offizierin sich mit aller Kraft festhalten, um nicht von den Füßen gerissen zu werden, aber sie schaffte es, genügend Informationen zu bekommen, die Schroeder in weiteren kurzen Teleportersprüngen Onmout mitteilen konnte.

Plötzlich riss Lin die Augen auf. Ihr Kopf zuckte hoch, ihr Blick traf den Tamras. Sie deutete auf ihren Monitor, aber Tamra kam nicht dazu, nachzusehen, was sie ihr zeigen wollte. Schroeder tauchte neben ihr auf, in den Händen einen der Raumanzüge der Laren. Er hielt ihn Tamra hin und bedeutete ihr, ihn anzuziehen. Sie wies auf Lin, aber Schroeder schüttelte energisch den Kopf. Er schrie etwas. Tamra las »Keine Zeit!«, von seinen Lippen. Im nächsten Moment war er schon wieder verschwunden, und der Larenanzug fiel, seines Haltes durch den Mutanten beraubt, schwer in Tamras Hände.

Sie zog ihn an, während Lin weiterhin erregt ihre Daten betrachtete und Tamra immer wieder dazu bringen wollte, einen Blick darauf zu werfen. Im nächsten Moment fühlte es sich an, als werde Tamra der Boden unter den Füßen fortgezogen. Hatte sie bisher noch das Gefühl gehabt, einigermaßen sicher zu stehen, so kam es ihr jetzt so vor, als stürze sie in bodenlose Tiefen. Ihr Magen stieg ihr in der Kehle nach oben. Ihre Füße verloren auch den letzten Halt.

Und den anderen erging es nicht besser. Schlagartig herrschte in der Zentrale der ORTON-TAPH Schwerelosigkeit.

Falsch!, schoss es Tamra durch den Kopf. *Es herrscht freier Fall!*

Was für ihre Sinne auf das Gleiche herauskam. Sie spürte, wie ihr Magensäure hinten in der Kehle kitzelte. Im nächsten Moment krachte sie mit der Schulter gegen einen metallenen Vorsprung. Ihr Rücken wurde zusammengestaucht, alle Luft aus ihren Lungen gepresst. Es wurde schwarz vor ihren Augen, aber nur kurz. Als sie wieder sehen konnte, drehten sich dunkelrote Funkenräder vor ihrem Blick. Sie spürte, dass sie über den Boden rutschte, krachte erneut gegen etwas, diesmal mit der Hüfte. Sie schrie auf. Es kippte um, prallte auf sie. Wieder bekam sie keine Luft. Sie stemmte sich gegen das Gewicht, das auf ihren Beinen zu liegen gekommen war. Inzwischen war das Getöse der ORTON-TAPH so durchdringend, dass sie den Eindruck hatte, ihr gesamter Körper sei in Schwingungen geraten. Ihre Zähne schlugen unkontrolliert aufeinander, jeder einzelne Muskel in ihrem Körper zitterte, jeder Knochen schien zu Staub zerrieben zu werden. Irgendwie schaffte sie es, das Gewicht von ihren Beinen zu entfernen. Sie griff nach einer Strebe, die seitlich in ihr Blickfeld ragte. Alles rings herum wirkte wie aus den Angeln gehoben. Oben war nicht mehr oben, unten nicht unten. Mit letzter Kraft klammerte sich Tamra an die Strebe. Das Metall fühlte sich auf der Haut ihrer Wange kalt an, kalt und irgendwie tröstlich.

Dann ein weiterer Schlag. Tamra glaubte, auf die Größe eines Staubkorns zusammengedrückt zu werden. Sie schnappte nach Luft. In ihrem Mund war Blut.

Schließlich wurde es endgültig schwarz um sie.

Niemand von ihnen hatte die Schaltungen des Troventaar so gut genug im Griff, dass Lin ihre Ortungsergebnisse direkt auf das Pult des Kommandanten spielen konnte. Also nutzte Schroeder seine Fähigkeit zur Teleportation, um Onmout die Informationen zu überbringen. Was er dem Captain mitteilte, war allerdings nicht dazu geeignet, sehr viel Hoffnung zu machen.

Weite Teile des einzigen Kontinents dieses Planeten waren für eine Landung ungeeignet, da sie geologisch offenbar instabil waren. Ein Einschlag eines Körpers von der Größe der ORTON-TAPH würde zu einer Kettenreaktion führen, in deren Verlauf der gesamte Kontinent pulverisiert werden würde. In der Mitte des Kontinents jedoch ragte ein Hochplateau auf. Die Instrumente hatten seine Höhe in Bezug auf die Meereshöhe mit etwas mehr als 4000 Metern angegeben. Gekrönt wurde das Plateau von einem Gebirge, das sich aus seiner Mitte noch einmal gut zwei Kilometer erhob. Hier war ihre einzige Landemöglichkeit. Ein ringförmiger Streifen festen Bodens zwischen Abgrund und rasiermesserscharfen Felskanten! Und sie hatten nur noch eine Handvoll Brems- und Steuerdüsen, mit deren Hilfe sie die ORTON-TAPH lenken konnten. Genauso gut hätten sie versuchen können, einen Elefanten von einem Hochhaus zu werfen und mit ihm auf einem Bierdeckel zu landen.

Immerhin gelang es dem blonden Leutnant, der Gaos Platz eingenommen hatte, genug Energie in die Bremsdüsen zu lenken, um sie nicht ungebremst auf den Planeten niedergehen zu lassen. Kurzzeitig sah es nämlich genau danach aus. Im Maschinenraum fiel ein Energieaggregat nach dem anderen aus. Die Antigravanlagen, die Onmout kurzerhand auf minimale Leistung hatte herunterfahren lassen, um die sinkenden Energiekapazitäten der ORTON-TAPH sinnvoller zu nutzen, konnten die auftretenden Kräfte nicht mehr kompensieren. Einen Moment lang herrschte im Schiff die Schwerelosigkeit des freien Falls.

Schroeder sah sie bereits ungebremst in die Flanke des Gebirges krachen, als der blonde Leutnant es schaffte, doch noch von irgendwoher genug Energie zu bekommen, um sie auf eine halbwegs akzeptable Geschwindigkeit abzubremsen. Mit unvermittelter Wucht griff nun die planetare Schwerkraft nach der ORTON-TAPH, und sie wirkte in einem Winkel von mehr als 50 Grad auf das Schiff ein. Sämtliche losen Gegenstände und alle Menschen in der Zentrale krachten gegen die frontalen Wände.

Aus!, schoss es Schroeder durch den Kopf, als er mit Händen und Füßen voran auf den Hauptschirm zusegelte. Unter diesen Bedingungen würde kein Mensch mehr in der Lage sein, die für eine Landung notwendigen Handgriffe auszuführen. Er sah sich um. Dann teleportierte er zu einer der Steuerkonsolen der Kommunikationseinheit. Ihre Seitenwand stand jetzt einigermaßen waagerecht und bot Schroeder eine Art Plattform, auf der er stehen konnte.

Der Lärm der geschundenen Außenhülle war inzwischen so ohrenbetäubend, dass Schroeder ihn kaum noch wahrnahm. Ein dumpfer Druck erfüllte das Innere seines Kopfs und erschwerte das Denken. Die Monitore waren allesamt ausgefallen, sodass er wenigstens das Ende nicht kommen sah.

Noch einmal verlagerte sich die Richtung der wirkenden Schwerkräfte, ließ Schroeder um sein Gleichgewicht ringen. Dann gab es einen titanischen Schlag.

Und dann herrschte Ruhe.

Sieben

1. Mai 1343 NGZ, Fort Blossom

Mondra war grün im Gesicht.

Perry Rhodan grinste schmal. »Du solltest einen Schritt zur Seite treten«, sagte er. »Orange steht dir besser.«

Die Fenster der zu ihrem Gefängnis umfunktionierten Hotelsuite verfügten über eine eingearbeitete Prismenfolie, die das eindringende Sonnenlicht so spaltete, dass breite, regenbogenfarbige Streifen quer durch das gesamte Zimmer fielen. Sie beleuchteten alles in dunklem Violett, in Blau, hellem Gelb und Grün und leuchtenden Rottönen.

Mondra folgte Rhodans Rat, und jetzt legte sich ein zarter rotgelber Schimmer auf ihre Haut und ließ ihr üppiges Haar leuchten.

»Ich muss schon sagen, Großadministrator. Was glauben Sie eigentlich, was hier los ist? Dies ist ein Frontier-Planet! Wir befinden uns mitten im Grenzgebiet zum Trovent. Hier müssen Sie mit allem rechnen!« Die Art und Weise, wie sie Goberto Hos Worte wiederholte und dabei seinen Kommisston imitierte, ließ Rhodan lächeln, auch wenn ihm eigentlich nicht danach zumute war.

»Ärgere dich nicht!«, riet er. »Ho hat seine Gründe, und ich muss sagen, ich kann sie sogar gut verstehen.«

Mondra grummelte vor sich hin und gab ihm keine Antwort. Sie durchquerte den Raum, wobei sie von Orange wieder zu Grün wechselte und sich schließlich blau angeleuchtet auf dem breiten Bett ausstreckte und die langen Beine an den Knöcheln überkreuzte. Ihr Körper versank beinahe in der Fülle an Kissen und weichen Decken.

Immerhin: Über mangelnden Komfort konnten sie sich nicht beklagen, wenn man einmal davon absah, dass sie unter Arrest standen und nicht gehen konnten, wohin sie wollten. Sie befanden sich in einer weitläufigen Zimmerflucht mit dicken Teppichen, bequemen Möbeln und zwei luxuriös ausgestatteten Badezimmern. Ihr Gefängnis lag offenbar in einem der schraubenförmigen Gebäude, die Rhodan bereits beim Blick aus Hos Büro gesehen hatte. Trotz ihres Prisma-Aufbaus boten die Fenster von innen nach außen einen völlig normalen, ungefärbten Blick. In der Ferne war das bronzefarbene, schillernde Hochhaus des Administrators zu erkennen, und der Park, von dem aus der anderen Perspektive nur eine kleine Ecke zu erkennen gewesen war, lag grün und einladend unter ihnen.

»Was meinst du«, ließ sich Mondra vernehmen, »wie lange es dauern wird, bis der Kerl über seine Funkbrücke seine Befehle eingeholt hat?«

Rhodan zuckte die Achseln und wandte den Blick von der schwindelerregenden Tiefe außerhalb der Fenster ab. Mondra hatte sich auf die Seite gedreht. Den Kopf stützte sie in einer Hand, und die Art und Weise, wie sie ihn ansah, rief in ihm Erinnerungen an frühere Zeiten wach. Fast war er versucht, sich ihr zu näheren, und dann ...

Er schob den Gedanken weit von sich. *Das ist längst Vergangenheit!,* schalt er sich. *Konzentriere dich auf wichtigere Dinge.*

Nur, dass es im Moment keine wichtigeren Dinge zu tun gab. Innerlich seufzend drehte Rhodan Mondra wieder den Rücken zu und sah erneut aus dem Fenster.

Eine knappe Stunde später zirpte der Interkom neben Mondras Bett. Sie setzte sich auf und hieb auf den Empfangsknopf.

»Ja?« Sie klang so unwirsch wie eine schlecht gelaunte Adjutantin.

»Maria Lung«, meldete sich eine weiche, weibliche Stimme. »Ich bin Administrator Hos persönliche Assistentin. Er bittet mich, Ihnen mitzuteilen, dass Nachricht von Staatsmarschall Michou eingetroffen ist. Man wird Ihnen die beiden gewünschten Schiffe zur Verfügung stellen.«

»Wunderbar!« Rhodan trat in den Sichtbereich der Kameras und fragte sich, ob er auf Maria Lungs Monitor gelb leuchtete. »Wann und wo können wir starten?«

Die junge Frau auf der anderen Seite der Verbindung war sichtlich nervös. Ihre Lider klimperten so schnell, dass Rhodan schwindelig davon wurde. »Die XA PING und die RAPHAO stehen auf dem Raumhafen bereit, nicht weit von der Stelle entfernt, an der Sie auf Fort Blossom gelandet sind. Der Staatsmarschall hat befohlen, beide Schiffe unter Ihr Kommando zu stellen. Ich habe schon veranlasst, dass Sie abgeholt werden. In wenigen Minuten müsste Leutnant Lung bei Ihnen sein.«

»Lung? Ist das Ihr Ehemann?«, konnte Rhodan sich die Frage nicht verkneifen. Er war froh, dass die Warterei endlich ein Ende hatte, ärgerte sich aber auch darüber, dass Goberto Ho es nicht für nötig hielt, ihn persönlich von der Bereitstellung der beiden Schiffe zu unterrichten.

Eine leichte Röte flog über Marias Gesicht. »Lung ist ein sehr häufiger Name im alteranischen Imperium, Sir. Ich soll Ihnen von Administrator Ho eine gute Reise wünschen.« Ohne eine Antwort abzuwarten, kappte sie die Übertragung.

Rhodan starrte auf einen schwarzen Bildschirm. »Danke«, murmelte er kopfschüttelnd. »Übermitteln Sie dem Adminstrator meine besten Grüße.«

»Was für ein Idiot!«, sagte Mondra. Sie war aufgestanden und ging jetzt zur Tür, um auf die Eskorte zu warten.

Rhodan nickte. »Stimmt schon. Aber mir geht im Moment etwas ganz anderes im Kopf herum.«

»Was?« Mondra aktivierte den Bildschirm, der den Gang vor ihrem Appartement abbildete. Noch war von Leutnant Lung nichts zu sehen.

Rhodan seufzte. »Hoffentlich hat Schroeder inzwischen mit den anderen wohlbehalten das Golth-System erreicht.«

Acht

Schroeder brauchte einen Augenblick, um zu begreifen, dass sie gelandet waren, doch dann setzten Verstand und Reaktionsvermögen gleichzeitig wieder ein. Er teleportierte dorthin, wo er Tamra vermutete.

Sie war ebenso wie alle anderen quer durch die Zentrale geschleudert worden, und Schroeder konnte nur hoffen, dass sie noch lebte. Hastig verschaffte er sich einen Überblick. Er sah überall verdrehte Körper, zerschlagene Leichen, Blut auf Boden und Wänden. Elektrische Instrumente knisterten, und durch den Pfropf, der ihm noch immer in den Ohren saß, klang es dumpf wie das Knacken ausgerenkter Gelenke. Er fand Überlebende, erst einen, dann weitere. Alle trugen Kampfanzüge oder hatten es vor dem Absturz noch geschafft, sich in einen der Larenanzüge zu zwängen. Schroeder schöpfte Hoffnung.

Auch Tamra hatte einen Larenanzug zur Verfügung gehabt.

Aber hatte sie ihn auch anziehen können?

Und wenn ja – hatte er ihr das Leben gerettet?

Er zwängte sich an einem verknäulten Haufen glühenden Metalls vorbei, der ihm den Weg versperrte.

Dann sah er sie. Sie lag zwischen mehreren Stangen aus glänzendem Stahl, die alle so verbogen waren, dass er eine Weile brauchte, um sie als die Überreste eines Geländers zu erkennen.

Im hinteren Teil der Zentrale piepste ein Signal, monoton und ausdauernd, wie das einer Steuereinheit, die um Aufmerksamkeit rang. In der knisternden Stille wirkte das Geräusch fehl am Platz, aber es reichte aus, um Schroeders strapazierte Nerven zum Durchdrehen zu bringen.

Er packte Tamra und sprang mit ihr hinaus, ohne einen Gedanken an mögliche schwere Verletzungen ihrer Wirbelsäule zu verschwenden.

Er landete auf einer windumtosten Ebene mit kleinen, scharfkantigen Steinen unter seinen Stiefeln. Vorsichtig legte er Tamra nieder, und als er sich mit klopfendem Herzen über sie beugte, halb erwartend, dass er nur noch ihren Tod würde feststellen können, stöhnte sie leise auf.

In ihm senkte sich etwas in grenzenloser Erleichterung.

Sie schlug die Augen auf, fuhr in die Höhe und zeigte über seine Schulter.

Jetzt erst wandte Schroeder sich zu der ORTON-TAPH um. Sie befanden sich auf der Hochebene. Sie hatten es tatsächlich geschafft! In einiger Entfernung ragten zu ihrer Linken die Felshänge des Gebirges in die Höhe. Das Schiff schien weitgehend intakt zu sein, wenn seine Außenhülle auch unter der erlittenen Belastung noch immer ächzte und stöhnte. In seinem Inneren, begriff Schroeder, hatten mehr als eine Handvoll Menschen überlebt.

Wie um diesen Gedanken zu bestätigen, öffneten sich zwei der großen Hangarschotts. Eines fiel einfach nach unten und krachte mit einem dumpfen Dröhnen auf dem mit Geröll übersäten Boden auf, bei dem anderen funktionierte die Hydraulik noch. Menschen quollen aus dem Bauch der sterbenden ORTON-TAPH.

Tamra zeigte auf sie. »Viele werden verletzt sein«, krächzte sie. »Ohnmächtig wie ich. Du musst ihnen ...« Sie hustete, weil ihr die Stimme versagte. Keuchend holte sie Luft.

»Was ist?« Besorgt beugte Schroeder sich über sie.

»Nichts.« Sie rieb sich über den Brustkorb. »Nur ein bisschen Schwierigkeiten beim Atmen. Aber du musst ...«

Schroeders Blick zuckte zu der langen Reihe von Menschen, die das Schiff wie bei einem Exodus verließen. Viele von ihnen hatten gerade noch genug Kraft, aus der unmittelbaren Nähe der ORTON-TAPH zu taumeln, dann sanken sie erschöpft, verletzt und blutend zu Boden.

Er stand auf. »Onmout«, sagte er.

Tamra legte den Kopf schief. Es sah aus, als lausche sie auf eine unhörbare innere Stimme. »Lin«, fügte sie an. »Du musst unbedingt Lin da rausholen.«

Die Dringlichkeit in ihrem Blick machte Schroeder klar, dass er keine Zeit für Fragen hatte. Er nickte. Dann sprang er.

Der erste Überlebende, den Schroeder zu Tamras Stelle teleportierte, war nicht Demetrius Onmout. Es war zu ihrem Bedauern auch nicht Lin, sondern ein Mann aus Onmouts Crew. Tamra hatte ihn in der Zentrale gesehen, wo er ihr trotz der schrägen Buntheit der zusammengewürfelten Mannschaft aufgefallen war. Er war groß, weit über zwei Meter, schätzte sie. Und er wirkte dürr und abgemagert, als zehre eine schwere Krankheit an ihm. Seine Gesichtshaut hatte einen ungesunden gelben Ton, wie von einer schweren Hepatitis. Die langen, schwarzen Haare trug er zu einem dicken Zopf auf dem Oberkopf zusammengefasst und mit einem buntschillernden Tuch umwickelt. Seinen Namen kannte Tamra nicht. Der Mann war bewusstlos, und Tamra bettete ihn so bequem wie möglich. Während sie auf Schroeders Rückkehr wartete, hatten die Ersten aus der langen Reihe an Flüchtlingen sie erreicht und ließen sich kraftlos zu Boden sinken. Im Nu war

Tamra von einer Vielzahl fluchender, jammernder oder einfach nur ausdruckslos vor sich hin starrender Menschen umgeben. Fast jeder blutete aus einer Wunde. Einige der weniger stark Verletzten hatten andere gestützt oder sogar getragen, sodass bei weitem nicht alle überleben würden.

Tamra hörte ihr Stöhnen, und sie fror dabei.

Vom zweiten Sprung kehrte Schroeder mit Onmout zurück. Der Captain war bleich und hatte eine Kopfverletzung davongetragen, die er mit einem Zipfel seines Ärmels stillte. Ohne sich lange aufzuhalten, machte er sich daran, seine Leute unter den Flüchtlingen aufzuspüren und ihnen Befehle zu erteilen.

»Lin!«, rief Tamra Schroeder zu, bevor er erneut verschwinden konnte. Sie wusste nicht, ob er sie gehört hatte. Der Wunsch, mit der Kommunikationsoffizierin zu sprechen, wurde in ihr plötzlich übermächtig. Genau erinnerte sie sich an den erschrockenen Gesichtsausdruck der jungen Frau. Die Anzeigen hatten ihr irgendein Geheimnis dieses Planeten verraten, und zwar kein schönes, da war sich Tamra ganz sicher. Unbehaglich sah sie sich um. Das Hochplateau wirkte friedlich. In einiger Entfernung konnte Tamra das Ende der Geröllhalde ausmachen. Niedrige, blaugrün schimmernde Pflanzen wuchsen dort, hüfthoch zunächst, um etwa einen halben Kilometer weiter in dichtes Unterholz überzugehen. Tamra zog die Schultern hoch.

Beim dritten Mal erschien Schroeder wieder nicht mit Lin, sondern mit Jason Neko. Er legte ihn vor Tamra auf dem Boden ab, und sie erwischte ihn am Arm, bevor er erneut verschwinden konnte. Ernst sah sie ihm ins Gesicht. Er war bleich, und seine Züge sahen vor lauter Erschöpfung spitz aus. Sein Kehlkopf ruckte auf und ab, als sei ihm übel.

»Du musst unbedingt Lin finden«, sagte sie leise. »Sie weiß etwas über diesen Planeten!«

Er holte Luft. Halb erwartete sie, er würde ihr sagen, dass Lin tot sei, aber schließlich nickte er und war erneut fort.

Neko war nur halb bei Bewusstsein, also räumte Tamra die größten Felsbrocken unter seinem Kopf fort, sodass er einigermaßen bequem lag. Zu ihrer Erleichterung hatte er keine zusätzlichen Verletzungen – zumindest war ihm äußerlich nichts anzusehen. Wie es in seinem Inneren aussah ... Tamra schob den Gedanken von sich, weil er ihr unangenehm zweideutig vorkam, und hob den Blick über die langsam größer werdende Menge an Flüchtlingen.

Es hatten weitaus mehr überlebt, als sie zu hoffen gewagt hatte. Inzwischen mussten mehr als 1000 Menschen rings um sie herum auf der Ebene lagern, und noch immer riss der Strom an neu Hinzukommenden nicht ab. Unter ihnen befanden sich auch nichtmenschliche Gestalten, und es dauerte einen Augenblick, bis Tamra begriff, um was es sich handelte.

Medorobots!

Auf den Schultern eines von ihnen saß Boffään. Ein Lächeln glitt über Tamras Züge. Der Reparator winkte ihr zu. Er war so klug gewesen, die intakten Maschinen zu aktivieren und mit nach draußen zu bringen. Die Robots glitten auf ihren Prallfeldern durch die langen Reihen der Verletzten, suchten nach den dringendsten Fällen und begannen ihre Arbeit.

Diesmal tauchte Schroeder hinter Tamra auf. Sie bemerkte ihn erst, als er einen leisen Ruf ausstieß. Rasch wandte sie sich um, gerade noch rechtzeitig, um Lins reglosen Körper aufzufangen, der seinen Armen zu entgleiten drohte. Gemeinsam gelang es ihnen, die Offizierin auf dem Boden abzulegen. Tamra legte eine Hand an ihren Hals und suchte nach einem Puls. Sie fand ihn, konnte ihn aber kaum noch spüren, so schwach war er. Rasch suchte sie Lins Körper nach Verletzungen ab, fand zu ihrer Überraschung aber nicht eine einzige. Lins makellose Haut war weiß und unversehrt.

In diesem Moment stöhnte Schroeder leise auf. Tamras Kopf ruckte hoch. Sie hatte gar nicht bemerkt, dass er noch da war, war davon ausgegangen, dass er längst wieder zu seinem nächsten Rettungssprung aufgebrochen war.

»O große Mutter Tunima!«, entfuhr es ihr.

Er war jetzt leichenblass; wie dicke, schwarze Balken lagen Schatten unter seinen Augen. Sein Oberkörper schwankte leicht, und seine Lider flatterten. Mühsam stemmte er sich hoch, und Tamra schrie auf. »Du darfst nicht noch einmal springen!«

Ihre Warnung kam jedoch zu spät. Vor ihren Augen verschwand er.

Trotz der Sorge, die sie um den hageren Mutanten empfand, gelang es Tamra, sich auf Lin zu konzentrieren. Sie griff sich Captain Onmout, der in Begleitung zweier seiner Männer an ihr vorbeieilen wollte, und bat ihn, einen der Medorobots für die Offizierin abzukommandieren.

Der Captain blickte skeptisch auf Lin nieder. »Es sieht nicht so aus, als sei sie in unmittelbarer Lebensgefahr!«

»Ihr Puls geht nur schwach.« Tamra hielt inne und besann sich. »Kurz bevor wir abgestürzt sind, hat sie auf ihren Anzeigen irgendetwas Wichtiges entdeckt. Sie wollte es mir mitteilen, kam aber nicht mehr dazu.«

»Etwas Wichtiges?« Onmout hob eine Hand, um einen seiner Männer davon abzuhalten, ihn zu unterbrechen.

»Über den Planeten.« Tamra nickte energisch. »Ich hatte das Gefühl, dass es sich um irgendeine Gefahr handelt.«

»Gut.« Statt noch mehr Worte zu machen, befahl Onmout seinen Begleitern, dafür zu sorgen, dass ein Medorobot sich um Lin kümmerte. Dann stiefelte er seines Weges.

Der Roboter schwebte kurz darauf heran, und trotzdem hätte Tamra am liebsten wegen seiner Langsamkeit auf seine metallene Hülle eingetrommelt. Sie biss sich auf die Lippen, als er mit seiner Untersuchung begann. Wieder musste Tamra minutenlang warten, und sie tat es sehr unwillig.

»Diagnose«, schnarrte der Roboter endlich. »Leberriss. Meine Mittel reichen nicht aus, um die Verletzung zu behandeln.«

Tamra hob beide Hände an den Mund. »Wird sie sterben?«

»Positiv.«

Neben der Bewusstlosen sank Tamra auf die Fersen. Sie griff nach der Hand der jungen Frau und hielt sie fest; ein verzweifelter Versuch, sie ans Leben zu binden. Lins Haut war kalt und feucht.

»Kannst du sie für einen Moment aufwecken?«, fragte Tamra.

»Ich verstehe nicht«, sagte der Robot.

»Sie aus ihrer Bewusstlosigkeit holen, damit ich mit ihr reden kann.«

»Negativ. Es würde das Sterben beschleunigen.«

Tamra fühlte eine völlig irrationale Wut auf die neutrale Stimme des Robots. »Sie stirbt sowieso!«, fauchte sie. »Aber wenn ich nicht vorher nochmal mit ihr sprechen kann, sterben wir vielleicht alle.«

Diese Argumentation schien der Robot nachvollziehen zu können. »Einen Augenblick.« Eine Injektionsnadel schob sich aus einem seiner tentakelförmigen Arme, senkte sich zu Lin und stach in ihre Halsschlagader. In dem Moment, in dem der Robot die Nadel wieder aus der Haut zog, schlug die junge Offizierin die Augen auf.

»Lin?« Tamra beugte sich über sie. »Können Sie mich hören?«

Der Blick der Frau war unstet, aber schließlich fixierte sie Tamras Gesicht. »... Bioscan ...«, hauchte sie.

Der Rest ihrer Worte ging im Schnarren des Robots unter: »Ihre Lebensfunktionen versagen.«

»Halt die Klappe!«, schrie Tamra und beugte sich dichter an Lins Mund. »Was haben Sie gesagt?«

»Es gibt nur ein einz...« Wieder war der Rest des Satzes nicht zu verstehen, doch diesmal war nicht der Roboter Schuld daran. Lin war einfach zu schwach, ihn zu beenden.

Verzweifelt verdrehte Tamra die Augen gen Himmel. »Lin, bitte!«, flehte sie.

Aber es war zu spät.

Übergangslos wich der letzte Rest von Leben aus Lins Miene.

Sie war tot.

Tamra ließ ihre Hand los und schlug mit der Faust auf den geröllübersäten Boden. Der Schmerz war scharf und grell, als sich die Steinchen in ihre Haut bohrten, doch sie bemerkte ihn kaum.

Genau in diesem Augenblick kehrte Schroeder zurück. Mit einem kleinen Jungen im Arm materialisierte er dicht neben Lins Leiche.

Schroeder fühlte sich, als sei er kurz vor einem Kreislaufkollaps. Sein Herz pumpte angestrengt und schmerzhaft gegen seine Rippen, in seinem Schädel dröhnte es, und über allen Empfindungen lag ein fast rauschartiger Nebel.

Ihm war klar, dass er keine weiteren Teleportationen mehr durchführen konnte, doch genau das konnte er nicht tun. Teile der ORTON-TAPH waren kollabiert, hatten Menschen verschüttet oder durch herumfliegende Trümmer bewusstlos geschlagen. Er war der Einzige, der sie retten konnte, und wenn es sein musste, würde er bis zur Besinnungslosigkeit springen.

Er würgte. Blutige Schleier wallten vor seinen Augen, und er spürte, wie jemand ihm das Kind abnahm. Einige Worte drangen an sein Ohr, doch er verstand ihren Sinn nicht. Er blieb schwankend stehen, die Augen geschlossen, um zu neuen Kräften zu kommen. Hände lagen auf seiner Schulter und um seinen Oberarm, und kurz meinte er, Tamras große Augen dicht vor seinem Gesicht zu sehen.

Er atmete tief durch. Ein wenig klärte sich sein Blick, und in seinen Ohren dröhnte es nicht mehr.

Ein seltsames, reibendes Geräusch ließ ihn aufhorchen.

Tamras Augen wurden größer, und er drehte sich um, um festzustellen, was sie mit solchem Entsetzen erfüllte. Das Geräusch wurde lauter, glich jedoch noch immer einem Reiben. Riesige Hände, die über eine raue Oberfläche strichen.

»Das Schiff!«, rief jemand, ein einzelner, schriller Schrei, der aus dem nun einsetzenden Stimmengewirr hervorstach.

Ungläubig starrte Schroeder auf die ORTON-TAPH. Seine Augen waren noch immer nicht in Ordnung! Anders war nicht zu erklären, was er sah.

Die Außenhülle des Schiffes begann, sich zu bewegen. Wie bei metallisch glänzendem Fleisch, das von einer Gänsehaut überzogen wurde, rann ein Schauer über den Raumer. Eine Welle erfasste das Material, lief vom Bug bis zum Heck, und hinter ihr änderte die Oberfläche ihr Aussehen. Glanz wurde zu stumpfem Grau. Geschlossene Schotten, die sich gut sichtbar vom Rest der Hülle abhoben, verkrusteten, bis sie nur noch kaum erkennbare Schatten waren. Offene Schotten schlossen sich, bevor die Welle sie erreichte, und überzogen sich mit derselben Schicht.

Es sah aus, als habe ein Zauber die ORTON-TAPH erfasst und sie in Stein verwandelt.

Schroeder beobachtete, wie die Welle die letzten Spitzen von halb ausgefahrenen Landebeinen und Waffensystemen erreichten.

Ohne dass er es verhindern konnte, schwanden ihm die Sinne.

Auf Caligo stand Kelton-Trec am Fenster seiner illegalen Medostation und rang um Luft. Teile der Stadt brannten noch immer, doch er bemerkte es kaum. Er fühlte die Adern an seinem Hals wie unter immensem Druck anschwellen. Mit zitternden Händen gab er sich eine Injektion, die das Stocken seines Blutes um ein paar Tage verzögern konnte. Dennoch lief ihm die Zeit davon.

Er tippte mit zitternden Fingern auf sein Armbandkom und stellte den Kontakt zu seinem Verbindungsmann auf der ORTON-TAPH her.

Neun

Etwa einen halben Kilometer von der seltsam verwandelten ORTON-TAPH entfernt bildeten Hunderte von kleineren und größeren Felsbrocken ein steinernes Labyrinth. Hierher hatten sich die dem Wrack Entkommenen zurückgezogen, um sich wenigstens provisorisch vor dem kalten Höhenwind zu schützen.

Jason Neko hatte sich gegen einen der größeren Brocken gelehnt und dachte daran, wie Tamra sich um diesen schlaksigen Kerl mit den seltsamen Augen kümmerte. Dessen Existenz schien ihm weitaus interessanter zu sein als die unerklärliche Veränderung des Wracks, das für die anderen Menschen das einzige Gesprächsthema zu sein schien.

Ein Teleporter! Neko schüttelte den Kopf. Bisher hatte er geglaubt, Mutanten gäbe es nur in den Legenden. Sie seien Teil jener uralten Geschichten über Perry Rhodan und das Solare Imperium, an das er schon vor langer Zeit aufgehört hatte zu glauben. Nun, dieser Schroeder hatte ihn eines Besseren belehrt.

Wie ein gefällter Baum war der Kerl nach seinem letzten Sprung umgekippt und seitdem noch nicht wieder erwacht, obwohl die Sonne in der Zwischenzeit einmal unter- und wieder aufgegangen war. Tamra schien sich wirklich Sorgen um ihn zu machen.

Neko beobachtete, wie sie seine Stirn mit einem feuchten Lappen kühlte und immer wieder nach seinem Handgelenk griff, um den Puls zu messen. Die Medorobots hatten im Laufe der Nacht einer nach dem anderen den Geist aufgegeben, weil ihre Akkus leer waren. Kurz bevor die ORTON-TAPH sich in ein Standbild verwandelt hatte, war es zwei Technikern der MINXHAO noch gelungen, eine Ladestation in Sicherheit zu bringen. Dummerweise war das Gerät beim Absturz beschädigt worden, und die beiden Männer versuchten seit Sonnenaufgang, es zu reparieren.

Neko hörte sie im Schatten einer hochaufragenden Felsnadel leise vor sich hin fluchen. Solange sie erfolglos waren, blieb den Menschen nichts anderes übrig, als sich selbst um die Schwerverletzten zu kümmern. Ein komischer Kerl mit einem Turban und ungewöhnlich gelber Haut hatte dabei das Kommando übernommen; Neko hatte von einem von Onmouts Crewmitgliedern erfahren, dass es sich um den Bordarzt der MINXHAO handelte.

Der Mann gab sich alle Mühe, arbeitete seit dem Absturz beinahe rund um die Uhr, und dennoch konnte er nicht verhindern, dass rings herum die Menschen starben.

Manche hörten einfach auf zu atmen; lautlos und würdevoll verabschiedeten sie sich in eine andere Welt. Andere hingegen schrien ihre Qual und auch ihre Angst in den hellblauen Himmel hinaus, sodass Neko jedes Mal froh war, wenn endlich eine der Stimmen verstummte. Er legte den Kopf gegen den Felsen, richtete das Gesicht zur Sonne und schloss die Augen.

Ein Seufzen ließ ihn aufblicken.

Vor ihm stand der Bordarzt. Neko suchte in seinem Gedächtnis nach dem Namen, den ihm Onmouts Soldat genannt hatte.

Ian Fouchou.

»Darf ich mich einen Augenblick zu Ihnen setzen?«, fragte der Mediziner.

Neko zuckte nur mit den Achseln, und Fouchou ließ sich mit einem leisen Stöhnen neben ihm zu Boden sinken. »Ich brauche eine kurze Pause«, sagte er. »Sonst klappe ich zusammen.«

Kurz fragte Neko sich, warum der Mann sich ausgerechnet ihn als Gesellschaft ausgesucht hatte. Dann fiel ihm ein, was Tamra über ihn erzählt hatte. Dass Schroeder ihn kurz vor ihm aus dem Wrack geholt hatte. Vielleicht spürte der Kerl dadurch so etwas wie eine Verbindung.

Neko beschloss, ihm diesen Zahn so schnell wie möglich zu ziehen, und um sein Desinteresse an einer Plauderei von vornherein deutlich zu machen, reagierte er auf die Worte Fouchous nur mit einem undeutlichen Brummen.

Der Mediziner wandte den Kopf und sah ihn an. Wenn er sich über Nekos Unhöflichkeit ärgerte, zeigte er es nicht. Seine Pupillen waren ungewöhnlich weit, so, als stünde er unter dem Einfluss irgendeiner starken Droge.

Wie um diese Vermutung zu bestätigen, holte Fouchou mit einem schiefen Grinsen zwei kleine, grüne Pillen aus seiner Hosentasche und hob sie auf der flachen Hand vor sein Gesicht. »Die machen einen hübsch munter. Leider sind sie nicht gut für den Herzmuskel. Ich habe seit dem Absturz ungefähr die achtfache vorgeschriebene Dosis genommen.«

Neko wollte den Mund öffnen und den Mann fragen, warum er ihm das alles erzählte, tat es dann aber doch nicht. Es war besser, weiterhin den Schweigsamen zu spielen.

Es nützte nicht viel. Fouchou deutete mit weit ausholender Geste über das provisorische Lager und die vielen verletzten Menschen. »Irgendwie habe ich ein Déja-vu«, erzählte er. »Als die MINXHAO über Caligo abgeschossen wurde, konnte ich auch nur einen kleinen Teil der Verletzten retten.« Er legte die Handflächen aneinander und presste sie so stark zusammen, dass die Sehnen an seinen dürren Handgelenken hervortraten. Dann kam er mit einer federnden, energiegeladenen Bewegung auf die Beine. »Scheint mein Schicksal zu sein«, murmelte er. »Fouchou, der Nutzlose. Hat mich gefreut.« Ohne ein weiteres Wort zu verlieren, verschwand er so rasch und lautlos, wie er gekommen war.

Neko sah ihm mit einer Mischung aus Amüsiertheit und Ungläubigkeit nach. Er setzte sich bequemer hin und machte sich daran, die ORTON-TAPH zu betrachten.

Sie hatten versucht, die Umwandlung der Außenhülle wieder rückgängig zu machen, doch völlig erfolglos. Die ORTON-TAPH hatte sich in einen undurchdringlichen, offenbar meterdicken Panzer gehüllt. Wer sich zum Zeitpunkt der Umwandlung noch im Inneren des Schiffes befunden hatte, weilte nach wie vor darin. Inzwischen machte unter den Flüchtlingen das Gerücht die Runde, dass ein Reaktorleck eine radioaktive Verstrahlung verursacht und dadurch die Strukturumwandlung ausgelöst hatte. Wenn das stimmte, waren die Leute im Wrack sowieso nicht mehr zu retten.

Neko seufzte. Er dachte an Han Tsutaya und den Impulsschlüssel und begann zu grübeln, welcher Teufel ihn geritten hatte, die ORTON-TAPH zu sabotieren. Sicher: Er war von Anfang an dagegen gewesen, Dekombor zu verlassen. Wenn sich eine Gelegenheit ergeben hätte, hätte er Mitrade-Parkk sogar vor der Flucht der alteranischen Knechte gewarnt. Es war jedoch alles viel zu schnell gegangen. Bevor ihm überhaupt bewusst geworden war, was geschah, befanden sie sich alle bereits an Bord der ORTON-TAPH. Als er endlich begriffen hatte, dass sie nicht nach Groschir gebracht werden sollten, sondern dass sie *fliehen* würden, waren sie bereits im Luftraum über Caligo gewesen. Er hatte sich gefühlt wie ein Tiger, den man seiner natürlichen Umgebung entrissen hatte.

Und dann hatte er den Impulsschlüssel manipuliert.

In diesem Augenblick war es ihm absolut richtig erschienen. Jetzt allerdings ... Vielleicht hatte er gedacht, eine kleine Sabotage würde sie zum Umkehren zwingen. Vielleicht war er aber auch einfach nur lebensmüde geworden. Ein schneller Tod schien allemal besser zu sein als das primitive Dahinsiechen außerhalb des wohltuenden Einflussbereichs der Laren! Alles mögliche Erklärungen für sein Handeln. Nur, dass er sich nicht erinnern konnte, welche von ihnen die richtige war.

Neko schnaubte, öffnete die Augen wieder und ließ die Blicke schweifen.

Die Felsen waren das Einzige, was ihnen ein wenig Schutz bieten konnte – abgesehen von einigen wenigen Zelten aus dünner Folie, die sie hatten retten können. Und ebenfalls abgesehen von einigen flachen Trümmerstücken, die vor dem Absturz von der ORTON-TAPH abgesprengt worden und rings um das Wrack niedergegangen waren. Auch sie hatte die Strukturumwandlung erfasst, und es waren bis zu zehn Mann nötig gewesen, um sie zwischen die Felsen zu schaffen und als Windschutz aufzurichten.

Die Zeltbahnen knatterten wie Maschinengewehrfeuer im Wind und übertönten damit immer wieder das Stöhnen der Sterbenden. In Nekos Augen bewies die Situation nur zu deutlich, wie recht er mit seiner Einschätzung der

Lage gehabt hatte. Menschlinge waren ohne ihre Herren ein Nichts! Sie alle würden hier auf diesem elenden Planeten krepieren.

Ein Heim fern der wahren Heimat ... Ein bitteres Lachen wollte ihm schier die Kehle zerreißen.

»Woran denkst du?«

Er fuhr hoch und begriff, dass er unter den wärmenden Sonnenstrahlen eingenickt war. Tamra stand neben ihm; er hatte ihr Näherkommen nicht bemerkt.

»Nichts.« Er streckte das angewinkelte Bein und zog dafür das andere an.

»Entschuldige, ich wollte dich nicht wecken.« Tamra war drauf und dran, sich wieder zu entfernen, als Neko mit dem Kinn auf Schroeder deutete.

»Meinst du, er wacht irgendwann wieder auf?«

»Er ist nicht schwerer verletzt als du oder ich. Seine Bewusstlosigkeit kommt von der Anstrengung der vielen Teleportationen, hat mir Onmout erklärt. Sein Gehirn braucht einfach Ruhe. Er wird bald wieder zu sich kommen.« Tamra blickte in Schroeders Richtung, und ganz kurz sah Neko, dass ihre Züge weicher wurden. Sie bemerkte jedoch, dass er sie beobachtete, und runzelte die Stirn. »Die Besatzung hat diesen Planeten Terra Incognita genannt«, erzählte sie.

»Hmm.«

»Das ist irgendeine alte terranische Sprache. Es heißt wohl ›unbekanntes Land‹.«

»Wie passend.«

Missmut erschien auf Tamras Gesicht, und Neko vermutete, dass es an seiner Einsilbigkeit lag. Plötzlich hatte er Lust, sie zu irritieren. Sie hatte ihn immer fasziniert. Die Hartnäckigkeit, mit der sie für ihre Ziele, für ihre Freiheit kämpfte, hatte ihm imponiert, und die Tatsache, dass sie eine in seinen Augen so völlig falsche Sache zu ihrem Ziel erklärt hatte, machte sie nur umso interessanter für ihn. Dadurch fühlte er sich ihr überlegen, und gleichzeitig kam sie ihm beschützenswert vor.

Er rief sich in Erinnerung, wie Tamra unter Mitrades Einfluss an der Auspeitschung teilgenommen hatte, wie er geglaubt hatte, dass er nie mehr in ihr sehen könnte als die untote Henkersmagd, die sie gewesen war. Er hatte sich getäuscht. Jetzt und hier war sie für ihn plötzlich wieder die alte, liebenswerte Tamra, und das erfüllte ihn mit tiefster Verwirrung.

»Wie bist du Mitrade entkommen?«, hörte er sich fragen und hätte sich am liebsten die Zunge abgebissen.

Tamra antwortete nicht sofort. Sie wirkte, als sei ihr Geist in einer schrecklichen Vergangenheit gefangen, doch dann gab sie sich einen Ruck. Sie lächelte. »Ich habe sie erschossen.«

Neko fuhr mit solcher Vehemenz auf, dass er sich dabei den Hinterkopf an der rauen Oberfläche des Felsens anschlug. Mit der unverletzten Hand rieb er die schmerzende Stelle. »Du hast *was?*«

Tamras Lächeln verschwand so schnell, wie es gekommen war. »Ich habe sie erschossen.« Mit diesen Worten wandte sie sich um und ging zu Schroeder zurück.

Fassungslos sank Neko zu Boden zurück. Er krallte die Hand in das feine, scharfkantige Geröll und ließ es wie Sand durch seine Finger rinnen. Mitrade tot?

Der Schmerz in seinem Schädel verging langsam.

Nein! Es konnte nicht sein.

Niemals hatte Tamra Cantu genug Macht besessen, um Mitrade-Parkk zu töten.

Nachdenklich kratzte Neko über die verbrannte Stelle in seinem Genick.

Die KERIGAN-CORT durcheilte den Leerraum mit auf Volllast laufenden Antriebsaggregaten, sodass in ihrer Zentrale in regelmäßigen Abständen Warnlichter aufleuchteten. Mitrade-Parkks Untergebene hatten alle Hände voll zu tun, um die Energiebereitstellung des altersschwachen Schiffes im Griff zu behalten. Aber es waren nicht die flackernden Signallichter und auch nicht die beständig zu düsterem Dämmerlicht absinkende Beleuchtung, die Mitrades Körper vor Anspannung wie unter Schmerzen immer wieder zusammenzucken ließen. Es waren ihre Gedanken.

Gedanken, die stolperten wie die Aufzeichnung auf einem beschädigten Speicherkristall.

Obwohl Mitrade Caligo und Kelton-Trec samt seiner halbgaren medizinischen Apparate längst weit hinter sich zurückgelassen hatte, hatte sich ihr Zustand nicht wesentlich gebessert. Erfüllt von kalter Wut krallte sie ihre Fingernägel in die Lehne des Kommandosessels des Beiboots, bis der Druck schmerzhaft wurde. Dann hob sie die Hand und betrachtete ihre Finger. Einen nach dem anderen bewegte sie, und sie gehorchten problemlos.

Ihr werdet einige Tage lang das Gefühl haben, als seien Eure Gedanken nicht ganz homogen, hörte sie Kelton-Trecs Stimme in ihrem Kopf.

Es wird vorbeigehen.

Mitrade stieß einen zornigen Schrei aus, der ihre Vasallen erschrocken zusammenzucken ließ. Sie fühlte die vorsichtigen Blicke der Männer auf sich ruhen, spürte die Sorge, ins Zentrum ihres Zorns zu geraten. Am liebsten hätte Mitrade einem von ihnen eigenhändig den Hals umgedreht, um sich Luft zu verschaffen. Sie hasste sie alle! Sie hasste sie für den Ausdruck von Abscheu, den sie in ihren Augen sah, wenn ihr Blick über das Sen-Trook an ihrem

Gürtel glitt. Und noch mehr hasste sie sie dafür, dass ihr Verhalten sie an den Spott erinnerte, den sie als Kind hatte aushalten müssen. Vor lauter Hass verkrampfte sich ihr Innerstes zu einem harten, kaum zu ertragenden Knoten, und das Einzige, was sie dagegen tun konnte, war sich ganz auf ihr Ziel zu konzentrieren.

Tamra Cantu.

Eine Erinnerung schoss ihr durch den Kopf. Eine Erinnerung an ihre eigenen Worte, die sie der Scheuche damals entgegengeschleudert hatte.

Ich werde dich umbringen, Tamra Cantu, genüsslich, Stück für Stück. Aber es wird lange dauern, sehr lange.

Dein und mein ganzes, verfluchtes Leben lang.

Voller Bitterkeit lachte sie auf. »Mein ganzes verfluchtes Leben lang«, wiederholte sie ihre eigenen Worte.

Und darüber hinaus.

Mitrade straffte die Schultern. Noch immer brannte der Hass heiß und unangenehm in ihr, doch nun glitt ein finsteres Lächeln über ihre Lippen. Sie würde ihre Rache genießen.

Ein wenig ließ die Anspannung nach, was allerdings nur dazu führte, dass Mitrades Gedanken zurück in die Vergangenheit wanderten.

»Es tut mir leid!«, hatte Kelton-Trec immer wieder gestammelt, als sie sich aufgesetzt hatte. Mit klopfendem Herzen hatte sie an sich hinuntergesehen. Ihr Körper war makellos, ohne ein Anzeichen von Verletzung. Sie war am Leben!

Obwohl die Scheuche sie mit einem Thermostrahler erschossen hatte, lebte sie noch. Die Freude angesichts dieser Erkenntnis wurde jedoch sogleich zunichte gemacht, als ihr Blick auf die silbernen Fasern des Medoarmes fiel.

Sie war noch mit dem Sen-Trook verbunden. Etwas stimmte nicht!

Ihr Gehirn ...

»Was ist geschehen?«, fragte sie, und heftete den Blick auf Kelton-Trec. »Warum bin ich noch angeschlossen?«

Der erbärmliche Lare mit dem gehetzten Blick, der seinem Dasein in der Illegalität geschuldet war, zog zitternd Luft durch die Zähne. »Das Sen-Trook hat einwandfrei funktioniert«, berichtete er, und seine Stimme klang schrill. »Als die Steuereinheit bemerkte, dass Eure Vitalfunktionen auf null zurückgingen, hat sie das letzte Backup Eures Geistes gespeichert und dafür gesorgt, dass es sicher verwahrt wurde. Der Medoroboter, den ich mit Eurer Bergung beauftragt hatte, hat Euren Körper und das Sen-Trook in unsere Station gebracht, und ich habe den Reparaturprozess initialisiert.«

Noch einmal sah Mitrade an sich herunter, und jetzt erst ging ihr auf, dass sie nackt war. Kelton bemerkte ihre Scham. Rasch warf er ihr eine dünne Decke über, mit der sie ihre Blöße bedecken konnte. Als er weitersprach, wirkte er verlegen. »Er hat ebenfalls einwandfrei funktioniert. Ihr werdet an Eurem gesamten Körper keinerlei Überreste des Thermoschusses mehr finden. Herz, Lunge, alle inneren Organe arbeiten wie am ersten Tag nach Eurer Geburt.«

»Und das Gehirn?«

»Ihr wisst, dass es mit der derzeitigen Technik noch nicht möglich ist, ein so komplexes Organ wie ein Gehirn wieder wie vor dem Tod zum Laufen zu bringen.«

Mit der illegalen Technik, fügte Mitrade in Gedanken hinzu. Sie bleckte die Zähne. Ihr Vater hatte all die Jahre geheim gehalten, dass er Kontakte zu diesem Mediziner aufgebaut und ihn unauffällig bei der Entwicklung der

Sen-Trook-Technik unterstützt hatte. Und auch Mitrade, die die Arbeit von Pulpon-Parkk nach seiner Absetzung weitergeführt hatte, hatte es vorgezogen, damit nicht an die Öffentlichkeit zu gehen.

»Bei Caligo!«, hörte sie Kelton-Trec jetzt fluchen. »Wir können froh sein, dass uns alles andere so gut gelingt.« Er senkte den Blick. Leiser und weniger erregt sprach er weiter. »Ich habe Euch den von mir entwickelten Memo-Chip eingepflanzt, wie wir das bei allen von Euch in Auftrag gegebenen Versuchen auch getan haben. Leider kam es bei der Überspielung Eures Bewusstseins auf den Chip zu einem Energieabfall, und die Anlage wurde beschädigt.«

»Das heißt, Ihr könnt mein Bewusstsein nicht mehr auf den Chip übertragen?« Mitrade zog die Decke enger um die Schultern. Ihr war kalt.

»Nein. Die Zerstörungen, die der Bürgerkrieg in den Energieanlagen hinterlassen hat, sind zu groß, als dass ich derzeit die Anlage reparieren könnte. Aber es kann nur eine Frage von Tagen sein, bis alles wieder ...«

»Tage?«, kreischte Mitrade. »Ich habe keine Tage!« Sie wies mit dem ausgestreckten Arm in Richtung Zimmerdecke. »Da draußen befindet sich irgendwo eine kleine alteranische Scheuche, die es gewagt hat, eine Larin zu erschießen! Je länger ich hier herumliege, umso wahrscheinlicher entkommt sie mir!« Sie schwang die Beine von der Liege und quittierte Keltons entsetztes Keuchen mit einem wütenden Blick. »Mir ist egal, was Ihr tut, aber Ihr tut auf der Stelle etwas, damit ich heute noch losfliegen und dieses Miststück zur Strecke bringen kann!«

Ihre eigenen Worte klangen ihr noch immer viel zu laut und viel zu schrill in den Ohren, sie erinnerte sich, dass Kelton-Trec noch eine Weile lamentiert hatte; ein Lamento, dessen Wortlaut sie aus ihrem Gedächtnis verbannt hatte.

Schließlich war sein Widerstand gegen Mitrade erlahmt. Er hatte die Medoeinheit umprogrammiert und sie dazu benutzt, eine Überbrückung zwischen den Genfasern aus dem Sen-Trook und jenen aus ihrem Nacken zu schaffen. Nachdem er sich davon überzeugt hatte, dass sie funktionierte, hatte er die Fasern der Greifarme gekappt und die neu hergestellte Verbindung dann mit einer kurzen Operation zur Sicherheit unter Mitrades Hautoberfläche verlegt.

Jetzt, hier an Bord der KERIGAN-CORT, strich Mitrade-Parkk gedankenverloren über einen spürbaren Wulst, der sich an ihrem Hals entlang in den Ausschnitt ihrer Raumkombi zog. Der Medoroboter hatte bei der Beschleunigung des Heilvorgangs hervorragende Arbeit geleistet. Es waren keine Narben zu sehen.

Bis auf den Wulst deutete nichts darauf hin, dass Mitrade-Parkk nicht mehr mit ihrem Gehirn dachte, sondern mit einem kleinen metallenen Kasten an ihrem Gürtel. *Nur die leichte Verzögerung ihrer Gedanken ....*

Sie riss sich von den Grübeleien los und nahm den Ausdruck zur Hand, den einer ihrer Vasallen ihr kurz nach dem Abflug von Caligo gegeben hatte. Schweigend betrachtete sie den darauf eingezeichneten Kurs. Dann nahm sie einen Stift, schrieb einige Daten auf die Rückseite der Folie und händigte sie einem Kommunikationsoffizier aus.

»Das ist der Code eines Peilerchips. Aktivieren Sie ihn und sagen Sie mir, wo sich der Träger befindet.«

Sein Kopf drohte zu zerspringen, und Schroeder musste sich anstrengen, um ein gequältes Stöhnen zu unterdrücken. Ohne die Augen zu öffnen, blieb er reglos liegen und lauschte auf die Geräusche, die ihn umgaben. Nur langsam kehrten seine Erinnerungen an die letzten Augenblicke vor seiner Bewusstlosigkeit zurück. Ihm wurde klar, dass er vor geistiger Erschöpfung ohnmächtig geworden war.

Vorsichtig tastete er nach seiner Stirn. Die Nachwirkungen der Überanstrengung fühlten sich an wie ein schwerer Kater, und ihm war ein wenig übel. Langsam öffnete er die Augen, darauf vorbereitet, dass ihn das Licht blenden und grelle Schmerzwellen durch seinen Schädel rasen lassen würde. Zu seiner Erleichterung war dem nicht so. Graues Halbdämmern umgab ihn, das seine Sinne nicht über Gebühr strapazierte.

Nach einer Weile erkannte er, dass er in einem Zelt lag. Jemand war bei ihm, befand sich jedoch außerhalb seines Blickfelds. Vorsichtig drehte er den Kopf.

Es war Tamra.

Sie war damit beschäftigt, etwas in einer Art Mörser zu zerstampfen, den sie offenbar aus einem Trümmerstück gefertigt hatte. Sie hatte noch nicht bemerkt, dass Schroeder wach war, und er beschloss, sie auch noch eine Weile nicht darauf aufmerksam zu machen.

Er versuchte, sich zu entspannen, und beobachtete Tamra bei der Arbeit. Seit jenem Augenblick, als sein Ortersinn die kombinierten Signale von ihr und dem Sloppelle aufgefangen hatte, spürte er eine Verbindung zwischen sich und der ausgemergelten Frau, die er sich nicht erklären konnte. Er fühlte sich in Tamras Gegenwart so wohl wie bei niemand anderem sonst und fragte sich, woran das lag. Sie hatte, genau wie er, viel mitgemacht. In ihrem Innersten, das glaubte er zu spüren, war sie genauso verletzt wie er selbst. In seinen Augen machte sie das begehrenswert. Begehrenswert, aber auch schrecklich, denn er wusste nicht, ob er wollte, dass jemand begriff, wie es tief in ihm aussah.

Wenn er ehrlich mit sich war, hatte er Angst vor Tamra Cantu.

»Oh!« Sie ließ den Stößel sinken. »Ich habe gar nicht bemerkt, dass du wach bist. Wie fühlst du dich?«

»Matt. Aber es geht schon.« Er versuchte sich aufzusetzen. Sofort schlug die Übelkeit über ihm zusammen und ließ ihn stöhnend zurücksinken. Mit dem Unterarm bedeckte er seine Augen, vor denen flirrende Punkte tanzten.

»Bleib liegen!«, riet Tamra. Sie stellte ihren Mörser fort und trat an sein Lager. »Du bist noch sehr geschwächt. Du hast fast einen ganzen Tag geschlafen.«

»Einen Tag?«

»Wir haben festgestellt, dass die Rotationsdauer von Terra Ingognita 25,45 Stunden beträgt. Wir haben uns entschieden, erst mal unsere Bordzeit beizubehalten.«

»Terra Incognita. Hübsch! Wie viele haben den Absturz überlebt?«

Ein Lächeln glitt über Tamras Züge, das sehr traurig aussah. »Ungefähr achttausend.«

»Achttausend!« Jetzt setzte Schroeder sich doch auf. Mit zusammengebissenen Zähnen kämpfte er gegen die Wellen der Übelkeit an und siegte schließlich. Sein Magen rotierte, aber er übergab sich nicht.

»Das sind die, die sich vor der Strukturumwandlung retten konnten. Was mit den anderen ist, wissen wir nicht.«

»Wisst ihr, warum das passiert ist?«

»Die Strukturumwandlung?« Tamra zuckte die Achseln. »Die neue Hülle sieht aus wie bleiverstärktes Stahlplastik. Onmout vermutet, dass es im Inneren zu einem Reaktorbrand gekommen ist.«

»Was bedeuten würde, da drinnen sind alle so gut wie tot.«

Schroeder wusste, dass sie ihm das alles nicht erzählte, weil sie ihn unter Druck setzen wollte. Dennoch schwang er die Beine über den Rand der provisorischen Liege. Es war ein Stück Bordwand, stellte er fest, kalt, hart und stumpfgrau. Er krallte beide Hände um die Knie und wappnete sich. Dann setzte er seinen Ortersinn ein.

Als er aufgeben musste, schwankte sein Oberkörper. »Es geht noch nicht«, murmelte er und sank in eine liegende Position zurück. »Tut mir leid.«

Zehn

Später am Tag saß Schroeder im Eingang seines Zelts auf dem Boden und dachte nach.

Die Sonne senkte sich bereits über den Spitzen der Berge und schickte lange Schatten in das Lager der Gestrandeten. Einige Männer und Frauen waren im Lauf des Tages zu einem in einiger Entfernung liegenden Wald gegangen und mit ganzen Bündeln Ästen wiedergekommen, aus denen sie provisorische Windabweiser gebaut hatten. Doch noch immer hockte der Großteil der Gestrandeten zwischen den Felsen ungeschützt auf dem Boden.

Vor ein paar Stunden war es den beiden von Onmout abgestellten Technikern mit Hilfe Boffääns gelungen, die Ladestation für die Medorobots zu reparieren. Die Maschinen hatten jene Verletzten versorgt, die sich in Schmerzen wanden. Ihr Stöhnen und Schreien war verstummt, und eine bedrückende Ruhe hatte sich über das Lager gelegt. Wer jetzt noch starb, tat es lautlos.

Dicht hinter dem Wrack der ORTON-TAPH befand sich der Abgrund, über den das Hochplateau in bodenlose Abgründe stürzte. Die tieferen Landesteile lagen unter einem dichten Wolkenschleier, und Schroeder hatte keine Ahnung, wie es dort unten aussah.

Ein steter Wind trieb über die Ebene und schickte dort, wo das Geröllfeld in fruchtbare Erde überging, kleine rote Sandteufel in die Höhe. Der Raumanzug, den Schroeder noch immer trug und der ihn ausreichend sogar vor der Eiseskälte des Weltraums geschützt hätte, leistete beste Dienste gegen den Wind. Auch Tamra hatte es vorgezogen, den larischen Anzug anzubehalten, ebenso wie die anderen, die es vor dem Absturz geschafft hatten, einen von ihnen überzustreifen. Alle anderen froren in ihren Bordkombis.

Der Fuß der Berge im Osten lag ebenso im Nebel verborgen wie das tieferliegende Land. Nur hellviolette Gipfel erhoben sich darüber, und auf einigen konnte Schroeder Schnee erblicken.

Der Wald begann jenseits der Geröllhalde, hinter den Sandteufeln und einem schmalen Streifen hüfthoher Vegetation. Bis zu seinem Rand mochten es vielleicht zwei Kilometer sein.

»Sir?« Die ehrfürchtige Anrede war so fremd für Schroeder, dass er sie zunächst gar nicht auf sich bezog. Erst als er ein leises Räuspern vernahm, wurde er aufmerksam.

Vor ihm stand ein kleiner Junge. Sein Gesicht wirkte vor lauter Dreck wie verkrustet; dennoch glaubte Schroeder, ihn wiederzuerkennen. Es war der Kleine, den er mit seinem letzten Sprung gerettet hatte.

»Ja?« Schroeder verscheuchte den Gedanken an all jene, die vielleicht in den Trümmern hatten sterben müssen, weil er zu schwach gewesen war, um sie zu retten.

»Ich wollte Sie nicht stören, Sir«, sagte der Junge. »Aber meine Mutter sagt, ich soll mich bei Ihnen bedanken.« Er zeigte hinter sich, wo in einigem Abstand eine Frau stand und zu ihnen herübersah. Ihre rotblonden Haare standen wirr vom Kopf ab.

Schroeder zwang sich zu einem freundlichen Gesicht. »Schon gut.«

»Sie haben mir das Leben gerettet, Sir! Wie Petr, der versucht hat, Ntombe Gebele aus der kaputten ALEXIA zu retten. Nur dass *er* dabei gestorben ist. Sie nicht.«

Schroeder hatte keine Ahnung, wer dieser Petr war oder die ALEXIA. Er nickte abwesend und richtete seinen Blick wieder auf den Waldrand. Irgendwie, so schien es, konnte er sich nicht davon lösen.

»Komm, Liam, Schatz. Lassen wir Mister Schroeder in Ruhe. Er ist sicher noch sehr erschöpft.« Die Frau war nähergekommen und legte dem Jungen eine Hand auf die Schulter. Als sie sah, dass Schroeder sie anblickte, lächelte sie zaghaft. »Ich dachte nur, es gehört sich, Ihnen zu danken. Mein Name ist Frizzi Pasterz. Mein Mann Wu ist vor kurzem gestorben. Ich wäre wohl von den Klippen gesprungen, wenn jetzt auch noch Liam oder einem meiner beiden anderen Kinder etwas passiert wäre.«

Kurz dachte Schroeder an die Familie mit dem erkälteten Kind aus Tamras Kabine, und er fragte sich, ob sie noch am Leben waren. Er lächelte der Frau zu. »Schon gut. Ich habe es gern getan.«

Die Frau nickte und senkte rasch den Kopf, damit er die Tränen nicht sehen konnte, die in ihre Augen getreten waren. Sie wandte sich um und zog den Jungen mit sich fort.

Schroeder sah ihnen nach, bis der Dschungel seine Blicke wieder auf sich lenkte.

»Wie geht es dir?« Diesmal war es Onmout, der ihn aus seinen Gedanken riss. Er hatte ihn ebenso wenig kommen hören wie den Jungen. Ihn wunderte kurz, dass der Captain trotz allem, was sie gemeinsam durchgemacht hatten, zum vertrauten »du« überging.

»Gut. Müde noch, und wie es aussieht, verweigern mir nicht nur meine Parasinne den Dienst. Brauchst du meine Hilfe?«

Onmout zuckte die Achseln; die Geste ließ ihn in Schroeders Augen sehr jung aussehen. »Ein einsatzfähiger Teleporter wäre nicht schlecht, aber darum bin ich nicht hier. Ich wollte dich eigentlich nur über die Lage informieren.«

Schroeder wies ins Innere des Zeltes. »Ich kann dir nur meine Liege anbieten. Als Sitzgelegenheit, meine ich.«

»Geht schon.« Kurzerhand ließ Onmout sich auf die Fersen nieder und schlang die Arme um die Knie. Es war eine Haltung, die auf Schroeder sehr unbequem wirkte, aber der Captain schien mit ihr zufrieden zu sein. »Wir haben nicht besonders viel aus der ORTON-TAPH retten können«, erzählte er. »Zum Glück einige medizinische Instrumente. Medorobots und Waffen. Genügend Waffen, um einige von ihnen zu Schweißgeräten umzufunktionieren.«

»Ihr wollt da rein?« Schroeder wies auf das Wrack, das in seiner Starre ein wenig an ein uraltes, von Korallen überwuchertes Schiff auf dem Meeresgrund erinnerte.

»Wir vermuten da drinnen noch immer etliche Hundert Menschen.«

Schroeder nickte. »Sobald ich wieder teleportieren kann, helfe ich euch.«

»Wäre gut, wenn du so schnell wie möglich wieder auf die Beine kommst.« Onmout zögerte. »Meinst du, dass der Großadministrator uns hier finden wird?«

»Natürlich. Wir sollten versuchen, ihn über Funk zu informieren, dass wir Golthonga nicht erreicht haben.«

»Unmöglich. Außer den Hyperkoms unserer Kampfanzüge konnten wir keinen leistungsfähigen Sender retten. Abgesehen davon ... Das Riff liegt genau zwischen uns und dem Blossom-System. Selbst wenn wir einen Sender hätten, könnten wir es nicht erreichen.«

»Ihr könntet in die andere Richtung funken und einen Außenposten informieren.«

»Wir befinden uns mitten im Frontier-Gebiet. Außer Fort Blossom gibt es hier nicht viel, was wir anfunken können. Mal von den Laren abgesehen.« Onmout verzog schmerzhaft das Gesicht. »Entschuldige. Ich bin ein bisschen in Mitleidenschaft gezogen. Ich war noch nie für so viele Menschenleben verantwortlich.«

»Ich verstehe.«

»Glaubst du wirklich, dass Perry Rhodan nach uns suchen wird, wenn er feststellt, dass wir nicht auf Golthonga angekommen sind? Ich meine, er hat schließlich andere Sorgen als eine Handvoll Flüchtlinge von Caligo.«

Schroeder lehnte den Kopf nach hinten und stützte ihn mit im Nacken verschränkten Händen. »Auf Terra gibt es einen Mann namens Reginald Bull. Er hat mir mal eine sehr alte terranische Geschichte erzählt. Ich kriege sie nicht mehr genau zusammen, aber es ging darin um einen Schäfer, der seine Herde verlässt und nach dem einen Tier sucht, das ihm verloren gegangen ist.«

Onmout wiegte den Kopf, und Schroeder war sich nicht ganz sicher, ob der Mann begriffen hatte, was er damit aussagen wollte. »Meinst du, Rhodan ist wie dieser Schäfer?«

Schroeder nickte. »Ganz sicher.« Er gab sich Mühe, mehr Zuversicht auszustrahlen, als er empfand. Natürlich war er sich sicher, dass Perry alles daran setzen würde, sie zu finden – sofern ihm die Umstände die Gelegenheit dazu gaben. Rhodan war ein pragmatischer Mensch. Wenn er sich zwischen dem Schicksal von achttausend Menschen und dem von vielen Milliarden entscheiden musste, war ganz klar, was er tun würde.

Wie von der Sehne geschnellt erhob sich Onmout und ließ seine Fingergelenke knacken. »Danke«, sagte er. »Ich muss jetzt gehen. Ich muss mich um achttausend Menschen kümmern. Ruh dich noch etwas aus.« Mit diesen

Worten stapfte er durch den rötlich aufwirbelnden Staub davon.

Schroeder runzelte die Stirn. Hatte er sich getäuscht, oder hatte Onmout tatsächlich während ihres Gesprächs immer wieder unbehaglich zum Waldrand geblickt?

Kurz nachdem Demetrius Onmout gegangen war, fiel Schroeder der Bordarzt der MINXHAO auf, der offenbar damit beschäftigt war, in einen kleinen Armband-Kom zu sprechen. Angesichts der Informationen, die Onmout ihm soeben über die Auswirkungen des Hypersturmriffs gegeben hatte, fragte er sich, mit wem der Mann kommunizierte. Er wurde jedoch von diesem Gedanken abgelenkt, denn Tamra trat aus einem der Zelte am Rand des Lagers. Sie blieb in seinem Eingang stehen, drückte beide Hände in den Rücken und streckte sich.

Ob sie ihm irgendwann von selbst erzählen würde, dass sie schwanger war? Schroeder lächelte leise vor sich hin, während er Tamra dabei beobachtete, wie sie gähnte und dann die verkrampften Schultern bewegte. Den ganzen Tag über hatte sie geholfen, die Verletzten zu versorgen. Ab und zu war sie dabei an Schroeders Zelt vorbeigehastet und hatte rasch einen Blick hereingeworfen. Ein einziges Mal nur hatte sie ihn dabei angelächelt.

Jetzt ging sie zwischen den Felsen hindurch, die Arme um den Leib geschlungen, als sei ihr kalt. Zu Schroeders Freude kam sie direkt auf ihn zu.

»He!«, sprach er sie an, als sie ganz in Gedanken an ihm vorbeizugehen drohte. »Feierabend?« Die Sonne berührte mit ihrem unteren Rand inzwischen die höchsten Berggipfel.

Tamra schauderte. »Onmout hat mir befohlen, eine Pause zu machen.«

»Schlafen wäre eine gute Idee. Was meinst du?«

Ihre Reaktion traf ihn gänzlich unvorbereitet. »Hör auf, mich zu bemuttern!«, fauchte sie ihn an.

Er runzelte die Stirn, sagte aber nichts.

Mit gesenktem Kopf rieb sie sich über Stirn und Augen. »Entschuldige, ich bin nur ziemlich fertig.«

Schroeder stand auf. »Wenn du möchtest, können wir einen kleinen Spaziergang machen.«

Fast erwartete er, sie würde ihn brüsk zurückweisen, doch zu seiner Zufriedenheit nickte sie. »Das wäre schön.«

Sie verließen das Zeltlager und wanderten im Schatten der Berge ein Stück in Richtung Norden. Tamra erzählte von all der Arbeit, die zu tun war, um 8000 Menschen am Leben zu erhalten, und Schroeder begnügte sich damit, ihr zuzuhören. Erst als sie schwieg, holte er tief Luft.

»Die ALEXIA«, sagte er. »Weißt du, was das für ein Schiff war?«

»Woher weißt du von der ALEXIA?« Tamra hatte die Hände um den Nacken gelegt und massierte ihn im Gehen.

»Ein Junge hat mir davon erzählt. Und von einem gewissen Petr. Den dritten Namen habe ich vergessen.«

»Ntombe Gebele?«

»Genau.«

»Die ALEXIA war eines der Schiffe, die in Ambriador gestrandet sind. Aber das ist so lange her, dass es fast schon eine Legende ist.«

Schroeder drehte sich um. Sie befanden sich jetzt einen guten Kilometer entfernt vom Lager. Zwischen den Felsen glommen Feuer auf und erhellten die hereinbrechende Nacht mit ihrem rötlichen Schein. Sie waren bei weitem nicht hell genug, um den Glanz der unzähligen Sterne zu überstrahlen, die nun nach und nach im dunkler werdenden Himmel erschienen.

Tamra blieb stehen und blickte nach oben. »Auf Terra gibt es Sternbilder, die die alten Legenden erzählen, nicht wahr?«

»Möglich. Warum?«

»Auf Caligo habe ich manchmal in den Himmel geschaut und mir gewünscht, dort oben irgendwo zu sein. Weit weg. Ich frage mich gerade, ob es den Menschen auf Terra auch so ging. Ich meine, warum haben sie sonst Bilder in den Sternen gesehen?«

»Als die Menschen auf Terra den Sternbildern Namen gegeben haben, hatten sie noch lange keine Raumfahrt.« *Aber Sehnsucht,* fügte Schroeder in Gedanken hinzu. *Vielleicht zu viel Sehnsucht.*

Ein Geruch stieg ihm in die Nase, schwer und erdig, und plötzlich ging ihm auf, wie dicht sie sich am Waldrand befanden. Sie gingen durch hochstehendes Gras, das leise unter ihren Stiefeln raschelte. Wie lange schon?

Der Dschungel war eine kompakte, schwarze Linie in weniger als zwanzig Schritten Entfernung. Wind raschelte in den Bäumen und kämmte das Gras vor ihren Füßen. Es klang wie ein Wispern, leise und lockend. Schlagartig standen Schroeder die Haare im Nacken zu Berge.

Tamra blieb als Erste stehen. »Was hast du?« In der Dämmerung sahen ihre Augen groß und glänzend aus.

»Der Wald.« Schroeder fuhr sich mit dem Handrücken über die Lippen. Sie kribbelten. Sein ganzer Körper kribbelte. »Lass uns zurückgehen.« Fast hätte er hinzugefügt: *Ich kann noch nicht wieder teleportieren, und falls da gleich etwas aus dem Unterholz springt ...* Er schwieg jedoch, weil er Tamra keine Angst machen wollte. Unauffällig schloss er die Hand um die Waffe an seiner Hüfte.

Plötzlich lagen Tamras Arme wieder schutzsuchend um ihren Leib. »Wovor fürchtest du dich?«

Ja, wovor? Er wusste es selbst nicht.

Der Wald, wisperte eine leise Stimme hinten in seinem Kopf.

Er knirschte mit den Zähnen. Würde doch nur sein Orter-Sinn wieder funktionieren!

Tamra ließ den Blick an der langen Reihe von Baumstämmen entlangwandern. »Einige der Leute, die heute morgen hier waren, um Holz zu sammeln, haben erzählt, wie still es hier ist.«

Und da erkannte Schroeder, was ihn die ganze Zeit gestört hatte. In dem Lärm, den mehr als 8000 Menschen den ganzen Tag über verursacht hatten, war es ihm nicht aufgefallen. Hier jedoch, außerhalb des Lagers, begriff er.

Der Wald war still. Absolut still.

Kein Tier, das den Einbruch der Nacht mit seinem Brüllen begrüßte. Kein Vogel in den Ästen der hoch aufragenden Bäume. Nicht einmal ein Insekt in den Grashalmen zu seinen Füßen.

Choo Kwa war in ihrem ersten Leben Xeno-Biologin gewesen – bevor die Liebe zu einem Mann dazu geführt hatte, dass sie der Spielsucht verfiel und, um ihre Leidenschaft zu finanzieren, schließlich gemeinsam mit ihm eine Bank ausgeraubt hatte. Von ihrer Haftstrafe hatte sie erst knapp die Hälfte abgesessen, als sie für die Crew der MINXHAO ausgewählt worden war. Beim Absturz der ORTON-TAPH hatte sie sich in den tiefsten Tiefen des Schiffes befunden, und so hatte sie weder von ihrem rasanten Landeanflug noch von dem eigentlichen Absturz viel mitbekommen. Die einzige Verletzung, die sie davongetragen hatte, war ein großer blauer Fleck an ihrem Knie, der unter ihrer recht dunklen Haut nicht einmal richtig zu sehen war. Dennoch schmerzte er stark, behinderte sie beim Gehen und ließ sie in regelmäßigen Abständen leise vor sich hin fluchen. Sie, die im Gefängnis jeden Morgen fünfzehn Kilometer auf dem Laufband gerannt war, konnte nur schwer auf ihre gewohnte Bewegung verzichten. Zu gern, dachte sie, würde sie jetzt wenigstens einen kleinen Spaziergang durch die samtige Nacht unternehmen und die Tatsache genießen, dass sie *frei* war. Aber stattdessen hockte sie hier am Rand des Lagers, zwischen zwei Windschutzwänden aus Zweigen, die sie sich mit einer Handvoll ebenfalls wissenschaftlich ausgebildeter Männer von der MINXHAO teilte, und versuchte, diesen elenden Biomassescanner wieder in Gang zu bringen. Es war eins der wenigen Instrumente, die sie aus dem Wrack gerettet hatten. Als Onmout Choo gebeten hatte, zu versuchen, es zu reparieren, weil sie mit ihrem kaputten Knie keine Untersuchungen vor Ort vornehmen konnte, hatte sie ihn ungläubig angesehen. Ausgerechnet ein so sinnloses Ding hatte man ins Freie geschafft! Nahrungsmittel, Medikamente – alles hätten sie dringender gebraucht, als ausgerechnet einen Biomassescanner.

Der noch dazu kaputt zu sein schien.

Sie hatte Onmout darauf hingewiesen, doch er hatte nur gesagt: »Dann müssen Sie ihn eben reparieren!« Und auf Choos wütendes Gemurmel, warum sie denn wissen müssten, wie viele Tiere es auf diesem gottverdammten Planeten gäbe, hatte er sie eine ganze Weile schweigend angesehen. Und ihr dann erzählt, wie stumm der Wald war.

»Na und?«, schimpfte Choo jetzt leise vor sich hin. »Seit wann kommunizieren nicht-humanoide Lebewesen nur im für Menschen hörbaren Bereich?«

Terra Incognita! Sie schnaubte zornig. Was für ein dämlicher Name! Fast hätte sie dem Scanner, einem würfelförmigen Kasten von einem halben Meter Kantenlänge, einen wütenden Tritt gegeben, aber ihr Knie warnte sie mit einem dumpfen Pochen, es lieber sein zu lassen. Seufzend sog sie die Nachtluft ein.

Zwischen den Felsen waren überall Feuer entzündet worden; sie sandten ihren würzigen Duft in den Himmel. Mit ihrem flackernden, warmen Licht wirkten sie äußerst romantisch auf Choo. Sie blickte in Richtung ORTON-TAPH und seufzte zum zweiten Mal.

Singh, ein Ingenieur, der genau wie sie selbst straffällig geworden war, um eine Sucht zu finanzieren, und sie aus diesem Grund interessierte, hatte in dieser Nacht ebenso Dienst wie sie. Sie würde sich also bis zum nächsten Abend gedulden müssen, bevor sie mit ihm gemeinsam vor den Flammen sitzen konnte. Und noch viel länger, bevor sie wieder fit genug war, um in diesen fremden Wald zu gehen und sich dort ein wenig umzusehen. Ob es hier wohl Pflanzen gab, die sich zu medizinischen Zwecken verwenden ließen?

Missmutig verband sie die letzten beiden der beim Aufprall des Schiffs zerrissenen Kabelenden des Scanners wieder und klappte das Gerät zu. Ohne sich viel Hoffnung auf Erfolg zu machen, schaltete sie es ein. Und grinste zufrieden, als sie das leise Summen hörte, mit dem es zum Leben erwachte. Sie drehte den Holoschirm so, dass sie nicht von dem am nächsten liegenden Feuer geblendet wurde. Dann fluchte sie leise. Irgendein Bild hätte erscheinen müssen. Stattdessen jedoch geschah nichts. Zuerst dachte Choo, der Scanner habe vielleicht beim Aufprall weitere Schäden erlitten, doch als sie ihn berührte und die Wärme spürte, die von ihm ausging, wusste sie, dass dem nicht so war. Das Ding arbeitete einwandfrei.

Nur, dass es nichts anzeigte.

Choo schaltete den Scanner wieder aus, dann ein. Erneut erwachte der Schirm zum Leben. Erneut blieb er leer, auch, als Choo versuchte, die Auflösung zu erhöhen. Immerhin etwas erreichte sie: Am rechten Rand der Anzeige erschien eine schleierhafte Masse. Die Ansammlung der gestrandeten Menschen, dachte sie. Warum zeigte dieses Mistding die Menschen an, aber kein einziges Tier in diesem Dschungel?

Choo hob eine Hand, um dem widerspenstigen Gerät einen Schlag zu versetzen, doch ihre Bewegung erstarrte mitten in der Luft.

Sie hatte etwas gehört.

Ein leises Geräusch, wie das ferne Wimmern eines kleinen Kindes.

Choos Knie wurden weich. Hastig suchte sie den Waldrand ab, obwohl sie keine Ahnung hatte, aus welcher Richtung das Geräusch gekommen war. Fast schien es, als entstünde es mitten in ihrem Gehirn.

Sie legte den Kopf schief und lauschte.

Nichts.

Sie musste sich getäuscht haben. Woher sollte hier auch ein Kinderwimmern kommen? Choo hätte fast über sich selbst gelacht, doch in diesem Moment hörte sie es zum zweiten Mal.

Sie richtete sich stocksteif auf.

Aus der Richtung des Waldes näherte sich etwas. Choo runzelte die Stirn. Eine urtümliche, tiefsitzende Angst griff nach ihr und ließ sie zurückweichen.

Im nächsten Moment riss sie die Augen auf.

Elf

Von seiner eigenen Unterkunft, einem provisorischen Unterstand aus einem gegen einen Felsen gelehnten Wrackteil, hatte Jason Neko zugesehen, wie Tamra und dieser grimmig wirkende Mutant zu einem Spaziergang aufgebrochen waren. Er stützte den Ellenbogen gegen das Metall und rieb sich über den Mund. Der Wind wehte kühl durch die Ritzen seiner Behausung und spielte mit den feinen Haaren in seinem Nacken. Neko schloss die Augen, genoss die Liebkosung und stellte sich vor, sie käme von Tamra.

Ein leises Wimmern ließ ihn aufblicken. Ein Säugling? Er hatte bisher nicht gewusst, dass sich Kleinkinder im Lager befanden. Er legte den Kopf schief, um die Richtung besser feststellen zu können.

Irritiert blinzelte er. Das Geräusch kam von den Behausungen der Wissenschaftler – und dort gab es definitiv keine Säuglinge, da war er ganz sicher. Aus dem Augenwinkel sah er etwas knapp außerhalb seines Gesichtsfeldes vorbeihuschen. Rasch wandte er den Kopf. Die meisten der Gestrandeten schliefen den Schlaf der Erschöpfung, und nur eine der Wachen, die Demetrius Onmout hatte aufstellen lassen, marschierte mit einem Strahler im Arm zwischen den Felsen auf und ab. Das Knirschen seiner Stiefel auf dem Kies hatte einen regelmäßigen Rhythmus, der Neko bis zu diesem Moment beruhigt hatte. Jetzt jedoch wünschte er sich, der Mann würde stehen bleiben und lauschen, wie er es eben getan hatte. Damit das Wimmern noch einmal zu hören war.

Es hatte seltsam geklungen, gleichzeitig unheimlich und mitleiderregend. Auf jeden Fall hatte es ihn neugierig gemacht. Neko stieß sich von dem Wrackteil ab und trat aus seinem Verschlag einen Schritt hinaus.

Der Wachposten hatte das Ende seines Abschnitts erreicht und hielt für einen kurzen Augenblick inne, bevor er sich umdrehte und den Weg fortsetzte. Dieser Moment reichte Neko. Das Wimmern war jetzt ganz nah.

Hinter ihm!

Er fuhr herum, konnte aber nichts erkennen. Auf seinen Armen entstand eine Gänsehaut, und sein Herz pochte schmerzhaft gegen die Rippen.

Plötzlich entstand ein Kribbeln in seinem Nacken und strahlte von dort bis unter seine Schädeldecke aus. Das Gefühl verstärkte das Grausen, doch es verwandelte es in einen Anflug von freudiger Erregung. So lange er denken konnte, war er sensibel geworden für dieses Gefühl, das andere Alteraner nicht wahrzunehmen vermochten.

Jemand hatte seinen Peilerchip aktiviert.

Mitrade-Parkk stützte den Kopf in einer Hand ab und ließ den Blick fast sehnsüchtig zu der Steuereinheit wandern, die sie kurz vor ihrem Abflug an Bord hatte bringen lassen.

Noch nicht!, mahnte sie sich. *Du musst erst deinen eigenen Körper wieder beherrschen können!*

Sie bemerkte, dass einer ihrer Männer sie abwartend ansah. »Der Peilerchip funktioniert«, informierte er sie. »Aber die Störungen sind gewaltig.«

Sie ignorierte ihn und wandte sich um. »Wie lange dauert es noch, bis du ein Ergebnis hast?« Ihr Nacken schmerzte, die Schultern ebenfalls. Wie angespannt sie doch war! Kein Wunder, wenn man bedachte, was sie in der letzten Zeit mitgemacht hatte!

»Gerade fertig, Herrin. Ich überspiele Euch die Daten jetzt auf Eure Anzeige.« Zenon-Renkk, der in Mitrades Augen etwas zu hochgewachsene Erste Offizier, dem ihre Frage gegolten hatte, nahm eine Einstellung an seinem Holoschirm vor.

Langsam, viel zu langsam, baute sich vor den Augen der Larin die dreidimensionale Darstellung einer kleinen gelben Sonne auf, umgeben von Daten, die Informationen über ihre Koordinaten boten. »Warum hat das so lange gedauert?«

»Die Hyperstürme, Herrin. Sie erschweren es, verlässliche Daten zu bekommen. Wir mussten erst die Verzerrungen herausfiltern. Das hat gedauert, weil die Bordrechner unter den hyperphysikalischen Erschütterungen leiden.« Zenon hielt Mitrades Blick stand, und wenn die Larin es nicht besser gewusst hätte, hätte sie schwören können, dass der Mann eine ganz andere Erwiderung auf den Lippen gehabt hatte. *Was kann ich dafür, wenn Ihr uns mit einem solchen schrottreifen Schiff mitten durch ein Hypersturmriff jagt!* Mitrade verzog die Lippen. Niemals würde einer ihrer Untergebenen es wagen, sie auf diese Art und Weise zu kritisieren, selbst dann nicht, wenn er damit eigentlich recht hätte.

Die KERIGAN-CORT war in einem schlechten Zustand, aber sie konnte froh sein, dass sie das Schiff überhaupt bekommen hatte. Ihr eigenes war von einer Thermokanone fluguntauglich geschossen worden, sodass Mitrade keine Möglichkeit gehabt hatte, ihrem ersten Impuls zu folgen und Tamra und den anderen Flüchtlingen eigenmächtig hinterherzujagen. Also hatte sie zähneknirschend bei Kat-Greer vorgesprochen und ihn gebeten, die Menschlinge mit einem anderen Raumer verfolgen zu dürfen. Der General hatte ihr allerdings unmissverständlich klar gemacht, dass er Wichtigeres zu tun hatte, als sich um die völlig unbedeutenden Flüchtlinge zu kümmern. Immerhin hatte er Mitrade die KERIGAN-CORT überlassen. Passend, fand Mitrade. Schließlich war auch sie nur ein halb einsatzfähiges Wrack.

Sie rang Zenon-Renkk mit den Blicken nieder und unterdrückte ein selbstmitleidiges Seufzen. »Das Signal des Chips kommt aus diesem System?« Sie wies auf das dreidimensionale Abbild der kleinen Sonne.

»Ja, Herrin. Darf ich eine Frage stellen?«

»Frag.« Ab und zu war es von Vorteil, die Neugier der Leute zu befriedigen, um sich ihrer Loyalität zu vergewissern.

»Wenn ich ehrlich bin, wundert es mich, wie wir diesen Chip anpeilen können. Ich meine: Wir haben es mit einigen anderen versucht, aber das gesamte System der Peilerchips war ausgerichtet auf die planetare Überwachung. Handelt es sich bei diesem einen Chip um einen besonderen?«

Mitrade nickte. »Ja.« *Wenn der Vasall wüsste, wie besonders*, dachte sie. Sie wartete, doch Zenon war klug genug, nicht weiter nachzufragen.

»Ich verstehe«, sagte er nur.

»Gib mir alles, was die Datenbanken über das System haben«, befahl Mitrade.

Die Daten, die sich jetzt vor ihren Augen aufbauten, waren lediglich eine lange Abfolge von astronomischen, geologischen, biologischen und atmosphärischen Details. Durchschnittliche Lufttemperaturen des einzigen Planeten, Bodenbeschaffenheit, Vegetation, Fauna – keinerlei Fauna, stellte Mitrade fest. Ferner Zusammensetzung von

Luft und Wasser, ihre Verteilung auf der Oberfläche des Planeten und Aktivität der geologischen Formationen.

Mitrade wedelte durch die holografische Anzeige. »Steuert das System an!«

Zenon-Renkk bestätigte knapp und gab Anweisungen. Aus dem Augenwinkel betrachtete er unbehaglich das Hypersturmriff, das sich auf den Frontbildschirmen abzeichnete.

»Einflug in das System in einer halben Standardeinheit«, meldete ein Untervasall wenig später. »Die Störungen des Riffs überlagern die Energie des Peilerchips, aber wir haben jetzt aktuelle Daten des Planeten, Herrin.« Er überspielte sie, ohne eigens dazu aufgefordert worden zu sein. »Achtet auf die Thermodaten«, sagte er.

Thermale Beschaffenheit fester Oberflächenstrukturen. Zahlen über Zahlen glitten vor Mitrades Augen vorbei, bis sie an einer einzelnen Angabe hängen blieb. In der Nähe eines Gebirges gab es einen unnatürlich hohen Ausschlag thermaler Energie. Mitrade markierte den Wert und gab der Positronik den Befehl, herauszufinden, was er zu bedeuten hatte.

»Geothermale Besonderheit stammt mit achtundneunzigprozentiger Wahrscheinlichkeit von einem kürzlich stattgefundenen Raumschiffabsturz.«

Mit einem weiteren Steuerbefehl ließ Mitrade die Größe des havarierten Schiffes ausrechnen.

»Troventaar-Größe«, gab die Positronik an.

Mitrade erzitterte.

»Fliegt diesen Planeten an«, befahl sie.

Nachdem sie mit Schroeder von ihrem Spaziergang zurückgekommen waren, hatte Tamra versucht, ein wenig zu schlafen. Sie hatte sich geweigert, einen Platz in einer der wenigen Unterkünfte zu beanspruchen, wie Onmout und auch Schroeder sie gebeten hatten. Stattdessen hatte sie sich einfach in der Nähe eines der Feuer hingelegt und die Arme hinter dem Kopf verschränkt. Ihr larischer Kampfanzug wärmte sie ausreichend, sodass sie nicht frieren musste, aber dennoch wollte sich der Schlaf nicht einstellen.

Ein paar Männer und Frauen in ihrer Nähe unterhielten sich leise, und das erschwerte es Tamra zusätzlich, zur Ruhe zu kommen. Seufzend drehte sie sich auf die Seite und schob den angewinkelten Arm unter den Kopf. Ihr spitz hervorstechender Ellbogen drückte an der Wange, und so suchte sie sich eine bequemere Position, ehe sie die Augen schloss.

Es dauerte einige Minuten, dann begann das Kind in ihrem Bauch zu strampeln. Es war nur ein sehr schwaches Flattern, aber es sorgte dafür, dass Tamra an eine Begegnung mit Mitrade denken musste. An das Gespräch, in dem die Larin ihr enthüllt hatte, dass sie geschwängert worden war.

Tamra legte eine Hand auf den Bauch und versuchte, das vogelartige Flattern in ihrem Innersten auch mit den Fingerspitzen zu erfühlen. Dazu war es jedoch noch viel zu schwach. Sie öffnete die Augen wieder und rollte zurück auf den Rücken.

Der Sternenhimmel war wirklich spektakulär. So dicht standen die Sterne an einigen Stellen, dass sie zu schleierartigen Gebilden zu verschmelzen schienen. Der stetig wehende Wind frischte noch etwas auf. Er seufzte zwischen den Felsen und übertönte dadurch die Gespräche der anderen Flüchtlinge.

Alles, was Tamra sich aus den Bruchstücken zusammenreimen konnte, bevor sie in einen unruhigen Schlaf glitt, war eine einzige, immer wieder vorgebrachte Frage: »Warum nur sind wir nicht auf Caligo geblieben?«

Auch Schroeder versuchte, nach dem Spaziergang zur Ruhe zu kommen, doch ihm gelang es noch weniger als Tamra. Irgendwann in der Mitte der Nacht quälte er sich hoch und reckte sich.

Der Himmel war noch immer sternenklar und von so vielen leuchtenden Punkten überzogen, dass alles schwache, aber vielfältige Schatten warf. Am Rande seines Blickfelds glaubte Startac die Sterne flimmern zu sehen, was er den Auswirkungen des nahen Hypersturmriffs zuschrieb. Sie wussten nicht, was die energiereichen Emissionen mit der Atmosphäre des Planeten anstellten.

Sie hatten überhaupt wenig Ahnung von diesem Planeten.

Schroeder versuchte, sich zu konzentrieren. Er konnte die nahen Menschen wahrnehmen; einige unruhige Träume waren wie winzige Erschütterungen zu spüren. Sein Geist schien sich von den Anstrengungen der Rettungsaktion erholt zu haben, der Ortersinn funktionierte wieder.

Schroeder überlegte kurz, dann verließ er das Lager, marschierte die zwei Kilometer bis zum Rand des Waldes und blieb dort stehen. Mit halb geschlossenen Augen sondierte er die Umgebung.

Er spürte – nichts!

Doch mit einem Mal fühlte er sich unwohl.

Er wandte den Kopf und versuchte, jeden einzelnen seiner Sinne zu schärfen, doch das Gefühl von Missbehagen war so stark, dass es sich wie ein Schleier über seine Wahrnehmung senkte. Ganz kurz glaubte er, einen mentalen Impuls zu empfangen, doch als er versuchte, ihn zu fassen, war da nichts.

Er schien sich getäuscht zu haben.

Er versuchte zu teleportieren, doch auch das misslang. Kopfschüttelnd über seine Unfähigkeit kehrte er ins Lager zurück und legte sich wieder hin.

Schlafen konnte er noch immer nicht.

Tamra erwachte kurz vor Sonnenaufgang, erfüllt von der Erinnerung an einen weiteren beunruhigenden Alptraum, die sie auf die Beine trieb.

Der Wind schien ihr kälter als am Abend zuvor, und sie zog fröstelnd die Schultern hoch. An einigen Stellen wurde noch immer – oder schon wieder? – diskutiert. Sie fragte sich, wie viele der Flüchtlinge wie sie nicht gut schlafen konnten. Wie viele spürten Angst vor der unsicheren Zukunft? Das Wissen, dass sie von nun an auf sich selbst gestellt waren, schlich sich wahrscheinlich des Nachts in Hunderte von Köpfen und nistete sich darin ein, um die Menschen mit bösen Träumen und Schlaflosigkeit zu quälen.

Verdammt, selbst sie, die sie ihr ganzes Leben lang von der Freiheit geträumt hatte, hatte Angst! Um ihrer Herr zu werden, verfiel Tamra in einen leichten Laufschritt. Sie wusste, dass ihr Körper bereits nach kurzer Zeit der Anstrengung alle Kraft für die Bewegung brauchen würde und sie auf diese Weise vom Denken abhielt.

Sie blieb erst stehen, als sie dicht vor dem Unterholz des Waldrandes stand. Zögernd machte sie noch einen Schritt in Richtung des dichten, völlig stummen Grüns. Die Ruhe, die zwischen den Baumkronen, den Stämmen und Büschen lauerte, legte sich wie ein unhörbares Summen auf ihre Ohren.

Vorsichtig streckte sie die Hand nach einer weißen, kelchförmigen Blüte aus, von denen die Büsche hier übersät waren. Sie löste sich leicht von ihrem Stängel, und als Tamra sie anhob, um sie näher zu betrachten, stieß sie einen starken, fast betörenden Duft aus.

Die Blüte nachdenklich drehend, wandte sich Tamra um und kehrte zum Lager zurück.

Sie hatte die Blüte noch immer in der Hand, als sie Startac entdeckte, der zwischen den Felsen in ihre Richtung kam. Mit einem Gefühl der Vorfreude im Leib blieb sie stehen.

Er bemerkte sie, und ein kurzes Lächeln glitt über seine Züge. »Schon so früh auf?« Sein Blick fiel auf die Blüte.

»Ich habe wieder von Mitrade-Parkk geträumt«, sagte sie.

Er reagierte nicht sofort, sondern sah über ihre Schulter in Richtung Waldrand. Die Sonne schob sich über den Horizont und zeichnete die Ränder der Wolken in einem satten Rot nach. Fast übergangslos wurde es hell. Die Stille des Waldes wurde überlagert von den Geräuschen des langsam erwachenden Lagers.

»Mitrade-Parkk ist nicht die Gefahr, in der wir schweben«, murmelte er. Es klang, als spreche er zu sich selbst.

»Sondern?« Tamra ließ die Blüte fallen und sah zu, wie sie wie ein winziger Fallschirm sachte zu Boden segelte.

Schroeder wies mit dem Kinn auf den Waldrand. »Der Wald ist es. Warum gibt es in ihm keine Spur von tierischem Leben?« Er wollte mit dem Stiefel gegen die Blüte tippen, doch seine Schuhe waren zu klobig und das weiße Gebilde zu zart dafür. Er trat es in den Staub, schien es aber kaum zu bemerken. »Sieh dir diese Büsche an. Sie haben Blüten, die duften. Blüten, deren Staubgefäße eindeutig dafür gemacht sind, von Insekten bestäubt zu werden. Wo aber sind diese Insekten?«

Tamra glaubte den Duft der zertretenen Blüte noch immer in der Nase zu haben. Sie zuckte mit den Achseln.

»Ich habe mich mit einigen Wissenschaftlern von der MINXHAO unterhalten«, fuhr Schroeder fort. »Sie haben Untersuchungen angestellt. Auf diesem Plateau hat es eindeutig einmal tierisches Leben gegeben.«

»Aber jetzt nicht mehr.«

»Nein. Fragt sich: Warum?«

»Was hast du vor?« Tamra wurde Startacs starrer Blick unheimlich. Offensichtlich plante er etwas.

»Die Wissenschaftler arbeiten fieberhaft an der Lösung des Rätsels. Ich bin kein Biologe, und ich kann ihnen nicht helfen. Aber ich kann mich um etwas anderes kümmern.«

»Um was?« Tamra wandte sich um, um festzustellen, worauf Schroeder jetzt seinen Blick geheftet hatte. Es war das Wrack der ORTON-TAPH.

»Ich werde sehen, ob ich wieder telep...« Ein schrilles Pfeifen ließ ihn verstummen und Tamra hastig den Kopf einziehen. Ihre Ohren gellten schmerzhaft. Ein riesiger Schatten fegte dicht über sie hinweg, und im nächsten Augenblick wurde sie von den Füßen gerissen.

ZWÖLF

Schroeder bemerkte den flachen, schwarzen Schatten einen Sekundenbruchteil vor Tamra. Er hörte ein Kreischen, das ihm schier die Trommelfelle zerriss, und handelte instinktiv. Er warf sich voran, prallte gegen Tamra und riss sie mit sich zu Boden. Gemeinsam landeten sie hart auf dem Geröll, genau in dem Augenblick, als etwas mit dröhnendem Orgeln über sie hinwegfegte.

Ein heißer Luftschwall brandete auf sie nieder, raubte Schroeder den Atem und ließ ihn herumwirbeln wie ein trockenes Blatt im Herbstwind. Er verlor Tamra aus den Augen. Jegliches Gefühl für oben und unten kam ihm abhanden, und erst, als er erneut aufprallte, härter diesmal als beim ersten Mal, begriff er, was er gesehen hatte.

»Larische Raumjäger!«

Der Schrei kam aus dem Lager. Er klang seltsam laut, denn die Maschinen waren über ihr Ziel hinweggeschossen und außerhalb der Hörweite im Dunst verschwunden. Lähmende, undurchdringliche Stille legte sich über das Lager. Wo noch eben die morgendlichen Geräusche von mehr als achttausend Menschen erklungen waren, herrschte auf einen Schlag absolutes Schweigen. Es senkte sich über die Alteraner wie die Ahnung kommenden Unheils, und erst, als aus der Ferne das Jaulen der sich erneut nähernden Angreifer zu hören war, brach unter den Menschen Panik aus.

»Sie greifen ...«

»... uns an!«

Vereinzelt nur waren verständliche Worte aus dem Geschrei zu verstehen, das nun anhob und gleich darauf im Kreischen der niederstoßenden Jäger unterging. Wie riesige Raubvögel fegten die Schatten der Schiffe über das Lager hinweg. Schroeder sah, wie zwei von ihnen vor dem Feuerball der aufgehenden Sonne vorbeihuschten und sie kurz mit ihren deltaförmigen Flügeln verdeckten. In einem weiten Bogen zogen sie herum.

Und waren heran.

Anders als bei den ersten beiden Überquerungen schossen sie nun. Lange Feuerzungen leckten aus den Flügelspitzen, zuckten zwischen den Felsen nieder. Wo sie aufkamen, explodierten Wrackteile, Planen, Geräte. Und Menschen.

Dann wieder: Stille. Absolut diesmal.

Schroeder schüttelte den Kopf. Was war mit seinen Ohren? Erst langsam begriff er, dass sein Gehirn ihn narrte. Die Geschosse der Laren waren so laut gewesen, dass er alles andere einen Augenblick lang nicht mehr hören konnte.

Auch sein optisches Wahrnehmungsvermögen schien sich verändert zu haben. Die gesamte Szenerie war wie zu einem Standbild des Schreckens eingefroren. Menschen, die noch eben vor lauter Panik über andere hinweggetrampelt waren, hielten plötzlich inne, weil die einbrechende Stille sie wie regungslos an ihren Platz nagelte. Frauen, die sich über ihre Kinder geworfen hatten, richteten sich mit weit aufgerissenen Augen auf, in den Himmel starrend und die Münder zu einem Ausdruck des Entsetzens aufgerissen. Männer, die beim ersten Anflug der Jäger zu ihren Waffen gegriffen hatten, standen wie Statuen da, die Mündungen erhoben und die Köpfe gesenkt, als wollten sie das drohende Unheil abwenden, indem sie ihm Schultern und Nacken entgegenstemmten.

Schroeder griff nach Tamras Arm, ohne den Blick vom leeren Himmel abzuwenden. Mit einem Schlag kehrte sein Hörvermögen zurück. Das Stöhnen Verletzter und das Jammern ihrer Nächsten dröhnte jetzt in seinen Ohren. Er wusste ungefähr, wie lange es dauern würde, bis die Flieger ihre Bögen vollendet hatten, sich neu formieren und einen weiteren Angriff starten konnten.

Ihnen blieben nur Sekunden.

»Zum Wrack!«, rief er, so laut er konnte. Gleichzeitig zeigte er mit dem einen Arm in Richtung ORTON-TAPH, mit dem anderen zog er Tamra auf die Füße. Von der Überraschung des Angriffs benommen, taumelte sie gegen ihn. Ihm blieb keine Zeit, sich zu vergewissern, ob sie unverletzt war, denn ein Orgeln in der Luft kündigte die Rückkehr der Feinde an. Schroeder stieß Tamra in den Schatten eines mannslangen Wrackteiles. »Runter!« Dann wandte er den Blick den anfliegenden Raumjägern zu.

Es waren vier.

Ihre Flügel hatten eine Spannweite von mehr als zehn Metern, und an ihren Spitzen glühte es unheilbringend rot. Impulskanonen. Mit unübersehbarer Geschwindigkeit spieen sie ihre Energie auf die Menschen unter sich nieder und zogen breite Schneisen der Verwüstung mitten durch das Lager. Vereinzelt erwiderten die Alteraner – hauptsächlich Angehörige der MINXHAO – das Feuer, doch mit ihren Handwaffen konnten sie gegen die Feuerkraft der Gleiter nichts ausrichten.

»Schroeder!«

Startac hörte den Ruf, doch er hatte keine Zeit, in der panischen Menge nach dessen Ursprung zu suchen. Er wusste auch so, was er zu tun hatte.

Er fixierte einen der Jäger. Dann kniff er die Augen zusammen, konzentrierte sich. Er hatte keine Zeit zu fürchten, seine Teleporterfähigkeit könne noch immer nicht zurückgekehrt sein.

Er sprang.

»Wir richten nur unwesentlichen Schaden an!«, bellte Zenon so dicht bei Mitrades Ohr, dass die Larin zusammenzuckte. Sie hob die Hand, um den aufgeregten Ersten Offizier zum Schweigen zu bringen. »Ich weiß!« *Das ist Sinn der Sache,* fügte sie in Gedanken hinzu.

»Warum habt Ihr Befehl gegeben, gezielt daneben zu schießen?«, fragte Zenon, betroffen durch die stumme Zurechtweisung. Er hatte Mitrades Befehl, vier der sechs vorhandenen Raumjäger auszuschleusen und darauf zu achten, dass es keine Toten gab, mit einem ungläubigen Blick quittiert, und auch jetzt begriff er noch immer nicht, was sie wirklich bezweckte.

Trotz ihres Befehls waren einige Alteraner getroffen worden – was wahrscheinlich bei einem solchen Angriff nicht zu vermeiden gewesen war.

»Sie sollen nicht vernichtet werden«, belehrte Mitrade ihn.

»Sondern?« Der Offizier streckte eine Hand aus, als könne er die Flieger auf diese Weise dirigieren. Mitrade sah, wie seine Finger zitterten, und ihr wurde klar, dass er genauso begierig wie sie war, die Alteraner tot zu sehen. Er glaubte noch immer, sie seien verantwortlich für die Zerstörung des Sterns der Laren, und Mitrade hatte nicht vor, ihm diesen Glauben zu nehmen. Sie zwang sich, ihre Erregung zu unterdrücken. Die Toten dort unten kamen ihr im Grunde sogar gelegen. Sie würde die Überlebenden nach Caligo zurückbringen und ein neues Gefangenenlager mit ihnen bestücken. Die Ehrfurcht, die diese Flüchtlinge durch Erzählungen unter allen Lagerinsassen erzeugen würden, würde es ihr leicht machen, das neue Lager zu führen. Nein, der Angriff auf die Überlebenden galt nicht der Vernichtung der Alteraner. Er sollte ihren Freiheitswillen brechen.

Mitrade sah auf das zerstörte Wrack der ORTON-TAPH. Zwei der Alteraner dort unten wollte sie auf jeden Fall unversehrt.

Tamra Cantu.

Und Jason Neko.

Wieder glitt ihr Blick zu der spinnenartig anmutenden Steuerung. *Bald!*, beruhigte sie sich. Das Stolpern ihrer Gedanken hatte bereits merklich nachgelassen.

Ein Bild überlagerte ihre Sicht wie die Spiegelung in einer Scheibe: Kelton-Trec, der vor ihr stand. Sie selbst, nackt unter der dünnen Decke, die er ihr gegeben hatte. Seine Stimme: »Es gibt da noch eine Kleinigkeit ...« Mitrade verdrängte die Erinnerungen, denn sie ließen ihr Herz angstvoll schneller schlagen. Am liebsten hätte sie das Fernsteuernetz sofort aktiviert. Doch sie beherrschte sich. Sie hatte Gewissheit, dass Neko noch lebte. Sein Peilerchip arbeitete, wenn auch durch die Hyperstürme eingeschränkt. Mehr musste sie im Moment nicht wissen.

»Geben Sie den Piloten den Befehl, noch zwei Angriffe zu fliegen und dann im Abstand von zwei Kilometern vom Lager in Warteposition zu gehen«, befahl sie Zenon. Für das Grübeln über die Zukunft, für Wenn und Aber, hatte sie jetzt keine Zeit.

Das Innere des Raumjägers, den er angepeilt hatte, war größer, als Schroeder erwartet hatte. Dennoch hatte er gerade genug Platz, mit eingezogenem Kopf dazustehen und den Strahler zu heben, als ein melodiöses Zirpen ihn zusammenzucken ließ.

Gleichzeitig mit ihm erschrak auch der larische Pilot. Er fuhr in seinem Sitz herum, doch bevor er auch nur einen Blick auf Schroeder werfen konnte, traf ihn der Strahl seiner Waffe an der Schulter und katapultierte ihn nach vorn auf die Steuerkonsole. Der Ruck, mit dem der Jäger in den Sinkflug überging, riss Schroeder von den Füßen. Er taumelte vorwärts, prallte gegen den Laren, zerrte ihn aus dem Sessel und rammte ihn gegen die Wand. Im nächsten Augenblick kippte die Maschine und begann zu fallen. Mit lautem Heulen zischten dicht am linken Flügel die steil aufragende Felswand vorbei, während der Jäger über die Kante hinweg in die Tiefe stürzte.

Schroeder hechtete in den Sessel. Durch die Hypnoschulung auf der MINXHAO besaß er genug Wissen über larische Technik, um ein relativ kleines Gefährt wie dieses zu beherrschen. Er krallte beide Hände um die Steuerung, während vor ihm in der Luft Zeichenfolgen erschienen und wieder verblassten. Er konnte sie nicht lesen, dazu jagten sie zu schnell an ihm vorbei. Ihm ging auf, dass er einen der Helme benötigt hätte, der die Daten zu für seine Augen interpretierbaren Bildern ummodulierte. Rasch warf er einen Blick über die Schulter.

Der verletzte Lare lag verkrümmt hinter seinem Sitz und rührte sich nicht. Es war keine Zeit, seinen Helm an sich zu bringen. Schon tauchte der Raumjäger in die dichte Wolkendecke ein, die die tieferliegenden Landesteile vor den Augen der Menschen auf dem Plateau verhüllte. Schroeders Nackenhaare richteten sich auf. Alles in ihm spannte sich an, wartete auf den zermalmenden Aufprall, während er sich nach hinten in den Sitz drückte und die Steuerung zu sich heranzog. *Raus hier!*, schrie sein

Unterbewusstsein, doch er zwang sich, dem Fluchtreflex nicht nachzugeben. Er brauchte diesen Jäger, wenn er etwas gegen die Angriffe der Laren ausrichten wollte.

Das Schiff reagierte mit einem protestierenden Stöhnen, doch dann hob sich seine Schnauze. Schroeder lenkte es in einen steilen Aufwärtswinkel, brach aus den Wolken hervor, und für einen kurzen Moment tauchten die Strahlen der gelben Sonne das Cockpit in gleißendes Licht.

Als die Bordpositronik den Lichteinfall durch Blenden herabgeregelt hatte und Schroeder wieder sehen konnte, knirschte er mit den Zähnen. Er raste direkt auf einen Ausläufer der Berge zu. *Bei ES!*, schoss es ihm durch den Kopf. *Sind diese larischen Dinger schnell!*

Er riss den Raumjäger in eine steile Kurve, schoss über den ersten der schroffen Grate hinweg und rollte in einer Vierteldrehung nach rechts, als er einem Überhang bedrohlich nahe kam.

»Hier spricht Zenon-Renkk«, dröhnte eine Stimme aus einem nicht sichtbaren Lautsprecher. Sie klang blechern, weil Schroeder noch immer der Pilotenhelm fehlte. Dennoch war sie verständlich. »Wir fliegen ...«

Den Rest hörte Schroeder nicht, denn in diesem Moment raste er über einen langgezogenen Grat, der wie eine Axtkerbe in die Landschaft geschlagen worden war. Das Gelände dahinter lag gut einen halben Kilometer höher als jener Teil, auf dem die ORTON-TAPH notgelandet war. Und es war übersät mit Raumschiffswracks!

»...derhole: Nach zwei weiteren Überflügen Angriff einstellen und bei den übermittelten Koordinaten sammeln. Bestätigung!«

Es war hauptsächlich das eindringlich gesprochene letzte Wort, das Schroeder aus seiner erstaunten Erstarrung riss. Er wusste nicht, was er tun musste, um den Befehl zu bestätigen, aber ohnehin würde den Laren sehr bald auffallen, dass sie einen ihrer Piloten verloren hatten.

Schroeder wendete. In der Ferne sah er, wie die verbliebenen drei Jäger zu einem neuen Angriff auf das Lager ansetzten. Mit zusammengebissenen Zähnen machte er die Bordkanonen bereit.

Gemeinsam mit einer Handvoll anderer Menschen war es Tamra gelungen, sich unter der überkragenden Außenhülle der ORTON-TAPH in Sicherheit zu bringen. Mit weit aufgerissenen Augen sah sie, wie die Menschen sich um sie herum vor dem Feuer der Angreifer in Sicherheit zu bringen versuchten. An den Stellen, die die Laren unter Beschuss nahmen, war die Zerstörung gewaltig. Wrackteile und Felssplitter flogen durch die Luft wie Schrapnelle und richteten dort, wo sie auftrafen, weitere Zerstörungen an.

Einer der Jäger begann zu trudeln und verschwand über dem Rand des Plateaus. Es dauerte eine Weile, bis Tamra begriff, was geschehen war, doch dann explodierte wilde, völlig absurde Zuversicht in ihr. Aufgeregt krallte sie eine Hand in den Arm eines neben ihr kauernden Mannes und deutete mit der anderen auf das Schiff, das in diesem Moment aus der Wolkendecke schoss und sich sofort in eine steile Kurve legte.

»Schroeder ist da drin!« Sie war sich ganz sicher, und die Skepsis im Gesicht ihres Gegenübers verschwand in dem Moment, als der vierte Jäger die drei anderen angriff.

»Schroeder!«, riefen jetzt auch andere Alteraner, und als reiche das Kapern eines einzigen feindlichen Schiffes bereits aus, um die Schlacht zu gewinnen, wurde Jubel laut.

Tamra drückte beide Hände vor den Mund. Schroeder ging auf die Laren nieder wie ein Habicht. Die Spur seiner Kanonen verfehlte den äußeren Rand des Lagers nur knapp, bohrte sich dann in einen der Jäger und schoss ihn kampfunfähig. Wilde Haken schlagend, verschwand der Lare im Dunst der nahen Berge, und eine gewaltige Explosion zeigte Tamra, dass er nicht wieder auftauchen würde.

Die drei verbliebenen Raumjäger flogen über das Lager hinweg und hinterließen einmal mehr dröhnende, mit Angst erfüllte Stille.

Tausende Augen richteten sich in den Himmel. Und Tausende Köpfe zuckten nach unten, als kurz hintereinander zwei weitere Explosionen wie ferner Donner von den Bergen heranrollten. Ein Schatten näherte sich. Tamras Herz vollführte einen Salto. *Zu schnell!* Er war viel zu schnell, als dass es sich um Schroeder handeln konnte. Dieser Jäger hatte eindeutig noch immer Angriffsgeschwindigkeit.

Er jaulte jedoch über das Lager hinweg, ohne zu schießen. Tamras Nacken protestierte schmerzhaft, so schnell wandte sie den Kopf, um hinterhersehen zu können.

Und im nächsten Moment begriff sie, warum Schroeder noch immer Angriffsgeschwindigkeit flog. Ihr wurde eiskalt.

Aus dem Dunst der Wolken über dem Abgrund schälten sich die Umrisse eines larischen Raumschiffs.

Startac bemerkte das larische Schiff, kurz bevor er die Geschwindigkeit drosselte. Er erschrak, und wie eine mechanische Verlängerung seines Körpers ruckte auch der Jäger unkontrolliert in die Höhe. Schroeder verfluchte die heikle Steuerung.

Das larische Schiff war nicht besonders groß, doch Schroeder erkannte mit einem Blick, dass es ausreichend bewaffnet war, um nicht nur das Flüchtlingslager, sondern auch die Überreste der ORTON-TAPH ins Jenseits zu befördern. Er presste die Lippen zusammen. Keine Zeit zum Nachdenken. Er beschleunigte den Jäger auf Maximalgeschwindigkeit.

Die Landschaft verschwamm zu einem undeutlichen Schemen, und das Dröhnen der Triebwerke hämmerte in seinem Schädel. Er kniff die Augen zusammen und fixierte das Larenschiff. Aus dem Augenwinkel sah er etwas Dunkles auf sich niederkommen.

»Er greift uns an!« Zenons Stimme überschlug sich in fast unhörbaren Höhen.

Fassungslos starrte Mitrade-Parkk auf den winzigen Schatten, der wie ein außer Kontrolle geratenes Insekt dicht über dem Boden der Hochebene dahinraste. Innerhalb weniger Augenblicke waren drei ihrer Männer abgeschossen worden, und es dauerte, bis Mitrade begriff, woher das feindliche Feuer kam.

Von dem vierten Piloten!

Hatte sich denn alles gegen sie verschworen?

»Schutzschirme hoch!«, schrie sie atemlos vor Wut.

Es gab einen dumpfen Knall, ein leichtes Flimmern auf den Schirmen, dann erscholl Zenons Meldung, völlig ausdruckslos diesmal. »Schutzschildgenerator aktiviert. Schutzschild steht.«

Instinktiv riss Schroeder den Kopf herum.

Etwas sauste mit brutaler Wucht auf ihn nieder, verfehlte aber seinen Kopf und traf ihn stattdessen an der Schulter. Ein grausamer Schmerz raste durch seinen Körper. Er warf sich aus dem Pilotensessel. Der Jäger, der Steuerung beraubt, kam ins Trudeln, und Schroeder wurde gegen die Wand geschleudert. Mit beiden Händen fing er den Aufprall ab, fuhr herum und hechtete vorwärts.

Mitten in der Bewegung traf ihn der Hieb einer unsichtbaren Faust. Der Jäger bockte, ein Geräusch wie von einer riesigen Bronzeglocke ertönte. Etwas füllte die Frontschirme, groß und schwarz und alles erdrückend.

Schroeder rappelte sich auf. Auf seiner Lippe schmeckte er Blut.

Tamra sah den Raumjäger auf das larische Schiff zutaumeln, sah das konturlose Aufflimmern der hochfahrenden Schutzschirme.

Ein Stöhnen entrang sich ihr, als der kleinere Flieger gegen den Schirm prallte und wie von einem Titanen mitten im Flug abgebremst wurde. Spinnennetzartige Entladungen breiteten sich von der Stelle des Aufpralls aus, blendeten Tamra und ließen sie aufschreien. Es gab eine gewaltige Explosion. Tamra fühlte, wie sie angehoben wurde und durch die Luft flog.

Den Aufprall spürte sie kaum, denn ihr Blick war wie gebannt auf das larische Raumschiff gerichtet. Schroeder hatte den Schutzschirm durchschlagen und war an der Oberfläche des Raumers explodiert.

Wie in Zeitlupe kippte das Raumschiff um seine vertikale Achse, und ebenfalls wie in Zeitlupe verschwand es in der Tiefe.

Dreizehn

Der Larenraumer war fort.

Tamra richtete sich auf die Ellenbogen auf. Ihr Rücken schmerzte von dem Aufprall. Nur langsam löste sie den Blick von der Kante des Abgrunds, kam dann auf die Füße.

Wo blieb Startac?

Sie spürte mehr, als dass sie sah, wie Menschen neben sie traten. Wie sie gemeinsam mit ihr in die Tiefe starrten, in der Wolken das Ende der Reise des Larenschiffes verdeckten. Ein Krachen verkündete von dem Aufprall unten in der Ebene. Dann ein Rumpeln, wie von einem fernen Erdbeben, eine Druckwelle, die an ihnen vorbei in die Höhe fauchte, jedoch keine weitere Explosion.

»Wo bleibt er?«, murmelte Tamra. Ihr war klar, dass von dem Moment an, in dem der Jäger auf der Oberfläche des Raumschiffs explodiert war, jegliches Warten sinnlos sein musste. Wenn Schroeder in diesem Augenblick nicht teleportiert war, war er es überhaupt nicht. War er bewusstlos gewesen, vielleicht durch den Aufprall auf den Schutzschirm? War er im Feuer der Explosion vergangen?

Mit schwerem Herzen wandte Tamra sich ab und entfernte sich einige Schritte von den anderen. Ihre Hand tastete Halt suchend an der Wand der ORTON-TAPH entlang, während ihre Augen nicht sahen, wohin sie ging. Eine gähnende Leere, tiefer als jede Schlucht des Planeten, öffnete sich in ihr; das Gefühl eines Verlusts, der umso schlimmer war, weil er sie unvorbereitet traf.

Sie blieb stehen und rieb sich über die Narbe auf ihrer Stirn.

Zum ersten Mal seit Jahren rollten Tränen über ihre Wangen.

Als er wieder zu sich kam, war dicht bei seinem Kopf ... nichts! Hastig robbte Startac zurück, bis er mit dem Rücken gegen etwas Hartes stieß. Sein Atem ging schnell von dem erlittenen Schreck, und vorsichtig beugte er sich vor, um in den Abgrund zu sehen.

Er befand sich auf einem Vorsprung mitten zwischen Himmel und Erde. Vorsichtig hob er den Kopf. Weit über ihm war noch ein Stück der ORTON-TAPH zu erkennen. Sich vorzubeugen, um in die andere Richtung zu schauen, wagte er nicht. Er sah auch so, dass sich unter ihm nichts befand, nichts außer grauen, eintönigen Wolken. Wie Watte sahen sie aus, weich, als würden sie seinen Sturz sanft auffangen, wenn er sich nur fallen ließ. Er legte den Kopf gegen den Felsen und blinzelte die Verwirrung fort. Seine Schulter pochte und erinnerte ihn an die letzten Momente in dem Jäger.

Der Lare war genau in dem Augenblick zu sich gekommen, in dem Schroeder den Raumjäger gegen das Schiff gelenkt hatte. Es war ein Waffenkolben gewesen, der auf ihn niedergesaust war. Schroeders instinktive Abwehrbewegung hatte ihn davor bewahrt, dass ihm der Schädel eingeschlagen wurde, aber um den Preis, dass er die Kontrolle über die Steuerung des Raumjägers verloren hatte. Der war auf den Schutzschirm geprallt. Schroeder war vorwärts gehechtet, gegen den Laren, dann ohne genaue Peilung gesprungen.

Und hier auf diesem Felsvorsprung gelandet.

Er holte Luft, konzentrierte sich, um seinen ungemütlichen Aufenthaltsort zu verlassen, doch plötzlich ließ ihn ein kratzendes Geräusch aufhorchen.

»Hilfe!«

Nun beugte er sich doch vor und spähte in den Abgrund. Einige Meter unter ihm hing – gehalten nur von einem handbreiten Vorsprung – der larische Pilot und blickte mit verzerrtem Gesicht zu ihm hoch. Gelbes Blut tränkte seinen Raumanzug dort, wo Schroeders Schuss ihn an der Schulter getroffen hatte.

»Helfen Sie mir!«, bat er in einem für Laren gänzlich untypischen, flehentlichen Tonfall.

Schroeder überlegte nicht lange. »Halten Sie durch!« Er drehte sich auf den Bauch und robbte, so dicht es ging, an die Kante. Das Gestein unter seinem Körper knirschte bedrohlich.

Er schob einen Arm über die Kante, streckte ihn aus, doch er konnte den Piloten nicht erreichen. Langsam rutschte er noch ein Stück vorwärts – und verstärkte das Knistern dadurch.

»Seien Sie vorsichtig!«, flüsterte der Lare.

Doch Schroeder hatte nicht vor, diesem Rat zu folgen. Kurzerhand stemmte er sich auf alle viere. Mit einem haarsträubenden Knirschen gab der Vorsprung unter seinem Körper nach, und Schroeder fiel.

Er krachte dem Laren auf Kopf und Schultern, und genau in dem Moment, als sich dessen Finger von dem Felsvorsprung lösten und sie gemeinsam den Halt verloren, griff er zu und sprang.

Jason Neko hatte den Absturz des larischen Schiffes aus der Mitte des Lagers verfolgt. Er spürte die Auswirkungen des Aufpralls und das dadurch ausgelöste Erdbeben als schwaches Zittern des Untergrundes. Neben ihm sank eine der behelfsmäßigen, aus Wrackteilen errichteten Hütten in sich zusammen und ließ eine kleine, rötliche Staubwolke aufwirbeln.

Jubel erklang, vereinzelt nur und ungläubig; dann krochen die Menschen aus ihren Verstecken hervor. Die meisten wirkten mitgenommen, ängstlich. Sie beobachteten den Himmel, als könne im nächsten Augenblick eine neue Gefahr auf sie niederfahren.

»Na, froh?«, hörte Neko eine bekannte Stimme hinter ihm. Er drehte sich um. Vor ihm stand Ian Fouchou.

»Froh?«, wiederholte Neko. »Warum sollte ich froh sein?«

Fouchou wies nach unten in die Tiefe. »Sie sind abgestürzt. Sie können Sie nicht nach Caligo zurückbringen.«

»Nein.« Langsam schüttelte Neko den Kopf. »Das können sie nicht.« Empfand er Bedauern darüber? Vielleicht sogar Trauer? Als er die Raumjäger und das larische Schiff gesehen hatte, war ganz kurz die wilde Hoffnung durch seinen Leib gezuckt, Mitrade könne noch am Leben sein. Sie komme, um sie zurück nach Dekombor zu holen.

»Freuen Sie sich gar nicht darüber?«, fragte Fouchou.

Neko überlegte. »Warum sollte ich mich freuen?«

»Weil Sie endlich frei sind!«

»Frei?«

»Ja.« Der Dürre verschränkte die Arme vor dem Körper und starrte ihn an. »Sagen Sie nicht, Sie glauben an den ganzen Kram, den man uns ... den sie Ihnen in Dekombor eingetrichtert haben? Die Märchen vom friedlichen Zusammenleben von Laren und Alteranern, und die Lügen darüber, dass die Laren Ihre Beschützer sind.«

Märchen? Lügen? Neko hatte gewusst, dass im Flüchtlingslager Meinungen wie diese kursierten. Aber ihm war nicht klar gewesen, dass die Mitglieder der MINXHAO-Crew über die Verhältnisse auf Caligo informiert waren. Allerdings waren nach dem Absturz der ORTON-TAPH schnell hitzige Diskussionen aufgeflammt. Ob es rechtens war, einfach zu fliehen. Ob es *klug* war, vor allem. Würden sie ohne die schützende Hand der Laren überhaupt überleben können? Würden sie nicht wie die Tiere gejagt werden? Bestraft gar?

Neko hatte die Gespräche mit angehört, schweigend und nachdenklich. Er hatte sich herausgehalten, aber alle Argumente hatten seine eigene Meinung nicht ändern können. Er wies auf das erbärmliche Lager rings herum. »Das halten Sie also für Freiheit?«

Der Dürre schüttelte den Kopf. »Für sie ist das nur eine Übergangslösung. Bis Perry Rhodan kommt und sie hier abholt.«

»*Für sie?* Was ist mit Ihnen?« Neko wies mit dem Kinn auf Fouchous Brust.

»Ich? Wie es aussieht, habe ich nicht mehr lange zu leben.«

Neko war nicht bereit, sich die Geschichte des Mannes anzuhören, und offenbar sah man ihm das an. Der Dürre schwieg. Er sah peinlich berührt aus.

Neko richtete seine Gedanken auf den vorletzten Satz Fouchous.

Bis Perry Rhodan kommt und sie hier abholt ...

Machte diese Vorstellung ihm Angst? Er wusste es nicht genau. Sicher war, dass er ein ungutes Gefühl bei dem Gedanken daran verspürte, wie offen und richtungslos die Zukunft vor ihm lag. Wie sollte er es schaffen, Entscheidungen zu treffen, die all die Jahre immer andere für ihn getroffen hatten? Wie konnte er wissen, welchen Weg er einschlagen musste?

Er wusste es nicht.

Aber das war auch gar nicht nötig, begriff er. Das larische Schiff war nur ein kleines Beiboot gewesen, eine Vorhut, die auskundschaften sollte, wo sie sich befanden. Bald würden andere folgen, größere, und dann würden sie zurückgebracht werden in die Sicherheit von Dekombor. Wozu sollte er sich Sorgen um die Zukunft machen? Es gab keinen Grund dafür.

Er fühlte, wie Zuversicht ihn erfüllte, und ertappte sich dabei, dass er hoffnungsvoll in den Himmel starrte.

Fouchou lachte auf. »So schnell kommt er nicht! Sie brauchen sich nicht tagelang den Hals zu verrenken.«

Die Worte irritierten Neko, bis er begriff, dass der Dürre nicht von einem Larentransporter sprach, sondern von diesem sogenannten Großadministrator. Er lachte spöttisch. »Märchen, ja?«

Fouchou nickte ernsthaft. Dann ließ er Neko einfach stehen und ging davon.

Um allein zu sein, ging Tamra quer durch das Lager, hin zum Rand des Waldes. Unterwegs hielt sie inne, denn sie sah den Mann mit dem Turban neben Jason Neko stehen und sich mit ihm unterhalten.

»Märchen, ja?«, sagte Neko gerade, und der andere nickte einfach nur, bevor er davonmarschierte.

Tamras Blick fiel auf eine Gruppe von Männern. Sie standen in einer der Gassen und hatten sich zusammengerottet, um zu debattieren. Alles an ihrer Haltung sah aggressiv und aufgebracht aus. Vorsichtig trat Tamra einige Schritte näher, um verstehen zu können, was sie besprachen.

»... dieser Schroeder eigentlich, wer er ist?«, sagte einer von ihnen, ein vierschrötiger Kerl mit einem Schädel, der ebenso kurzgeschoren war wie Tamras. »Ich meine, wer gibt ihm das Recht, die Laren einfach anzugreifen? Was, wenn sie hier waren, um uns zurück nach Hause zu holen?«

Nach Hause! Tamra spürte, wie ihr eine eisige Hand ums Herz griff. Wie viele der Flüchtlinge sahen Dekombor als ihr Zuhause?

»Klar waren sie das!«, erwiderte ein zweiter Mann. Er war ebenso hochgewachsen wie der Glatzkopf, aber viel dünner. In seinem Gesicht saß eine Hakennase von gewaltigen Ausmaßen. »Darum haben sie ja auch das Feuer auf uns eröffnet.«

Glatzkopf blies Luft durch die zusammengepressten Lippen. »Eine Strafmaßnahme! Schließlich sind wir unerlaubt abgehauen. Wenn ihr mich fragt: Wenn ich gewusst hätte, dass dieses Schiff« – er zeigte auf die ORTON-TAPH – »uns nicht nach Groschir bringen sollte, wäre ich gar nicht eingestiegen.«

»Was werden sie wohl jetzt mit uns anstellen?«, fragte ein Junge, der kaum älter als 16 Jahre sein konnte. Seine Wimpern lagen lang und dicht. »Ich meine, auf Caligo sind wir einfach in das Schiff geklettert und abgehauen. Aber jetzt haben wir Laren *abgeschossen*!« Er betonte das letzte Wort auf eine Weise, die sein ganzes Entsetzen über die Ungeheuerlichkeit des Geschehenen zum Ausdruck brachte.

»Für mich sieht das so aus«, sagte der Glatzkopf. »Dieser Mutant hat das Schiff abgeschossen, nicht wir. Ich schon gar nicht.«

»Aber wie beweisen wir das den Herrn?« Unbehaglich zog der Junge den Kopf zwischen die Schultern, als spüre er bereits den langen Arm der Laren nach sich greifen.

»Wir sagen es ihnen. Mitrade-Parkk wird klar sein, dass keiner von uns dazu in der Lage gewesen wäre.«

»Mitrade ist tot!« Die Worte waren Tamra herausgerutscht.

Gleichzeitig ruckten die Köpfe der Versammelten zu ihr herum. Der Glatzkopf kniff die Augen zu schmalen Schlitzen zusammen, die sein Gesicht aussehen ließen wie das einer Bulldogge. »Was soll das heißen?«

»Das heißt, dass Mitrade-Parkk bei dem Bürgerkrieg auf Caligo erschossen wurde«, sagte Tamra ruhig.

»So! Und das weißt ausgerechnet du ganz genau, ja?«

»Weil sie es getan hat.« Die Stimme ließ die Männer und auch Tamra herumfahren. Neko stand zwischen zwei Felsbrocken und hatte sich mit verschränkten Armen gegen einen von ihnen gelehnt.

Hinter sich hörte Tamra den Jungen aufkeuchen.

»Sie hat Mitrade-Parkk erschossen?«, wiederholte Glatzkopf ungläubig.

Neko lächelte schmal. In Tamras Augen sah es unglaublich arrogant aus. »Das hat sie zumindest behauptet.«

Sie suchte seinen Blick, doch er wich ihr aus. Irritiert stand sie ihm gegenüber und erinnerte sich an die Verwirrung, die sie in seinem Blick entdeckt hatte, als er begriffen hatte, dass sie untot war. Sie hatte geglaubt, leisen Zweifel in ihm zu entdecken, eine Reaktion auf die deutlich sichtbaren Zeichen dessen, was man ihr angetan hatte. Sie hatte gehofft, es könne der Beginn seiner Emanzipation von den Laren sein. Jetzt jedoch, wie er so dastand, so lässig und in sich ruhend, kam es ihr vor, als sei dieser Zweifel nur eine Illusion gewesen. Dies hier war der wahre Jason Neko. Der larische Knecht.

Der Mann, dessen Beweggründe sie niemals verstehen würde.

Mit vorgeschobenem Kinn hielt Tamra seinen Blicken stand. »Es stimmt«, sagte sie.

Er schüttelte nur den Kopf.

»Nicht?« Glatzkopf schob sich an Tamra vorbei.

»Nein. Mitrade-Parkk lebt.«

»Woher willst du das wissen?« Ihre eigene Stimme gellte Tamra in den Ohren. Sie holte tief Luft. »Du hast es nicht mit eigenen Augen gesehen, wie der Thermostrahl sie traf. Wie sie zu Boden sank, mit diesem ... Loch im Leib.« Ihr wurde bewusst, dass sie die Hände gegen ihn erhoben hatte, gerade so, als halte sie den Strahler noch immer in ihnen und habe ihn gegen Neko gerichtet. Kraftlos ließ sie die Arme sinken. Ein völlig irrationales Schluchzen wollte sie schütteln, doch sie wehrte sich dagegen.

Er antwortete nicht auf ihre Worte, blieb einfach stehen, wo er stand. Ruhig und selbstsicher. Glatzkopf und die anderen wirkten unschlüssig.

Tamra drängte sich an Neko vorbei. Sie musste ihn mit der Schulter zur Seite schieben, damit er ihr Platz machte, und obwohl sie nur einen Bruchteil dessen wog, was er auf die Waage brachte, wich er ihr leichtfüßig aus.

»Wir sollten uns überlegen, was wir jetzt tun«, hörte sie Neko zu den Männern sagen. Es kümmerte sie nicht mehr.

Kaum war sie aus der Zeltgasse herausgetreten, warf Tamra sich herum und begann zu laufen.

Nach seinem Gespräch mit Jason Neko wanderte Ian Fouchou eine Weile grübelnd durch das Lager. Momentan hatte er nichts zu tun. Die Medorobots kümmerten sich um die Verletzten, die der Larenangriff hinterlassen hatte. Ihre Existenz ließ Fouchou sich nutzlos vorkommen. Sie taten ihre Arbeit um so vieles effizienter und besser als er. Er seufzte und belauschte dann die Gespräche der Flüchtlinge und auch die seiner Crewmitglieder, nahm ihre Inhalte aber nicht richtig wahr.

Seine Gedanken kreisten um ganz andere Dinge. Er hob den Blick in den hellblauen Himmel von Terra Incognita und ließ ihn einen Augenblick lang auf der kleinen, gelben Sonne ruhen. Ihr Licht war nicht stark genug: Sogar am Tag konnte sie die hellsten Sterne nicht vollständig überstrahlen, und so wirkte der Himmel ein wenig wie mit unregelmäßigen, blassen Narben übersät.

Fouchou schob den Ärmel hoch und musterte die Haut an seinem Unterarm. Das Narbenmuster dort ähnelte dem des Himmels, fand er, und er musste kichern. War das ein Zeichen?

Er kam aus einem System, dessen Sonne zwar ebenso klein wie die Terra Incognitas war, deren Leuchtkraft diese hier jedoch um ein Vielfaches überstieg. So hell war seine Heimatsonne gewesen, dass sie die Nächte erleuchtet hatte, selbst wenn sie längst unter dem Horizont versunken gewesen war. Auf seiner Heimatwelt hatte die astronomische Dämmerung erst bei 115 Grad eingesetzt.

Fouchou seufzte und rollte seinen Ärmel wieder nach unten. *Sterne!* Er musste lachen bei dem Gedanken, dass es auch in Zeiten der Raumfahrt noch immer Menschen gab, die an den Einfluss der Sterne auf ihr eigenes Schicksal glaubten. Was für ein Unsinn!

Mit einer zornigen Grimasse blickte er in Richtung der versiegelten ORTON-TAPH und stieß einen leisen Fluch aus.

Kurz bevor Tamra das Lager verließ, stieß sie mit Captain Onmout zusammen.

Er bemerkte, dass sie aufgewühlt war. In seiner Miene stand Verständnis, als er sie aufhielt. »Er ist vor der Explosion entkommen!«, sagte er, und Tamra sah ihn an.

»Hat er sich über Funk gemeldet?« Sie wusste, dass einer von Onmouts Männern versucht hatte, Schroeders Anzugkom anzufunken, und dabei erfolglos gewesen war.

Onmout senkte das Kinn. »Nein. Aber die Störungen des Riffs sind im Moment auch viel zu stark. Ich bin überzeugt davon, dass er am Leben ist, Tamra! Er wird bald wieder auftauchen.«

Sie nickte, als würde sie ihm glauben.

Er gab sich einen Ruck. »Wir sind dabei, die Schäden festzustellen, die der Angriff hinterlassen hat«, erklärte er. »Es sah weitaus schlimmer aus, als es tatsächlich ist. Die Laren wollten uns nicht wirklich schaden.«

»Wie viele Tote?« Es war das Einzige, was Tamra interessierte.

»Zweiundzwanzig.«

»Jemanden, den ich kenne?«

»Bis auf ... ich glaube nicht.«

Tamra gab vor, den Beginn seiner Worte nicht gehört zu haben.

»Es handelt sich hauptsächlich um eine Gruppe von jungen Männern aus Dekombor. Außerdem eine Frau, die auf der MINXHAO in der Offiziersmesse gearbeitet hat. Und unsere Xeno-Biologin, der ich den Auftrag gegeben habe, festzustellen, ob es hier nun Leben gibt oder nicht.«

Tamra spürte, wie jedes bisschen Kraft, das sie noch eben aufrecht gehalten hatte, von ihr wich. Sie wollte sich nur noch im Schatten irgendeines Baumes zusammenrollen, die Arme um die angezogenen Knie schlingen und sich für den Rest des Tages nicht mehr rühren.

Onmout legte ihr eine Hand auf den Arm. »Er kommt zurück!«, sagte er leise.

Tamra nickte. »Danke.«

Sie war kaum aus dem Lager herausgetreten, als ein freudiger Ausruf sie herumfahren ließ.

»Schroeder ist wieder da!«

Zwischen den Felsen konnte sie ihn erkennen. Er trat auf den Platz hinaus, als käme er von einem Spaziergang zurück. Und er war nicht allein.

Vor ihm her, in Schach gehalten durch seinen schweren Thermostrahler, taumelte ein Lare!

Vierzehn

Die Reaktionen der Menschen im Flüchtlingslager waren faszinierend verschieden.

Schroeder vernahm entsetztes Getuschel ebenso wie zufriedene Pfiffe und vereinzelt sogar Klatschen. Der Lare, der sich, kurz nachdem er mit ihm an der Kante des Abgrunds materialisiert war, als Tardan-Sharc vorgestellt hatte, zögerte sichtbar, einen Schritt zwischen die dicht stehenden Zelte zu machen. Schroeder legte ihm eine Hand auf die unverletzte Schulter und schob ihn vorwärts. »Keine Angst«, sagte er, »noch sind sie alle viel zu sehr von Ehrfurcht vor ihren *Herren* erfüllt.« Unter seinen Fingern konnte er spüren, wie sich Tardan verkrampfte, aber es blieb dem Laren nichts anderes übrig als weiterzugehen.

Sie marschierten den breiten Gang entlang bis zu dem Platz in der Mitte des Lagers, auf dem am Abend die Feuer entzündet wurden. Jetzt, im Licht des frühen Morgens, lagen die Feuerstellen kalt und schwarz in einem weiten Kreis. Es roch schwach nach Asche und ein wenig nach den Wurzeln, die die Gestrandeten in Ermangelung anderer Nahrung gebraten hatten.

Die Menschen folgten ihnen, in kleinen Gruppen erst, dann immer mehr werdend, bis sich das gesamte Lager auf den Beinen zu befinden schien und sich auf dem Platz versammelte.

Schroeder sah Tamra Cantu am Rand der Menge stehen, und ihr Blick brannte auf seiner Haut. Er lächelte ihr zu. Zu seinem Erstaunen wandte sie sich ab und ging davon.

Er hatte jedoch keine Zeit, ihr nachzulaufen und festzustellen, ob sie den Angriff unbeschadet überstanden hatte. Demetrius Onmout trat jetzt vor ihn.

»Schön, dass du am Leben bist, wir dachten schon, du hättest es nicht rechtzeitig aus dem explodierenden Jäger geschafft«, sagte er. Er sah erschöpft aus. Ein breiter Schmutzstreifen zog sich quer über seine Wange bis hinauf zur Schläfe und in die Haare. Er war durchzogen von dem roten Staub der Ebene und sah aus wie ein Bluterguss.

»Ich musste unkontrolliert springen und wäre beinahe in den Abgrund gestürzt«, erklärte Schroeder. Dann gab er einen kurzen Bericht der Geschehnisse an Bord des Raumjägers ab. Die ganze Zeit hatte er dabei die Hand auf der Schulter des Laren liegen, der aufrecht und mit hoch erhobenem Haupt inmitten der Menschenmenge stand.

»Und jetzt bringst du uns einen Gefangenen«, nickte Onmout, nachdem Schroeder geendet hatte. »Gute Arbeit. Von ihm werden wir erfahren, was das Larenschiff hier gewollt hat, und vor allem, ob wir uns auf neuen Besuch gefasst machen müssen.«

»Ihr werdet eurer gerechten Strafe nicht entkommen«, sagte der Lare plötzlich in seiner Sprache. Die Menschen, die in Dekombor allesamt hatten Larisch sprechen müssen, seufzten kollektiv auf. Nur auf einigen Gesichtern von MINXHAO-Mitgliedern malte sich Unverständnis, das sich jedoch sofort verflüchtigte, als sie sich von ihren Nachbarn erklären ließen, was Tardan-Sharc gesagt hatte. Einige wütende Fäuste wurden in Richtung des Laren geschüttelt, doch die meisten Alteraner wichen unbewusst einen halben Schritt zurück. Angesichts ihrer Übermacht war es ein seltsamer Anblick. Er machte Schroeder mehr als alles andere deutlich, wie sehr man diese Menschen auf Caligo unterdrückt hatte. Wut stieg in ihm auf, und bevor sie sich völlig irrational gegen Tardan richten konnte, zog er seine Hand zurück. Der Lare drehte den Kopf, als spüre er die Emotionen, die ihm aus Schroeders Augen entgegenschlugen. Er hielt dem Blick stand, lächelte sogar leicht.

»Was hast du mit ihm vor?«, fragte Schroeder den Captain.

»Wir werden sehen, wie viele nützliche Informationen wir aus ihm herausbekommen.« Onmout strich sich über das Kinn.

»Keine Folterungen!«, befahl Schroeder schärfer, als er es beabsichtigt hatte. Der Wunsch, Tardan die Fingernägel in die bloße Haut zu krallen, tobte noch immer in ihm und ließ ihn seine Wut auf den Kommandanten projizieren.

Onmout machte ein spöttisches Gesicht. Nichts an seiner Miene oder seiner Haltung gab Anlass zu der Vermutung, er könne eine Folter auch nur in Erwägung gezogen haben. Dennoch kam er Schroeder plötzlich sehr viel älter vor als vor dem Absturz. Nein, nicht älter: härter.

»Wir mögen auf einem Stand stehen geblieben sein, den das Terranische Imperium schon vor tausend Jahren hinter sich gelassen hat«, sagte er mit leisem und dadurch umso beißenderem Spott. »Doch wir sind keine Barbaren. Allerdings« – er zog das Wort in die Länge – »brauche ich Informationen darüber, was die Laren als Nächstes planen und wie viele Jäger sie noch haben. Ich hatte überlegt, dich zu bitten, zu ihnen zu teleportieren und nachzusehen, aber ich glaube, es ist besser, wenn wir nichts riskieren. Die Gefahr, dass diese hässlichen Kerle dich abknallen, ist mir einfach zu groß.« Onmout grinste schmal, und

Schroeder verstand, dass seine Worte als Friedensangebot gemeint waren. Der Captain streckte die Hand aus und wartete, bis der Teleporter einschlug.

»Allerdings: Da du wieder auf dem Damm zu sein scheinst, würde ich dich bitten, uns in anderer Hinsicht behilflich zu sein.« Er deutete auf die ORTON-TAPH. »Die Arbeiten mit den Schweißgeräten gehen nur langsam voran. Die Abschottung des Schiffes ist ziemlich massiv. Wenn du allerdings zwei oder drei meiner Leute hineinteleportieren könntest, könnten wir feststellen, ob es Überlebende gibt.« Nachdem Schroeder seine Orterfähigkeit zurückerlangt hatte, hatte er noch in der Nacht versucht, eine Antwort auf genau diese Frage zu erhalten. Allerdings erfolglos, was zwei Gründe haben mochte. Entweder waren an Bord tatsächlich alle Überlebenden des Absturzes an den Folgen eines Reaktorbrandes gestorben, oder aber die Ummantelung des Schiffs war stark genug, um Schroeders Parasinn ein unüberwindliches Hindernis entgegenzusetzen.

Onmout seufzte. »Vielleicht können sie dann auch einige Bordinstrumente wieder in Betrieb nehmen, das wäre eine große Hilfe.« Er hielt eine dicht beschriebene Folie hoch. »Zum Glück haben wir einige Medorobots, sodass wir uns um die medizinische Versorgung vorerst keine allzu großen Sorgen machen müssen. Allerdings benötigen wir Nachschub an Medikamenten, die du uns besorgen könntest.«

»Natürlich. Welche Instrumente sollen deine Leute als Erstes wieder in Gang bringen?«

»Zuerst den Hyperfunk. Wenn es uns gelingt, die Frequenzen des larischen Beibootes abzuhören, können wir erfahren, ob wir noch mit ihnen zu rechnen haben oder nicht. Aber meine Fachleute behaupten, die Störungen von Ereton/A sind zu stark. Wir können nicht sicher sein, ob wir Empfang bekommen. Doch die wissenschaftliche Abteilung hat mich auf eine andere Idee gebracht: Biomassescanner.«

»Biomassescanner?«

»Ja. Ich habe bereits eine Xeno-Biologin beauftragt, eins der tragbaren Geräte zu reparieren, weil ein paar Leute wegen des lautlosen Waldes beunruhigt sind.«

Seine Worte machten Schroeder klar, dass er nicht der Einzige war, der sich beim Anblick des Waldes unbehaglich fühlte. Er beschloss, sich so bald wie möglich um dieses Problem zu kümmern.

»Leider kam sie bei dem Angriff ums Leben«, fuhr Onmout fort. »Und von den anderen beherrscht keiner die larische Technik. Wir hoffen, dass ein paar Techniker in der Lage sind, in der ORTON-TAPH genug Informationen aus den Datenbanken auszulesen, um wenigstens eins dieser Geräte in Gang zu bringen. Wenn es stimmt, dass der Planet bis auf die Pflanzen völlig tot ist, könnten wir mit Hilfe des Bioscanners herausfinden, ob die Laren da unten noch leben.«

Schroeder war nicht sicher, ob das möglich war, doch es war zumindest besser, als herumzusitzen und auf den nächsten Angriff zu warten. Er nickte.

Onmout winkte ein in der Nähe stehendes Mannschaftsmitglied herbei. »Holen Sie Shen und Muller.«

Als der Mann ging, näherte sich ein ausgemergelter Hüne Schroeder und Onmout. Er blieb in einiger Entfernung stehen, schien sich dann aber einen Ruck zu geben und räusperte sich. »Captain?«

Onmout wandte sich um, und Schroeder glaubte, einen Anflug von Gereiztheit über seine Miene gleiten zu sehen. »Was ist, Fouchou?«, fragte er ungehalten.

»Nichts. Wenn Mister Schroeder in das Wrack springt, könnte er mir vielleicht meinen Beutel mitbringen. Ich habe ihn in der Funkzentrale verl...«

»Nichts da!«, unterbrach Onmout den Mann mitten im Satz. »Wenn wir damit anfangen, will am Ende jeder seine Habseligkeiten da rausgeholt haben.«

»Aber Sie wissen, dass ich ohne meine ...«

»Gehen Sie zu den Medorobots, die werden sich um Ihr Suchtproblem kümmern!« Ohne ihn weiter zu beachten, schob Onmout Fouchou zur Seite und sah zu dem Crewmitglied, das sich mit zwei Wissenschaftlern näherte. Beide hatte Schroeder schon in der Zentrale der ORTON-TAPH gesehen. Einer von ihnen hatte die üblichen schwarzen und glatten Haare der Asiaten, der andere krause Locken von feuerroter Farbe. Beide grüßten sie Schroeder, und ihnen war das Unbehagen wie mit breitem Strich in die Gesichter gemalt.

Schroeder lächelte. »Keine Sorge. Meinen heutigen Fehlsprung habe ich schon hinter mir. Sie können sich mir ruhig anvertrauen. Allerdings sollten Sie sich lieber Raumanzüge leihen, denke ich.«

»Warum sollte das ...«, begann Muller, wurde jedoch von Onmout unterbrochen, der zwei Raumsoldaten den Befehl gab, ihre Monturen mit der zivilen Kleidung der Wissenschaftler zu tauschen. Als Muller und Shen sich in die Anzüge gezwängt hatten, half Schroeder ihnen, die Helme zu schließen, und tat es ihnen gleich. Dann streckte er beide Hände aus und wartete, bis Shen und Muller sie ergriffen hatten. Im nächsten Augenblick sah er den zertrümmerten Frontschirm der ORTON-TAPH vor sich.

Schroeder ließ die Wissenschaftler los und warf einen Blick auf die Anzuganzeigen. Die Atmosphäre war tatsächlich mit Radioaktivität gesättigt. »So viel zur Frage, ob der Anzug nötig war!«, sagte er. Er versuchte erneut, eine Ortung durchzuführen, und bekam keine Echos. Sein Magen zog sich zusammen. Er war jetzt sicher, dass an Bord der ORTON-TAPH niemand mehr lebte.

Muller war durch die Teleportation ein wenig blass um die Nase geworden, fing sich aber rasch. Schroeder beobachtete, wie er sich suchend umwandte und sich dann einem der weniger beschädigten Schaltpult zuwandte. Die gesamte Zentrale war, wie die ORTON-TAPH selbst, leicht in Schieflage geraten, was das Stehen erschwerte. Muller stemmte einen Fuß gegen eine schräg in den Raum ragende Verstrebung und machte sich konzentriert an die Arbeit. Innerhalb von wenigen Minuten erwachte eine ganze Reihe Geräte und Instrumente zum Leben.

Während die beiden Männer versuchten, sich einen Überblick zu verschaffen, begann Schroeder, die Gegenstände auf Onmouts Liste zusammenzusuchen. Im Wesentlichen, erkannte er, handelte es sich um Packungen mit irgendeiner komprimierten Substanz, deren Zweck ihm schleierhaft war. Er vermutete, dass die Medorobots sie nutzten, um aus ihr die jeweils benötigten Medikamente herzustellen. Ein Volk, das in der Lage war, ein gesamtes Schiff mittels Strukturumwandlung in eine Bleistatue zu verwandeln, hatte wahrscheinlich keinerlei Probleme damit. Kurz schickte er einen lautlosen Dank in Richtung Boffään. Ohne den Reparator, der zeit seines Lebens damit beschäftigt gewesen war, die komplizierte Technik der Laren zu warten und zu reparieren, und die Anweisungen und Tipps, die er ihnen gegeben hatte, wären sie weitaus schlimmer drangewesen.

Nachdem Schroeder beisammenhatte, was er suchte, überlegte er kurz. Die Funkzentrale befand sich direkt neben der Hauptzentrale und war mit ihr durch einen scheunentorbreiten Durchlass verbunden. Zwei Stufen führten zu ihr hinab. Spontan ging Schroeder sie hinunter und sah sich um.

In der Funkzentrale herrschte ein ähnliches Chaos aus zerstörten Konsolen und verschmorten Kabeln wie im Rest des Schiffs. Startac ließ den Blick über die Rückwand eines mit roten und schwarzen Streifen bemalten Pults gleiten. Er erinnerte sich daran, dass er den bewusstlosen Fouchou darunter hervorgezogen hatte, bevor er ihn aus dem Schiff teleportiert hatte.

Er zuckte die Achseln. Schaden konnte es nicht. Mit wenigen Schritten war er neben dem Pult und sah sich um. Er fand den kleinen Beutel sofort. Er lag seitlich neben dem Pult. Die leichte Schräglage des Schiffes hatte ihn gegen eine Wand rutschen lassen, wo er nun völlig unversehrt ruhte und darauf wartete, dass man ihn aufhob.

Schroeder tat es. Es war eine Art Lederbeutel. Ein dünnes, ebenfalls aus Leder gefertigtes Band diente als Verschnürung und kringelte sich in seinen Fingern. Es war dicht neben dem simplen Knoten zerrissen, der es zusammengehalten hatte.

Kurzerhand steckte Schroeder den Beutel ein, kehrte in die Hauptzentrale zurück und wandte sich noch einmal an Muller. »Versuchen Sie nicht nur die Bioscanner in Gang zu bringen, sondern auch die Datenbanken«, gab er Onmouts Befehl weiter. »Vielleicht erfahren wir dadurch etwas, das uns gegen die Laren hilft.«

»Geht klar. Vielen Dank für Ihre Unterstützung.« Muller hieb Schroeder auf den Rücken.

Der legte sich die große Tasche über die Schulter, die er in einer Kabine gefunden und als Transportbehälter nutzte, und teleportierte zurück ins Freie.

Onmout war nirgends zu sehen, und Schroeder vermutete, dass er sich bereits mit dem gefangenen Laren befasste. Er reichte einem wartenden Kadetten die Tasche und sah sich um. Auch Fouchou war fort.

»Entschuldigen Sie«, wandte Schroeder sich an den Kadetten, der mit der Tasche in der Hand noch immer an Ort und Stelle stand, als fehlte ihm noch etwas. »Kennen Sie den Mann, der vorhin hier war? Ein großer, dürrer Kerl mit einem bunten Turban auf dem Kopf?«

Der Kadett sah sich um, als müsse er sich vergewissern, dass ihm niemand zuhörte. Dann beugte er sich vor. Es sah eigenartig verschwörerisch aus. »Doktor Ian Fouchou.«

Schroeder nickte. »Genau der.«

»Das ist ein Spinner, wenn Sie mich fragen. Aber ein ganz brauchbarer Arzt. Es gehen allerdings ein paar Gerüchte, und wenn Sie mich fragen ...«

»Was für Gerüchte?«

»Oh, offenbar hat er irgendein Suchtproblem. Jedenfalls hat er an Bord der MINXHAO mehr als einmal die Medikamentenschränke geplündert.«

»Ein Mediziner«, murmelte Schroeder und griff in die Tasche, in der der Lederbeutel lag.

Der Kadett nickte. Dann zuckte er mit den Achseln. »Manche behaupten, er suche eine Möglichkeit, unsterblich zu werden, so wie Perry Rhodan. Wie bekloppt muss man dafür sein, frage ich Sie?« Ihm schien bewusst zu werden, dass er tratschte, und er straffte die Schultern. »Verzeihen Sie, Sir! Aber Captain Onmout hat mich gebeten, Sie zu fragen, was Sie jetzt vorhaben.«

»Einen Ausflug machen.« Schroeder sah kurz, wie Fouchou zwischen den Felsen auftauchte. Dann wies er in Richtung der Berge. »Aus dem Larenjäger konnte ich sehen, dass dort hinten ein weiteres Plateau liegt. Und es ist übersät mit Raumschiffwracks. Ich dachte, es ist eine gute Idee, mich da mal umzusehen.«

Tamra befand sich ganz in der Nähe des Waldrands, dessen düstere Ausstrahlung sie offenbar nicht wahrnehmen konnte. Sie wirkte abwesend. Schroeder machte sie mit einem leisen Räuspern auf sich aufmerksam, um sie nicht mit seinem plötzlichen Erscheinen zu erschrecken.

Sie saß auf dem Boden, den Rücken gegen eine aufragende Wurzel gelehnt und die Knie so eng vor die Brust gezogen, dass sie mit den darum gelegten Armen ihre eigenen Ellenbogen umfassen konnte. Obwohl sie ihn gehört haben musste, wandte sie sich nicht um, sondern starrte weiter geradeaus zum Abgrund.

»Du bist wieder da«, sagte sie plötzlich.

Schroeder blieb zwei Schritte hinter ihr stehen. »Ja.«

»Gut.«

Er war verwirrt. Was sollte er von den Signalen halten, die sie ihm gab? So abweisend wirkten ihre Haltung und auch die Kälte in ihrer Stimme, dass es ihn schmerzte. Fast wollte er auf dem Absatz kehrt machen und sie in Ruhe lassen. Die Emotionen, die in ihm tobten, waren in ihrer Intensität nicht nur ungewohnt, sondern auch absolut beängstigend. Nachdenklich spielte er mit der Rechten am Griff des Impulsstrahlers, und dann, einer Eingebung folgend, setzte er sich neben Tamra.

Sie reagierte zunächst nicht, dann wandte sie den Kopf, langsam, als müsse sie gegen einen immensen Widerstand ankämpfen. Ihre Augen waren gerötet, doch ihr Gesicht kam Schroeder ausdruckslos vor.

Ebenso wie ihre Stimme. »Ich habe gedacht, du bist tot.«

»Ich lebe.«

Sie schwieg.

Die Sonne stieg ein ganzes Stück höher und ließ den Schatten der Wurzel über ihre Leiber wandern. Der Wind änderte kurz seine Richtung.

»Ich weiß nicht, ob ich es aushalten könnte«, sagte Tamra endlich.

»Wenn ich tot wäre?«

Wieder Schweigen. Lang und qualvoll.

Schroeder biss die Zähne zusammen.

»In Dekombor habe ich überlebt, weil ich niemanden an mich rangelassen habe. Ich meine, ich weiß nicht, was ich ... wie du ...« Sie zögerte, doch dann schien sie sich ein Herz zu fassen. »Was ich sagen will, ist einfach: Ich habe Angst, dass ich wegen dir zu schwach werde.«

Schroeder bewunderte sie für ihren Mut. Er konnte nachfühlen, was sie empfand. Verdammt, ihm ging es ja genauso! Vorsichtig legte er eine Hand auf Tamras Knie.

Sie rührte sich nicht. Die Sonne wanderte weiter.

Dann drang ein Seufzer aus ihrem Mund, so tiefempfunden, dass er sie schüttelte. Sie löste die Hände von den Ellenbogen und streckte die Beine aus, sodass seine Hand abglitt. Und endlich wandte sie sich ihm zu. In ihren Augen schimmerten Tränen.

Von seinem Standpunkt am Rand des Lagers aus konnte Jason Neko nicht hören, worüber sich Tamra und der Mutant unterhielten, doch ihre Körpersprache war eine eigenartige Mischung aus Zuneigung und Abwehr. Nekos Hand lag um eine Zeltstange gekrallt, und erst, als die Plane unter seinen Fingern knirschte, bemerkte er, wie fest er sie zusammenpresste. Er ließ los und massierte die Knöchel.

Was war er für ein elender Narr! Seit er Tamra kannte, hatte er sich nur in seinen Träumen gestattet, etwas für sie zu empfinden. Wie oft hatte er sie vor sich gesehen, frisch geduscht, nachdem sie sich die aufgemalten Furunkel ihrer Bettlerinnenrolle abgewaschen hatte? Wie oft hatte er im Schlaf tief Luft geholt, um den Geruch von Seife auf ihrer Haut in sich einzusaugen, und war dann aufgewacht, mit schmerzenden Lungen und zusammengekrampften Fäusten! Tagsüber war es ihm gelungen, die Gedanken an Tamra aus seinem Geist zu verbannen. Er hatte sich darauf konzentriert, Karriere zu machen, und in dem freundlichen Wohlwollen, das Mitrade-Parkk ihm entgegenbrachte, hatte er einen gewissen Ersatz gefunden.

Der Chip in seinem Nacken sandte wieder sein kaum spürbares Kribbeln aus. Neko kratzte die Haut darüber. Die Verbrennung schmerzte noch immer leicht, aber sie hatte auch angefangen zu jucken.

Die Laren dort unten am Fuß des Plateaus waren nicht tot, wie viele Flüchtlinge insgeheim hofften. Irgendwie war er sich dessen ganz sicher. Er zog die Lippe zwischen die Zähne und biss darauf, dass es schmerzte. Er wollte die Kiefer voneinander lösen, doch es ging nicht. Blut füllte seinen Mund mit einem metallischen Geschmack.

Dann endlich löste sich der Krampf.

Neko tastete über die Wunde. Seine Fingerspitzen färbten sich rot. Er stand still, versuchte herauszufinden, was soeben geschehen war, doch es gelang ihm nicht. Er wandte sich um und sah zum Abgrund, in dem das Larenraumschiff verschwunden war. Wieder wanderte seine Hand zu dem Chip in seinem Nacken, und er schüttelte den Kopf über sich selbst.

Zum ersten Mal in ihrem Leben fühlte Mitrade sich in der holografischen Fernsteuer-Spinne unbehaglich. Zum einen lag das daran, dass sie sich noch nie in der Öffentlichkeit in das Prallfeld des Gerätes begeben hatte. Die Blicke ihrer Vasallen waren ihr unangenehm. Im Stillen verfluchte sie sich dafür, dass sie das Gerät in der Raumschiffzentrale hatte aufbauen lassen und nicht in ihren Privatgemächern. Außerdem, und das war beinahe noch schlimmer als die neugierigen Blicke ihrer Leute, spannten die unter ihrer Haut verlegten Sen-Trook-Fasern in dieser schwebenden Position schmerzhaft. Mitrade schüttelte sich, um dem unangenehmen Gefühl zu entgehen, und konzentrierte sich wieder auf ihre Arbeit.

Die Verbindung zu Jason Neko war schwach und von unzähligen kleineren und größeren Störungen unterbrochen. Mitrade hoffte inständig, dass sie auf die Nähe von Ereton/A zurückzuführen waren. Die andere Erklärung dafür wäre nämlich die weitaus beunruhigendere gewesen: Sie hätte bedeutet, dass Mitrades Körper durch die einschneidenden Veränderungen, die er in der letzten Zeit durchgemacht hatte, nicht mehr in der Lage war, die Fernsteuerung einwandfrei zu bedienen.

Eine völlig undenkbare Möglichkeit!

Als jetzt zum wiederholten Male die Verbindung unterbrochen wurde, gab Mitrade den Befehl zum Abschalten. Das Prallfeld, das sie hielt, erlosch, und langsam sank sie zu Boden.

Immerhin hatte sie es nicht nur geschafft, unbemerkt einige Minuten lang durch Nekos Augen zu sehen, diesmal war es ihr endlich auch gelungen, einen Teil seines Körpers zu steuern!

Trotz der Schwierigkeiten, die ihr das bereitet hatte, glitt ein Lächeln über ihre Züge. Sie war zufrieden. Bei allen Widrigkeiten, die sich ihr zuletzt in den Weg gestellt hatten, hatte sie immer noch Glück gehabt. Glück, weil sie Nekos Peilerchip schon vor langer Zeit einen Fernsteuerchip hatte aufpflanzen lassen, und vor allem, weil sie ihn bisher noch nie benutzt hatte, sodass Neko von seiner engen Verbindung mit ihr keine Ahnung hatte. Das würde es ihr erleichtern, ihn in die Finger zu bekommen. *Letztendlich,* dachte sie, *wird sich doch noch alles zum Guten wenden.*

Sie strich beinahe zärtlich über die Oberfläche der Fernsteuereinheit, dann riss sie sich los und richtete den Blick auf die Hauptmonitore der Zentrale. Bilder von der Außenhülle der KERIGAN-CORT waren zu sehen, die einige Kameradrohnen während Mitrades Ausflug in Nekos Kopf angefertigt hatten.

Das Beiboot lag am Fuße des Hochplateaus beinahe genau unterhalb des Wracks der ORTON-TAPH, und es hatte den Anschein, als habe der Kommandant es dort nur für einige Stunden abgestellt. Erst als Mitrade die Auflösung der Bilder erhöhte, fielen ihr die Zeichen der Zerstörung auf. Die geschwärzte Stelle der Außenhülle, auf der der Jäger explodiert war. Die zwei zerstörten Schutzschirmprojektoren. Der unnatürliche Winkel, in dem eines der Landebeine aus seinem Schacht gefahren war. All das waren jedoch zu vernachlässigende Schäden, von denen keiner die KERIGAN-CORT fluguntauglich gemacht hätte. Der schlimmste Verlust, den sie erlitten hatten, wurde von den Drohnen nicht angezeigt, denn er befand sich im Inneren des Schiffes.

Durch die Energieentladung auf der Außenhülle war es zu einem Defekt am Prallfeldgenerator gekommen. Mit dessen Hilfe wurde die KERIGAN-CORT in eine Position gebracht, in der sie die Impulstriebwerke starten konnte.

Ohne einen funktionstüchtigen Prallfeldgenerator und das Start- und Landekissen, das er erzeugte, waren sie auf dem Boden gefangen. Sollte es ihnen nicht gelingen, den Generator zu reparieren, würde die KERIGAN-CORT diesen Planeten nie wieder verlassen.

Mitrade schaltete die Übertragung der Drohnenkameras aus und ließ sich in ihrem Sessel nieder. Ihre Lage war ernst, aber nicht hoffnungslos. Nach Zenon-Renkks Meinung würde es einige Tage dauern, das Prallfeld zu reaktivieren, doch sobald es wieder intakt war, stand einem Heimflug nichts im Weg.

Heimflug!

Mitrade schürzte die Lippen. Wenn die Vasallen wüssten, dass sie an einen Heimflug zuallerletzt dachte!

Bevor sie heimkehren konnte, musste sie sich um Tamra kümmern. Allerdings war alle Rache an der kleinen Scheuche sinnlos, wenn es Mitrade nicht gelang, Jason Neko in ihre Finger zu bekommen. Dann nämlich würde sie selbst nicht mehr lange genug leben, um ihre Rache zu genießen.

Sie seufzte und schickte im Stillen einen zornigen Fluch zu Kelton-Trec. *Dieser hirnlose, inkompetente ... Schlächter!*

Doch es hatte keinen Sinn, mit dem Schicksal zu hadern.

Eine Anzeige neben ihrer rechten Hand machte sie darauf aufmerksam, dass der Energieausstoß von Ereton/A merklich nachgelassen hatte. Mitrade stemmte sich in die Höhe, kehrte zu ihrer Fernsteuereinheit zurück, aktivierte sie erneut und ließ sich sanft in die Höhe heben. Die Sen-Trook-Fasern schmerzten, doch diesmal ignorierte sie es.

Sie konzentrierte sich auf Neko, schloss die Lider und sah durch seine Augen.

Die Verbindung war intakt.

Da Mitrade keine Ahnung hatte, wie lange das so bleiben würde, machte sie sich daran, die Zeit so gut wie möglich zu nutzen.

Nachdem sie vielleicht eine halbe Stunde einfach nur dagesessen hatten, stand Schroeder mit einem Ruck auf.

»Es tut mir leid, aber ich muss mich um die anderen Schiffe kümmern.«

Tamra sah zu ihm hoch. »Was für Schiffe?«

Mit wenigen Worten erzählte Schroeder ihr, was er hinter dem Felsgrat entdeckt hatte. »Ich werde mich dort umsehen.«

Tamra reichte ihm die Hand. »Ich komme mit.«

Er zog sie hoch. »Das dachte ich mir schon.«

Bevor sie sich auf den Weg machen konnten, wurden sie jedoch auf eine Gruppe von MINXHAO-Leuten aufmerksam, die am Rand des Lagers damit beschäftigt waren, die Opfer des Larenangriffs zu bestatten. Einer Eingebung folgend ging Schroeder zu ihnen und warf einen Blick auf die Toten.

Er spürte Tamra hinter sich und ärgerte sich über sich selbst. Ihm hätte klar sein müssen, dass sie ihm folgen würde. Gern hätte er ihr den Anblick der Leichen erspart, doch als er sie von der Seite her musterte, ihr schmales Gesicht, in dem sich Gefühle mit angestrengter Ausdruckslosigkeit abwechselten, wurde ihm bewusst, dass er sie nicht beschützen musste.

Mit zusammengepressten Lippen wies sie auf die Reihe von jungen Männern und auf die Schusswunden in ihren Leibern. »Sie sind alle zu früh gestorben«, sagte sie leise.

Schroeder fiel nichts ein, was er darauf erwidern könnte. Lautlos zählte er die Toten. Er wollte sich schon abwenden, als ihm etwas auffiel.

Eine Frau befand sich unter den Opfern. Es musste die Biologin sein, von der Onmout gesprochen hatte.

Schroeder beugte sich vor und musterte sie genauer. Mitten auf ihrer Stirn prangte eine sehr ungewöhnliche Narbe. Sie war etwa so groß wie ein Daumennagel und zeichnete sich hell gegen die dunkle Haut der Frau ab.

Sie hatte die Form einer kleinen, dreigezackten Flamme.

Fünfzehn

Mit Tamra an der Hand sprang Schroeder in mehreren Etappen in jene Richtung, in der sich der Grat befand. Er brachte sie bis an dessen Fuß und ließ sich an der Felswand zu Boden sinken, um sich auszuruhen. Während er seine körperlichen und geistigen Kräfte sammelte, ging Tamra einige hundert Meter weit nach rechts, immer an den aufragenden Felsen entlang, als suche sie einen verborgenen Eingang. Im Vergleich zu der steinernen Masse über ihr wirkte ihr Körper in Schroeders Augen winzig. Ein Insekt am Rand einer Hausmauer.

Einige Minuten später hatte er sich erholt, sodass es weitergehen konnte. Er stieß einen gellenden Pfiff aus, der an der Felswand abprallte und sich in den Weiten des Hochplateaus verlor. Tamra wandte sich um und winkte zum Zeichen, dass sie verstanden hatte. Als sie wieder bei ihm war, wies sie nach oben. Die Kante des Vorsprungs ragte an dieser Stelle ein Stück über sie hinaus. Es sah aus, als wolle die gesamte steinerne Masse wie in Zeitlupe auf sie niederkippen, ein Eindruck, der durch die rasch dahinziehenden Wolken noch verstärkt wurde. Schroeder musste den Blick zu seinen Füßen lenken, sonst wäre ihm schwindlig geworden.

»Jetzt da hoch, oder?«, fragte Tamra.

Er nickte nur und reichte ihr die Hand.

Schroeders nächster Sprung brachte sie zu einer Stelle, die wenige Meter hinter der Kante des Felsgrates lag. Tamras Sinne klärten sich, und ein überraschtes Keuchen entwich ihren Lippen.

Schroeder ließ ihre Hand los. Er machte einige Schritte vorwärts, blieb dann wieder stehen.

Tamra trat an seine Seite. Vor ihnen lag eine sanft abfallende Ebene, deren Oberfläche bedeckt war mit niedrigem, blauschimmerndem Gras. Einzelne violette Blüten standen wie regelmäßige Farbtupfer inmitten des wogenden Ozeans, doch nicht das hatte Tamra verblüfft.

Zu ihren Füßen lagen Raumschiffwracks.

Dutzende von Wracks. Geborstene Bordwände, abgerissene Landbeine und Aufbauten. Zu kaum noch erkennbaren Klumpen zerquetschtes Metall.

»Was ist das?« Unwillkürlich flüsterte Tamra.

»Sieht aus wie ein großer Friedhof.« Schroeder reichte ihr die Hand. Sie ergriff sie, und im nächsten Moment befanden sie sich mitten zwischen den Wracks.

Jetzt sah sie, dass die Trümmer weiter auseinanderlagen, als sie vermutet hatte. Nur von ihrem erhöhten Standpunkt aus – und weil sie keine Vorstellung von den Größenverhältnissen der einzelnen Schiffe gehabt hatte – hatte es den Anschein gehabt, als befänden sich alle in geringen Abständen voneinander. In Wirklichkeit jedoch lagen Kilometer zwischen den einzelnen Wracks.

»Warum sind die alle ausgerechnet hier notgelandet?«, fragte Tamra.

Schroeder, der seit ihrem letzten Sprung stillgestanden und mit geschlossenen Augen gelauscht hatte, schüttelte knapp den Kopf, als wolle er nicht gestört werden.

»Was ist?« Tamra spürte, wie sich ihre Nackenhaare aufrichteten, und wunderte sich darüber. Es gab keinerlei

Anzeichen irgendeiner Gefahr, und doch signalisierte ihr Schroeders Haltung genau das.

Er hob eine Hand. Seine Lider zuckten, dann öffneten sie sich. »Nichts«, sagte er leise. »Komm.« Wieder nahm er ihre Hand, aber diesmal teleportierte er nicht. Mit der anderen Hand griff er nach seinem Impulsstrahler, als er Tamra zu einem der Wracks zog.

Es war ein kleines, prismenförmiges Beiboot, das sich mit der Spitze voran in den weichen Boden gebohrt hatte. Wie blaugrüne Wellen wogte das Gras rings um seine irisierende Außenwand, und der auch hier oben beständig wehende Wind verursachte an den scharfen Kanten leise orgelnde Geräusche. Die Frontscheibe war zerborsten; handgroße Scherben lagen rings um das Wrack verstreut. Ihre silbern verspiegelte Oberfläche fing das Licht der Sonne und reflektierte es zu kleinen, schmerzhaften Blitzen. Der Pilotensessel war beim Aufprall halb aus seiner Verankerung gerissen worden und ragte schwer und klobig durch die geborstene Scheibe. Er war leer.

Dafür fanden sie einige Meter entfernt das Skelett eines ungefähr anderthalb Meter großen humanoiden Wesens, dessen Beine für seinen schwerknochigen Körper viel zu filigran wirkten. Eine halb zerfallene Uniform ließ erkennen, dass das Wesen einmal gänzlich in Schwarz gekleidet gewesen sein musste. Der Winkel, in dem der Kopf vom Rest des Körpers abstand, erklärte, woran es gestorben war.

»Beim Aufprall aus dem Cockpit geschleudert«, sagte Schroeder. »Ich frage mich, warum sie alle abgestürzt sind.« Er kratzte sich an der Schläfe und warf einen Blick in den Himmel. »Wegen Ereton/A«, gab er sich selbst die Antwort.

Tamra hatte das Gefühl, er habe ihre Gegenwart völlig

vergessen. »Warum alle ausgerechnet hier?«, wiederholte sie ihre Frage.

»Weil das Hochplateau die einzige Stelle ist, auf der man auf diesem Planeten landen kann. Sieh hin: Viele dieser Wracks sind nicht abgestürzt, sondern gelandet. Ich vermute, ihre Piloten haben zuvor noch Gelegenheit gehabt, die Gegend zu sondieren, und sich entschlossen, dort niederzugehen, wo es vorher schon die anderen getan hatten.«

»Was glaubst du, wie alt sind die Wracks?«

»Unmöglich zu sagen. Der Knabe hier liegt schon viele Jahrzehnte hier. Siehst du, wie zerfallen seine Uniform ist? Das scheint irgendein beschichtetes Polymer zu sein, das braucht mindestens hundert Jahre, bevor es so aussieht.«

»Er hatte niemanden, der ihn beerdigen konnte.« Tamra schüttelte sich. Dann wies sie auf ein anderes Wrack. Es hatte die Form eines breiten Kegels, dem man die Spitze abgeschnitten hatte. In seiner Flanke klaffte ein riesiges, schwarz verkohltes Loch.

Nachdem Schroeder mittels der Anzeigen des Raumanzugs festgestellt hatte, dass von dem Wrack keinerlei gefährliche Strahlung ausging, näherten sie sich dem Riss in der Bordwand. Ein süßlicher, kaum zu verwechselnder Geruch drang ihnen entgegen.

Tamra prallte zurück.

»Das liegt noch nicht sehr lange hier.« Schroeder schloss erneut die Augen, und jetzt wusste Tamra, was er tat. Er setzte seine Orterfähigkeit ein, um in Erfahrung zu bringen, ob in dem Schiff noch jemand lebte. Als er die Lider wieder hob, schüttelte er den Kopf. »Lass uns lieber gehen.«

Tamra, der der Anblick des toten Beibootpiloten bereits ausgereicht hatte, nickte erleichtert. Sie folgte Schroeder zu dem nächsten Wrack, einem alteranischen Kreuzer. Es war ein Schiff von sechzig Metern Durchmesser zuzüglich Ringwulst. Sieben der zwölf Landestützen waren weggebrochen, sodass es wie ein umgekipptes Spielzeug schräg auf dem Boden lag. An der Außenhülle waren Spuren von Detonationen zu erkennen, und ein großes Loch im Ringwulst erweckte den Anschein, als habe hier eine Explosion eine der Projektionsfelddüsen des Unterlichtantriebs zerfetzt. Dennoch schien das Schiff gelandet und nicht abgestürzt zu sein. Die Landestützen waren erst später abgeknickt.

»Auch hier lebt keiner mehr«, stellte Schroeder fest.

Er ging zu einer kleinen Mannschleuse in einer der intakten Landestützen. Eine Abdeckplatte direkt neben ihr war mit roter Farbe gekennzeichnet. Sie ließ sich hochklappen, und darunter kam ein T-förmiger Hebel zum Vorschein. Schroeder zog ihn hervor und drehte ihn im Uhrzeigersinn. Ein leises Geräusch hörte sich entfernt wie ein Schmatzen an, dann hob sich die Schleusentür eine Handbreit aus der Wand und schwang zur Seite. Abgestandene, trockene Luft schlug ihnen entgegen, die nach alten Socken roch, aber nicht nach Verwesung und Tod.

Tamra hielt dennoch den Atem an, als sie hinter Schroeder die Schleuse betrat. Der Boden war bedeckt mit einer weißen, krümeligen Masse, die unter ihren Stiefeln leise knirschte. Sie bückte sich und hob eine Handvoll davon auf. Sie bestand aus kleinen Kristallen, die ihr wie Sand durch die Finger rieselten.

»Sieht aus wie Salz«, murmelte sie.

Schroeder nahm ein wenig davon aus ihrer Hand und ließ es von seiner Anzugpositronik analysieren. »Glukose und Fruktose zu gleichen Teilen.« Er ließ die Substanz zu Boden rieseln. »Zucker.« Mit dem Fuß angelte er ein rotes

Gewebe aus der Ecke, das sich bei näherem Hinsehen als Sack entpuppte. »Sie haben ihn wohl fallen gelassen, als sie das Schiff ausgeschlachtet haben. Und weil sie wie ordentliche Menschen die Tür hinter sich zugemacht haben, hat er die ganze Zeit seit dem Absturz überdauert.« Ohne sich weiter um das Knirschen seiner Schritte zu kümmern, durchquerte er die Schleuse und gab auf einer Schalttafel am anderen Ende den Befehl, das Innenschott zu öffnen.

Auch die Luft aus dem Schiffsinneren roch muffig, ohne einen Anflug von Verwesung.

Sie durchsuchten das Schiff oberflächlich und gelangten schließlich zur Zentrale. Auch hier fanden sich kaum Zerstörungen. Monitore, Schaltpulte, alles schien intakt, sodass Schroeder der Versuchung nicht widerstehen konnte.

Tamra sah, wie er die Hand ausstreckte und über einer der Funkkonsolen schweben ließ. Er zögerte kurz, doch dann senkte er die Hand auf den Hauptschalter und betätigte ihn.

Mit einer Verzögerung von einer Sekunde erwachte das Pult zum Leben. Rote Lampen flackerten, sprangen um auf Grün und erloschen wieder. Ein leises Brummen war zu hören, senkte sich dann jedoch unterhalb die Hörschwelle ab. Auf einem oszillographenähnlichen Bildschirm erschien eine gerade, leuchtende Linie. Im ersten Moment war sie gelb, doch dann auf einmal blitzte sie leuchtend blau auf.

Gleichzeitig mit Schroeder fuhr Tamra herum. Ganz kurz glaubte sie, ein blaues Licht gesehen zu haben, das quer durch die Zentrale flitzte wie ein winziger Kugelblitz. Aber es war so schnell vorbei, dass es sich nur um eine Täuschung gehandelt haben konnte.

Fragend sah sie Schroeder an.

Er zuckte mit den Achseln. Was hatte er gesehen? Sein Gesicht war jedenfalls auf einmal sehr blass.

Mitrade-Parkk war übel.

Als die erneut angestiegene Aktivität von Ereton/A den Kontakt zu Jason empfindlich störte, hatte sie Zenon-Renkk den Befehl gegeben, die Arbeiten am Prallfeldgenerator mit doppelter Energie voranzutreiben, und sich dann in ihre Kabine zurückgezogen.

Jetzt lag sie auf ihrem Bett, vergrub das Gesicht unter einem Kissen und kämpfte gegen die Kopfschmerzen an, die sie plötzlich plagten. Sie atmete tief ein und aus, fühlte, wie sich ihre Nasenöffnungen dabei weiteten und wieder zusammenzogen, und überlegte, ob sie sich ein Schmerzmittel spritzen lassen sollte.

Kelton-Trec hatte ihr empfohlen, alles zu vermeiden, was ihren Organismus belastete. Eigentlich hatte er es gesagt, um sie von ihrer Jagd auf Tamra und Neko abzuhalten, aber Mitrade war entschlossen, die Warnung sehr weit zu fassen. Besser würde es sein, ihren Metabolismus nicht mit chemischen Mitteln zu überschwemmen. Sie hatte keine Ahnung, wie das auf die empfindlichen Sen-Trook-Fasern wirken würde, die sie wie winzige, lebendige Würmer unter ihrer Haut spüren konnte.

Während sie einen Arm über das Kissen gelegt hatte und es so fest wie möglich auf die geschlossenen Augen drückte, tastete sie mit der anderen Hand die wulstartige Spur des Faserbündels ab. Vom Sen-Trook an ihrem Gürtel ging es aus und verschwand direkt über ihrem Hüftknochen unter der Haut. Das kleine Stück zwischen Metall und Fleisch hatte Kelton mit einem stabilen Chitinkabel ummantelt, um es zu schützen. Mitrade tastete über die daumennagelgroße Beule, in der die Fasern verschwanden, und fuhr dann ihren Weg nach. Die Taille hinauf, seitlich an der Brust vorbei bis fast in die Achselhöhle. Dort änderten sie die Richtung, führten unter dem Schlüsselbein hindurch und den Hals hinauf bis in den Nacken.

Vorsichtig rieb Mitrade die Stelle, an der ihr Memochip saß.

Ihr *defekter* Memochip.

Sie knirschte mit den Zähnen. Warum nur hatte Kelton-Trec die Möglichkeit nicht vorhergesehen, dass der Chip bei der Übertragung in Mitleidenschaft gezogen werden könnte?

Ein Schaudern ergriff ihren Körper, rann von der Kopfhaut bis zu den Fußsohlen und ließ ihre Zähne klappern. Ihr Schädel drohte zu zerplatzen, und kurz jagte eine Vision durch ihren Geist. Ihr totes, nutzloses Gehirn, das unter ihrer Schädeldecke verfaulte, stinkende Gase bildete, die sich ausdehnten und schließlich einen solchen Druck entwickelten, dass ihr Kopf einfach barst. Sie drückte das Kissen noch stärker auf die Augen, bis sich feurige Räder hinter ihren Lidern drehten. Das Bild verblasste, aber es verging nicht ganz. Wie der Nachhall eines Alptraums nistete es sich in ihrer Erinnerung ein, brannte sich in ihrem Kopf fest.

Nicht in ihrem Kopf, durchschoss es sie. *In dem Sen-Trook!*

Mitrade schluchzte auf. Sie war wie *Mortus-Than*, jenes elende, halbirre Zwitterwesen, das eine große larische Dramatikerin des vorletzten Jahrhunderts in einem ihrer Nachtgesänge erfunden hatte. Nicht lebendig war sie und auch nicht tot. Halb larisch, halb Maschine, dazu verdammt ...

Mit einem Ruck schleuderte Mitrade das Kissen von sich. Es prallte gegen die Wand und rutschte zu Boden. Sie würde sich nicht in Selbstmitleid ergehen! Zu gar nichts war sie verdammt, denn sie hatte noch immer eine Chance. Einen Weg gab es, sich wieder in eine halbwegs normale Larin zurückzuverwandeln. Und sie würde ihn gehen.

Auch wenn ihr dadurch die Schädeldecke platzen würde.

Mit weinenden Augen stand Mitrade auf, wankte zur gegenüberliegenden Wand und hob das Kissen auf. Sorgfältig platzierte sie es wieder auf dem Bett, klopfte die Ecken gerade und strich die Falten glatt. Dann machte sie sich auf den Weg zurück in die Zentrale, um sich erneut in Jason Nekos Kopf zu begeben.

Sechzehn

Tamra bekam nicht aus Startac heraus, was ihn hatte so bleich werden lassen. Plötzlich wirkte er wie unter Strom stehend. Alles an ihm signalisierte erhöhte Alarmbereitschaft: die Art, wie er sich bewegte, wie er immer wieder in diese komische Starre verfiel.

Er hatte sie beide aus der Zentrale des alteranischen Schiffs teleportiert, aber das hatte seine Unruhe nicht besänftigen können. Auch als sie sich von dem Schiff entfernten und nach dem Lager der Gestrandeten suchten, blieb er angespannt und wachsam.

Sie fanden es nicht weit vom Schiff entfernt. Es lag im Schatten eines weiteren Wracks, eines riesigen, ovalen Transporters, der seinem Äußeren nach zu urteilten schon seit Jahrtausenden hier lag. Völlig verwittert war die Hülle, das Metall narbig und überwuchert von einer moosartigen Pflanze.

Dem Lager der Alteraner hatte das Schiff als Schutz gedient.

Tamra und Schroeder fanden die Überreste von Hütten, die ganz ähnlich wie ihre eigenen aus Wrackteilen errichtet worden waren. Auf den leeren Plätzen dazwischen, so vermuteten sie, hatten einstmals Zelte gestanden, die jedoch längst davongeweht oder zu Staub zerfallen waren. Schroeder zählte die Hütten und kam auf zwölf.

»Wenn sie noch einmal die gleiche Anzahl Zelte hatten«, rechnete er, »und mit zwei oder drei Mann in jeder

Unterkunft gelebt haben, dann müssten es zwischen fünfzig und siebzig Mann gewesen sein.«

»Sechzig«, nickte Tamra. Die Zahl war ihr plötzlich durch den Kopf geschossen.

Schroeder runzelte die Stirn. »Sechzig.«

»Das ist die Standardbesatzung eines solchen Kreuzers der Planeten-Klasse. Frag mich nicht, woher ich das weiß. Mein Vater war früher Leutnant auf einem Siedlerschiff. Vielleicht hat er es mir mal erzählt.«

»Ist ja auch egal.« Schroeder bückte sich und verschwand in einer der Hütten.

Tamra blieb, wo sie war. Trauer erfüllte sie bei der Erinnerung an ihren Vater, und sie brauchte einen Moment, bis sie dagegen ankämpfen konnte.

»He!« Schroeders Ruf riss sie aus ihrer Grübelei. »Was ist denn das?« Er kam aus der Hütte und umrundete sie. Ein breiter Riss klaffte hier in der Außenhaut des Wracks.

Schroeder verschwand darin, und diesmal folgte Tamra ihm. Die Wand war dick, mehr als vier Meter, schätzte sie. Der Riss zog sich hindurch wie ein schmaler, schnurgerader Gang. Als sie ihn hinter sich gelassen hatten, blieben sie stehen.

Das Raumschiff hatte keinerlei Innenwände, es war ein gigantisches, leeres Ei, das sich über ihren Köpfen zu schier unübersichtlicher Höhe aufwölbte.

»Was ...?« Tamras Stimme hallte in der staubigen, kathedralenartigen Stille. Eine Erinnerung flog sie an, ein breiter, mit grobmaschigem Drahtnetz überzogener Schacht in einer dunklen Kanalisation. Das Gefühl, zwischen Himmel und Erde zu hängen und der sich nähernden Mitrade-Parkk hilflos ausgeliefert zu sein ... In dem Schacht hatten die Geräusche ganz ähnlich gehallt wie hier. Tamra riss sich zusammen.

»Keine Ahnung. Vielleicht waren die Innenwände aus geformter Energie, ähnlich wie die SVE-Raumer der Laren aus meiner Heimat. Oder sie waren organisch und sind mit den Insassen zugrunde gegangen.« Schroeder zuckte mit den Achseln. Mit dem Fuß schob er ein Stück Bodenbelag zur Seite, bückte sich und untersuchte den kleinen Haufen, den er auf diese Weise geschaffen hatte. »Erde.« Er richtete sich wieder auf und klopfte die Handflächen an der Hose sauber.

Wind fing sich in dem Riss in ihrem Rücken, ließ Schroeders Haare flattern und seufzte leise um Ecken und Kanten.

Tamra fröstelte.

Nur wenig Sonnenlicht fiel durch Risse in der Raumschiffshülle und malte lange Bahnen in die staubige Luft und auf eine Reihe von tellergroßen Steinen, die in einer geraden Linie in den Boden gelassen waren.

»Gräber!«, entfuhr es Tamra.

Schroeder war neben dem ersten dieser Steine in die Hocke gegangen und wischte den moosartigen Belag fort.

»Thang Zhe«, las er vor. »2. April 4898.«

Tamra ging zu dem zweiten Grab, direkt neben dem ersten. »Hong Mei. 3. April 4898.« Sie wandte sich um. »Und John Ho. Auch 3. April 4898.«

Der Stein auf dem dritten Grab war geborsten und so überwachsen, dass seine Inschrift nicht mehr zu lesen war, doch auf den nächsten dreien fand Schroeder ein weiteres Datum. »4. April 4898.« Er erhob sich aus seiner Hocke und ließ seinen Blick die lange Reihe der Gräber entlangwandern. »Wetten, dass wir ein Schema entdecken? Ein Toter am ersten Tag, zwei am zweiten, vier am dritten. Und so weiter.«

Als wolle der Wind die Antwort abwarten, ließ er plötzlich nach. Übergangslos war es totenstill im Inneren des Wracks.

Schroeder schritt an der Reihe der Gräber entlang, und Tamra beeilte sich, in seiner Nähe zu bleiben. Wie mit einer eisigen Hand strich es ihren Rücken entlang. Sie hörte ihr Blut in den Ohren rauschen.

»Dreiundsechzig«, zählte Schroeder und blieb bei dem letzten Grab der Reihe stehen.

Tamra überlegte. »Das würde passen. Ein Toter am ersten Tag, dann zwei, vier, acht und so weiter. Ergibt insgesamt dreiundsechzig Tote am sechsten Tag.«

»Einer muss sie alle begraben haben.« Mit geschürzten Lippen drehte Schroeder sich einmal suchend um die Achse.

Der Eindruck war unheimlich: An der Gräberreihe hatten sie sich fast hundert Meter weit von der Außenhülle des Raumschiffs entfernt, und Tamra kam es vor, als befände sie sich in einem abgeschotteten, kühlen Miniaturuniversum. Die gewölbte Decke des Raumschiff-Eis zog sich über ihr dahin wie ein matter Himmel, und die Lichtreflexe der einfallenden Sonnenstrahlen ließen die Luft wie lebendig aussehen. Plötzlich hatte Tamra das Gefühl, das Wrack atme. Ihr Brustkorb zog sich in einem Anfall von Panik zusammen. Sie kämpfte gegen das Gefühl des Erstickens an, aber es wurde nicht besser.

»Alles okay?« Schroeder sah sie nicht an, denn etwas auf der gegenüberliegenden Seite des kathedralenartigen Schiffs hatte seine Aufmerksamkeit gefesselt.

»Ja, ja.« Tamra sog Luft in die Lungen. Schroeder marschierte los, noch tiefer ins Innere des Wracks, statt, wie sie es lieber getan hätte, nach draußen in die helle Sonne zu laufen. Mit zusammengebissenen Zähnen und krampfhaft geballten Fäusten folgte Tamra ihm.

Bis zu der Leiche eines alteranischen Flottenangehörigen.

Sie lag gegen die Außenhülle gelehnt, durch die Schwerkraft leicht zur Seite geneigt. Eine Uniform umgab bleiche Knochen, an denen noch Reste von Fleisch saßen. Der Haarschopf, der den Schädel wie ein Wasserfall umgab, war lang und hellblond.

»Das war eine Frau«, murmelte Schroeder. »Wahrscheinlich die letzte Überlebende der Crew.«

»Sie hat sie alle beerdigt. Wie mag sie sich dabei gefühlt haben?« Die Vorstellung, wie einsam diese Frau gestorben war, trieb Tamra Tränen in die Augen.

»Was mich eher interessiert, ist, woran die anderen – und sie wohl auch – gestorben sind.« Als müsse er sich des seltsamen Schemas noch einmal vergewissern, zählte Schroeder die Gräber mit dem Finger ab. »Eine Verdopplung der Toten innerhalb von vierundzwanzig Stun...« Er verstummte mitten im Wort. Seine Lider sanken nach unten, und erneut verharrte er in dieser seltsamen, starren Haltung.

Ein Geräusch wehte an Tamras Ohr.

Ein Geräusch, das sie zunächst für eine Sinnestäuschung hielt, so gänzlich fehl am Platz war es hier.

Es war das Wimmern eines sehr kleinen Kindes.

Tamra drückte die Hände auf den Mund. Das Geräusch erfüllte sie mit einem solchen Grauen, dass ihre Knie weich wurden.

Schroeder riss die Augen wieder auf.

Das Wimmern ertönte ein weiteres Mal, und diesmal hatte Tamra das Gefühl, als würde es direkt in ihrem Kopf entstehen.

Ihre Lippen begannen zu beben. »Hörst du das auch?«, flüsterte sie.

Schroeder nickte. »Los«, sagte er, während er bereits nach Tamras Hand griff. »Weg von ...«

Er sprach nicht zu Ende, sondern teleportierte.

Mit dem ersten Sprung schaffte Schroeder sie beide an den Rand des Felsgrats, mit dem zweiten hinunter und knapp fünfzig Kilometer weit in Richtung Lager.

Tamra war ein wenig übel von dem häufigen Ent- und Rematerialisieren. Sie kam sich vor, als sei sie falsch wieder zusammengesetzt worden. Nach ihrem dritten Sprung tastete sie unauffällig über ihr Gesicht; natürlich saß jedes ihrer Körperteile am richtigen Platz. Es war ihr angespannter Geist, der ihr Streiche spielte, und nun überlegte sie, ob genau das auch der Grund für ihre Panik in dem riesigen Wrack gewesen war. Die Perspektiven der so unendlich fernen Wände, der schiere Gigantismus des Hohlraumes, das Flüstern des Windes in der Leere und der Nachhall ihrer eigenen Worte. All das musste ihre Phantasie so stark angeheizt haben, dass sie begonnen hatte, Kindergeschrei zu hören.

Kindergeschrei!

Unwillkürlich drückte sie die Hand auf den Unterleib und wartete darauf, dass das Kind mit einem leichten Flattern antwortete. Sie war erschöpft. Das war alles. Nur erschöpft.

Während Schroeder sich von den Teleportationen erholte und Kraft für die nächste schöpfte, sprach sie ihn an. »Glaubst du, wir haben es uns eingebildet?«

Er antwortete nicht. In sich gekehrt starrte er ins Leere.

Tamra wurde kalt. Schroeder hatte das Wimmern auch gehört. Was aber hatte er *gespürt*?

Er schloss seine Finger stärker um die ihren und sprang erneut.

Diesmal hörte sie ihn einen leisen Pfiff ausstoßen, noch bevor sich ihre Sinne geklärt hatten.

Als sie wieder sehen konnte, folgte sie seinem ausgestreckten Fingerzeig. »Was ist?« Vor ihnen lag ein Ausläufer der Berge, der sich wie eine scharfe Kante hinaus in die Ebene zog.

Schroeder trat einen Schritt vor. Er hob beide Hände und hielt sie vor sein Gesicht, als wolle er wie ein Fotograf einen Bildausschnitt einfangen. »Der Berg«, murmelte er.

Tamra verstand nicht, was ihn so verblüffte. »Was ist damit?«

»Schau genau hin.« Er ließ die Hände sinken, und in diesem Augenblick sah Tamra es auch. Was sie für einen sanft abfallenden Bergrücken mit einem ungewöhnlich scharfen Grat gehalten hatte, war in Wirklichkeit kein Berg.

Es war ein Raumschiff.

Ein von Erosion gezeichnetes und von Pflanzen überwachsenes, gigantisches, würfelförmiges Raumschiff.

Im Lager war nach dem Angriff der Laren eine angespannte Ruhe eingekehrt. Schroeder sah die Menschen immer wieder besorgte Blicke in den Himmel werfen, und er hörte sie ängstlich miteinander tuscheln. Die Spezialisten von der MINXHAO hatten berichtet, ein Larenraumer von der Größe jenes Schiffes, das sie angegriffen hatte, habe mindestens sechs Raumjäger an Bord. Sie hatten die Angst der Menschen damit noch angefacht.

Schroeder durchquerte die provisorische Zeltstadt mit Tamra im Schlepptau, und da der Hyperfunk wieder einmal kaum funktionierte, fragte er mehrere Umstehende nach Captain Onmout. Er fand den Kommandanten schließlich vor einer Hütte aus grob gezimmerten Baumstämmen am Rand des Lagers.

»Deine Leute waren fleißig«, sagte Schroeder und wies auf das Holz der Unterkunft.

»Es gibt genug Hände, die beschäftigt werden wollen«, entgegnete Onmout gleichmütig. »Immerhin, der Bau der Unterkünfte geht voran.«

»Sonst nichts?« Schroeder warf einen Blick in die Hütte. Da sie keine Fenster hatte, war es in ihrem Inneren dämmrig. Dennoch konnte er den Laren erkennen, der gefesselt auf einem aus groben Ästen gezimmerten Stuhl hockte und vor sich hin starrte.

»Oh, du meinst mein Verhör unseres Freundes? Einiges habe ich immerhin erfahren ...« Onmout lächelte Tamra zu. »Das Larenschiff hatte elf Mann Besatzung, inklusive der Kommandantin.«

»Drei Mann habe ich abgeschossen«, überlegte Schroeder. »Bleiben acht. Mindestens.«

»Unsere Meinung. Meine Männer haben es inzwischen geschafft, herauszufinden, wie die Bioscanner funktionieren. Unsere Vermutung hat sich bestätigt.«

»Das heißt?«

»Auf dem gesamten verfluchten Planeten gibt es keinerlei Leben. Jedenfalls kein tierisches. Nur Blumen und Bäume. Und uns. Und die Laren.«

»Tamra und ich haben die Wracks untersucht«, berichtete Schroeder. »Es sind etliche. Manche sehen aus, als seien sie erst vor wenigen Monaten hier niedergegangen, aber trotzdem haben wir keinerlei Besiedlung gefunden.«

»Keine Lager, so wie unseres?«

»Doch, Provisorien. Als hätten die Überlebenden einige Tage, vielleicht auch Wochen dort gelebt, aber nichts von längerem Bestand.« Schroeder wies auf die Hütte aus Baumstämmen, in der sie den Laren untergebracht hatten.

»Vielleicht wurden die Überlebenden gerettet.«

Schroeder fiel auf, dass Tamra sich entfernt hatte. Er runzelte die Stirn. »Zusammen mit allem Leben, das es hier offensichtlich einmal gegeben hat?«

Onmout antwortete nicht, sondern wartete ab, bis Schroeder weitersprach.

»Nein, wenn du mich fragst, gibt es hier auf dem Planeten irgendetwas, das alles Leben vernichtet. Bei aller Gefahr, die von den Laren ausgeht, Captain, sollten wir so schnell wie möglich herausfinden, um was es sich dabei handelt.«

Das seltsame Gefühl von Panik, das sie in dem kathedralenartigen Schiff verspürt hatte, hatte in Tamra den Wunsch geweckt, allein zu sein. Sie spielte mit dem Gedanken, das Lager zu verlassen, als ihr Blick auf die Hütte fiel, in der Onmout den Laren festhielt. Wie ferngelenkt zog es sie dorthin.

Kurz zögerte sie, doch dann gab sie sich einen Ruck und ging hinein.

Sie trat vor den gefesselten Gefangenen und blickte auf ihn nieder. Er hatte den Kopf in den Nacken gelegt, die gelben Lippen waren geöffnet. Seine vier Nasenflügel bebten leicht.

Tamra betrachtete ihn und mühte sich, sich ihm überlegen zu fühlen. Er war gefesselt. Sie war frei. Dennoch zuckte sie zurück, als er aus seiner Versenkung auftauchte und sie direkt ansah.

»Du bist also die Knechtin, die Mitrade-Parkk so gern in ihre Finger bekommen will«, sagte er. In seiner Kehle entstand ein Geräusch, das wie ein bösartiges Kichern klang.

Die Worte trafen Tamra wie ein Schlag in die Magengrube. Sie schnappte nach Luft. »Mitrade ist tot«, brachte sie hervor.

Nun lachte der Lare auf. »O nein! Das glaubst du nur. In Wirklichkeit ist sie sehr lebendig. Und vor allem ist sie hier auf diesem Planeten.«

Tamra wich einen Schritt zurück. Die Tür schwang auf, stieß gegen ihren Rücken, doch sie bemerkte es kaum.

Er lügt!, kreischte es in ihr. *Er lügt dich an, um dich zu manipulieren. Sie haben dich noch immer in ihrer Gewalt, und du kannst nichts dagegen tun.*

»Das ... ist nicht wahr!«, keuchte sie.

Der Lare machte ein gleichgültiges Gesicht. »Du weißt, dass es wahr ist. Du hast auf sie geschossen. Was meinst du, was wird sie dafür mit dir anstellen?«

Jemand packte Tamra am Arm, doch sie riss sich mit einem angsterfüllten Aufschrei los.

»Tamra!« Es war Jasons Stimme. »Komm hier raus!« Wieder wurde sie gepackt, aber diesmal sanfter. Sie wurde aus der Hütte geschoben. Das Sonnenlicht griff nach ihr, hüllte sie ein und ließ die Tränen in ihren Wimpern vor ihrem Blick glitzern.

»Lass sie!«

Ihr Arm wurde losgelassen. Jemand anderes war bei ihr, dafür zog sich Jason zurück. Tamra schwankte.

»Sie ist am Leben!«, wimmerte sie.

Im nächsten Moment schlug Übelkeit über ihr zusammen und sog ihr die letzte Kraft aus den Beinen.

Siebzehn

Neko sah Schroeder dabei zu, wie er Tamra davonführte und dabei den Arm schützend um ihre Schulter legte. Er spürte Zorn in sich aufwallen. Was bildete sich dieser Kerl eigentlich ein? Kannte er, Neko, Tamra nicht schon viel länger als alle anderen hier? Wenn überhaupt, dann war es sein Recht, ihr beizustehen. Er ballte die Hände zu Fäusten, weil sich sein Innerstes seltsam wund anfühlte.

Wenn er die anderen Flüchtlinge überzeugen konnte, zurück nach Caligo zu gehen, würde Tamra ihnen folgen, oder? Sie konnte schließlich nicht allein hier auf diesem Planeten bleiben. *Nein,* schoss es ihm durch den Kopf. Aber sie konnte sich diesem Schroeder anschließen! Er knirschte mit den Zähnen.

Der Mutant!

Er war das Problem.

Neko löste die Fingernägel aus seinen Handflächen und blies gedankenverloren auf die kleinen Wundmale, die sie in seiner Haut hinterlassen hatten. Er würde sich um Schroeder kümmern müssen. Seine Gedanken begannen zu kreisen ... So, wie er sich um Tsutaya gekümmert hatte ...

Und plötzlich, mitten in der Bewegung, erstarrte er. Seine Finger hingen bewegungslos vor seinem Gesicht, leicht gekrümmt wie Krallen. Die verkrampften Glieder eines Mannes, der seinen Körper nicht mehr unter Kontrolle hatte.

Kurz wehrte er sich gegen den Impuls, den Arm sinken zu lassen, doch der fremde Befehl in seinem Kopf war stark.

Der Arm fiel an seiner Seite herab, als gehöre er nicht zu seinem Körper. Dann wandte Neko sich um und ging davon.

In ihrer Fernsteuer-Spinne drückte Mitrade die Lippen so fest zusammen, dass alle Farbe aus ihnen wich.

Die Fernsteuerung: Sie funktionierte jetzt einigermaßen, aber etwas stimmte trotzdem noch immer nicht.

Seltsame Impulse entstanden direkt in ihrem Kopf und verunsicherten sie. Sie versuchte herauszufinden, worum es sich dabei handelte, doch es gelang ihr nicht.

Sie wusste nur, dass sie sich unwohl fühlte.

Wenn Tamra des Nachts aus einem ihrer Alpträume aufgeschreckt war, hatte sie sich manchmal danach gesehnt, Gewissheit zu haben. Einen Beweis dafür in den Händen zu halten, dass Mitrade-Parkk tatsächlich noch lebte, war ihr weniger schrecklich erschienen als die Ungewissheit.

Jetzt jedoch, da sie diesen Beweis hatte, kam sie sich vor wie eine Idiotin. Nichts war schlimmer als diese Gewissheit!

Weil sie sie an ihrem Verstand zweifeln ließ.

Tamra *hatte* Mitrade-Parkk erschossen! Sie hatte mit angesehen, wie der Thermostrahl sich in den Leib der Larin gefressen hatte, hatte gesehen, wie diese zurückgeprallt war. Und sie hatte den Geruch von verbranntem Fleisch in der Nase gehabt. Die toten Augen gesehen.

Trotzdem fiel es ihr nicht schwer, dem Laren in der Holzhütte zu glauben, dass sie sich irren musste.

»Ist es wahr?«, hauchte sie, so leise, dass Schroeder sich vorbeugte, um sie verstehen zu können. Dann räusperte sie sich. »Er manipuliert mich. Noch immer manipulieren sie mich.«

Diese Ahnung davon, wie schwer es sein würde, den antrainierten Reflexen jemals zu entgehen, war ebenso schlimm wie das Gefühl von Paranoia. Der Lare hatte ihr mitgeteilt, dass Mitrade am Leben war, und im ersten Moment hatte sie es ihm blind geglaubt.

»Niemand manipuliert dich«, sagte Schroeder. »Wenn du es nicht zulässt.«

Tamra holte tief Luft, um die Selbstbeherrschung zurückzuerlangen, die wie Luft aus einem angestochenen Ballon aus ihr entwichen war. Sie spürte, wie ihr Leib dabei zitterte und vornüberfallen wollte.

Schroeder hielt sie, aber sie machte sich von ihm los. »Sie ist hier, um mich zu bestrafen.«

»Ich passe auf dich auf.«

Mit solcher Selbstverständlichkeit sagte er das, dass sie fast aufgesprungen wäre, um davonzurennen. Sie sah ihm ins Gesicht, suchte nach einem Zeichen von Zweifeln oder Schwäche darin, fand aber beides nicht. Und sie hasste sich, weil sie der eigenen Schwäche nachgegeben hatte.

»Und auf dein Kind«, fügte er hinzu.

Tamra legte die Hände gegen ihre Wangen. Sie fühlten sich kalt an. »Woher weißt ...« Sie verstummte. Was war sie für eine Närrin gewesen! Die ganze Zeit über hatte sie gewusst, dass er ein Orter war.

Ein weicher Zug erschien um Schroeders Augen. Vorsichtig nahm er Tamras Handgelenke – sie sahen zerbrechlich aus in seinen Händen, zerbrechlich wie Vogelknochen – und schloss die Arme um ihren Leib. Sie ließ es geschehen. Was, wenn sie sich täuschte? Wenn sie ihre Empfindungen für ihn nicht schwach machten, sondern ganz im Gegenteil? Wenn er ihr eine Stärke gab, die anders war, als alles, was sie bisher gefühlt hatte? Eine Stärke, die nicht mit purer Willenskraft aufrechterhalten werden musste, weil sie tief aus ihrem eigenen Innersten kam.

Tamra schloss die Augen und gab sich einen Moment lang dieser Hoffnung hin.

Ein leises Zirpen an seinem Handgelenk ließ sie zusammenzucken.

»Schon gut.« Schroeder aktivierte sein Hyperkom. »Ja?«

»Mister Schroeder, hier ist Dan Muller«, erscholl eine Stimme, die von statischem Rauschen verzerrt wurde. »Es ist uns tatsächlich gelungen, einige Ortungsgeräte wieder in Gang zu bringen, und Captain Onmout bat mich, Ihnen ein paar unserer Erkenntnisse mitzuteilen.«

Schroeder schob Tamra ein Stück zur Seite, ohne dabei den Arm von ihren Schultern zu nehmen. »Sprechen Sie.«

»Zunächst einmal: Das Raumschiff der Laren ist nicht abgestürzt, sondern am Fuß des Plateaus gelandet. Die Energiemessungen haben ergeben, dass sie jederzeit wieder starten können, wenn sie wollen.«

Tamra schauderte zusammen, doch Schroeder rieb ihr beruhigend den Oberarm. »Warum tun sie es dann nicht? Ich dachte, die Ebene dort unten sei instabil?«

»Sieht so aus, als befinde sich dicht bei der Felswand ein relativ stabiles Gebiet, auf dem sie gelandet sind. Aber warum sie nicht starten, können wir nicht erklären.«

»Kann es sein, dass der Aufprall meines Jägers irgendein Teil beschädigt hat, das zum Starten notwendig ist?«

»Schwer vorstellbar. Können Sie mir ungefähr beschreiben, was sich dort befunden hat, wo Sie aufgeschlagen sind?«

»Ein kegelförmiger Aufbau, sah ein bisschen so aus wie ein Andruckneutralisator.«

Muller schwieg einen Moment. »Hm. Ähnelte er einem Kegelschnitt mit einer daran angebrachten Halbkugel?«

»Möglich. So genau habe ich nicht hingeschaut.« Schroeder bemerkte, dass Tamra ihn beobachtete, und lächelte ihr aufmunternd zu.

»Möglicherweise ein Prallfeldgenerator«, erklang wieder Mullers Stimme. »Ich habe hier die Pläne eines larischen Troventaar-Beiboots vor mir. Es sieht nicht genauso aus wie unser Schätzchen dort unten, aber ziemlich ähnlich. Wenn Sie wirklich einen der Prallfeldgeneratoren pulverisiert haben, können die für eine ganze Weile nicht starten. Diese Sorte von Beibooten muss mindestens einen Meter über dem Boden schweben, bevor die Impulstriebwerke sich zünden lassen.«

Schroeder sah zufrieden aus. »Klingt doch gut. Bleibt noch die Frage, ob wir mit weiteren Angriffen rechnen müssen.«

»Das Schiff hat tatsächlich sechs Jäger an Bord. Keine Ahnung, warum die uns nur mit vier davon angegriffen haben.«

»Mitrade behält gern ein Ass im Ärmel«, sagte Tamra. Sie befreite sich aus Schroeders Armen.

»Wie bitte?«, fragte Muller.

»Ich habe eine Frau aus Dekombor hier bei mir«, erklärte Schroeder. »Sie kennt Mitrade-Parkk, die Kommandantin des Bootes, und sie meint, sie behielte gern ein Ass im Ärmel.«

»So. Nun ja. Interessiert es Sie noch, was die Biomassescanner hervorgebracht haben?«

»Natürlich.« Tamra spürte, wie Schroeder sich anspannte. Sie dachte an ihre bodenlose Panik in dem Wrack und ahnte, dass auch er es tat.

»Wie Sie bereits vermutet haben, gibt es auf dem gesamten Planeten offenbar keinerlei höher entwickeltes Leben. Die Scanner orten genau 8464 Impulse.«

»Können die Scanner differenzieren, nach Größe zum Beispiel?«

»Ich fresse einen Besen, wenn die larischen Teufel dazu nicht in der Lage wären«, kommentierte Muller. »Vielleicht wäre es auch die Xeno-Biologin der MINXHAO gewesen, aber leider ist sie tot. Ich bin schon froh, dass ich die Dinger überhaupt in Gang gekriegt habe.«

»Sonst noch was?«

»Nein. Wenn ich was Neues habe, melde ich mich bei Ihnen.« Bevor Schroeder sich für die Informationen bedanken konnte, hatte Muller bereits die Verbindung unterbrochen.

Schroeder stand auf. »Kommst du mit?«

»Was hast du vor?«

»Zu Onmout gehen. Wir müssen eine Volkszählung durchführen, um zu erfahren, wie viele Männer Mitrade-Parkk noch hat.«

Schroeder funkte Demetrius Onmout an und brachte auf diese Weise in Erfahrung, dass sich der Captain noch immer bei dem gefangenen Laren befand. Als Tamra und Schroeder sich auf den Weg zum Kommandanten machten, erscholl ein Jaulen, das ihre Trommelfelle vibrieren ließ.

Der feine Staub vor Tamras Füßen bildete ein psychedelisch anmutendes Interferenzmuster. Mit morbider Faszination, die es ihr unmöglich machte, sich umzuwenden, betrachtete Tamra die Wirbel und Linien. Sie wusste genau, was das Jaulen zu bedeuten hatte. Auf Caligo hatte sie es oft genug gehört.

Es war das Geräusch eines senkrecht in die Luft steigenden larischen Jägers.

Schroeder war ebenfalls mitten in der Bewegung erstarrt, doch er reagierte schneller als Tamra. »Lauf!«, rief er, und noch während er zusah, wie sich der deltaflüglige Raumjäger über die Kante des Abgrunds schob, packte er Tamras Hand und zog sie mit sich. Tamra stolperte hinter ihm her. Sie strauchelte, blieb jedoch auf den Beinen.

Rings um sie herum brach das Chaos aus. Sie hörte Menschen schreien. Sie sah Männer und Frauen durcheinanderrennen, sich gegenseitig zu Boden stoßen, niedertrampeln.

Ein scharfer Ruck in ihrem Schultergelenk riss ihre Aufmerksamkeit von der Panik der anderen zurück auf sie selbst. Sie lag auf dem roten Boden und wusste nicht, wie sie dorthin gekommen war. Schroeder drängte sie zur Seite, und da erst begriff sie.

Er hatte sie hinter einem Felsen in Deckung gebracht und sich neben sie geworfen. Mit gezogenem Impulsstrahler lag er an ihrer Seite und lauschte auf das abflauende Geräusch des Jägers.

Gemeinsam warteten sie darauf, dass es sich in das typische orgelnde Geräusch verwandelte, das Angriffsgeschwindigkeit bedeutete. Es kam nicht, stattdessen näherte sich ein leises Pfeifen, das in Tamras Ohren wie das Schleichen eines Raubtieres klang.

Langsam, lauernd schwebte der Jäger über das Lager hinweg. Die Menschen duckten sich, wo sein Schatten sich auf sie senkte, und viele von ihnen fielen sogar auf die Knie oder warfen sich bäuchlings in den Staub.

Zorn wallte in Tamra auf. Sie konnte nicht sehen, ob Mitrade-Parkk sich im Inneren des Gleiters befand, aber ihre Phantasie gaukelte ihr genau das vor. Vor Wut sah sie rot, und sie reagierte ohne nachzudenken. Mit einem Ruck riss sie Schroeder die Waffe aus der Hand, sprang auf und feuerte.

Sein Schrei ging im Donnern der Entladung unter.

Der Schuss fauchte auf das Schiff zu, verendete jedoch mitten in der Luft auf halben Weg dorthin in einem bläulichen Lichtblitz. Die Laren hatten den Schutzschirm aktiviert.

»Was machst du?«, brüllte Schroeder und zog Tamra wieder in Deckung. Doch es war zu spät.

An Bord des Gleiters war man auf sie aufmerksam geworden. Das kleine Schiff hielt inne, dann drehte es sich um seine Achse, bis die Front genau in Richtung des Felsens wies.

Es dauerte einen Augenblick, bevor es sich wieder in Bewegung setzte, doch dann schwebte es langsam über sie hinweg – und blieb direkt über ihnen stehen.

Tamra glaubte, Mitrades Blick durch die Stahlhülle auf sich brennen zu spüren. Sie konnte sich nicht bewegen. Wie das Kaninchen vor der Schlange starrte sie hoch und sah zu, wie sich die Bordkanonen langsam auf sie ausrichteten.

Aus den Augenwinkeln bemerkte sie Schroeder neben sich. Er hatte ihr den Strahler wieder fortgenommen und hielt ihn jetzt mit beiden Händen umfasst. Er lehnte gegen den Felsen und visierte den Jäger über den Rand seiner Waffe an.

Nutzlos!, schoss es Tamra durch den Kopf, und dennoch überschwemmte sie in diesem Moment ein so starkes Gefühl der Zuneigung zu dem schmalen Mutanten, dass sie die Zähne zusammenpresste.

Dann, nach schier unendlichen Minuten, drehte der Jäger ab. Und flog davon.

Erst als er über den Rand des Plateaus in der Tiefe verschwunden war, konnte Tamra wieder Luft holen. Ihre Kiefer lösten sich nur schwerfällig voneinander, und dabei klapperten ihre Zähne unkontrolliert aufeinander.

»Himmelherrgott noch mal!« Schroeder ließ die Waffe sinken und lehnte den Kopf mit geschlossenen Augen gegen den Felsen. Sein Brustkorb hob und senkte sich in schnellem Rhythmus, und ein feiner Schweißfilm stand auf seiner Stirn.

Er wischte ihn fort. Dann steckte er den Strahler in das Halfter an seiner Hüfte und stand auf. Ohne ein Wort über ihren Schuss zu verlieren, bot er Tamra die Hand und zog sie hoch.

Achtzehn

Tamra blieb nachdenklich zurück, während Schroeder zu Onmout ging, um mit ihm die Durchführung einer Volkszählung zu besprechen.

Langsam durchquerte sie das Lager und sah sich dabei um. Die meisten der achttausend Menschen lagerten noch immer im Freien, notdürftig geschützt von Planen und Wrackteilen. Ein steter Strom hatte sich zwischen dem Lager und der ORTON-TAPH gebildet, fast wie eine Ameisenspur. Tamra folgte ihr mit den Blicken und stellte fest, dass es offenbar gelungen war, ein Loch in die Außenhülle des Schiffes zu schweißen.

Sie hielt einen der Männer an, der mit einem dicken Packen Decken an ihr vorbeikam. »Ist das Innere verstrahlt?«, fragte sie.

Der Mann blieb stehen. Auf seiner Oberlippe stand ein Schweißfilm, und er leckte ihn ab, bevor er antwortete. »Bis auf die äußeren Hangars weite Teile, ja.«

Tamra presste die Lippen aufeinander. »Was ist mit den Bergungsarbeitern?«

»Keine Sorge: Wir lassen nur Leute in Raumanzügen durch die Schleusen in die gefährdeten Bereiche.«

»Dann können die Menschen das Wrack nicht als Zuflucht benutzen?«

»Davon würde ich abraten, egal, wie dringend die da draußen einen Unterschlupf brauchen.«

Tamra bedankte sich bei dem Mann und ließ ihn gehen.

Die Lage spitzt sich zu, dachte sie.

Achttausend Leute, kaum Unterbringungsmöglichkeiten, dazu ein ständiger, kalter Wind. Tamra warf einen Blick in den Himmel. Wenigstens regnete es nicht, auch wenn sich ab und an Wolken zeigten. Die fehlende Nahrung jedoch bereitete den Verantwortlichen Sorgen, ebenso wie die mangelnde Hygiene. Man hatte dicht beim Wald einen Fluss entdeckt, doch aus Angst vor Krankheiten wie der Ruhr hatte Onmout den Befehl erlassen, nicht darin zu baden. Trinkwasser hatten sie genug, aber das war auch schon alles.

Tamra kam durch einen Teil des Lagers, in dem sich fast ausschließlich ledige Frauen aus Dekombor aufhielten. Einige von ihnen kannte sie vom Sehen, doch die meisten waren ihr fremd.

Die Sorge fiel ihr auf, mit der die Menschen in den Himmel starrten. In mehr als einem Gesicht las Tamra blanke Angst, und sie sah Dutzende von Händen und Füßen, die nicht stillhalten konnten. Kleidung wurde geknetet, Haare gezwirbelt. Ab und an sprang eine der Frauen auf, lief einige Schritte hin und her und warf sich rastlos wieder zu Boden.

Die Anspannung griff mit kalten Fingern nach Tamra, und sie wuchs noch, als die Frauen sie bemerkten. Sie wurde gemustert, viele Mienen waren verschlossen und voller Wut.

»Das ist sie!«, hörte sie Tuscheln hinter ihrem Rücken. »Wegen ihr sind die Laren hier, und wegen ihr werden sie uns noch alle töten.«

»Redet nicht so einen Unsinn!« Nekos scharfe Stimme fuhr zwischen das Gewisper wie eine Klinge.

Tamra drehte sich um. Er kam auf sie zu, mit langen Schritten, die energisch und zornig aussahen. Seine larische Frisur war längst auseinandergefallen, die Haare hingen ihm lang und dunkel in Stirn und Augen.

Mit einer weit ausholenden Geste drehte er sich einmal um die eigene Achse. »Wie könnt ihr Tamra die Schuld am Auftauchen der Laren geben?«, fragte er mit lauter Stimme. »Schließlich habt ihr alle euch zur Flucht entschieden! Die Laren sind wegen eines jeden von euch hier!«

Eine der Frauen kam auf die Füße und deutete mit dem Finger auf Tamra. »War sie nicht Mitglied dieser Rebellentruppe? Eine Taoistin? Sie haben die Laren gedemütigt, und das ist der Grund, warum sie uns überhaupt jagen.«

»Ihr alle habt die Laren gedemütigt«, widersprach Neko. »Ihr habt ihre schützende Hand zurückgewiesen. In eurem Hochmut habt ihr euch nicht nur von den Grenzen befreit, die ihr zu spüren glaubtet, sondern auch von dem Schutz, den die Laren euch boten. Und dafür werden sie euch bestrafen. Sie haben bereits damit angefangen.«

»Rate uns!«, rief eine Frau aus der Menge. »Du gehörtest doch zu ihren engsten Vertrauten. Was sollen wir tun?«

Neko schien überlegen zu müssen, jedenfalls senkte er den Kopf, sodass seine Haare die Augen verdeckten, und schwieg. »Lasst mich darüber nachdenken«, bat er schließlich, wandte sich ab und ging. Tamra folgte ihm.

Er sah sie an. In seinem Blick stand etwas, das sie nicht zu deuten wusste. War es Verwirrung? »Du weißt, dass sie recht haben, nicht wahr?«, fragte sie.

»Womit? Dass Mitrade wegen dir hier ist?« Neko schob das Kinn vor und beschleunigte seine Schritte noch. »Möglich.« Seine Augen flackerten jetzt, als wolle er im nächsten Moment das Bewusstsein verlieren.

»Jason!« Tamra griff nach seinem Arm und zwang ihn, stehen zu bleiben. »Was hast du?«

»Nichts.« Er wischte sich über das Gesicht, und das Flackern war fort.

Tamra wies auf die zurückgelassenen Menschen. »Sie haben Angst. Und es wird nicht mehr lange dauern, dann explodiert die Stimmung im Lager.«

Neko nickte nur.

»Wir müssen etwas tun«, sagte Tamra. »Schroeder und ich haben in den Bergen das Wrack eines Posbiraumers gefunden. Gar nicht weit von hier, vielleicht vier Kilometer entfernt. Es wäre eine gute Zuflucht.«

»Eine Zuflucht wovor?«

Tamra verstand die Frage nicht ganz. Wollte Neko ihr zu verstehen geben, dass sie sich vor den Laren dort unten in der Ebene nicht fürchten mussten? Sie begriff nicht, was in ihm vorging, und auf einmal kam er ihr noch rätselhafter vor als früher. Im Moment sprach er mit leiser, sanfter Stimme. Ganz anders als der Neko, der vorhin zwischen das Getuschel gefahren war. Es kam Tamra vor, als säßen zwei Personen in seinem Kopf, zwischen denen er beliebig hin und her springen konnte.

»Ich glaube, ich werde Onmout vorschlagen, die Menschen zu dem Fragmentraumer zu bringen«, sagte sie. »Um sie wenigstens vor dem Wetter zu schützen.«

Neko nickte langsam. Seine Lider sanken zur Hälfte nach unten. Es sah aus, als schlafe er gleich im Stehen ein. Plötzlich klang seine Stimme verändert, als er entgegnete: *»Mein Pluatz ist bei Mitruade.«*

Tamra ließ endlich seinen Arm los. Sie musste sich zwingen, nicht vor Neko zurückzuweichen. Ihre Kehle wurde eng beim Anblick seines plötzlich leeren, ausdruckslosen Gesichtes.

»Du kannst etuas tun«, murmelte er mit schwerer Zunge.

»Tun? Wofür?«

»Dafür, duass ich bei Mitruade ein gutes Woat für dich einleege.« Er leckte sich über die Lippen.

»Ich brauche deine guten Worte nicht.« Wut wollte in Tamras Kehle aufsteigen, doch sie drängte sie zurück. Zu sehr entsetzte sie, was ihre Augen sahen. Sie hob beide Hände an den Mund und beobachtete, wie Neko sich mit eckigen Bewegungen umdrehte und davonging.

Mitrade gestattete sich ein leises Kichern. Dieser entsetzte, fassungslose Blick der Scheuche war zu gut gewesen! Er entschädigte sie sogar dafür, dass Tamra jetzt wusste, was mit Neko los war. Ein dummer Fehler, gestand sie sich ein, weil das Vögelchen mit großer Wahrscheinlichkeit sein neu gewonnenes Wissen hinaussingen würde. Und dann war eine Trumpfkarte in ihrem Ärmel wertlos.

Aber was sollte es!

Die Mischung der verschiedensten Gefühle in Tamras Augen zu sehen, war weitaus besser gewesen, als ein paar Salven in die Menge der Flüchtlinge zu jagen.

Es entschädigte sie sogar für das zunehmende Unbehagen, das ihr diese seltsamen, fremden Impulse verursachten, sobald sie Neko übernahm.

»Haben Sie gesehen, wie sich Tamra und dieser Furzschnüffler miteinander unterhalten haben?« Schroeder war gerade damit beschäftigt, einem von Onmouts Offizieren ein paar Anweisungen zu geben, als ihn Frizzi Pasterz' Stimme aus seiner Konzentration riss.

Der Offizier, der seine benötigten Informationen hatte, nickte Schroeder höflich zu und entfernte sich, um die Volkszählung zu organisieren.

»Was meinen Sie?«, fragte Schroeder und drehte sich zu Frizzi um.

»Na ja, ich dachte nur. Ich hatte das Gefühl, Sie und Tamra ... aber ist auch egal.«

Schroeder runzelte die Stirn. Wenn er eins nicht leiden konnte, dann diese Art von zögerlich und doch völlig kalkuliert hervorgebrachten Andeutungen. »Haben Sie mir etwas Wichtiges zu sagen?«, fragte er kühl.

Frizzi schüttelte den Kopf. »Warum so bissig? Immerhin haben Sie meinem Sohn das Leben gerettet. Da dachte ich, es wäre gut, Sie vor Tamra zu warnen.« Sie warf ihre Haare über die Schulter und blitzte Schroeder an. »Sie ist nämlich nicht in der Lage, irgendjemanden außer sich selbst zu lieben, müssen Sie wissen. Passen Sie auf, dass sie Sie nicht einfach für ihre Zwecke missbraucht und dann fallen lässt wie ein Spielzeug, das ihr zu langweilig geworden ist.«

Mit diesen Worten stolzierte Frizzi davon.

Schroeder sah ihr nach, völlig gefangen genommen von der Boshaftigkeit, die aus ihren Worten gesprochen hatte. Aber auch wenn er nichts auf das Gerede anderer Leute gab und sich schon vor langer Zeit einen dicken Panzer um seine Gefühle zugelegt hatte, hatte Frizzi es dennoch geschafft, seine Gedanken in Bewegung zu bringen.

Er hatte längst gemerkt, dass Tamra für diesen Neko mehr zu empfinden schien als für irgendjemanden sonst. Sicher: Sie hatte sich ein-, zweimal von Schroeder in den Arm nehmen lassen, aber wie konnte er das als Zeichen interpretieren? Er war ein emotionaler Krüppel – also das Allerletzte, was sie in ihrer Situation gebrauchen konnte. Ein Gedanke kam ihm, der einen scharfen Dorn durch sein Herz trieb.

Was, wenn ...

Er konnte ihn nicht zu Ende denken, denn genau in diesem Moment kam Tamra um die Ecke eines Zeltes. Als sie ihn sah, blieb sie stehen.

Und Schroeder begriff, dass er drauf und dran war, sich in sie zu verlieben.

Er versuchte, die Anspannung, die ihn schlagartig in den Griff nahm, zu lösen, indem er seine Schultern leicht bewegte. Mit einem Mal war er so befangen, dass ihm kein einziger sinnvoller Satz einfallen wollte.

»He!«, war alles, was er hervorbrachte.

Tamra nickte nur. In Gedanken schien sie sehr weit weg.

»Was hast du?«, fragte Schroeder.

Sie warf einen Blick über die Schulter, dorthin, wo Jason Neko zwischen einigen Felsbrocken verschwunden war. Wie um die eigene Verwirrung fortzuwischen, rieb sie sich über die Augen. »Nichts.«

Schroeder war klar, dass sie ihn anlog. Er stand da und wusste nicht, wie er reagieren sollte. Hinter seiner Stirn jagten sich die Gedanken, aber keiner von ihnen war dazu geeignet, ihm einen Weg aufzuzeigen.

Er verschränkte die Arme vor der Brust, um sich selbst Halt zu verschaffen.

Tamra sah es. Ein ganz leichtes Stirnrunzeln flog über ihre Miene, verschwand jedoch sofort wieder. »Vielleicht wäre es gut«, sagte sie leise, »wenn wir die Menschen in den Fragmentraumer schaffen, was meinst du?« Sie hob das Kinn, wie um ihn herauszufordern.

Er hatte keine Ahnung wozu, und so flüchtete er sich in die relative Sicherheit des Themas. »Zu ihrem Schutz, meinst du?«

»Ja. Es würde sie vor dem kalten Wind schützen, aber auch ein wenig vor den Laren. Zumindest müssten sie dann nicht den ganzen Tag ängstlich in den Himmel starren.«

»Dafür würden sie sich vorkommen wie Gefangene ihrer ärgsten Feinde.«

Tamra schüttelte den Kopf. »Diese Menschen hier haben in Dekombor nicht viel vom Posbikrieg mitbekommen. Für sie sind die Laren die ärgsten Feinde. Ich glaube nicht, dass sie Angst vor dem Posbiwrack haben.«

»Möglich. Willst du Onmout deinen Vorschlag unterbreiten?«

Tamra nickte. Sie hatte die Lippen zu schmalen Strichen zusammengepresst.

Zwischen den Felsen tauchte Neko wieder auf. Er blieb stehen und blickte schweigend in Tamras Richtung.

Schroeder sah, wie sie sich versteifte. »Ist er der Vater?«, hörte er sich selbst sagen.

Mein Gott, was redete er da eigentlich?

»Wie bitte?« Tamra riss die Augen auf.

Schroeder wich einen Schritt zurück. »Es tut mir leid! Es geht mich wirklich nichts an, aber ich ...« Hilflos verstummte er.

Sie musterte ihn. »Nein«, sagte sie. »Es geht dich wirklich nichts an!«

Bei Rhodan, was war nur mit ihr los?

Tamra konnte nicht fassen, was Schroeder sie soeben gefragt hatte, aber noch weniger begriff sie sich selbst. Warum hatte sie ihm so eisig geantwortet – so eisig, dass er ausgesehen hatte, als habe sie ihm mitten ins Gesicht geschlagen?

Weil seine Frage gar nicht so unberechtigt war, dachte sie. Was, wenn Neko wirklich der Vater des Kindes war, das sie in sich trug?

Tamra hatte nie aus Mitrade herausbekommen, wer es gezeugt hatte. Und außerdem hatte sie bis heute keine Ahnung davon gehabt, dass Jason einen Fernsteuerchip trug, wie sie selbst einen getragen hatte. Sie hatte keine Vorstellung davon, was damals geschehen war – in jenen Stunden, an die sie keine Erinnerung hatte. *Was, wenn Neko ...*

Sie hieb sich mit der geballten Faust gegen die Schläfe, um den Gedanken zu vertreiben.

Onmouts Räuspern riss sie aus ihren Grübeleien.

»Miss Cantu?«, fragte er vorsichtig. »Geht es Ihnen gut?«

Jetzt erst bemerkte sie, dass sie längst in der Mitte des Lagers angekommen war. Onmouts Gesicht schwebte dicht vor ihr, und sie fragte sich, wie lange sie schon hier stand.

Als sei sie selbst noch immer ferngesteuert ...

Der Gedanke ließ eine Gänsehaut über ihren Rücken rinnen. Sie tastete nach der Narbe in ihrem Genick, die ihr zeigte, dass der Chip tatsächlich entfernt war.

Mit Gewalt blinzelte sie die Benommenheit fort. »Ja. Entschuldigen Sie, ich habe nachgedacht.« Sie informierte den Kommandanten über ihre Idee mit der Umsiedlung der Flüchtlinge. Er teilte Schroeders Bedenken über die Angst der Menschen vor den Posbis, ließ sich aber von Tamras Argument überzeugen, in Dekombor sei der Posbikrieg weit weg gewesen.

Er versprach ihr, über den Vorschlag nachzudenken.

»Übrigens«, sagte er, als sie sich schon abwenden wollte. »Eben haben meine Leute die Zählung der Flüchtlinge abgeschlossen. Interessiert es Sie, wie viele wir sind?«

»Sicher.« Alles war jetzt besser, als weiter zu grübeln.

»8455.«

Tamra hatte Mühe, ihren Geist auf das Gesagte zu richten. »Aber das kann nicht sein. Ich denke, Mitrade ist nur mit zehn Mann hier auf dem Planeten gelandet. Schroeder hat drei von ihnen abgeschossen. Das bedeutet, sie sind noch zu acht. 8455 plus acht macht 8463. Wurden nicht aber 8464 Impulse gezählt?«

Onmout schürzte die Lippen. Er sah ernst aus. »Wurden es«, sagte er.

Neunzehn

Die Sonne wollte gerade untergehen, und die dichtstehenden Sterne gewannen an Leuchtkraft, als Schroeder sich entschied, nicht mehr über sein Verhältnis zu Tamra nachzudenken, sondern sich sinnvoll zu beschäftigen. Da es für den Augenblick nichts zu tun gab, beschloss er, Fouchou aufzusuchen, um ihm endlich den kleinen Lederbeutel zu geben, den er aus der ORTON-TAPH gerettet hatte.

Er machte sich auf die Suche nach dem Mediziner und fand ihn in der Nähe jenes Teils des Lagers, den die wissenschaftlichen Mitarbeiter für sich reklamiert hatten. Der Mann lag neben einem Feuer, das offenbar erst vor wenigen Minuten angezündet worden war. Schroeder sah Äste unverkohlt und grün aus den Flammen ragen. Kurz gestattete er sich, einen Gedanken an den unheimlichen Wald zu verschwenden, doch dann konzentrierte er sich auf das Naheliegende.

»Störe ich Sie?«, fragte er.

Fouchou rührte sich nicht. Er hatte sich lang ausgestreckt, die Arme hinter dem Kopf verschränkt und sah in den Himmel. »Schön, nicht wahr?«

Schroeder nickte. »Ich habe etwas für Sie.« An dem Lederband zog er den Beutel aus der Tasche und ließ ihn vor Fouchous Gesicht baumeln.

Der Hüne richtete den Blick darauf. Im nächsten Moment grapschte er danach und setzte sich auf. »Danke! Wo haben Sie ...« Er betrachtete den Beutel mit einer solchen Inbrunst, dass Schroeder geneigt war, Onmouts Einschätzung zu teilen. Wahrscheinlich handelte es sich bei seinem Inhalt tatsächlich um irgendeine Droge.

»In der Funkzentrale, wie Sie gesagt haben.« Schroeder dachte nach. »Was ist es?«

Mit einer blitzartigen Bewegung ließ Fouchou den Beutel in seiner Hose verschwinden. »Sagen wir, ein Ticket in eine andere Sphäre.«

Drogen! Schroeder ärgerte sich darüber, dass er dem Wunsch des Mannes entsprochen und den Beutel gesucht hatte. Aber nun war es zu spät, und es war müßig, allzu viele Gedanken daran zu verschwenden. Etwas ganz anderes kam ihm in den Sinn. »Sagen Sie, haben Sie Erfahrungen auf dem Sektor der Pathologie?«

»Ich habe eine Zeit lang als wissenschaftlicher Berater für die Polizei von Neo-Tera gearbeitet. Warum?«

»Wären Sie in der Lage, anhand von Skeletten die Todesursachen herauszufinden?«

Fouchou zog die Stirn kraus, was die Haut über seinen hervorstehenden Wangenknochen noch stärker spannte. »Terranische Skelette?«

Schroeder nickte. »Zunächst. Später vielleicht auch andere, aber erst einmal terranische, ja.«

»Sie wollen wissen, was bei den anderen Wracks geschehen ist.« Als könne er die havarierten Schiffe durch die Dunkelheit hindurch ausmachen, starrte Fouchou in die entsprechende Richtung.

»Vielleicht erhalten wir auf diese Weise Informationen darüber, worin die Bedrohung besteht.«

»Bedrohung.« Fouchou legte den Kopf auf die linke Schulter und lachte leise.

»Morgen früh werden die Bergungsleute zwei der Beiboote aus dem Rumpf der ORTON-TAPH befreit haben.

Würden Sie dann zu den Wracks fliegen und ein paar der Gräber öffnen, die Tamra und ich gefunden haben?«

Fouchou ließ sich wieder auf den Rücken sinken. Er verschränkte erneut die Arme hinter dem Kopf. »Natürlich.«

Mitrade knirschte mit den Zähnen, weil die Störungen des Hypersturmriffs eine vernünftige Steuerung Nekos erneut unmöglich machten. War sie denn immer wieder dazu verdammt, gegen eine ganze Handvoll Schwierigkeiten gleichzeitig zu kämpfen?

Nicht nur, dass sie sich der Gefahr durch den larischen Idioten entledigen musste, der so dämlich gewesen war, sich von den Menschlingen gefangen nehmen zu lassen.

Nicht nur, dass diese hyperenergetischen Störungen sie wahnsinnig machten. Darüber hinaus quälten sie auch noch die eigenen Gedanken, die unbewusst immer und immer wieder um das Sen-Trook und ihr halbmechanisches Dasein kreisten! In den unmöglichsten Momenten flammte das Wissen darum, was sie wirklich war, wie ein greller Blitz in ihrem Bewusstsein auf, ließ ihr Herz jagen und ihre Kehle eng werden. In solchen Momenten musste sie all ihre Konzentration aufwenden, um nicht die Kontrolle über Neko zu verlieren.

Und zu allem Überfluss kam jetzt auch noch diese seltsame mentale Übelkeit, die sich über sie legte, sobald sie in die Fernsteuer-Spinne kletterte! Als habe sie Gedanken in sich, die so fremdartig und anders waren, dass es schmerzte, sie zu denken.

Mitrade schluckte heftig, doch es nützte nichts. Die Übelkeit verging dadurch nicht, im Gegenteil: Mit einem Mal wurde sie so intensiv, dass Mitrade den Mund öffnete und einen gepeinigten Schrei ausstieß. Etwas legte sich über ihren Blick, ein blaues Leuchten, dessen Ursprung sie nicht lokalisieren konnte. Dann begannen sich Feuerräder vor ihren Augen zu drehen.

Schwärze hüllte ihren Geist ein, und als sie daraus erwachte, zitterte sie am gesamten Leib. Mühsam wendete sie den Kopf dorthin, wo Zenon-Renkk und einer der anderen Vasallen gestanden hatten und ihrer Arbeit nachgegangen waren. Der Anblick ließ Mitrade in ihrem Prallfeld hochfahren.

Beide Laren lagen am Boden. Ihre Augen waren in namenlosem Schrecken geweitet, und es war ganz offensichtlich, dass sie tot waren.

Mitrade kappte die Verbindung zu Jason Neko, ließ sich zu Boden sinken und verließ die Fernsteuer-Spinne. Hastig lief sie zu den beiden Leichen hinüber. Es war auf den ersten Blick nicht zu erkennen, woran sie gestorben waren; äußerlich schienen sie völlig unverletzt.

Halt! Nicht ganz. Mitrade beugte sich vor, um genauer hinsehen zu können. Beide Laren hatten genau in der Mitte der Stirn ein helles, flammenförmiges Muster.

Neko erstarrte mitten in der Bewegung. Die Sonne war gerade aufgegangen und übergoss seinen Rücken mit kaltem, gelbem Licht.

Er sah auf seine Hände und Unterarme. Sie waren mit rötlichem Staub bedeckt, als habe er versucht, sie sich in dem Zeug zu waschen. Er rieb die Handflächen gegeneinander. Ein Teil des Staubs rieselte zu Boden, aber zwischen seinen Fingern haftete er an einer dickflüssigen, klebrigen Substanz. Was war das, zum Teufel? Was tat er hier? Er hatte keine Ahnung, was in den letzten Stunden geschehen war. Er sah sich um. Verdammt, er hatte ja nicht einmal eine Ahnung, wie er hierher gekommen war!

Er befand sich am äußeren Rand des Lagers. Mit den schmutzigen Fingern wischte er sich die schweißnassen Haare aus dem Gesicht und rieb sich mit dem Handrücken die Nase. Die Erkenntnis brannte sich in sein Bewusstsein: Er war untot gewesen!

Sein Gehirn weigerte sich, diesen Gedanken zu akzeptieren.

Ohne darüber nachzudenken, kratzte er die Stelle in seinem Nacken, an der die Verbrennung nur noch ganz leicht juckte. Die Haut war schrumpelig dort und fühlte sich tot an. Wann hatte Mitrade ihm einen Fernsteuerchip einsetzen lassen? Er ließ sein gesamtes Leben vor seinem inneren Auge ablaufen. Es gab Hunderte von Möglichkeiten, in denen sie es hätte tun können, aber ihm fehlte jede Erinnerung daran, wann es wirklich geschehen war. Konnten die Laren Erinnerungen gezielt löschen? Er war sich nicht sicher, aber er war überzeugt davon, dass sie weitaus mehr Dinge tun konnten, als er wissen wollte. Ein eisiger Schauer rann ihm über den Rücken, als ihm weitere Fragen einfielen.

Warum hatte Mitrade den Chip vorher niemals aktiviert? Und falls doch: Warum hatte er bis zu diesem Moment nichts davon gemerkt? Er war nie misstrauisch geworden, oder?

Halt! Sein seltsames Handeln im Konverter der ORTONTAPH! Plötzlich war er sicher, dass Mitrade ihn dazu gezwungen hatte, dem Techniker den falsch eingestellten Schlüssel zu reichen. Doch irgendetwas war falsch: Wenn es so gewesen war, warum erinnerte er sich an jeden Moment im Konverterraum, aber nicht an die letzten Stunden?

»He!« Eine unwirsche Stimme klang ihm unangenehm laut in den Ohren.

»Was?«, keuchte er. Ihm war übel, und die Zunge klebte plötzlich an seinem Gaumen.

Der Glatzkopf, mit dem er schon einmal gesprochen hatte, sah ihn unter zusammengezogenen Augenbrauen an. »Was ist los?«

Neko winkte ab. Es kostete ihn enorme Kräfte, und an seinem ganzen Körper brach Schweiß aus. »Nichts. Nur ein bisschen übel, das ist alles.«

Glatzkopf warf ihm einen zweifelnden Blick zu. »Wir wollten eigentlich nur wissen, wann es jetzt endlich losgeht.«

»Losgeht?« Neko fühlte sich schwindelig und fiebrig. Wovon sprach der Kerl eigentlich?

»Sie wollten uns zu den Laren bringen, haben Sie gesagt.« Wie mit einem begriffsstutzigen Kind sprach der Glatzkopf. Neko konnte in seinen Augen sehen, dass ihm Zweifel kamen, ob er der richtige Führer für sie war.

»Wann habe ich das gesagt?«

»Na, vor ein paar Stunden! Irgendwann um Mitternacht. Ich habe die halbe Nacht damit verbracht, alle zusammenzutrommeln. Sagen Sie bloß nicht, Sie haben es sich anders überlegt!«

Neko lauschte in sich hinein. Von einer Beeinflussung war nichts zu merken. Er gab seiner Zunge den Befehl, sich gegen den Gaumen zu pressen, und sie tat es ohne Schwierigkeiten. Mit einem Mal konnte er glasklar denken. Wenn Mitrade ihn dazu ausersehen hatte, einen Teil der Flüchtlinge zu ihr zu bringen, warum hatte sie sich dann plötzlich aus seinem Kopf zurückgezogen? Oder hatte sie das gar nicht und wollte ihn nur prüfen?

Konnte sie seine Gedanken lesen?

Er war sich ziemlich sicher, dass dem nicht so war, aber er erinnerte sich auch daran, dass es ihr möglich war, durch seine Augen zu sehen, ohne ihn in irgendeiner

Form zu beeinflussen. An seinen Reaktionen konnte sie in gewisser Weise ablesen, was er dachte.

Er schürzte die Lippen und entschloss sich, vorsichtig zu sein. »Bald«, antwortete er dem Glatzkopf. »Sag den anderen, sie sollen sich bereithalten.«

Der Glatzkopf schien nicht völlig zufrieden, aber er hatte eine Anweisung bekommen und würde sie ausführen. Noch immer funktionierte die Konditionierung durch die Laren fast perfekt.

Neko beobachtete den Mann, wie er sich mit langen, schweren Schritten entfernte. Kaum war er außer Sichtweite, kehrten seine Gedanken zu der Fernsteuerung zurück.

Wie konnte er sicher sein, welche der Entscheidungen, die er in seinem bisherigen Leben gefällt hatte, die seinen gewesen waren, und welche nicht?

Er ballte die Hand zur Faust und schlug sich damit gegen die Schläfe. Die Substanz zwischen seinen Fingern klebte, und jetzt fiel ihm auch ihre seltsame Farbe auf. Sie war gelb.

Auf einmal schien der Boden unter seinen Füßen zu schwanken. Er hatte keine Ahnung, wer er wirklich war!

Bereits kurz vor Sonnenaufgang des nächsten Morgens war Tamra auf den Beinen. Sie hatte während der Nacht kaum ein Auge zugetan, so sehr beschäftigten sie die Dinge, die sie am Vortag erfahren und erlebt hatte.

Wenigstens hatte Onmout sich entschlossen, ihrem Vorschlag zu folgen und die Menschen in dem Posbiwrack vor den Laren und dem Wetter in Sicherheit zu bringen. *Eine Sorge weniger.* Tamra wunderte sich ein wenig darüber, wie sehr sie sich für die Dekombor-Flüchtlinge verantwortlich fühlte.

Die weitaus schlimmeren Sorgen jedoch, dachte sie und rieb sich die vor Müdigkeit brennenden Augen, bereitete ihr Jason Neko. Bisher hatte sie niemandem von ihrem Verdacht erzählt, aber die Grübeleien der Nacht und die Angst, die in den dunkelsten Stunden nach ihr gegriffen hatte, hatten sie davon überzeugt, dass sie es tun musste. Und ihr war klar geworden, dass Schroeder der Einzige war, dem sie sich anvertrauen konnte. Dem sie verraten konnte, dass Jason Neko von Mitrade ferngesteuert wurde.

Sie umschlang den Oberkörper mit den Armen, um sich gegen die Kälte zu schützen, von der sie nicht wusste, ob sie von innen oder von außen kam.

Die Sonne schob den oberen Rand über den Horizont und färbte die kalte Morgenluft feurig rot. Die ersten Schlafenden begannen sich zu regen, und als Captain Onmout und Schroeder gemeinsam auf den Platz in der Mitte des Lagers traten und um Aufmerksamkeit baten, waren die meisten der achttausend Flüchtlinge wach und auf den Beinen.

»Seitdem wir auf diesem Planeten notgelandet sind«, begann Onmout mit lauter Stimme zu sprechen, »reißen die Probleme nicht ab. Dennoch ist es uns gelungen, die Bleihülle der ORTON-TAPH zu durchstoßen und in der Zentrale einige Instrumente in Gebrauch zu nehmen. Ferner wollen wir versuchen, ein oder zwei Beiboote ins Freie zu schaffen, aber leider können wir das Wrack nicht nutzen, um Sie alle darinnen vor dem Wind und den Angriffen der Laren zu schützen. Weite Teile der ORTON-TAPH sind verstrahlt, und wir haben keine Möglichkeit, das rückgängig zu machen. Mister Schroeder hier neben mir hat jedoch gestern eine Entdeckung gemacht, die uns helfen kann. In ungefähr fünf Kilometern Entfernung liegt ein anderes Raumschiffwrack, das wir als Zuflucht nutzen können.«

Gemurmel wurde laut, jemand rief: »Warum stellen wir uns nicht einfach den Laren?«

Onmout suchte den Urheber der Frage und sah ihm direkt ins Gesicht. »Erstens sind wir zu dem Schluss gekommen, dass die Laren Ihnen nicht helfen könnten, selbst wenn sie es wollten. Ihr Schiff ist viel zu klein, um Sie zurück nach Caligo zu transportieren. Abgesehen davon: Wir wurden von ihnen angegriffen! Glauben Sie allen Ernstes, dass die Laren Sie einfach kommentarlos wieder in ihre Arme schließen werden?«

»Die meisten von uns konnten sich nicht frei entscheiden, mit der ORTON-TAPH zu fliegen!«, mischte sich Jason Neko in das Gespräch ein.

Tamra musterte ihn aufmerksam, aber sie fand keinerlei Hinweise, dass Neko in diesem Moment ferngesteuert wurde. Sie wandte sich an Schroeder, doch er war zu sehr auf das Geschehen konzentriert, um sich von ihr ablenken zu lassen.

»Das ist richtig«, erwiderte Onmout. »Und das war ein Fehler, den wir gemacht haben. Aber die Situation verlangte rasches Handeln. Wir konnten nicht jeden Einzelnen fragen, ob er mit uns kommen oder lieber in Dekombor bleiben wollte.«

»Sie haben uns genauso behandelt wie die Laren!«, rief ein anderer. »Wie Sklaven, die nicht selbst entscheiden dürfen.«

»Wie ich schon sagte: Die Situation verlangte rasches Handeln. Aber hier wird niemand gezwungen, etwas zu tun, was er nicht möchte. Darum stehe ich hier vor Ihnen, um Sie über unsere Vorhaben zu informieren. Also: Wer mit uns in die relative Sicherheit des anderen Wracks gehen will, soll sich heute Mittag hier einfinden. Wir werden einen Treck organisieren und versuchen, ihn vor larischen Angriffen zu schützen. Wer lieber hier bleiben oder versuchen möchte, mit den Laren Kontakt aufzunehmen, kann das gern tun.«

Schroeder trat einen Schritt vor. »Bevor Sie sich jedoch entscheiden, müssen Sie wissen, dass es sich bei dem Wrack um einen Fragmentraumer der Posbis handelt. Wir ...«

Wieder wurde Gemurmel laut, diesmal so massiv, dass Schroeder sich unterbrechen musste. Geduldig wartete er, bis die Erregung sich ein wenig gelegt hatte.

»Wir haben in etwas größerer Entfernung noch weitere Wracks gefunden«, setzte er neu an. »Und bei keinem konnten wir Überlebende feststellen. Darum gehen wir davon aus, dass auch der Posbiraumer ausgestorben ist. Um sicher zu gehen, werde ich allerdings gleich mit einigen Soldaten dorthin aufbrechen. Wir werden das Terrain sondieren und uns vergewissern, dass Sie ungefährdet in dem Wrack unterkommen können.«

»Warum ausgerechnet das Posbischiff?«, fragte der erste Sprecher. »Warum nicht eins der anderen?«

»Weil der Posbiraumer am nächsten liegt. Wie Captain Onmout schon sagte, in zirka fünf Kilometern Entfernung. Die anderen Schiffe befinden sich mehr als das Zehnfache davon entfernt, außerdem liegt eine Felswand zwischen uns und ihnen, die wir ohne Gleiter nicht überwinden können.«

»Wir sind uns klar darüber«, übernahm wieder Onmout das Wort, »dass es für einige von Ihnen eine Zumutung sein muss, ausgerechnet in einen Posbiraumer umzuziehen, aber Sie können versichert sein, dass wir es für den besten Weg halten. Solange wir auf Perry Rhodan warten müssen, der höchstwahrscheinlich schon auf der Suche nach uns ist, müssen wir uns nämlich noch mit einer zweiten Gefahr auseinandersetzen. Das Problem dabei ist, dass wir im Gegensatz zu den Laren diese zweite Gefahr nicht einschätzen können. Offenbar gibt es irgendetwas auf diesem Planeten, das für jedes höher entwickelte Leben tödlich ist. Wir wissen nicht, ob es sich dabei um eine Krankheit handelt oder etwas anderes. Aber was wir wissen, ist, dass es außer uns und den Laren kein weiteres höher entwickeltes Leben auf Terra Incognita gibt. Solange wir keine Ahnung haben, warum das so ist, müssen wir sehr vorsichtig sein. Ich bitte jeden von Ihnen: Sollte Ihnen etwas auffallen, vielleicht ein seltsames Verhalten eines Nachbarn, eine Veränderung Ihres Gesundheitszustandes, den Sie sich nicht erklären können, oder auch unerklärliche Unruhe oder Unwohlsein, dann melden Sie das umgehend einem meiner Leute von der MINXHAO.«

Während dieser Worte ging Tamra durch die Menge und versuchte herauszufinden, wie die Menschen die Eröffnung aufnahmen, eine weitere Bedrohung hinge über ihnen. Einige wirkten beunruhigt, aber die meisten konnten offenbar mit einer derartig unkonkreten Bedrohung nichts anfangen. Sie diskutierten angespannt miteinander, und fast alle Gespräche kreisten nicht um die namenlose Bedrohung, sondern um die Laren.

Tamra fasste Neko ins Auge. Er stand einfach nur da, die Schultern locker und entspannt, und hörte zu, wie die Leute miteinander stritten. Er bemerkte ihren Blick und er lächelte. Sie wandte sich ab. Dabei stellte sie fest, dass Captain Onmout noch nicht fertig war.

»... darum haben wir uns entschieden, die anderen Schiffswracks ebenfalls untersuchen zu lassen«, sagte er gerade. »Möglicherweise finden wir Hinweise darauf, woran die Besatzungen gestorben sind. Doktor Ian Fouchou hier an meiner Seite« – er deutete auf den dürren Mann mit dem Turban, den Schroeder aus der ORTON-TAPH teleportiert hatte – »hat sich bereiterklärt, die Leichen eines hier abgestürzten alteranischen Kreuzers zu untersuchen und braucht dafür noch einige Freiwillige, die ...«

Ein Aufschrei ließ Onmout verstummen. Irritiert schaute er über die Menge hinweg, wo jetzt ein einzelner Raumkadett auftauchte und wild mit den Armen fuchtelte. Der Mann war blass – so blass, dass er beinahe grün wirkte. Mit energischen Gesten bahnte er sich einen Weg durch die Menge und blieb schließlich vor Onmout stehen.

»Kommen Sie!«, keuchte er.

»Was ist?« Onmout war sichtlich ungehalten, unterbrochen worden zu sein, doch an der Art, wie er die Halsmuskeln anspannte, konnte Tamra erkennen, dass er Unheil kommen sah.

»Der Lare, Sir!« Der Kadett holte tief Luft. Ein wenig Farbe kehrte in sein Gesicht zurück und malte scharf umrissene, rote Flecken auf seine Wangen. »Er ist ... bitte kommen Sie!«

Der Kadett durchquerte die Menschenmenge in umgekehrter Richtung ein zweites Mal. Diesmal teilte sie sich bereitwilliger vor ihm, denn Onmout und Schroeder folgten ihm.

Auch Tamra schloss sich den Männern an. Und sie wünschte gleich darauf, sie hätte es nicht getan.

Sie roch es, bevor sie es sah.

Schwerer, süßlicher Geruch drang aus der Hütte, in der sie den Laren gefangen hielten, und hüllte sie ein.

Dennoch betrat Tamra hinter dem Kadetten, hinter Onmout und Schroeder den Raum.

Der Lare, der noch immer gefesselt auf seinem Stuhl saß, war vornüber gesunken. Rings um seinen Sitz und auf seinem Schoß klebte dickliches, gelbes Blut.

»Sieht so aus«, sagte Onmout kühl, »als habe einer unserer Leute Tatsachen geschaffen.« Er griff dem Laren in die Haare und hob den Kopf an. In dessen Kehle klaffte ein breiter Schnitt.

Tamra schluckte mühsam. Rückwärts ging sie aus der Hütte, und Schroeder, der sich über die Leiche gebeugt hatte, um sie sich genauer anzusehen, registrierte es mit einem kurzen, besorgten Blick.

An der frischen Luft atmete Tamra mehrmals so tief durch, dass ihr davon schwindelig wurde. Sie tat ein paar Schritte, blieb dann stehen.

»Tamra?«

Nekos Stimme ließ sie Luft durch die Zähne ziehen. »Hast du mich erschreckt!«

Er lächelte entschuldigend, aber sie konnte dennoch sehen, dass ihn etwas quälte. Fast hätte sie bei diesem Gedanken laut aufgelacht, so absurd war er. *Natürlich quält ihn etwas!*, sagte sie sich. *Er wird ferngesteuert!*

Dieser Gedanke ließ sie augenblicklich großes Mitleid für ihn empfinden. Egal, wie sehr sie ihn früher für seine Ergebenheit den Laren gegenüber verachtet hatte: In diesem Moment, da sie die Angst in seinem Gesicht las, tat er ihr nur noch leid.

Er wies auf die Hüttentür. »Der Lare«, sagte er und musste sich räuspern, um weitersprechen zu können. »Ich glaube, das war ich.«

»Du?« Tamra legte eine Hand an die Kehle.

Er nickte. »Ich.« Er überlegte. »Mitrade.« Hilflos hob er die Arme und ließ sie wieder fallen. »Sie ... ich bin untot, Tamra!«, flüsterte er.

Sie nickte. Plötzlich war ihre Kehle wie mit Glas gespickt. »Ich weiß.« Dann wich sie zurück, von plötzlicher Panik ergriffen. Was, wenn es gar nicht Neko war, mit dem sie gerade sprach?

Neko erriet ihre Gedanken. Er griff nach ihr, aber sie wich ihm aus. »Im Moment bin ich frei«, sagte er. »Das musst du mir glauben, Tamra! Warum sonst sollte ich dir erzählen, dass ich den Laren umgebracht habe?«

Tamra zögerte. Sie konnte keinerlei Anzeichen der Fernsteuerung erkennen. Nekos Bewegungen waren flüssig, und seine Stimme klang klar und deutlich. »Hat sie dich gezwungen, es zu tun?«

»Natürlich.«

Was für eine dumme Frage!, dachte Tamra. Niemals würde der Neko, den sie kannte, der freie Neko, eine Hand gegen einen der Herren erheben. »Aber warum?«, fragte sie. »Was hat sie davon?«

»Sie wollte nicht, dass er noch mehr ausplaudert, als er ohnehin schon getan hat. Vermute ich.«

»Warum hast du gesagt, du *glaubst*, dass du es warst?« Tamra sah, wie Schroeder und Onmout aus der Hütte traten und sich leise unterhielten.

»Weil ich mich nicht erinnern kann, wie ich es getan habe. Ich weiß nur noch, dass ich mit seinem Blut an den Händen aufgewacht bin und versucht habe, es mir abzuwischen.«

Tamra dachte nach. »Das kann nicht sein! Ein Untoter erlebt mit, was geschieht, wenn er ferngesteuert wird. Und er kann sich hinterher auch daran erinnern.« *Das weiß ich aus eigener Erfahrung*, fügte sie in Gedanken hinzu, sprach es jedoch nicht aus. Neko wusste ohnehin Bescheid.

Er nickte, und diesmal sah sie Bedauern in seinem Blick. Für den Moment war sie sich sicher, dass er *er* war und sie nicht Mitrade vor sich hatte. »Bei mir ist es anders. Ich kann mich an das meiste, was ich unter der Fernsteuerung tue, nicht erinnern.«

»Warum erzählst du mir das?« Tamra bemerkte, dass sie noch immer die Hand an der Kehle hatte. Sie ließ sie sinken.

Er kam auf sie zu, diesmal wich sie nicht zurück. »Weil ich nicht weiß, was ich tun soll. Die Fernsteuerung scheint nicht gut zu funktionieren. Heute Nacht zum Beispiel hatte ich das Gefühl, dass ich mich dagegen wehren kann.«

Tamras Blick fiel auf die Verbrennung, die sich in zartem Rosa aus seinem Nacken bis an die Seite des Halses zog. »Vielleicht wurde der Chip bschädigt.«

»Oder das Hypersturmriff stört die Impulse, so wie es den Funk stört.«

Das war ebenso möglich. »Was soll ich tun?«, fragte Tamra.

Neko fiel in sich zusammen. »Egal, was ich über die Laren denke: Sie haben nicht das Recht, mich zu einem Mord zu zwingen!« Sein Blick begann zu flackern, und alarmiert sprang Tamra nach hinten. Er straffte die Schultern. »Hilf mir, dass es ...« Er stöhnte leise. *»Huallo, Vöguelchen«*, sagte er dann mit tieferer Stimme. *»Schön, duass wir uns widuasehen!«*

Schroeder diskutierte mit Onmout darüber, wie sie mit der Situation umgehen sollten. Gleichzeitig kreisten seine Gedanken darum, wer einen Grund für den Mord gehabt hatte. Aus dem Augenwinkel nahm er wahr, dass sich Tamra mit Neko unterhielt. Erst als sie vor dem Mann zurückwich, als habe er versucht, sie unsittlich zu berühren, wurde er aufmerksam.

Er sah Tamra blass werden, dann streckte sie die Hand aus und wies auf Neko.

»Nehmen Sie ihn fest!«, schrillte ihre Stimme. »Er hat den Laren getötet!«

Onmout reagierte schneller als Schroeder. Er gab einem seiner Männer einen kurzen Wink. Bevor Schroeder seine Irritation überwunden hatte, hatte der Mann Neko schon den Arm auf den Rücken gedreht und hielt ihn fest.

Neko wehrte sich nicht. Er sank in sich zusammen, und es hatte den Anschein, als sei er plötzlich ohnmächtig geworden. Seine langen, schwarzen Haare verdeckten sein Gesicht, sodass Schroeder nicht feststellen konnte, ob es wirklich so war.

Rasch ging er zu Tamra. »Alles in Ordnung?«

Sie knirschte mit den Zähnen. »Ja. Nein.« Mit einer Geste, die gleichzeitig hilflos und unendlich wütend aussah, warf sie die Arme in die Luft. »Sperren Sie ihn ein«, bat sie Onmout. »Mitrade-Parkk hat ihm einen Fernsteuerchip eingesetzt. Unter ihrem Einfluss hat er den Laren getötet.«

Mitrade-Parkk lief wie ein gefangenes Tier in der Zentrale der KERIGAN-CORT hin und her. Immer, wenn sie an eine Wand kam, trommelte sie mit geballten Fäusten darauf ein, wandte sich dann um und setzte ihren Marsch fort. Ihre Finger schmerzten von der Wucht der Schläge, aber sie merkte es kaum.

Hatte sich denn alles gegen sie verschworen?

An diesem Morgen hatte sie erfolglos darauf gewartet, dass ihre Männer zum Dienst in der Zentrale erschienen. Wütend war sie in die Kabinen der Vasallen gerannt und entsetzt zurückgeprallt. Ein jeder von ihnen lag regungslos und mit weit aufgerissenen Augen auf seiner Pritsche.

Ein jeder von ihnen hatte dieses seltsame flammenartige Muster auf der Stirn.

Mitrade war auf einmal ganz allein auf dem Planeten!

Allein? Sie dachte an die Menschlinge. Sie war nicht allein. Aber sie war die einzige Larin. Was auf das Gleiche hinauskam.

Zu allen anderen Schwierigkeiten jetzt auch noch das!

Kein Wunder, dass sie zu verwirrt gewesen war, um vernünftig zu handeln. Warum nur hatte sie sich in der Fernsteuer-Spinne nicht beherrscht und lieber versucht, Neko davon abzuhalten, den Mord zu beichten, statt Tamra in das entsetzte Gesicht zu lachen?

Festgenommen hatten sie ihn! In der Hütte festgezurrt, in der kurz zuvor noch ihr Untervasall gesessen hatte. Und das jetzt, wo sie ihn dringender brauchte denn je zuvor.

Erneut schlug Mitrade auf die Wand ein. Diesmal platzte die Haut an ihrer rechten Hand, und gelbliches Blut sickerte aus der Wunde hervor. Mitrade leckte es ab.

Einen Schritt nach dem anderen, mahnte sie sich.

Zunächst musste sie einen Weg finden, Neko zu befreien.

Ungefähr eine Stunde, nachdem Neko festgenommen und in der Hütte eingesperrt worden war, wanderte Tamra außerhalb des Lagers zwischen den Felsbrocken hin und her und versuchte, die Unruhe, die sie überkommen hatte, zu bewältigen.

Vom Wrack der ORTON-TAPH erklangen laute Geräusche: ein dumpfes Dröhnen, wie von riesigen Hämmern, die von innen gegen die Raumschiffshülle schlugen, und ein ohrenbetäubend lautes Zischen.

Die Bergungstrupps waren dabei, zwei der Beiboote aus dem Wrack zu befreien, und nutzten die Waffensysteme der kleinen Schiffe, um sich den Weg durch die dicke Bleihülle zu bahnen.

Eine dünne, schwarze Linie fiel Tamra auf, die sich direkt vor ihren Füßen schnurgerade durch den rötlichen Boden zog.

Ein Einschuss von dem larischen Angriff.

Tamra wusste, dass die Unterkünfte rings umher den wissenschaftlichen Mitgliedern der MINXHAO gehörten. Hier irgendwo musste Choo Kwa gestorben sein, die Xeno-Biologin, von der sie hatte erzählen hören.

Tamra ging um einige der Felsen herum. Auch hier sah sie die charakteristischen Schussspuren im Boden, doch etwas anderes ließ sie aufmerksam werden.

Mitten auf einem kleinen Platz stand völlig unbeachtet ein etwa kniehoher Metallkasten.

Tamra ging darauf zu. In glänzender, dunkelroter Schrift war ein Firmenlogo eingeprägt. Hatte nicht irgendjemand erzählt, dass Choo damit beschäftigt gewesen war, ein Bioscan des Planeten anzufertigen, als sie gestorben war? Das hier musste der Scanner sein, von dem man behauptete, er sei bei dem Angriff zerstört worden.

Tamra kniete neben dem Apparat nieder und betrachtete dessen Schalter und Anzeigen. Sie berührte einige von ihnen, und das Gerät erwachte völlig unerwartet zu leise summendem Leben.

Erschrocken zog sie die Hände weg.

Eine Anzeige leuchtete auf, grobkörnig und flackernd. Tamra beugte sich darüber.

Nichts weiter als eine nummerische Anzeige.

8470.

Die Wissenschaftler hatten recht gehabt: Der Scanner war bei dem Angriff beschädigt worden. Achselzuckend schaltete Tamra ihn aus und nahm ihre Wanderung wieder auf.

»He!« Schroeder trat hinter einem Felsen hervor. »Störe ich?«

»Nein.« Sie blieb stehen. Sofort war die Anspannung so groß, dass sie Tamras Kehle zusammendrückte.

»Ich wollte dir nur sagen, dass wir aufbrechen müssen.« Er wies hinter sich, wo sich die Mitglieder des Teams versammelt hatten, die mit ihm gemeinsam den Posbiraumer sichern sollten.

Tamra nickte. »Wird dir die ganze Springerei nicht langsam zu viel?«

»Vielleicht. Aber wir müssen nicht springen. Wir nehmen eins der Beiboote, das sie aus der ORTON-TAPH herausgeholt haben.«

»Gut. Pass auf dich auf, ja?«

»Mache ich, aber keine Sorge. Da lebt mit großer Wahrscheinlichkeit nichts mehr.«

Was genau ihr Problem war, schoss es Tamra durch den Kopf. Sie schwieg jedoch.

»Was hast du vor?«, fragte Schroeder.

»Ich brauche Beschäftigung. Meine Gedanken machen mich sonst verrückt. Ich dachte, ich melde mich freiwillig, um Fouchou zu begleiten. Immerhin kenne ich mich bei den Wracks aus.«

Schroeder nickte langsam. »Pass du auch auf dich auf!«, bat er. Er zögerte. »Wegen gestern Abend ...«

Sie wehrte ab. »Schon gut. Ich wollte dich nicht so anfahren. Es ist nur: Ich habe ziemliche Angst.«

Er griff nach ihrer erhobenen Hand und hielt sie fest. »Ich auch«, sagte er nach einer Weile.

Tamra sah ihn an. Irgendwie wirkte er, als sei eine große Last von seinen Schultern gefallen.

ZWANZIG

Eins der Beiboote, die man aus dem Hangar der ORTON-TAPH geholt hatte, trug die Kennung OT-12. Ian Fouchou befand sich bereits an Bord, während Onmout draußen noch die Mitglieder des Teams aussuchte, das ihn begleiten sollte.

Ein wenig gelangweilt sah der Mediziner die Reihe von Freiwilligen an, die dort unten im Schatten des Schiffes standen, bis sein Blick an zwei Frauen haften blieb. Eine von ihnen war relativ klein und so dünn, dass er automatisch an seiner eigenen Gestalt hinabschaute, als er sie wahrnahm. Sie hatte die Haare kurzgeschoren, was ihrem hageren Gesicht mit den brennenden Augen einen noch intensiveren Anblick gab. Fouchou kannte die Frau; er wusste auch, dass sie es gewesen war, die sich um ihn gekümmert hatte, nachdem der Teleporter ihn aus dem Wrack der ORTON-TAPH geholt hatte. Seltsamerweise weckte sie in ihm nicht den Wunsch, mit ihr zu schlafen. Er fuhr sich mit der Zunge über die Lippen und dachte an die rothaarige Gaya-Priesterin, die ihm auf Indigo die Erfüllung aller seiner Sehnsüchte versprochen hatte.

Danach fragte er sich, was Tamra Cantu an sich hatte, dass sie nicht in sein Schema passte, aber er verwandte nicht allzu viel Zeit darauf, denn jetzt fiel sein Blick auf die Frau neben Tamra.

Das war eher ein Weibsbild nach seinem Geschmack!, dachte er und hoffte zugleich, Onmout würde sie als eine seiner Assistentinnen auswählen. Einen ganzen Kopf größer als Tamra war sie, schlank, aber nicht dürr, und ihr herzförmiges Gesicht mit den vollen Lippen und den langen, schwarzen Haaren war genau das, was er am liebsten morgens nach einer langen, anstrengenden Nacht neben sich sehen würde.

Fouchou grinste in sich hinein, als er sah, dass Onmout sowohl Tamra als auch die schwarzhaarige Schönheit in das Schiff befahl. Während die beiden Frauen zusammen mit zwei Männern in voller Kampfmontur die Rampe hinaufmarschierten, tastete er unwillkürlich nach dem kleinen Lederbeutel, den er sich wieder um den Hals gehängt hatte.

»Was starren Sie so gebannt auf das Ding?«

Die tiefe Stimme der dunkelhaarigen Schönheit ließ Fouchou herumfahren. Die Frau stand in der Tür zur Pilotenkanzel, hatte die Schulter gegen den Rahmen gelehnt und wies mit ausgestrecktem Arm auf Fouchous Lederbeutel.

Rasch verstaute er seinen Schatz unter dem Hemd. »Nur so«, sagte er mit freundlicher Stimme. »Das ist ein Erinnerungsstück, nichts weiter.« Er setzte sein strahlendstes Lächeln auf, dann streckte er die Hand aus, um die Frau willkommen zu heißen.

»Tsu-zhi«, stellte sie sich vor. »Onmout hat uns beide Ihrem Team zugeteilt.«

Sie trat einen Schritt in die Pilotenkanzel, und erst jetzt sah Fouchou, dass Tamra in dem Gang hinter ihr stand. Täuschte er sich, oder hatte sie den Blick fragend auf die Stelle seines Hemdes gerichtet, unter der der Lederbeutel verborgen war? Er schüttelte den Kopf und ermahnte sich, nicht paranoid zu werden.

Auf dem Flug zum Friedhof der Raumschiffe spürte Tamra zum ersten Mal bewusst, was sie die ganzen letzten Stunden bereits geahnt hatte. Ihr Leib zog sich in einem langanhaltenden, schmerzhaften Krampf zusammen, der sie hart die Luft durch die Zähne ziehen ließ.

Zu ihrer Erleichterung achtete niemand auf sie. Fouchou war damit beschäftigt, die OT-12 zu fliegen und wurde dabei von Tsu-zhi und einem der Soldaten unterstützt. Der andere Soldat befand sich irgendwo im Bauch des kleinen Schiffes und werkelte dort herum. Tamra hatte keine Ahnung, was er tat.

Behutsam legte sie eine Hand auf den Bauch und konzentrierte sich auf das Kind. Sie konnte sein Strampeln spüren, das noch immer dem Flattern eines sehr kleinen Tieres glich. Einen Moment lang gab sie sich dem Wunsch hin, sie könnte es jetzt schon sehen und vielleicht sogar im Arm halten, und die Zärtlichkeit, die sie für das ungeborene Wesen empfand, fühlte sich fremdartig an angesichts der Umstände, unter denen es gezeugt worden war. Mit einem leichten Lächeln auf den Lippen richtete sie den Blick auf die unter ihnen vorbeirasende Landschaft. Sie würden keine zehn Minuten brauchen, um den Friedhof zu erreichen; das hatte Schroeder ihnen gesagt, und er behielt recht.

Kaum dass sie gestartet waren, drosselte Fouchou bereits die Triebwerke und ließ das Beiboot über der steil abfallenden Felskante schweben, hinter der sich der Friedhof befand.

»Vielleicht sollten wir erst einmal eine Runde drehen«, schlug er vor. »Um uns einen Überblick zu verschaffen.« Und bevor einer der anderen auf seine Worte reagieren konnte, steuerte er das Schiff bereits an der Kante entlang.

Von oben wirkte der Friedhof der Raumschiffe auf Tamra noch imposanter als vom Boden aus. Sie sah das prismenförmige Beiboot, dessen Pilot aus dem Cockpit geschleudert worden war, das kegelförmige Schiff mit dem Leck, den alteranischen Kreuzer und auch das Kathedralenschiff. Es überragte die meisten anderen Wracks um ein Vielfaches und wirkte aus der Höhe wie der Kadaver eines riesigen verendeten Tieres, das ihnen seinen Panzer zuwandte.

Fouchou pfiff leise durch die Zähne und wies auf ein Wrack, dessen äußere Hülle geschwungen war wie ein aufgeblasener, metallischer Diskus. »Ein Kartanin-Schiff«, murmelte er. »Interessant.«

Tsu-zhi wandte den Kopf und rief: »Und da hinten liegt ein Maahk-Raumer. Du liebe Güte, hier scheint ja wirklich die halbe Galaxis havariert zu sein!«

Tamra wollte sich umdrehen, um sich das Methanatmer-Wrack anzusehen, aber plötzlich engte sich ihr Blickfeld ein, und ihr wurde schwindelig. Sie musste sich mit beiden Händen an den Armlehnen des Sessels festhalten, um nicht zu schwanken.

Die Irritation verging so schnell, wie sie gekommen war.

Tamra löste eine Hand und wischte sich über die Stirn, auf der kalter Schweiß stand.

»Was zum Henker war denn das?«, hörte sie Tsu-zhi murmeln.

»Keine Ahnung. Warten Sie, ich wende und dann ...« Fouchou vollführte das angekündigte Manöver, und sofort kehrte die Irritation zurück. Tamras Blick verengte sich zu einer schmalen, grauen Röhre.

Das Beiboot begann zu ruckeln, und Fouchou stieß einen leisen, aber sehr unfeinen Fluch aus. Mit halb geschlossenen Augen und langsamen Kopfdrehungen versuchte Tamra herauszufinden, wo sich die Quelle der Irritationen befand.

Tsu-zhi kam ihr zuvor. »Das Tal dort!«, rief sie. »Irgendwas ist da!«

Sie flogen an einer scharfkantigen Auffaltung des Gebirges vorbei, die sich wie mit zwei geraden Fingern auf die Hochebene erstreckte und Tamra ein wenig an das überwachsene Wrack des Fragmentraumers erinnerte. Die beiden Finger, deren Flanken wie alle Ausläufer des Gebirges viele hundert Meter hoch waren, bildeten ein langgezogenes V-förmiges Tal, an dessen Basis sie vorbeiflogen.

»Das will ich sehen!« Bevor Tamra protestieren oder wegen des irritierenden Einflusses, der aus dem Tal drang, auch nur einen einzigen Ton hervorbringen konnte, schwenkte Fouchou das Beiboot herum und tauchte zwischen die beiden Felsausläufer.

Sofort war Tamras Blick mit einem düsteren, grauen Schleier überzogen. Sie stöhnte auf.

Das Beiboot vollführte einen ruckartigen Sprung nach oben und stieg über die Flanken des Tales in die Höhe. Ein wenig ließ der Einfluss nach.

Tamra schnappte nach Luft. »Was ist das?«

Vor ihnen, am Ende des Tales gerade noch zu erkennen, ergoss sich ein Wasserfall über die Klippen. Er stürzte mehr als 1000 Meter in die Tiefe und überzog seine nähere Umgebung mit einem schillernden Schleier aus Gischt, in dem sich Regenbögen übereinandertürmten.

»Sieht aus wie ein ganz normaler Wasserfall«, sagte Fouchou, doch Tamra war anderer Meinung.

Sie beugte sich vor. »Seht doch! Dort liegt noch ein Schiff!«

Das neue Wrack war unter der aufsprühenden Gischt nur schwer zu erkennen, obwohl es so groß war wie keines der bisher entdeckten. Es hatte eine plump anmutende Walzenform von ungefähr 900 Metern Länge und einen Durchmesser von vielleicht 250 Metern.

»Du liebe Güte, ist das riesig!«

»Ob diese komischen geistigen Impulse von ihm stammen?«

Fouchou biss sich auf die Lippe. »Sieht so aus. Die Richtung stimmt jedenfalls.«

Der Leib des Raumschiffs war beim Aufprall zerplatzt, seine Wandungen von der Kraft des Wassers angegriffen und verwittert. Halb zerschmorte Innereien lagen wie Gedärme herum und brachen die Gischt zu kleinen Kaskaden, die im Licht der Sonne silbern glitzerten.

»Wie halten Sie das aus, Fouchou?«, stöhnte Tsu-zhi und krümmte sich in ihrem Sitz. »Diese Impulse ...«

Fouchou, der die Szene die ganze Zeit über mit fasziniertem Blick angesehen hatte, schien wie aus einer Trance zu erwachen. »Sie haben recht«, murmelte er mit belegter Stimme. »Wir sollten von hier verschwinden.«

Er wendete das Beiboot und flog durch das Tal zurück zu dem Friedhof.

Tamra warf einen nachdenklichen Blick zurück. Die Impulse, die sie verspürt hatte, erinnerten sie stark an jene, die sie aus dem Inneren des Kathedralschiffs vertrieben hatten.

Sie sah Ian Fouchou an und schüttelte sich unmerklich.

In den Augen des Mediziners funkelte es voller Begeisterung und Neugier.

Der Anblick war furchterregend und faszinierend zugleich.

Schroeder hatte das zweite aus der ORTON-TAPH geholte Beiboot, die OT-13, in einer Entfernung von nur 500 Metern vom Wrack des Fragmentraumers gelandet; er stand nun am Fuß der Laderampe und ließ seine Blicke über das Wrack gleiten.

Selbst jetzt, da er wusste, wo es sich befand, waren die Umrisse des Raumers nur schwer auszumachen, so überwuchert und korrodiert war es. Dadurch und durch seine schiere Massigkeit wirkte es wie ein Berg, der sich vor ihnen bis in den Himmel auftürmte. Seine vielgestaltigen Aufbauten, die Antennen, Plattformen, Türmchen und Waffensysteme glichen buckeligen Vorsprüngen und unter der Pflanzenmasse verborgenen Felsen.

»Das liegt schon ziemlich lange hier, würde ich sagen«, hörte Schroeder einen der vier Raumsoldaten murmeln, die Onmout ihrem Team zugeteilt hatte. Der Mann hatte ungefähr seine Größe, doch sein Nacken wirkte gedrungen wie der eines Stieres und wollte so gar nicht zu dem weichen, rosigen Gesicht passen. »Ob sie abgestürzt sind?«

Schroeder maß die Kantenlänge des Wracks ab. »Ein solches Schiff hätte das gesamte Bergmassiv in den Grundfesten erschüttert, wenn es ungebremst aufgeschlagen wäre.«

Eine Frau duckte sich durch die Ladeschleuse der OT-13 und kam die Rampe herunter. »Hat es wahrscheinlich auch. Sehen Sie, wie tief es in den Felsen eingesunken ist! Nur eine Kante und zwei seiner Ecken ragen heraus. Ich würde vermuten, es hat eine Reihe Vulkanausbrüche ausgelöst und danach hat es dann eine ganze Weile gedauert, bis sich das Ganze wieder beruhigt hat.«

»Es liegt lange hier, sag ich ja!«, nickte der Raumsoldat. Er spielte mit dem Griff seiner Strahlenwaffe.

Die Frau, eine hochgewachsene Person mit dem breiten Kreuz einer Kugelstoßerin und den Händen einer Klavierspielerin, warf ihm einen Blick zu. Ihr Name war Mia

Chouwan, und Captain Onmout hatte sie Schroeder zugeteilt, weil sie als ehemalige Raumsoldatin der alteranischen Flotte Erfahrung im Kampf gegen die Posbis hatte. Dass wie wegen einer lesbischen Liebschaft von einem engstirnigen General unehrenhaft aus der Flotte ausgeschlossen worden war, hatte Schroeder auf dem Flug hierher von den Raumsoldaten zugeflüstert bekommen. »Also«, sagte Mia nun und sah dabei Schroeder wie um Erlaubnis fragend an. Er nickte ihr zu, und sie fuhr fort: »Sie wissen alle, warum wir hier sind. Bei der ORTON-TAPH sind sie dabei, die Flüchtlinge für den Marsch zu diesem Raumschiffswrack vorzubereiten. Unsere Aufgabe ist es, es ihnen nett zu machen. Sie wissen, was ich meine. Sehen wir zu, dass wir uns einen Weg ins Innere dieses Schrotthaufens bahnen, suchen wir die passenden Räumlichkeiten, um achttausend Menschen zu verstauen, und fegen wir sie aus.«

Einer der anderen Raumsoldaten, ein Mann, den Schroeder als Yuan kannte, meldete sich. »Meinen Sie«, fragte er, »dass da drinnen noch welche von den Blechköpfen leben?«

Schroeder konnte nicht erkennen, ob er diese Möglichkeit fürchtete oder sich auf sie freute. Yuan war ein drahtiger Typ mit feurigem, irgendwie beunruhigend intensivem Blick. Er wusste nicht, was der Mann ausgefressen hatte, und es interessierte ihn auch nicht.

Er lächelte schmal. »Genau das sollen wir herausfinden. Leutnant Muller hat das Wrack von der ORTON-TAPH aus gescannt und behauptet, es gäbe dort drinnen zumindest kein lebendes Plasma mehr. Ich neige dazu, ihm zu glauben, auch wenn er mehrfach betont hat, dass er die silarische Technik nicht gut genug beherrscht, um ganz sicher zu sein.«

Nachdem sie ihr Vorgehen besprochen hatten, gab Schroeder den Befehl zum Aufbruch. Sie drangen durch einen Spalt in das Wrack ein, der in einem ehemals turmartigen Aufbau klaffte. Um ihn zu erreichen, mussten sie über einen moosbewachsenen Abhang klettern, der sich in steilem Winkel in den Himmel erhob.

Der Riss in dem Aufbau wirkte wie der Eingang zu einer Höhle, und im ersten Moment roch es in ihm auch so.

Als sie in eine Halle von riesenhaften Ausmaßen traten, umfasste Schroeder unwillkürlich seine Waffe fester.

Tamra aktivierte den Anzugkom und rief nach Schroeder. Er meldete sich fast sofort, doch seine Stimme klang undeutlich und verwaschen. Zwar wurde sie diesmal nicht von Störungen überlagert, doch er war nur schwer zu verstehen.

»Wir sind gerade in das Wrack eingedrungen«, erklärte er. »Sieht nett aus hier.«

Tamra erzählte ihm in knappen Sätzen, was sie entdeckt hatten. Sie beschrieb den Wasserfall und das fremde Raumschiff. »Wir haben ein Kartaninschiff und einen Maahk-Raumer identifiziert, aber bei diesem hier haben wir keine Ahnung, worum es sich handeln könnte.«

»Walzenförmig?«, überlegte Schroeder. »Das kann alles Mögliche sein. Und du glaubst, die seltsamen Impulse kamen von dort?«

»Von dem Schiff oder aber dem Wasserfall selbst, so genau ließ sich das nicht ausmachen. Auf jeden Fall ähnelten sie denen, die wir in dem Kathedralenschiff wahrgenommen haben.«

»Was habt ihr jetzt vor?«

»Wir fangen wie geplant mit dem alteranischen Friedhof an. Fouchou landet gerade.« Ein neuer Krampf zog

Tamras Unterleib schmerzhaft zusammen, und sie unterdrückte ein Stöhnen. Zu ihrer Erleichterung schien Schroeder es wegen der schlechten Verbindung nicht gehört zu haben, doch Tsu-zhi wandte ihr den Kopf zu und musterte sie fragend.

Tamra zwang sich zu einem Lächeln. Sie wusste, dass sie blass war.

Die schwarzhaarige Frau hob eine Augenbraue, schwieg jedoch.

»Passt auf euch auf!«, sagte Schroeder. Er war jetzt kaum noch zu verstehen, seine Stimme klang wie ein Windhauch. »Die Schiffswände scheinen uns voneinander abzuschirmen. Wir sollten Schluss machen.«

Tamra wollte etwas erwidern, doch in diesem Moment war er fort. Sie legte eine Hand auf ihren Leib und fühlte, wie das Kind dagegenboxte. Die Nachwirkungen der geistigen Impulse hatten sie erschöpft, doch jetzt ließen sie langsam nach. Dennoch war Tamra froh, als Fouchou das Beiboot sanft zwischen den Wracks landete und sie der stickigen Luft in der engen Pilotenkanzel entkam.

EINUNDZWANZIG

Der erste Eindruck, der über Schroeder und die anderen hereinbrach, war totale Desorientierung.

»Bei allen vier Müttern«, ließ sich Yuan vernehmen, »hier kriegen wir die Flüchtlinge nie rein!«

Sie standen auf einer kleinen Plattform, die in flachem Winkel kaum zwei Meter über den Fußboden hinausragte. Schroeder musste die Beine leicht spreizen, um das Gefälle auszugleichen. Das Sonnenlicht, das durch den Eingang fiel, reichte nicht weit, und aus diesem Grund hatten die Männer und Mia ihre Anzuglampen angeschaltet und leuchteten das Innere des Wracks aus.

Wie lange, bleiche Finger wanderten Lichtstrahlen durch die staubige Luft, die in Schroeders Nase kribbelte. Bizarre Einzelheiten wurden aus der Finsternis gerissen.

Die gegenüberliegende Wand ragte in einem ähnlichen Winkel in die Höhe wie die Plattform in den Raum, und sie war übersät mit würfelförmigen Gebilden, die absurde Labyrinthe bildeten. Schmale, brückenartige Stege entsprangen aus den Kreuzungen der irrsinnig anmutenden Wege und ragten wie federnde Antennen meterweit in den leeren Raum hinaus, um sich an ihrem Ende fächerförmig aufzuspannen. Auf diesen fächerförmigen Oberflächen gab es neue Würfel, neue Labyrinthe, neue Antennen und darauf weitere Fächer. Schroeder blinzelte gegen die Verwirrung seiner Sinne an. Der Anblick erinnerte ihn an eine Mischung aus Fraktalen und den psychedelischen

Bildern eines Holokünstlers, auf dessen Bildern sich beim Hinsehen die Perspektiven rasant verschoben und ineinanderschachtelten.

Und alles wurde noch dadurch verschlimmert, dass sämtliche anderen Wände mit ähnlichen Gebilden bewachsen waren. Es wäre unmöglich gewesen, sich eine Meinung darüber zu bilden, wo oben und unten war, hätte die Schwerkraft von Terra Incognita es ihnen nicht gezeigt.

Zu Schroeders Erstaunen waren nirgendwo Posbis zu sehen. Sämtliche Gänge und Plattformen waren völlig leer, es gab keine Roboterwracks, wie es nach dem Absturz eines so großen Körpers wie des Fragmentraumers zu erwarten gewesen wäre.

Schroeder dachte an Mias flapsige Bemerkung und verzog das Gesicht. »Wenn ihr mich fragt«, sagte er und verfiel automatisch in die vertrauliche Anrede, die er aus der Milchstraße gewohnt war, »hat hier schon jemand ausgefegt.«

»In Posbi-Schiffen gibt es keine Schwerkraft«, informierte Mia die Soldaten, die nicht so viel Erfahrung mit den Maschinen hatten wie sie selbst. »Posbis sind keine menschlichen Wesen. Kategorien wie oben und unten sind nicht wichtig für ihre mentale Stabilität. Für sie zählt nur Effektivität und Ökonomie. Sie haben den zur Verfügung stehenden Platz bestmöglich genutzt, würde ich sagen.«

»Wenn wir die Menschen hierher bringen«, sagte Yuan dumpf, »haben wir innerhalb von einer Stunde das absolute Chaos.«

»Nicht, wenn wir uns Räume weiter im Inneren aussuchen.« Mia rückte den Gürtel zurecht, an dem ein Strahler hing, dessen Lauf ihr bis ans Knie reichte. »Kleinere.«

Sie wies auf eine Stelle in einigen Metern Entfernung.

Einer der Soldaten schwenkte seine Lampe dorthin, und eine trapezförmige Öffnung tauchte auf. Ein Gang.

Vorsichtig kletterten sie über die schräge Ebene. Schroeder schickte zwei Raumsoldaten voraus und folgte ihnen gemeinsam mit Mia. Auch hier war alles um wenige Grad aus dem Lot geraten. Der Fußboden – oder das, was sie im Moment für sich als solchen definiert hatten – fiel leicht nach links ab, und schon bald spürte Schroeder seine Fußgelenke, die mit einem dumpfen Pochen gegen das beständige Ausgleichen der Schräge protestierten.

In die Wand zu ihrer Linken waren in regelmäßigen Abständen kreisrunde Löcher eingelassen, hinter denen sich Räume von der Größe eines Tennisfeldes befanden. Einer der Raumsoldaten leuchtete durch das erste Loch. »Leer«, kommentierte er.

Schroeder betrat den Raum und sah sich um. Wie eine Wohnung wirkte er, aus der die Bewohner vor langer Zeit ausgezogen waren. Staub lag in den Ecken, aber sonst war nichts zu sehen – wenn man von großen, viereckigen Schächten absah, die aus allen vier Wänden und auch dem Boden und der Decke abzweigten.

Vorsichtig näherte sich Schroeder dem Schacht auf dem Boden und warf einen Blick hinein. Er war tief, so tief, dass sein Grund in undurchdringlicher Schwärze verschwand.

Schroeder sah genauer hin und stellte fest, dass er sich getäuscht hatte. In Wirklichkeit ließ sich die Tiefe des Schachts nicht feststellen, denn er war mit einer nebelartigen Substanz gefüllt, die in der Luft schwebte wie Tintenfischfarbe im Wasser. Eigenartig substantiell sah sie aus, nicht wie Nebel, sondern eher so, als könne man sie anfassen und zur Seite schieben.

Schroeder wollte gerade in die Hocke gehen und die

Hand ausstrecken, um den zweiten Eindruck zu überprüfen, als der Schrei des anderen Soldaten zu ihnen herüberhallte.

»He!«, brüllte er, und seine Stimme dröhnte in den mächtigen Innereien des Schiffes. »Kommt mal her! Das glaubt ihr einfach nicht!«

Die Stille im Inneren des Kathedralschiffs war noch immer dick und beängstigend. Nur Fouchous hastiges Atmen war zu hören, als er gemeinsam mit Tamra, Tsu-zhi und einem ihrer Soldaten, einem Mann mit Namen Lee, die Gräberreihen entlangging und die Inschriften entzifferte.

»Ein deutliches Schema«, murmelte er ein ums andere Mal. »Sie hatten recht.« Ganz am Ende der Reihe blieb er stehen, die Oberlippe zwischen die Zähne gezogen und nachdenklich daran herumkauend. »Da hinten muss die Leiche liegen, die Sie gefunden haben, nicht wahr?«

Tamra konnte kaum nicken, als der Mediziner sich auch schon wieder in Bewegung setzte. Er ging vor der Leiche in die Hocke und betrachtete sie einige Minuten lang, bevor er sie berührte.

Tamra sah seiner Untersuchung eine Weile zu und fragte sich, warum sie mitgenommen worden war. Sie hatte bisher nichts zu tun gehabt, außer sich in der hallenden Stille zu gruseln. Als Fouchou fertig war, richtete er sich auf. Mit nervösen Fingern nestelte er eine kleine, zusammenklappbare Schaufel von seinem Gürtel und blickte unschlüssig darauf nieder. Ohne ein Wort reichte er die Schaufel an Lee weiter.

»Öffnen wir die Gräber«, sagte er.

Und Tamra wusste, warum man sie mitgenommen hatte. Wortlos griff sie nach ihrer eigenen Schaufel.

Die Erde war locker, und das Graben fiel leicht. Bald

hatten sie den Toten freigelegt und sahen einen Augenblick lang ehrfürchtig darauf nieder.

Er war in ein Tuch eingeschlagen worden, bevor man ihn begraben hatte. Fouchou und Tsu-zhi öffneten es. Viel war nicht zu erkennen.

Ein Skelett, sauber von allem Fleisch entblößt, aber noch immer in den Überresten einer Uniform steckend.

Fouchou beugte sich vor und fasste den Stoff genauer ins Auge. »Sehen Sie das?«, fragte er Tsu-zhi.

»Natürlich.«

Tamra blickte an der Frau vorbei. Gerade wollte sie fragen, was die beiden meinten, als sie es selbst sah. Der Schädel des Toten war nicht unversehrt. Mitten auf seiner Stirn prangte etwas, eine seltsame, flammenartige Struktur, die aussah, als sei der Knochen an dieser Stelle geschmolzen und dann zu einer glatten, glasartigen Materie gehärtet.

Sie starrte den Schädel an. Ein anderes Bild schob sich vor ihr inneres Auge. Das Bild der jungen Frau, die bei dem Larenangriff getötet worden war. Sie hatte keinerlei Schussverletzungen gehabt.

Aber eine ganz ähnliche Struktur auf der Stirn.

Das Ende des Gangs befand sich hinter einer rechtwinkligen Biegung. Schroeder und Mia umrundeten sie gleichzeitig.

»Das ist doch ...« Mia verstummte und stieß einen langgezogenen Pfiff aus. »Was ist das?«

Schroeder konnte die Frage nicht beantworten. Sie befanden sich auf einer Galerie, ganz ähnlich jener, auf der sie das Wrack betreten hatten. Diese hier war ein ganzes Stück größer, und sie war nicht die einzige. Wie Logen in einem Theater von gigantischen Ausmaßen klebten Tausende von ihnen an den hochaufragenden Wänden und gaben den Blick frei auf eine Halle, die so groß war, dass die gegenüberliegenden Seiten, die Decke und auch der Fußboden in der Dunkelheit verschwanden. Keine ihrer Anzuglampen war stark genug, um sie auszuleuchten.

Filigrane Gebilde baumelten in langen Reihen über- und nebeneinander. Sie sahen aus wie Kokons und hingen zu Tausenden an silbernen Fäden, die wie Wäscheleinen von Loge zu Loge gespannt waren. Jeder dieser Kokons enthielt einen Posbi. Alle Roboter waren offenbar seit langer Zeit deaktiviert. Die metallischen Oberflächen wirkten im Licht der Lampen stumpf und angelaufen, sämtliche Sensoren schwarz und leer.

In ihrer schieren Masse sahen die aufgehängten Kadaver – ein anderes Wort fiel Schroeder bei diesem absurden Anblick nicht ein – geradezu unheimlich aus.

»Ihr könnt mich für verrückt halten«, murmelte Mia, »aber in meinen Augen sieht das aus wie ein verdammter Posbifriedhof.«

Schroeders Blick fiel auf eine kleine Schalttafel. Sie war in der Wand neben dem Durchgang angebracht, und direkt neben ihr verschwand das silberne Seil in der Wand. Schroeder streckte die Hand aus, zögerte aber.

Dann gab er sich einen Ruck.

Er drückte den oberen der beiden münzgroßen Knöpfe. Im nächsten Moment erwachte das Seil zu leise singendem Leben. Wie eine Saite, die man gespannt hatte, vibrierte es leicht, und es dauerte einen Augenblick, bis Schroeder begriff, dass es sich bewegte.

Der Erste der glänzenden Kokons mit der matten Posbileiche darin erreichte die Plattform und setzte sanft auf ihrer Oberfläche auf.

Und dann brach rings herum die Hölle los.

Auch der zweite Alteraner, den sie exhumierten, hatte diese flammenartige Struktur auf der Stirn. Ebenso der dritte, und auch der vierte.

Seufzend richtete Fouchou sich auf und drückte beide Hände in sein Kreuz. Unter seinem Hemd pendelte der Beutel sanft gegen seine Brust, als wolle er ihn mit seinen Versprechungen locken. Er ignorierte ihn. »Sieht so aus, als könnten wir davon ausgehen, dass dieses Flammenmuster bei allen zum Vorschein kommt. Jetzt müssen wir klären, ob es auch etwas mit ihrem Tod zu tun hat.« Er griff nach dem Hyperkom, um Captain Onmout und Schroeder über ihre Entdeckung zu informieren, doch ein Ruf Tamras ließ ihn innehalten.

Die junge Frau drückte die Hände gegen die Schläfen, und während Fouchou sich noch fragte, was sie hatte, brach es auch über ihn herein. Ein unsägliches Gefühl von Panik füllte ihn aus, ließ seine Nerven vibrieren und sein Herz rasen.

»Da!« Tamras Rechte löste sich von ihrem Kopf und wies zu einer Stelle in der Kathedralenkuppel.

Ein mattes, blaues Leuchten war dort erschienen. Fouchou hörte Tamra würgen und sah, wie sie in die Knie ging. Der Soldat stand noch aufrecht, doch auch auf seinen Zügen war das Entsetzen zu erkennen. Tsu-zhi stand hinter Fouchou. Er wollte sich auch zu ihr umwenden, konnte es aber nicht. Seine Beine waren wie mit Blei gefüllt.

In diesem Moment erscholl ein leises, kindliches Wimmern, und wenn es überhaupt möglich war, so steigerte sich die Panik in Fouchous Brust noch einmal.

»Verdammt, woher kommt das?«

Schroeder hörte die Stimme des Raumsoldaten durch

das rhythmische Krachen des Thermostrahlers, mit dem er auf den Beschuss aus den Tiefen der Halle antwortete.

»Rückzug!«, rief er und winkte Mia und die anderen durch den Durchbruch in den Gang. Nur um Haaresbreite verfehlte ihn einer der gegnerischen Schüsse, und die Wucht, mit der der Energiestrahl dicht neben seiner Schulter in die Wand schlug, riss ihn von den Füßen und ließ ihn vorwärtstaumeln.

Eine kräftige Hand packte ihn am Arm, und er fühlte, wie er wieder auf die Füße gestellt wurde.

Übergangslos verstummte das gegnerische Feuer.

»Was sollte das denn?«, keuchte Mia. Der Schreck stand ihr ins Gesicht geschrieben, und Schroeder fragte sich, wie viel Erfahrung mit Feuergefechten sie wohl haben mochte.

Sie schien seine Zweifel zu spüren, denn sie straffte sich sofort und setzte eine kühle Miene auf.

»Ein Posbifriedhof«, sagte Schroeder und wies über seine Schulter in Richtung der riesigen Halle. »Ich habe davon gehört, dass es so was geben soll, aber bisher habe ich nicht wirklich daran geglaubt.«

»Sie meinen ...« – der Soldat, der als Erster auf das Feuer reagiert hatte, wirkte atemlos – »... die deponieren hier ihre Toten? Zum Teufel, ich dachte, das sind Roboter!«

»Nur zum Teil. Sie haben auch eine biologische Komponente. Bei manchen von ihnen ist die der dominante Teil und ...« Das Signal seines Hyperkoms unterbrach Schroeder. »Ja?«

»Startac?« Es war Tamra, und sie klang seltsam. Belegt und irgendwie aufgeregt.

»Was ist?«

»Wir haben etwas herausgefunden.« Sie erzählte ihm von der Flammenspur auf der Stirn der Leichen, die sie ausgegraben hatten. »Und kurz darauf ist dieses Panikgefühl über uns hereingebrochen, das wir beide auch schon einmal empfunden haben. Ein seltsames blaues Leuchten entstand in der Kuppel des Kathedralschiffs und verschwand dann wieder.«

»Und gleichzeitig verschwand auch die Panik?«

»Ja. Choo hatte dieselbe Markierung auf der Stirn wie die Toten hier«, erinnerte Tamra ihn. »Meinst du, dass das, was die anderen Gestrandeten umgebracht hat, bei uns angefangen hat, ohne dass wir es bemerkt haben?«

Schroeder hörte, wie Yuan und die anderen über Posbis diskutierten. »Möglich wäre es. Aber wenn Choo wirklich durch diese Ursache starb, hat es wieder aufgehört. Erinnere dich an den Rhythmus, den wir anhand der Grabsteine festgestellt haben.«

»Mister Schroeder?« Die Stimme erklang, bevor Tamra etwas erwidern konnte. »Ian Fouchou hier. Ihnen ist klar, dass der Larenüberfall vielleicht den Beginn des Sterbens verdeckt hat. Möglicherweise wären die anderen Opfer innerhalb der nächsten Tage verstorben.«

Schroeder rieb sich über den Mund. »Das würde bedeuten, dass wir es mit einer Krankheit zu tun haben, meinen Sie? Etwas, das Besitz von den Gehirnen der Opfer ergreift?«

»Wir haben noch gar keinen Anhaltspunkt, womit wir es zu tun haben. Mir war nur wichtig, Sie wissen zu lassen, dass diese Xeno-Biologin möglicherweise das erste Opfer war.«

»Ich danke Ihnen«, sagte Schroeder. »Haben Sie sonst noch etwas?«

Da Fouchou verneinte, gab Schroeder einen kurzen Bericht über den Angriff der Posbis ab. »Wir haben Grund zu der Annahme, dass es sich dabei um einen automatischen Abwehrmechanismus gehandelt hat. Offenbar haben wir die letzte Ruhestätte ihres Volkes gestört. Tamra?«

»Warte mal.« Einen Moment lang war es still, dann erklang ihre Stimme wieder. »Ich muss Schluss machen.« Bevor Schroeder noch etwas sagen konnte, hatte sie die Verbindung unterbrochen.

Mit halbem Ohr nur hatte Tamra wahrgenommen, was Ian Fouchou neben ihr vor sich hin gemurmelt hatte. Doch die Worte hatten eine Saite in ihr zum Klingen gebracht, sodass sie das Gespräch mit Schroeder einfach unterbrochen hatte.

Ein Heim fern der wahren Heimat ...

Sie sah den Mediziner fragend an, doch er schien sie überhaupt nicht wahrzunehmen, sah mit leerem Gesichtsausdruck hoch. Bevor Tamra ihn anstoßen konnte, erklang Tsu-zhis Ruf. »Kommt mal her, ich habe hier etwas!«

Die dunkelhaarige Frau wartete, bis Tamra und auch Fouchou heran waren, bevor sie einen kleinen, ungefähr einen halben Zentimeter hohen und zwei Zentimeter im Quadrat messenden Kasten hochhielt.

»Ein Holospeicherkristall!«, entfuhr es Fouchou. »Glaubst du, er ist intakt?«

»Keine Ahnung. Die letzte Leiche, die ich untersucht habe, hatte ihn in der Tasche.«

Tamra warf einen Blick über Tsu-zhis Schulter zu den exhumierten Leichen, die ordentlich nebeneinander lagen, wie aufgebahrt. Fouchou hatte sich für die Untersuchung die vierte Leiche eines der zuletzt angelegten Gräber ausgesucht. Falls die Alteraner etwas über den Grund ihres Sterbens herausgefunden hatten, war die Chance, in den letzten Gräbern einen Hinweis darauf zu finden, am größten.

Tsu-zhi musste erst eine Abspieleinheit aus dem Beiboot holen, und während sie fort war, wanderte Tamra zwischen den Gräbern herum, schaute immer wieder in die gewölbte Kuppel des Kathedralenschiffs hinauf und lauschte angespannt, ob das unheimliche Wimmern wieder zu hören war.

Ohne dass sie etwas dazu tat, kamen ihr wieder Fouchous Worte in den Sinn.

Ein Heim fern ...

Sie gab sich einen Ruck.

»Doktor Fouchou?«

Der war gerade damit beschäftigt, eine Schaufel vom Dreck zu reinigen. Er sah auf. »Ja?«

»Waren Sie jemals auf Caligo?«

Ein rasches Blinzeln. »Warum?«

»Nur so. Das Zitat, das Sie vorhin benutzt haben ... es ist ein geflügeltes Wort in Dekombor. Ich dachte nur ...«

Ein Ausdruck von Erleichterung überzog sein Gesicht, und er lachte auf. »Ach so! Ich habe es wohl von einem Ihrer Flüchtlinge aufgeschnappt.« Er sagte es hastig, fast schuldbewusst, doch der Schmerz in Tamras Unterleib verstärkte sich auf einmal wieder und lenkte sie von einer Nachfrage ab. Sie nickte, und er wandte sich wieder seiner Arbeit zu. Nach kurzer Zeit verwandelte sich der Schmerz in ein unangenehmes Ziehen. Tamra legte eine Hand auf den Leib.

Schließlich kehrte Tsu-zhi mit der Abspieleinheit zurück. Sie ging in die Hocke, balancierte das Gerät auf den Knien und schob den Speicherkristall in den dafür vorgesehenen Schlitz. »Mal sehen, ob wir mit diesem larischen Kram da herankommen«, murmelte sie.

Sie brauchte fast zwei Stunden, bis sie es schaffte, dem Speicherkristall seine Informationen zu entlocken. Dann jedoch sprang aus dem Abspielgerät wie ein Schachtelteufel eine sich drehende, mehrfach in sich gewundene Spirale in die Höhe.

»Interessant«, sagte Fouchou. »Die Holotechnik ist offenbar bemerkenswert ähnlich.«

Tsu-zhi legte einen Finger an die Lippen und lauschte. Die Aufzeichnung war schlecht zu verstehen, da sie von Rauschen und einem rhythmischen Knistern überlagert wurde. Dennoch hörte Tamra genug, um sich ein Bild machen zu können.

»30. März 4898«, erklang eine weibliche Stimme. »Seit drei Tagen sind wir jetzt auf diesem Planeten, und unsere Hoffnung auf Rettung löst sich langsam in Luft auf. Wenn die anderen Schiffe unseres Konvois den Hypersturm überstanden haben, haben sie offenbar unsere Spur verloren.« Es folgte eine längere Beschreibung des Plateaus, wie Tamra es kannte. Dann fuhr die Frauenstimme fort: »Das Fehlen jeglicher Fauna ist ungewöhnlich, und mehr noch: Es scheint einige von uns sehr nervös zu machen. Ich kann es nicht nachvollziehen, aber ich spüre, wie sich Jane und Hong gegenseitig hochschaukeln. Sie reden immer wieder von irgendwelchen Panikattacken, unter denen sie zu leiden haben, aber ich ...« Tsu-zhi spulte die Aufzeichnung ein ganzes Stück vor und ließ sie dann weiterlaufen. »... der Tod von Leutnant Hong hat uns alle geschockt. Keiner von uns hat eine Ahnung, was ihn getötet haben könnte, und auch diese kristalline Flammenspur auf seinem Schädel bietet uns keinerlei Anhaltspunkte.«

Tsu-zhi sah von der sich drehenden Spirale auf. »Kristalline Flammenspur«, murmelte sie und spulte erneut vor. Wieder erklang die Stimme, diesmal jedoch um ein ganzes Stück entsetzter als zuvor. »Das Sterben ist nicht zu stoppen. Es ist erschreckend, mit anzusehen, wie wir immer weniger werden. Jane hat heute Morgen ...«

Den Rest des Satzes bekam Tamra nicht mehr mit, denn plötzlich überfiel sie eine solche Panik, dass sie aus ihrer kauernden Position hochfuhr. Unruhig sah sie sich um.

»Was haben Sie?« Fouchous Gesicht schwebte dicht vor ihr, aber sie konnte ihm nicht antworten.

Wie aus weiter Ferne herangeweht war das Wimmern eines kleinen Kindes zu hören.

Jason Neko bewegte die Hände, die man ihm auf dem Rücken festgebunden und dann an einem grob zusammengezimmerten Stuhl fixiert hatte. Die Durchblutung war durch die Fesseln gestört, und seine Finger kribbelten unangenehm. Außerdem schmerzte sein Steißbein vom langen Sitzen auf dem unbequemen Hocker.

Um sich abzulenken, richtete er seine Gedanken auf Mitrade-Parkk. Er hatte noch immer nicht herausgefunden, wann sie ihm den Fernsteuerchip eingesetzt hatte, aber nicht das beschäftigte ihn derzeit. Vielmehr grübelte er über jenen Moment nach, in dem er sich mit dem larischen Blut an den Händen auf dem roten Boden wiedergefunden hatte. Kurz nach seiner Festnahme waren ihm Zweifel an seiner eigenen Rolle in dieser Angelegenheit gekommen. Wie die verschwommene Erinnerung an einen Alptraum war ein Bild in seinem Kopf aufgeblitzt: er selbst, der mit dem Messer in der Hand vor dem gefesselten Laren gestanden und gezögert hatte. Deutlich spürte er das Nachlassen der Fernsteuerung und den Wunsch, die Klinge sinken zu lassen. Doch jemand trat neben ihn, nahm seine Hände und zwang sie in Richtung der dunkelhäutigen Kehle.

Neko schloss die Augen, um das schlaglichtartige Bild zu vertreiben. Zu seiner Erleichterung endete die Erinnerung genau in jenem Moment, als das Messer die Haut des Laren ritzte, und er war sich sicher, dass in diesem Augenblick die Fernsteuerung wieder eingesetzt hatte. Die Erkenntnis jedoch, die sich aus dem Erinnerungssplitter ergab, war erschreckend, denn die Hände, die nach den seinen gegriffen hatten, waren menschlich gewesen.

Mitrade hatte einen Helfer unter den Alteranern!

Neko zermarterte sich das Gehirn auf der Suche nach einem weiteren Fetzen Wissen, doch so sehr er sich auch anstrengte, er hatte das Gesicht des anderen nicht gesehen.

Voller Wut versuchte er, die Hände von den Fesseln zu befreien. Er drehte die Arme hin und her, bis der Strick tief in seine Haut schnitt und seine Fasern schmerzhaft über das Fleisch scheuerten. Erst, als der Schmerz zu stark wurde, gab er auf.

Enttäuscht und verwirrt ließ er den Kopf auf die Brust sinken. Vielleicht hatte er ja auch einfach nur den Verstand verloren. Vielleicht ertrug sein Gehirn es nicht, dass er gemordet hatte, und gaukelte ihm auf diese Weise vor, unschuldig zu sein. Er ruckte hoch. War er nicht ohnehin unschuldig? Er konnte nichts dafür, was mit seinem Körper geschah, solange Mitrade ihn kontrollierte.

Frustriert sank er in einen dumpfen Halbdämmer.

Er erwachte daraus erst, als jemand die Hütte betrat und sich an seinen Fesseln zu schaffen machte.

»Was jetzt?«, fragte er und verrenkte sich den Hals, um zu sehen, wer hinter ihm stand.

Es war einer von Onmouts Raumsoldaten, ein Mann mit ungewöhnlich heller Haut und fast weißen Haaren. »Nichts«, sagte er. »Doktor Fouchou hat mich gebeten, mich um Sie zu kümmern, wenn der Treck loszieht. Das ist alles.«

Zweiundzwanzig

Plötzlich wurde die staubige Luft im Inneren der kathedralenartigen Halle erneut von diesem blauen Leuchten erfüllt.

Tamra standen am ganzen Körper die Haare zu Berge.

»Was ist das?« Von solcher Furcht erfüllt war die Stimme Fouchous, dass sie Tamras eigene Angst noch einmal steigerte.

Sie wollte laufen, fort, raus aus dem Raumschiffswrack, konnte sich aber nicht bewegen. Ihre Füße klebten am Boden, und als sich das blaue Leuchten noch verstärkte, fuhr ein scharfer Schmerz durch den Unterleib.

Mit einem Stöhnen krümmte sie sich.

»Sehen Sie!«, hauchte Fouchou.

Aus der Höhe des Raumes senkten sich zwei flammenartige Gebilde herab. Wieder erklang das kindliche Wimmern, und Tamra begriff, dass es von diesen beiden Flammen ausging. Ihre Hände zuckten an den Kopf, denn es fühlte sich an, als entstehe das Wimmern direkt in ihrem Schädel.

Es waren die Flammen, die das blaue Licht aussandten. Tamra sah gebannt zu, wie sie mitten in der Luft stehen blieben, als müssten sie sich orientieren. Sie zuckten ein Stück näher, verharrten dann wieder. Das blaue Leuchten umfloss ihre Gestalt wie ein halbmaterieller Halo, änderte seine Farbe von dunklem Indigo bis hin zu hellem Türkis und wieder zurück.

Und erneut sandten die Flammen dieses seltsame wimmernde Geräusch aus.

Im nächsten Moment machte Tsu-zhi einen Schritt auf sie zu.

»Nein!«, flüsterte Fouchou, doch die Frau hörte ihn nicht. Eine der beiden Flammen zitterte in der Luft, dann näherte sie sich Tsu-zhi. Die andere zischte davon. Die Frau tat noch einen Schritt, und nun schwebte die Erscheinung so dicht vor ihr, dass sie sie berühren konnte. Langsam streckte sie den Arm aus.

Die Flamme tanzte gegen ihre Fingerspitzen. Tsu-zhi zuckte zurück. Die Erscheinung verharrte dicht vor ihrem Gesicht, als warte sie auf etwas. Ihr Licht changierte in allen Tönen der Blauskala.

Tamra wollte schreien, wollte sie warnen, konnte sich aber noch immer nicht gegen die Panik zur Wehr setzen. Hilflos sah sie zu, wie Tsu-zhi erneut die Hand hob und diesmal zuließ, dass das Ding nicht nur ihre Finger berührte, sondern auch ihre Handfläche, dann ihren Unterarm. Tsu-zhi kicherte.

Die Flamme wanderte weiter ihren Arm hinauf. Als sie Tsu-zhis Hals erreichte, wollte die junge Frau sie abwehren, doch die Erscheinung schien jetzt ein Ziel zu haben. Mit einem kurzen Zucken sprang sie hinauf in Tsu-zhis Gesicht und setzte sich mitten auf die Stirn.

Und verschwand einfach durch die Haut und den Knochen dahinter im Kopf der Frau!

Tsu-zhi wankte rückwärts.

Sie drückte die Hände gegen die Schläfen, schüttelte den Kopf, doch es nützte nichts. Voller Grauen sah Tamra die Spur, die auf ihrer Haut entstanden war. Glatte, glasartige Flammen wie eine lange verheilte Narbe.

Instinktiv tastete Tamra nach der Narbe an ihrer Stirn.

Tsu-zhi öffnete den Mund, um zu schreien, doch ihre Stimmbänder schienen ihr nicht mehr zu gehorchen.

»Nein!«, hörte Tamra Fouchou neben sich schluchzen.

Tsu-zhis Lider weiteten sich, dann brach sie wie vom Blitz gefällt zusammen.

»Selbstmord!« Mia blies die Wangen auf, was ihr ein grimmiges Aussehen gab. »Ich glaube nach wie vor, dass Ihnen die Sonne nicht bekommen ist, Schroeder!« Genervt warf sie die Arme in die Luft. Sie hatten Stunden damit zugebracht, die angrenzenden Hangars und Räume zu durchsuchen, und bis auf die Halle mit den Kokons hatten sie nirgends auch nur eine Spur von Posbis gefunden. Zu seinem eigenen Erstaunen war es Schroeder gelungen, die überall gegenwärtige Deckenbeleuchtung einzuschalten. Zwar gaben die Leuchtkörper nach all der Zeit nur noch schwaches gelbes Licht von sich, aber es reichte aus, um auf die Anzuglampen verzichten zu können.

Ermutigt durch dieses günstige Zeichen und nach langer Suche endlich davon überzeugt, dass ihnen von den Posbis keine Gefahr mehr drohte, hatte Schroeder zunächst Onmout benachrichtigt, der die Flüchtlingstrecks auf den Weg geschickt hatte, und dann eine Theorie aufgestellt. »Was, wenn die Posbis gemeinsam Selbstmord begangen haben?«, hatte er gefragt und den ungläubigen Ausdruck in Mias Gesicht ignoriert. »Wenn sie auf diesem Planeten gestrandet sind und begriffen haben, dass sie nie wieder von hier wegkommen, wäre das für ein positronisches Gehirn eine logische Konsequenz.«

Jetzt lächelte er Mia schmal an, um auf ihre hervorgestoßene Beleidigung zu reagieren. »Mag sein«, gab er zu, »dass diese Theorie gewagt ist.«

»Gewagt?« Mia lachte auf. »Völlig verrückt, wenn Sie mich fragen! Sie haben gerade eben gesagt, dass die Posbis eine biologische Komponente haben, die sie zu Gefühlen befähigt. Wieso sollten sie sich alle in dieser Halle versammeln, sich in die Kokons einspinnen und kollektiv abschalten?«

»Weil sie keinen Sinn in einem Dasein auf Terra Incognita gesehen haben.« Schroeder zuckte mit den Achseln. Er war selbst nicht völlig von der These überzeugt, auch wenn sie ihm plausibel erschien. Zumindest war sie eine gute Erklärung dafür, dass sie nirgends deaktivierte Posbis gefunden hatten. »Sie haben die Toten eingesammelt, in der Halle bestattet und sich dann gemeinsam verabschiedet.«

Mia wollte etwas erwidern, doch Schroeders Anzugkom schrillte und hielt sie davon ab.

Nur mit halbem Ohr hörte Schroeder zu, wie die anderen weiterhin seine These diskutierten, während er in Gedanken versunken den Kom aktivierte.

»Der erste Treck hat das Wrack fast erreicht«, ertönte Onmouts Stimme. »Das ist ja ein ganz schöner Kasten! Wo befindet ihr euch?«

»Wir kommen raus, um ...«

Mitten in seinem Satz schrillte Tamras Stimme. »Es sind Flammen!«, hörte Schroeder sie rufen. »Kleine, blaue Flammen dringen in ihre Köpfe ...« Auch sie kam nicht dazu, zu Ende zu sprechen, ein lautes Krachen überlagerte ihre Worte.

Schroeder zuckte zusammen. »Was ...« Ein kreischendes Fauchen zerriss ihm fast das Trommelfell. »Onmout!«

»... schießen!«, schrie der Captain. »Wir müssen ...« Der Rest seiner Worte ging in entsetztem Geschrei und dem Donnern von abgefeuerten Waffen unter.

»Sie greifen an!«, keuchte Tamra. Schroeder meinte, ihr Entsetzen über die Entfernung hin mit Händen greifen zu können.

Er wollte sich konzentrieren, wollte ihr zur Hilfe springen, erstarrte aber mitten in der Bewegung. Eine namenlose Panik griff nach ihm und ließ ihn kraftlos auf die Knie sinken.

Mit weit aufgerissenen Augen unterbrach Tamra die Verbindung zu Schroeder und Onmout und sah auf die beiden Leichen. Die zweite Flamme hatte einen der beiden Soldaten angegriffen und auf die gleiche Weise getötet wie Tsu-zhi.

Plötzlich erschien die blaue Flamme wieder auf der Stirn der toten Frau und löste sich davon. Langsam stieg sie empor, wobei sie anfing, in einem sich steigernden Rhythmus zu pulsieren. Heller und wieder dunkler wurde ihr Blau, und bei jedem Aufblitzen schien die Energie, die sie abstrahlte, sich zu verdoppeln. Schließlich sandte sie grelle, blendende Lichtblitze aus, und als Tamra nicht mehr hinsehen konnte, flackerten sie kurz grell auf und erloschen dann schlagartig.

Über Tsu-zhis Leiche schwebten jetzt zwei Flammen. Sie standen für einen Augenblick lang ruhig in der Luft, während auch aus dem Kopf des toten Soldaten die Flamme wieder auftauchte und sich ebenfalls teilte. Tamra begann gerade zu fürchten, dass die vier sich jetzt den anderen Menschen zuwenden würden, als sie in die Höhe schwebten und durch die Hülle des Kathedralenschiffs verschwanden.

Mit jagendem Herzen sank Tamra in die Hocke, um wieder zu Atem zu kommen. Sie gönnte sich nur wenige Sekunden Ruhe. Dann sprang sie auf.

»Kommen Sie!«, rief sie Fouchou und dem noch lebenden Soldaten zu. »Wir müssen zu den anderen.«

Und ohne sich zu vergewissern, dass sie ihr auch folgten, lief sie zum Beiboot.

Jason Neko reckte den Hals, als ganz in seiner Nähe verwirrtes Geschrei laut wurde. Er befand sich inmitten einer Gruppe von Raumsoldaten aus der MINXHAO, von denen ihn nicht nur der Weißhaarige überragte, der ihn befreit hatte. Dennoch konnte er einen Blick auf das Geschehen zu seiner Linken erhaschen.

Er bemerkte ein blaues Leuchten. Dann sah er flammenartige Gebilde, kaum größer als menschliche Fingernägel, die durch die Luft heranrasten, über den Menschen verharrten und leicht zu beben begannen.

Die meisten Gestrandeten wichen instinktiv vor ihnen zurück, doch einige schienen wie an Ort und Stelle gebannt zu sein. Wie paralysiert blieben sie stehen und sahen mit an, wie die Flammen sich ihnen näherten und sich dann auf ihre Stirnen setzten.

Eine Frau kreischte. Die Flamme drang durch ihren Schädel ins Innere ihres Gehirns vor!

Neko spürte, wie sich sein Magen umdrehte. Dennoch gelang es ihm, völlig klar zu denken. Mit einer Mischung aus Ekel und Faszination sah er zu, wie die ersten Flammen wieder aus den Köpfen emporstiegen. Ihr Flackern wurde wilder, rhythmischer, verwandelte sich in stroboskopartiges Blitzen, bis es in einem einzigen grellen Aufleuchten mündete – aus dem sich schließlich jeweils zwei Flammen hervorschälten!

Unter den Menschen brach Panik aus. Neko spürte einen harten Schlag im Rücken, der ihn taumeln und fast stürzen ließ. Nur mühsam hielt er sich auf den Beinen. Die

Menschen rings herum schrieen wild durcheinander und rannten kopflos einfach davon.

»In das Posbiwrack!«, brüllte jemand.

Als hätte der Ruf das Entsetzen der Menschen kanalisiert, wandten die meisten sich in die angegebene Richtung.

Neko wollte ihnen folgen, konnte es aber nicht. Ganz kurz fürchtete er, selbst ein Opfer der Flammen geworden zu sein, doch dann begriff er, was mit ihm geschah. Er drehte sich um und verließ den Flüchtlingstreck in die entgegengesetzte Richtung.

Er wollte sich dagegen wehren, dass seine Füße ihn aus der relativen Sicherheit der Menge trugen, konnte aber nichts ausrichten.

Mitrade-Parkk hatte wieder die Kontrolle über ihn übernommen. Diesmal allerdings war es anders als zuvor.

Hunger!

In ihrer Fernsteuer-Spinne keuchte Mitrade auf, als sich der Impuls in ihr Bewusstsein fraß.

Hunger! Immer wieder nur das eine: *Hunger!*

Erschrocken von der Wildheit dieses Gedankens unterbrach sie die Verbindung zu Neko und sank schwer atmend in sich zusammen.

Zu ihrer grenzenlosen Erleichterung waren die fremden Impulse fort.

Tamras Augen tränten vor Schmerzen. In brutalen Krämpfen zog sich ihr Unterleib zusammen und entspannte sich wieder, und jedes Mal musste sie die Zähne zusammenbeißen, um nicht aufzustöhnen.

Fouchou flog die OT-12 mit Höchstgeschwindigkeit in Richtung Posbiraumer. Die Landschaft außerhalb der Fenster verschwamm zu einem konturlosen Schemen, dennoch trafen sie nur rechtzeitig ein, um die Leichen zu sehen, die der Angriff der Flammenwesen in dem Flüchtlingstreck hinterlassen hatte.

Während Fouchou den Gleiter landete, zählte Tamra die Opfer. Es waren sechs.

Captain Onmout kam ihr entgegen. Sein Gesicht wirkte eingefallen und grau, doch in seinen Augen glomm es düster. »Was, bei allen vier großen Müttern, war das?« Er sprach schnell und zornig, und Tamra kam es vor, als mache er sie allein für das Geschehen verantwortlich.

»Eine Lebensform dieses Planeten«, sagte sie. »Doktor Fouchou und ich denken, dass sie für das Fehlen der Tierwelt verantwortlich ist. Sie hat die anderen Raumschiffsbesatzungen getötet, und jetzt hat sie uns entdeckt.«

Onmout wies in Richtung Fragmentraumer. »Ich lasse die Leute so schnell wie möglich ins Innere bringen.«

Tamra nickte, obwohl sie ahnte, dass die Raumschiffswandungen die Menschen nicht vor der Macht der blauen Flammen schützen konnten. Sie dachte daran, mit welcher Leichtigkeit die beiden Flammen durch die Hülle des Kathedralenschiffs verschwunden waren und wie einfach sie die Schädelknochen ihrer Opfer überwanden. Bevor Tamra noch etwas sagen konnte, fiel ihr Blick auf zwei Raumsoldaten, die sich aus dem Flüchtlingstreck lösten und in die entgegengesetzte Richtung losliefen. Sie folgte mit dem Blick der Verlängerung ihres Weges und sah Jason Neko mitten auf der flachen Ebene stehen.

Er wirkte, als habe das eben Erlebte seinen Geist betäubt. Mit schwankendem Oberkörper stand er da und ließ es zu, dass die Soldaten ihn in ihre Mitte nahmen und zurück in den Flüchtlingstreck führten.

Auf dem Weg dorthin kamen sie dicht an Tamra und

Onmout vorbei. Tamra versuchte, einen Blick auf Neko zu erhaschen. In seinen Augen stand blanke Verwirrung.

Nur mühsam überwand Schroeder die mentalen Auswirkungen der blauen Flammen. Obwohl er sich im Inneren des Fragmentraumers sehr viel weiter von der Flammengruppe entfernt befunden hatte als die Menschen, die angegriffen worden waren, ließ bei den meisten die Panik nach, sobald die Flammen verschwunden waren. Sein empfindlicher Geist jedoch brauchte fast den gesamten Rest des Tages, um sich zu erholen. Und auch danach ging es ihm nicht wirklich gut.

Etwas trübte sein Konzentrationsvermögen. Es fühlte sich an wie eine leichte geistige Übelkeit, die es ihm erschwerte, der Besprechung zu folgen, zu der Onmout sie zusammengetrommelt hatte.

Fouchou war ein wenig später gekommen als die anderen, und Tamra hatte ihn mit gerunzelter Stirn gemustert.

Auf Bitten von Captain Onmout versuchte der Mediziner eine Theorie aufzustellen, was es mit dem Flammenwesen auf sich hatte. Seiner Meinung nach handelte es sich um einen energetischen Organismus, der sich von der Energie ernährte, die lebende Wesen im Moment des Todes aussandten. Er lieferte eine wortreiche, komplizierte Beschreibung des Vorgangs, wie er ihn sich vorstellte. Schroeder vermochte ihm nicht zu folgen. Er beobachtete Tamra dabei, wie sie stumm dabeisaß und vor sich hin brütete.

Sie war blass, fand er. Viel zu blass, als dass er es noch auf die Nachwirkungen des Schocks zurückführen konnte. Er setzte seinen Ortersinn ein, um herauszufinden, wie sie sich fühlte, doch seine Schwäche erschwerte es ihm. Er nahm nur wahr, dass sie Schmerzen hatte.

Er fing ihren Blick auf, und sie lächelte ihm zu. Nicht

besonders beruhigt konzentrierte er sich wieder auf Fouchous Vortrag.

»... irgendwie kann das Wesen eine Hungerperiode überleben. Es ist es nicht zugrunde gegangen, als es seine Nahrungsgrundlage zerstört hatte. Vielleicht hält es so etwas wie einen Winterschlaf, und immer, wenn ein Schiff auf dem Planeten strandet, erwacht es aus seiner Starre und vermehrt sich.«

»Aber warum hat es bei dem anderen alteranischen Schiff einen so regelmäßigen Rhythmus an den Tag gelegt?«, warf Onmout ein. »Und bei uns nicht?«

»Hat es das nicht?« Fouchou zog eine Augenbraue hoch. »Wer sagt denn das? Wir wissen, dass Choo Kwa sein erstes Opfer war. Aus einer Flamme wurden zwei. Und jetzt rechnen wir nach. Wie viele Opfer haben wir heute zu beklagen?«

Tamra gab die Antwort. Ihre Stimme klang gepresst dabei. »Acht. Tsu-zhi, der Soldat und die sechs Leute aus dem Treck.«

Fouchou nickte vor sich hin. Er bewegte die Lippen, als rede er mit sich selbst. »Dazwischen muss es sich also von etwas anderem ernährt haben.«

»Die Laren!«, entfuhr es Onmout.

Fouchou zog einen kleinen Notizblock aus seiner Tasche, schraubte umständlich einen altmodischen Füllfederhalter auf und fing an zu schreiben. Er begann mit dem Namen von Choo. Dahinter schrieb er »Zwei Flammen«. In die nächste Zeile schrieb er »Zwei Laren« und dahinter »Vier Flammen«.

Er tippte auf das Blatt. »Und beim nächsten Mal vier weitere Laren, macht acht Flammen. Vergessen wir den toten Laren in der Hütte nicht und gehen wir davon aus, dass diese Flammen uns mit allem angreifen, was sie haben, führt uns das zu der Erkenntnis, dass ein Lare noch am Leben ist.«

Tamra nickte grimmig. »Mitrade.«

»Warum sind Sie sich da so sicher?«, fragte Fouchou.

Tamra wies mit dem Kinn auf Onmout. »Erinnern Sie sich daran, wie die Soldaten Jason Neko wieder eingefangen haben? Es sah aus, als sei er kurz vorher ferngesteuert worden. Warum sonst sollte er sich von der relativ sicheren Menge entfernen?«

Fouchou sah nicht überzeugt aus. »Es kann auch einer der anderen Laren sein. Soweit ich weiß, kann jeder von ihnen die Fernsteuereinheiten benutzen.«

Tamra schob in einer trotzig anmutenden Geste das Kinn vor. »Es ist Mitrade!«, beharrte sie und sah Fouchou dann erneut mit diesem seltsamen, stirnrunzelnden Gesichtsausdruck an.

»Jedenfalls erklärt das, warum die Laren irgendwann aufgehört haben, uns anzugreifen«, sagte Onmout.

Fouchou nickte geduldig und wich Tamra aus. »Vielleicht hat Tamra recht. Es spielt aber keine Rolle. Wichtig ist nur, dass wir uns darauf gefasst machen müssen, beim nächsten Mal von sechzehn Flammen angegriffen zu werden.«

Die Verwirrung in Schroeders Schädel wuchs sich zu einem unangenehmen Kopfschmerz aus, sodass er froh war, als Tamra sich erhob und entschuldigte.

Er stand ebenfalls auf, um ihr zu folgen, während Onmout, seine Leute und Fouchou darüber zu diskutieren begannen, wie sie der Gefahr durch die Flammenwesen begegnen konnten.

Tamra wartete auf dem Gang vor dem Besprechungsraum auf ihn. Ihre Lippen waren aufgesprungen, fiel ihm auf, als er ihr jetzt so nah war.

Dennoch lächelte sie tapfer.

»Was hast du?«, fragte er.

»Bauchkrämpfe.« Tamra rieb sich über die schmerzende Stelle. »Nichts Schlimmes. Es war ein bisschen viel heute. Ich lege mich hin, dann geht es mir bald wieder besser.«

Schroeder war versucht, sie zu berühren, wagte es aber nicht. Er fuhr sich mit der Zunge über die Lippen. »Wenn du etwas brauchst ...«, begann er und verstummte dann. Was wollte er sagen? *Bin ich für dich da?*

Sie lächelte schwach. »Danke.« Sie wollte sich schon abwenden, als ihr etwas einzufallen schien. »Dieser Fouchou«, sagte sie nachdenklich. »Er ist komisch, oder?«

»Wie kommst du darauf?« Schroeder dachte an den seltsamen Ausdruck, mit dem sie den Arzt angesehen hatte.

»Ich weiß nicht. Irgendwie habe ich das Gefühl, dass er nicht der ist, der er zu sein vorgibt.«

»Was gibt er denn vor?«

»Nun ja. Er ist Arzt gewesen auf der MINXHAO, oder? Frag mich nicht warum, aber ich habe irgendwie das Gefühl, dass er früher auf Caligo gelebt hat. In Dekombor.«

Schroeder runzelte die Stirn. »Wie kommst du denn darauf?«

»Er benutzt Zitate, die ich von dort kenne. Und er kennt sich mit der larischen Fernsteuertechnik aus.«

Schroeder dachte über ihre Worte nach. Das Benutzen von Zitaten war kein Beweis, dachte er, aber tatsächlich war ihm Fouchous genaue Kenntnis der larischen Technik auch schon aufgefallen. Nicht nur vor wenigen Minuten, als er erklärt hatte, jeder Lare könne eine Fernsteuereinheit benutzen, sondern auch schon früher, als er die Medoroboter problemlos auf menschliche Belange umprogrammiert hatte. Sicher, er hatte dazu Boffääns Hilfe gehabt, aber jetzt, da Schroeder genauer darüber nachdachte, wurde ihm bewusst, wie oft der Reparator nur neben ihm gestanden und missgelaunt gewirkt hatte. Lag das daran, dass er sich unnütz gefühlt hatte?

Schroeder zuckte mit den Achseln. »Wir haben genug andere Probleme«, erinnerte er Tamra. »Meinst du, dass es von Bedeutung wäre, selbst wenn Fouchou uns über einen Teil seiner Vergangenheit belogen hätte?«

Tamra antwortete nicht sofort. Sie wollte gerade den Mund öffnen, als der Mediziner aus dem Raum trat, in dem offenbar die Besprechung soeben beendet worden war. Er warf einen Blick in ihre Richtung und lächelte breit. Das Gelb seiner Augen schien Schroeder auf einmal noch dunkler zu sein als zuvor, und er beschloss, den Mann zur Rede zu stellen.

Er wartete, bis Tamra sich zurückgezogen hatte, und gab sich dann einen Ruck. »Doktor?«

Die Hand schon wieder nach der Tür zum Besprechungsraum ausgestreckt, blieb der Mediziner stehen. Er zog die Hose hoch, und das zeigte Schroeder, dass die Besprechung keineswegs beendet war, sondern er sie nur kurz zum Austreten verlassen hatte. »Mister Schroeder?« An dem Blick, den Fouchou ihm zuwarf, erkannte Startac, dass er auf der Hut war.

Schlagartig erwachte auch in ihm das Misstrauen. Vielleicht hatte Tamra doch recht mit ihrer Vermutung, dass dieser Mann etwas zu verbergen hatte.

»Darf ich Ihnen eine Frage stellen?«, erkundigte er sich, und ohne das Einverständnis abzuwarten, schob er sogleich nach: »Waren Sie in Ihrem Leben schon einmal auf Caligo – ich meine, vor dem Absturz der MINXHAO?«

Ein leises Lachen quoll zwischen Fouchous Lippen hervor. »Hat die Kleine Ihnen von ihrem Verdacht erzählt, ja?«

Schroeder reagierte nicht darauf, und schließlich seufzte Fouchou. »Also gut. Ich gestehe alles! Ja, ich war früher schon einmal auf Caligo. In Dekombor, um genauer zu sein. Ich bin dort geboren worden.«

Schroeder versuchte zu überblicken, welche Konsequenzen dieses Geständnis hatte, doch es gelang ihm nicht. Von den 8000 Menschen auf dem Planeten stammten mehr als 7000 aus Dekombor.

»Wie sind Sie entkommen? Aus Dekombor, meine ich.«

»Ich war eine Zeit lang Gunstbold bei einem larischen Mediziner. Er lehrte mich alles, was ich heute weiß. Und irgendwann schenkte er mir die Freiheit.«

»Einfach so?«

Fouchou nickte und lächelte schmal. »Einfach so.«

Schroeder fiel kein Grund dafür ein, warum ihn Fouchous Geständnis beunruhigen sollte. Der Mediziner allerdings schien das anders zu sehen. »Falls Sie glauben, dass ich gemeinsame Sache mit der Hexe dort unten in der Ebene mache, täuschen Sie sich«, fuhr er fort. »Und jetzt entschuldigen Sie mich bitte, Captain Onmout braucht meine Hilfe.«

Ohne ein weiteres Wort verschwand er wieder in dem Raum. Das Schott fiel mit einem leisen Zischen zu und schnitt seine an die Versammlung gerichteten Worte mitten im Satz ab. »Da bin ich wie...«

Schroeder blieb nachdenklich zurück.

In Tamra hatten sich viel zu viele Fragen aufgestaut, als dass sie ernsthaft daran dachte, sich schlafen zu legen.

Sie blieb vor einem der runden Durchgänge stehen,

hinter dem sie ungefähr 20 Flüchtlinge einquartiert hatten, und versuchte sich vorzustellen, wie es war, sich einfach nur hinzulegen. Dann jedoch entschied sie sich, dass sie, statt sich ruhelos von einer Seite auf die andere zu wälzen, genauso gut versuchen könnte, ein paar der brennendsten Fragen zu beantworten, die sie mit sich herumschleppte.

Sie hielt einen der zur Wache eingeteilten Raumsoldaten an und fragte ihn nach Jason Nekos Aufenthaltsort.

DREIUNDZWANZIG

Neko befand sich in einer winzigen Zelle, die offenbar einmal als Ladestation gedient hatte. Noch immer hingen Kabelstränge aus den Wänden, und die Deckenbeleuchtung warf Schatten als dünne Schlangenlinien auf den kahlen Fußboden.

Als Tamra sich von einem Soldaten die Zelle aufschließen ließ und eintrat, wies Neko mit dem Kopf auf die trüben Lampen. »Da fragt man sich doch, wozu diese Blechköpfe solche Funzeln brauchen!«

Tamra musterte ihn. Die Verwirrung war aus seinen Augen gewichen. Im Moment sah er genauso aus wie immer, wenn man von den dunklen Kreisen absah, die sich um seine Augen gebildet hatten.

»Onmout hat erzählt, dass Posbis in den unterschiedlichsten Varianten existieren. Vielleicht hat dieses Schiff eine Besatzung gehabt, die in dem für uns sichtbaren Spektrum sehen konnte.«

Neko winkte ab. Er saß mit dem Rücken gegen eine Wand gelehnt und deutete neben sich, um Tamra zum Setzen aufzufordern. »Ist auch egal. Sind wir einfach froh, dass der Kram hier noch funktioniert und wir nicht im Dunkeln hocken müssen.«

Tamra kam seiner Aufforderung nach, indem sie sich auf die Fersen hockte.

»Was willst du eigentlich hier?«, fragte Neko nach einer Weile.

Sie musste überlegen, bevor sie die Frage beantworten konnte. Was genau wollte sie wirklich? Herausfinden, ob er wusste, wer das Kind in ihrem Leib gezeugt hatte? Ein schmerzhafter Krampf durchzog sie und brachte sie davon ab, eine entsprechende Frage zu stellen.

»Vorhin, als die Flammen angegriffen haben«, begann sie vorsichtig. »Warst du da untot?«

Er lehnte den Kopf an und starrte in die Luft. Die langen, schwarzen Haare hingen ihm in die Augenwinkel, aber es schien ihn nicht zu stören. »Kurz.«

Es hörte sich an, als wollte er noch etwas sagen, aber er tat es nicht. Also hakte Tamra nach: »Und?«

Er wandte den Kopf, ohne den Blick von der Wand zu nehmen. Lange Zeit sah er sie einfach nur an. Dann grinste er schmal. »Warum denke ich gerade, dass du dir Sorgen um mich machst?«

Tamra spürte einen Anflug von Zorn. Noch immer konnte er es nicht lassen, seine Spielchen mit ihr zu treiben. Sie zwang sich zur Ruhe und schwieg nun ihrerseits.

Endlich verlosch das Grinsen auf seinen Zügen, und er wurde ernst. »Seltsame Dinge passieren, solange Mitrade mich kontrolliert«, sagte er leise.

Schroeders Füße trugen ihn durch den Gang mit den runden Durchlässen zurück in den riesigen Hangar, den sie zuerst betreten hatten.

Die konturlose Hauptbeleuchtung ließ die Halle noch gigantischer erscheinen, als sie ohnehin schon war. Schroeders Blick wanderte an den seltsamen, wie Stängel aussehenden Antennen in die Höhe, und ohne dass er darüber nachdachte, ging er in eines der Labyrinthe, das die würfelförmigen Aufbauten darunter bildeten. Die Würfel waren nicht so massiv, wie sie aus der Entfernung ausgesehen hatten. Er marschierte eine Weile durch die rechtwinklig angelegten Korridore und kam sich dabei fast vor wie in einer Bibliothek. Nur dass es keine Bücher waren, die sich in den rechts und links von seinen Schultern aufragenden Fächern befanden, sondern Bauteile der unterschiedlichsten Art und Weise.

Plötzlich blieb er stehen. Er ließ den Fuß, den er schon in die Luft erhoben hatte, zu Boden sinken und biss die Zähne zusammen. Das Unbehagen, das nach dem Flammenangriff nur widerwillig vergangen war, kehrte mit unvermittelter Wucht zurück. So stark war es, dass Schroeder sich krümmte. Keuchend richtete er sich auf. Es kostete ihn Kraft, den nächsten Schritt zu tun, doch eine düstere Ahnung trieb ihn vorwärts.

Er ging um die nächste Ecke.

Ein Stöhnen drang zwischen seinen verkrampften Kiefern hervor. Der nächste Schritt überstieg beinahe seine Kräfte. Er brachte ihn an eine der größeren Kreuzungen, aus deren Mitte wieder eine dieser Antennen in die Luft ragte. An ihr entlang wanderte sein Blick in die Höhe.

Und dann stieß er einen erschrockenen Fluch aus.

Über ihm, auf der fächerförmigen Plattform der Antenne, schwebten die blauen Flammen!

Neko erzählte mit wenigen Worten, was er unter dem Einfluss von Mitrades Fernsteuerung erlebt hatte. »Es war ein umfassendes Gefühl von Hunger und Gier«, endete er. »Völlig archaisch und beängstigend.«

»Glaubst du, dass du die Flammen wahrgenommen hast?«

Er zuckte mit den Achseln. »Was sonst? Seltsam war, dass sie zwar gierig wirkten, aber nicht böse oder so. Nur hungrig. Wie ein Tier vielleicht. Es ist schwer in Worte zu fassen.«

»Hm.« Tamra rieb sich über die Narbe auf ihrer Stirn. »Und diese Wahrnehmung verschwand, als Mitrade die Verbindung unterbrach?«

»Ja. Aber da ist noch etwas.« Neko zog die Beine vor die Brust.

»Noch ...« Ihr Hyperkom unterbrach Tamra. Sie aktivierte es.

»Wo bist du?«, erklang Schroeders keuchende Stimme.

»Bei Neko. Warum?«

»Wo genau?«

So gehetzt klang er, dass sie ihm ohne zu zögern antwortete. »Am Ende des Gangs, in dem wir die Flüchtlinge untergebracht haben. In einer kleinen Kammer, wie eine ...« Sie verstummte, weil Schroeder im selben Augenblick neben ihr materialisierte.

»Die Flammen greifen wieder an«, keuchte er. »Sie waren die ganze Zeit über hier im Schiff!«

Da der Soldat, der Tamra hergeführt hatte, die Tür der Kammer hinter ihr wieder abgeschlossen hatte, teleportierte Schroeder sie und Neko hinaus auf den Gang.

Das kindliche Wimmern der Flammen erklang jetzt vielstimmig, und dadurch wurde es noch beängstigender.

Tamra sah sich hastig um. Aus den runden Öffnungen traten Menschen, die meisten verwirrt und schlaftrunken.

»Die Flammen greifen an!«, rief Schroeder ihnen zu. Seine Worte gingen fast in dem näher kommenden Wimmern unter.

Im nächsten Moment bogen die Flammen um die Ecke und verharrten in der Luft, als müssten sie sich orientieren. Dann griffen sie an.

»Lauft!« Schroeders Stimme gellte in Tamras Ohren.

Ohne nachzudenken rannte sie los. Und befand sich im nächsten Moment inmitten der in Panik verfallenen Menschenmenge. Wie von einem mächtigen Strom mit sich gerissen, wurde sie vorangedrängt. Sie sah Schroeders erschrockenen Blick, seinen nach ihr ausgestreckten Arm, der sie nicht mehr erreichte. Ein brutaler Hieb traf sie seitlich am Kopf und ließ rote Feuerräder vor ihren Augen explodieren. Sie strauchelte. Jemand riss sie wieder auf die Füße, schleifte sie mit sich. Dann wurde sie losgelassen, stolperte vorwärts.

Schüsse fauchten, und Tamra hörte entsetztes Gejammer. Einige der Raumsoldaten Onmouts hatten begonnen, die Verteidigung gegen die Flammen zu organisieren. Breitbeinig standen sie am Ende des Ganges, auf das die panische Menge zutrieb, halfen den Menschen durch das Schott hinaus in den Hangar und schossen gleichzeitig über ihre Köpfe, um die Flammen in Schach zu halten.

Zumindest Letzteres gelang ihnen nicht.

Die Schüsse aus den Thermokanonen kümmerten die Flammen überhaupt nicht. Es schien, als würden sie einfach von der Energie durchdrungen werden. Sie zuckten nicht einmal, sondern setzten ihren Weg in Richtung ihrer Opfer ohne das geringste Zögern fort.

»Das hat keinen Sinn!«, hörte Tamra jemanden rufen. Sie war gegen eine Wand gedrängt worden, sodass sie kaum noch Luft bekam. Kurz sah sie Neko, der ebenfalls von der Menge vorwärtsgetrieben wurde, sich jedoch besser behaupten konnte als sie. Mit energischen Armbewegungen arbeitete er sich wie durch eine Flutwelle zu Tamra vor. Bevor er sie jedoch erreicht hatte, entstand eine Lücke neben ihr. Die Luft flimmerte, und im nächsten

Moment stand Schroeder dort. Er griff nach Tamra, genau in dem Augenblick, als auch Neko sie erreicht hatte. Mit der anderen Hand packte er Neko und sprang mit ihnen aus der Gefahrenzone.

Schwer atmend sank Neko gegen eine der würfelförmigen Aufbauten. Die Geräte in den Fächern darin klirrten leise gegeneinander.

Schroeder stützte sich mit beiden Händen auf den Knien ab. Sie befanden sich ganz am anderen Ende des Hangars, mehr als 500 Meter entfernt von den kreischenden und sterbenden Menschen. Schroeder wollte etwas sagen, entschied sich dann aber dagegen. Jedes Wort wäre angesichts der reichen Ernte, die die Flammen hielten, banal gewesen.

»Sie ...« Neko holte noch einmal tief Luft, brachte aber nichts mehr hervor.

Schroeder nutzte seinen Ortersinn, nahm jedoch nur die Panik und die Todesangst der Menschen wahr. Er fühlte, wie er am Arm geschüttelt wurde. Nekos Gesicht war dicht vor ihm. »Ihr Reproduktionszyklus wird sich beschleunigen!«, keuchte er. »Bald wird es nur noch wenige Minuten dauern, bis sie wieder angreifen!«

»Woher wissen Sie das?«

»Ich konnte sie verstehen.« Endlich war Neko zu Atem gekommen. »Sie haben mit mir kommuniziert. Vorhin.«

»Vorsicht!« Tamras Schrei ließ ihn und Schroeder gleichzeitig herumfahren. In dem schmalen Durchgang zwischen den beiden Würfeln schwebte eine Flamme.

Nach der von Onmout anberaumten Besprechung war Fouchou allein zurückgeblieben und hatte nachdenklich auf das leistungsstarke Hyperkom-Gerät an seinem Handgelenk gestarrt, das seit ihrer Havarie auf Terra Incognita so nutzlos für ihn war. Kurz bevor er sich entschieden hatte, den weißhaarigen Soldaten mit Jason Nekos Bewachung zu betrauen, schien es einmal eine kurze Lücke in den Energieausbrüchen von Ereton/A gegeben zu haben; jedenfalls hatte das Gerät kurz gezirpt. Eine Verbindung war jedoch nicht zustande gekommen, und jetzt hoffte Fouchou auf eine längere Emissionspause. Ein leichtes Ziehen in seinem unteren Wirbelsäulenbereich erinnerte ihn daran, wie wichtig es für ihn war, wieder Kontakt zu bekommen.

Schreie wurden laut, ließen ihn aufblicken.

Die Flammen griffen wieder an!

Halb wünschte er sich, diese kleinen Biester würden ihn finden und als Opfer auswählen. Seine Probleme wären dann auf einen Schlag gelöst. Wie es sich wohl anfühlte, wenn sich solch ein fremdes Wesen in sein Gehirn bohrte? Ob es dort ähnliche Strukturveränderungen auslöste wie an Haut oder Schädelknochen? Fouchou schalt sich einen Narren, weil er diese Fragen wälzte. Er hatte wirklich Wichtigeres zu tun. Er trat auf den Gang hinaus und blickte sich um.

Tamra sah die Flamme in dem Durchgang auftauchen, sah ihr rhythmisches, blaues Flackern. Im nächsten Moment stöhnte sie unter dem Ansturm der Panik auf, die ihren Leib überschwemmte wie eine Sturzflut.

»Sie ... manipulieren unseren ... Geist«, hörte sie Neko keuchen. Es gelang ihr, sich umzuwenden und ihn anzusehen. Sein Gesicht war verzerrt, als leide er starke Schmerzen.

Langsam, wie ein Raubtier, das sich seiner Beute sicher war, schwebte die Flamme näher.

Tamra spürte Schroeders Hand auf ihrer Schulter. Halb erwartete sie, das inzwischen vertraute Ziehen der Entmaterialisierung zu fühlen, doch es kam nicht. Stattdessen stieß Schroeder einen gequälten Schrei aus.

Er taumelte gegen sie, und sie musste ihn stützen. Genauso blass war er, wie bei ihrem ersten Besuch in dem Kathedralenschiff. Tamra brauchte all ihre Kraft, um seinen hageren Körper nicht fallen zu lassen. Dankbar registrierte sie, dass Neko herbeisprang und ihr half.

»Sein Gehirn reagiert wahrscheinlich noch viel empfindlicher auf die Panikimpulse der Flammen«, vermutete er, während er sich Schroeders linken Arm um die Schulter legte.

Schroeders Kopf sank auf die Brust, als sei er ohnmächtig geworden. Dass er jedoch nach wie vor bei Bewusstsein war und unter den mentalen Impulsen litt, zeigten die Worte, die er zwischen den Zähnen hervorstieß. »Weg ... hier.«

Mit vereinten Kräften schleppten Tamra und Neko ihn den Korridor entlang, und langsam, beinahe neugierig folgte ihnen die Flamme.

Sie liefen um eine Ecke, um eine zweite. Kurz verloren sie die Flamme aus den Augen, aber Tamra war sich klar darüber, dass sie kaum eine Möglichkeit hatten, ihr zu entkommen, solange Schroeder nicht teleportieren konnte.

Auf einmal ertönte das kindliche Wimmern wieder.

Tamra stellten sich die Nackenhaare auf. Ihr Herz klopfte schmerzhaft, jedoch nicht vor Angst, sondern von der körperlichen Anstrengung. Vor ihren Augen tanzten Feuerräder, und durch sie hindurch sah sie, wie sich keine fünf Meter entfernt die Flamme um eine Ecke schob.

Diesmal zögerte sie nicht, sondern griff an.

Fouchou beobachtete, wie ein etwa vierzigjähriger Mann aus Dekombor von einer der Flammen gebannt wurde und schließlich tot zu Boden sank. Er schaute fasziniert der Teilung der Flamme zu und folgte mit den Blicken ihrem Flug zur Decke.

Im selben Moment, als das blaue Leuchten gänzlich erlosch, lief eine junge Frau um die Ecke des Gangs. Ihr war ebenfalls eine der Flammen auf den Fersen. Mit wissenschaftlichem Interesse registrierte Fouchou, dass bei ihr offenbar die paralysierende Wirkung der Flammen nicht funktionierte. Dennoch stellte die Flamme sie, genau in dem Moment, als sie von einem geschlossenen Schott in ihrer Flucht gebremst wurde. Langsam drehte sie sich um.

Die Flamme schwebte dicht vor ihrem Gesicht und pulsierte sacht.

»Rühren Sie sich nicht!«, rief Fouchou. Seine Gedanken rasten auf der Suche nach einem Mittel, die Frau zu retten, doch ihm wollte nichts einfallen. Er sah zu, wie sie mit der Rechten nach dem Strahler an ihrem Gürtel tastete.

Die Flamme schwebte auf und ab, dann zuckte sie ein Stück näher an das Gesicht der Frau heran.

»Tun Sie doch was!«, beschwor sie Fouchou. Sie löste die Halterung des Strahlers, und mit langsamen Bewegungen zog sie die Waffe aus ihrem Holster.

»Ich weiß nicht, was«, rief Fouchou. Er machte einige Schritte vorwärts in der Hoffnung, er könne die Flamme von der Frau ablenken und auf sich aufmerksam machen. Es gelang ihm jedoch nicht.

Er hob die Arme und wedelte damit in der Luft herum. »He!«, schrie er. »Komm her!«

Aber die Flamme reagierte nicht wie ein normales Raubtier. Es schien, als nehme sie Fouchou überhaupt nicht wahr. Selbst als er direkt hinter sie trat und sie mit dem Zeigefinger anzustoßen versuchte, ignorierte sie ihn.

Nachdenklich sah er auf seine kribbelnde Fingerspitze.

Die Flamme rückte noch ein Stück näher auf die Frau zu, und damit überschritt sie die Grenze. Mit einem Ruck hob die Frau den Strahler an die Schläfe.

»Nicht!« Fouchous Schrei kam gleichzeitig mit dem Schuss.

Die Frau kippte vornüber, die Flamme wich ihrem Körper aus, indem sie nach oben jagte und unter der Decke innehielt. Fouchou griff zu, um die Leiche aufzufangen.

Leiche?

Er riss erstaunt die Augen auf. Die Frau war nicht tot!

Vorsichtig ließ Fouchou sie zu Boden gleiten und warf dabei einen Blick auf den Strahler. Es war eine der larischen Waffen, die sie aus jenem Hangar der ORTON-TAPH geborgen hatten, in dem sich auch die beiden Beiboote befunden hatten. An ihrer Seite befand sich ein kleiner drehbarer Hebel, mit dem sich drei verschiedene Einstellungen vornehmen ließen.

Die Flamme schwebte noch immer an Ort und Stelle, als müsse sie sich klar darüber werden, was sie jetzt tun sollte.

Ohne sie aus den Augen zu lassen, hob Fouchou den Strahler auf. Die Flamme erzitterte – und verschwand dann.

Fouchou ließ Luft durch die Zähne entweichen.

Er sah auf die junge Frau zu seinen Füßen nieder. Ihr Atem ging regelmäßig und kräftig; es sah aus, als liege sie in einer tiefen Ohnmacht, aus der sie jedoch jederzeit wieder erwachen konnte.

Bevor er überlegen konnte, was er mit ihr anstellen sollte, zirpte erneut der Hyperkom an seinem Arm. Diesmal kam die Verbindung lange genug zustanden, dass Fouchou erkennen konnte, wer ihn sprechen wollte.

Er presste die Lippen zusammen.

Es war Kelton-Trec.

Fouchou vergewisserte sich, dass die Störungen noch immer kein Gespräch zulassen würden. Dann schulterte er die bewusstlose Frau, um sie in Sicherheit zu bringen.

VIERUNDZWANZIG

»Jason!« Tamra keuchte auf, als plötzlich Schroeders gesamtes Gewicht wieder auf ihren Schultern lastete.

Neko hatte den Mutanten losgelassen und sprang nun vor, der Flamme entgegen. »Verschwindet!«, rief er. »Ich halte sie auf.«

Schroeder schien ein wenig Kraft zu schöpfen, denn die Last auf Tamras Schultern wurde geringer. Er hob den Kopf, sagte jedoch nichts.

Tamra sah, wie sich die Flamme Neko näherte.

Neko hatte keine Angst.

Seltsamerweise schienen die Impulse, die die Menschen rings herum in helle Panik versetzen konnten, auf ihn keine Auswirkung zu haben.

Das Wesen schwebte heran. Langsam liefen kleine Wellen über seinen winzigen Körper, wie helle Blitze, die von seinem stumpfen Ende ausgingen und sich oben an der spitzesten Stelle zu größter Helligkeit sammelten. Ohne darüber nachzudenken, streckte Neko die Hand aus.

»Nein, Jason!«, flüsterte Tamra hinter ihm.

»Ihr sollt verschwinden!«, gab er zurück, ohne den Blick von dem fremden Ding vor seinem Gesicht abzuwenden. Die Flamme tanzte gegen seine Fingerspitzen. Neko zuckte zurück. Es war eine eigenartige Berührung gewesen, kalt und doch irgendwie lebendig. Ein sachtes Kribbeln rann ihm von den Fingern bis hinauf zum Ellbogen.

Die Flamme verharrte dicht vor seinem Gesicht, als warte sie auf etwas. Ihr Licht durchwanderte jetzt alle Töne der Blauskala. Neko hob erneut die Hand, und diesmal ließ er es zu, dass das Ding nicht nur seine Finger berührte, sondern auch seine Handfläche, dann den Unterarm. Überall, wo es in Kontakt mit der Haut kam, fühlte er ein leichtes Prickeln. Die Flamme wanderte weiter an seinem Arm hinauf. Als sie seinen Hals erreichte, zuckte er zusammen, aber das fremdartige Wesen ließ sich nicht mehr beirren. Mit einem einzigen kurzen Zucken sprang es hinauf in Nekos Gesicht und setzte sich mitten auf seine Stirn.

Schroeders Kopf schien zerspringen zu wollen, obwohl die panikerzeugenden Impulse der Flamme sich jetzt offenbar auf Neko konzentrierten. Mit äußerster Anstrengung wehrte der Monochrom-Mutant sich gegen eine Ohnmacht, die wie ein grauer, undurchdringlicher Schleier am Rande seines Blickfelds lauerte. Er löste sich von Tamras Arm.

Sie warf ihm einen kurzen Blick zu, schaute dann wieder zu Neko, dem die Flamme in diesem Moment wie ein Irrlicht den Arm hinauftanzte.

»Hilf ihm!«, flüsterte sie. Schroeder sah Tränen in ihren Wimpern glitzern.

Er hatte keine Ahnung, wie.

Mit zusammengebissenen Zähnen griff er nach ihrem Arm. Sie schaute alarmiert auf, ihre Lippen formten sich zu einem abwehrenden O, aber es nützte ihr nichts.

Ohne sie nach ihrem Einverständnis zu fragen, teleportierte er sie fort.

Er kam nicht weit. Ein, zwei Gänge höchstens, schätzte er. Direkt vor ihnen, in kaum einem Meter Abstand, klaffte ein Abgrund, der in seiner Form und in seinem Durchmesser denjenigen ähnelte, die sie in den Räumen mit den kreisrunden Türöffnungen gefunden hatten. Die Anstrengung der Teleportation hatte Schroeder den letzten Rest Kraft geraubt. Mit einem Ächzen sank er auf die Knie und verlor kurz das Bewusstsein.

Als er wieder zu sich kam, nahm er zuerst Tamras Geruch dicht bei ihm wahr. Dann hörte er ihre Zähne, die heftig aufeinanderschlugen.

Und sah das Licht, das die Flamme aussandte.

Tamra kam auf die Füße, wich rückwärts. Bis an den Rand des Abgrunds.

Schroeder streckte die Hand nach ihr aus, als könne er sie allein dadurch vor ihrem Schicksal bewahren. Sein Mund war schlagartig staubtrocken. Er krächzte eine Warnung, aber sie schien ihn nicht zu hören.

Sie hatte den Blick auf die Flamme geheftet, die jetzt dicht vor ihrer Stirn schwebte. Ihre Füße berührten die Kante des Abgrunds. Schroeder sah sie straucheln und hielt den Atem an.

Dann durchfuhr ein Ruck die Flamme. Sie zischte vor, direkt auf Tamras Stirn zu. Erschrocken wich Tamra zurück. Ihr Fuß traf ins Leere, und für einen Moment lang schien sie den Kampf um ihr Gleichgewicht zu gewinnen. Ihre Arme ruderten durch die Luft.

Dann war die Schwerkraft stärker als sie.

Schroeder hechtete vorwärts, doch er kam zu spät. Vor seinen Augen kippte Tamra nach hinten und verschwand mit einem spitzen Aufschrei in der Tiefe. Mit ihr die Flamme.

Hart kam Schroeder an der Kante auf dem Boden auf. Der Aufprall trieb ihm die Luft aus den Lungen. Er streckte den Arm in die Tiefe, aber es war längst zu spät. Tamras

Körper war in dem undurchdringlichen Schwarz, das in den Abgründen lauerte, nicht mehr zu sehen.

Nur ein winziges Licht erhellte wie eine Streichholzflamme eine handtellergroße Zone. Es zuckte in ekstatischem Rhythmus, stieg dabei in die Höhe.

Direkt vor Schroeders Gesicht teilte es sich, und zwei Flammen schossen in entgegengesetzten Richtungen davon.

Schroeder ließ den Arm sinken. Kraftlos fiel er in den Abgrund und berührte dabei das tintenartige Schwarz darin. Ein kalter Hauch rann über seine Haut. Schroeder spürte ihn kaum.

Er ließ den Kopf sinken, bettete ihn auf dem anderen Arm.

»Tamra!«, flüsterte er.

Dann wurde es schwarz um ihn.

Jason Neko stand noch immer an der Stelle, an der ihn die Flamme verlassen hatte, und versuchte sich klar zu werden, was geschehen war.

Er war am Leben!

Er hatte keine Ahnung wieso, denn bis zum Schluss war der Angriff der Flamme auf ihn genauso verlaufen wie bei allen anderen Opfern auch. Nur, dass sie ihn am Leben gelassen hatte.

Er zermarterte sich den Kopf, warum dem so war, kam aber zu keinem Ergebnis. Sie hatte seinen Schädel nicht durchdrungen. Jedes Grübeln über den Grund dafür war müßig.

Er riss sich aus seiner Erstarrung und ging ein paar Schritte in die Richtung, in der er Schroeder und Tamra vermutete. Er hatte Tamras Schrei gehört; einen Schrei, der nichts Gutes verhieß. Seine Knie zitterten ein wenig, aber es wurde besser, und so rannte er um eine Ecke, dann um die nächste.

Und blieb aus vollem Lauf stehen.

Schroeder lag an der Kante eines der Abgründe, wie niedergestreckt, einen Arm über der Leere baumelnd. Tamra war nirgends zu sehen.

Nekos Kehle wurde eng.

Er eilte zu Schroeder, zog ihn ein Stück von der gähnenden Tiefe weg und drehte ihn auf den Rücken. Eilig sank er neben ihm auf die Knie, um festzustellen, ob der Mutant noch am Leben war.

Er war es. Eine einzelne Ader an seinem Hals klopfte in starkem und regelmäßigem Rhythmus.

»Mister Schroeder!« Neko schlug ihm vorsichtig ins Gesicht. »Hören Sie mich?«

Der Mutant rührte sich nicht.

»Startac!« Noch einmal schlug Neko zu, diesmal auf die andere Wange, und endlich schlug Schroeder die Augen auf.

Er wirkte kurz desorientiert, doch dann klärte sich sein Blick. Nur, um im nächsten Moment von den sich schließenden Lidern verdeckt zu werden.

»Was ist mit Tamra?«, fragte Neko. Sein Inneres erzitterte, weil er die Antwort längst kannte.

Schroeders Arm fiel in Richtung des Abgrunds. »Tot.«

Neko gab sich keine Zeit, sich seiner Trauer bewusst zu werden. Mit einem energischen Ruck zog er Schroeder in eine sitzende Position. »Die Flammen werden noch mehr Menschen töten«, sagte er zwischen schmerzenden Kiefern hervor. »Wenn Sie mich nicht zu Mitrade bringen.«

Schroeder kam soweit zu sich, dass er sich aufsetzen konnte. Sein Blick irrte in Richtung des Abgrunds, fokussierte dann Nekos Gesicht. Er brauchte eine Weile, bis seine Lippen eine Antwort formten, und als sie es taten, klang sie monoton. »Geht nicht. Zu schwach zum Springen.«

»Wir haben die Beiboote«, widersprach Neko. »Mit einem von ihnen können wir zu dem larischen Schiff fliegen. Kommen Sie.« Er zog Schroeder hoch.

Der Mutant stand nur eine Armlänge von der scharfen Kante entfernt und starrte auf die undurchdringliche Finsternis. Neko befürchtete kurz, er würde sich Tamra hinterherstürzen, doch dann durchlief ein sichtbarer Ruck den hageren Körper.

Schroeder sah Neko nicht an, aber seine Stimme gewann ein wenig an Stärke, als er sagte: »Gehen wir.«

Die Einsamkeit der Schiffszentrale trieb Mitrade-Parkk beinahe in den Wahnsinn. Einmal glaubte sie sogar, blaue Lichter zu sehen, die außerhalb des Schiffes dahingeisterten wie verlorene Seelen. Als sie die Außenkameras herumschwenkte und versuchte, einen Blick auf sie zu erhaschen, waren sie jedoch verschwunden.

Nichts als Ausgeburten ihrer überreizten und angestrengten Phantasie – ebenso wie das Singen des Hyperkoms, das ihr zeigte, dass jemand bei den Menschlingen versucht hatte, Kontakt mit ihr aufzunehmen.

Das Sen-Trook-Kabel in ihrem Hals hatte zu allem Überfluss auch noch angefangen zu jucken. Immer wieder war Mitrade versucht, ihre Fingernägel zu nehmen und sich die längst verheilte Wunde über dem wulstigen Ding aufzukratzen. Sie tat es nicht, weil sie fürchtete, sie könne die empfindlichen Fasern dadurch beschädigen. Die Vorstellung, dass das Wenige, was sie noch von einem Leichnam unterschied, zerstört werden könnte, ließ all ihre Nervenenden wie unter Strom stehen.

Unruhig wanderte sie in der Zentrale auf und ab, um der Anspannung Herr zu werden. Immer wieder fiel ihr Blick auf die Fernsteuer-Spinne, aber sie beherrschte sich. Die fremdartigen Impulse, die sie empfangen hatte, als sie Neko ferngesteuert hatte, waren einfach zu abstoßend gewesen, als dass sie es wagen würde, in der nächsten Zeit wieder Kontakt mit ihm aufzunehmen.

Irgendwie jedoch musste sie ihn in die Finger bekommen.

Sie blieb vor dem Kommandosessel stehen, den Zenon-Renkk innegehabt hatte, und das Bild des toten Vasallen erschien vor ihrem inneren Auge. Sie krallte beide Hände in die Haare und zerrte an ihnen.

Sie hatte den Hyperfunk abgehört und dabei herausgefunden, dass auch oben auf dem Plateau bei der ORTON-TAPH die Menschen starben, und zwar zu Dutzenden.

Was ging auf diesem Planeten nur vor? Und warum war sie selbst offenbar immun gegen das, was alle anderen zu töten drohte?

Sie wusste es nicht.

Aber die Vorstellung, dass sie dazu verdammt war, bald ganz allein auf diesem verfluchten Planeten zu sein, noch dazu in ihrem jämmerlichen Zustand, ließ Übelkeit in ihrer Kehle aufsteigen.

Verzweifelt ließ sie die Hände sinken. Sie wollte sich gerade in Zenons Sessel fallen lassen, als ein Signal erklang. Einer der Holoschirme erhellte sich.

Mitrade kniff die Augen zusammen.

Die Wand des Hochplateaus war auf dem Bild zu sehen. Und vor ihr, winzig gegen die riesigen Felsvorsprünge, schwebte ein larisches Beiboot in die Tiefe.

Mitrade schloss ungläubig die Augen und riss sie wieder auf. Eine Kennung der ORTON-TAPH.

Die Menschlinge kamen zu ihr?
Was hatte das nun wieder zu bedeuten?

»Und du bist sicher, dass das etwas bringt?« Onmouts Stimme war wieder einmal von den Störungen überlagert, die eine Kommunikation schwierig machten. Dennoch hörte Schroeder die Skepsis in seiner Stimme.

»Ich habe keine Ahnung, ob das was bringt, aber wir müssen alles versuchen«, antwortete er. »Solange die Larin Neko fernsteuert, kann er offenbar mit den Flammen kommunizieren.«

»Du meinst, er hört sie.«

»Wir wissen nicht, ob auch sie ihn wahrnehmen. Aber genau das wollen wir herausfinden.«

»Gut«, meinte der Kommandant schließlich. »Der Angriff scheint für den Moment vorbei zu sein. Hoffentlich hat Neko nicht recht mit seiner Vermutung, dass diese Biester die Frequenz erhöhen werden. Tu, was du für richtig hältst. Vielleicht bringt uns das ja wirklich einen Schritt weiter.«

Schroeder unterbrach die Verbindung und konzentrierte sich auf die Ortungsgeräte der OT-12. Das Gefährt, das sie aus der ORTON-TAPH befreit hatten, war einiges größer als der Raumjäger, den er vor einigen Tagen gekapert hatte. Dennoch bereitete es ihm kaum Schwierigkeiten, ihn zu fliegen, da die wesentlichen Steuerungen ähnlich waren, und die Hypnoschulung, die er erhalten hatte, ausreichend.

Der Abgrund sah auf einem seiner Monitore aus wie eine massive, dunkelbraune Wand, die sich rasch nach oben aus der Optik schob. Das Gelände am Fuße des Abhangs war tatsächlich stabil, genau wie Muller es gesagt hatte. Breite, lavaähnliche Ströme schienen sich vor vielen

Jahrtausenden in die Ebene ergossen zu haben und waren zu nachtschwarzem Gestein erstarrt. Auf einer dieser Gesteinsadern, die auf Schroeders angespannten Geist wie verkrampfte Muskeln wirkten, stand das Beiboot der Laren.

Es sah flugtauglich aus. Nur die Stelle, auf der Schroeders Jäger explodiert war, wirkte wie eine geschwärzte Delle in der sonst unversehrten Hülle.

»Sie wird sich über unser Kommen nicht gerade freuen, oder?«, fragte Neko von seinem Sitz im Hintergrund aus. Er war zu einer vertraulichen Anrede übergegangen, nachdem Tamra gestorben war. Schroeder hatte nicht die Kraft gehabt, es ihm zu verwehren.

Das bisschen, was ihm noch geblieben war, reichte gerade aus, um seine Aufgabe zu erledigen. Halb wünschte er sogar, Mitrade dort unten möge die Nerven verlieren und schießen. Es würde seine Probleme ein für alle Mal lösen.

Tamra!

Allein ihren Namen zu denken, trieb einen scharfen Dorn tief in Schroeders Herz. Der Schmerz in seinem Inneren war so unerträglich, dass er die Hände zu Fäusten ballte und die Fingernägel ins Fleisch bohrte. Er biss sich auf die Lippe, bis sie blutete, und presste das Bein gegen die Steuerkonsole seines Sitzes, sodass sich die scharfe Kante in die weiche Stelle über seinem Knie bohrte. Alles, damit der körperliche Schmerz den Schmerz des Verlustes überstrahlte, der ihn sonst schreiend in die Höhe getrieben hätte.

Das Blut in seinen Ohren rauschte so laut, dass es alle anderen Geräusche im Inneren des Gleiters übertönte. Ein blinkender Punkt auf seinem Hauptschirm signalisierte ihm, dass Mitrade sie entdeckt hatte. Er beobachtete, wie sich bei dem gegnerischen Schiff die Waffensysteme ausrichteten.

»Die wird doch nicht ...« Neko klang ungläubig. Hastig schlug er mit der Faust auf den Sender des Hyperkom. »Mitrade!«, rief er. »Ich bin es, Jason Neko!«

Aber es war bereits zu spät. Aus der Flanke des larischen Raumschiffs löste sich ein einzelner Schuss und raste direkt auf sie zu.

»Das ist ein Laser-Torpedo!«, schrie Neko. Mit einem regelmäßigen, nervenaufreibenden Piepen gerade oberhalb der Hörschwelle zeigte das Radar, dass sie anvisiert waren.

Schroeder riss die OT-12 in einer steilen Kurve nach oben, aber es nützte nichts. Das Torpedo folgte ihrem Ausweichmanöver mit einem elegant aussehenden Schlenker. Das Piepen verstummte kurz, setzte aber gleich darauf mit höherer Frequenz wieder ein.

»Das hat keinen Sinn!« Schroeder stemmte sich aus dem Sessel. »Komm!«

Er griff nach Nekos ausgestreckter Hand und teleportierte.

Mitten in Mitrades Zentrale.

Mit einem Ruck fuhr Tamra aus ihrer Ohnmacht auf. Kalte, zähe Finsternis hüllte sie ein.

Schmerzen erfüllten sie mit solcher Gewalt, dass sie die Zähne aufeinanderbiss, bis sie knirschten. Sie tastete sich über den Leib.

Das Baby!

Mühsam richtete sie sich auf. Übelkeit überfiel sie in Wellen. Sie krümmte sich und übergab sich. Magensäure stieg ihr in der Nase hoch und brannte.

Sie schaffte es, sich auf alle viere hochzustemmen. Ihr war schwindelig, aber die Übelkeit hatte für einen Moment nachgelassen.

Ihr Leib zog sich in einem brutalen Krampf zusammen. Sie spürte warme Feuchtigkeit an den Schenkeln.

Schluchzend aktivierte sie den Hyperfunk ihres Anzuges und rief um Hilfe.

»So wie es aussieht, haben wir wenigstens eine kleine Verteidigungsmöglichkeit gegen die Angriffe der Flammen gefunden.« Ian Fouchou hatte einen der larischen Strahlenkarabiner in den Händen. Onmouts Leute hatten ein gutes Dutzend davon aus der ORTON-TAPH geholt. Die Waffe sah in seinen Händen klobig und hässlich aus, aber sie war im Moment ihre einzige Hoffnung im Kampf gegen die blauen Flammen.

»Doktor Fouchou ist aufgefallen, dass die Flammen einen betäubten Menschen nicht angreifen«, nahm Captain Onmout den Faden auf.

»Wie das?« Einer der Offiziere, die Fouchous Vortrag lauschten, hob die Hand wie ein Erstklässler. »Ich meine, ein Betäubungsschuss paralysiert das Nervensystem, oder etwa nicht? Wieso schreckt das die Flammen ab?«

Fouchou bleckte die Zähne. »Wir wissen noch so gut wie gar nichts über die Flammen und die Art und Weise, wie sie die Menschen töten. Möglicherweise verursacht die Lähmung einer larischen Waffe einen Bewusstseinszustand, der sie von einem Angriff abhält. Genauso wie die Änderung des elektrischen Feldes, die ein Sicherheitstauchanzug hervorruft, alteranische Wanderhaie davon abhält, den Taucher anzuknabbern. Noch ist die junge Frau bewusstlos, sodass wir keine näheren Informationen erhalten können.«

Ein Mann meldete sich, den Fouchou bisher noch nie registriert hatte. Er war klein und kräftig gebaut, und seine rotbraunen Haare standen ihm wirr vom Kopf ab. »Ich habe auf Caligo ab und zu als Leibwächter für eine berühmte Künstlerfamilie arbeiten dürfen und wurde zu diesem Zweck in die Handhabung der Waffen eingewiesen. Darf ich?« Er streckte die Hand aus, und Fouchou gab ihm den Karabiner.

Der Mann hielt ihn in die Höhe und wies auf den kleinen Hebel. »Die Waffe lässt sich auf drei verschiedene Schussvarianten einstellen. Diese hier«, er verstellte den Hebel, »steht für normalen Thermoschuss. Recht beeindruckend übrigens, wenn ich das am Rande erwähnen darf, also seien Sie vorsichtig damit. Diese mittlere Stellung verwandelt die Waffe in einen normalen Paralysestrahler, wie wir ihn auch kennen. Gelähmt wird nur das dem freien Willen unterworfene periphäre Nervensystem. Das autonome Nervensystem, das für Herzschlag, Lungenfunktion und anderes nötig ist, bleibt davon unberührt.« Der Mann grinste breit und enthüllte dabei eine breite Lücke zwischen seinen oberen Schneidezähnen. »Aber da unsere geliebten larischen Herren immer eine Schippe mehr auf Lager haben als wir selbst, gibt es noch diese dritte Einstellung.« Er schob den Hebel in die obere Stellung. »Wenn Sie die Waffe so gerastet haben, dann lähmt der Schuss nicht Ihr periphäres Nervensystem, sondern er verursacht eine tiefe, aber völlig harmlose Ohnmacht. Ihr Gehirn wird sozusagen ausgeschaltet. Anders als bei Variante eins kann ein auf diese Weise betäubter Mensch nicht mehr hören und sehen, und auch mit dem Denken ist für eine Weile Schluss. Diese spezielle Form der Betäubungswaffe wurde eigens für die Niederschlagung von Aufständen in larischen Gefangenenlagern entwickelt und verursacht nach dem Aufwachen einen ordentlichen Kater.«

Fouchou nahm die Waffe wieder an sich und bedankte sich bei dem Mann für die Ausführungen. »Gehen wir also davon aus, dass diese spezielle Form der Betäubung die Flammen davon abhält, ihre Opfer anzugreifen. Ich vermute, sie können ein betäubtes Gehirn nicht mehr als Beute wahrnehmen.« Warum die Flamme aber nach dem Schuss der jungen Frau ihn ebenfalls nicht angegriffen hatte, konnte Fouchou nicht einmal vermuten. Möglicherweise hatte sie das plötzliche »Verschwinden« ihrer Beute so irritiert, dass sie es vorgezogen hatte, sich anderweitig umzusehen.

Fouchou warf einen Blick auf Onmout, damit dieser mit seinen Ausführungen fortfahren konnte.

»Leider haben wir nur dreizehn Waffen mit dieser speziellen Funktion«, sagte der Captain. »Wir müssen also einen Weg finden, wie wir mit nur einem guten Dutzend Leuten achttausend Menschen schützten können. Um ...« Sein Hyperkom zirpte und unterbrach ihn mitten im Satz. Er aktivierte ihn. »Ja?«

Die Stimme war nur undeutlich zu hören, da ein starkes hyperphysikalisches Rauschen sie übertönte. »... Abgrund ... brauche Hilfe!«

Auf Onmouts Gesicht trat ein ungläubiger Ausdruck. »Tamra? Sind Sie das?«

»Ja ... befinde mich ...«

»Wir dachten, Sie wären tot! Ich kann Sie nur schlecht verstehen, aber bleiben Sie auf Empfang. Ich schicke zwei Männer aus, um Sie zu orten.«

»... beeilen ... blute stark.«

»Keine Angst. Es dauert nicht lange. Bleiben Sie einfach, wo Sie sind.« Onmout unterbrach die Verbindung und gab zwei Raumsoldaten einen knappen Wink. Sie brauchten keine weitere Aufforderung. Rasch entfernten sie sich, um eine Dreieckspeilung durchzuführen.

Fouchou setzte seinen unterbrochenen Vortrag fort. Er war noch nicht zu Ende, als die beiden Soldaten eine blutüberströmte und halb bewusstlose Tamra Cantu herbeibrachten.

Im selben Moment erklang aus einem der Räume, in denen sie die Flüchtlinge untergebracht hatten, schrilles, panisches Geschrei.

Fünfundzwanzig

Beim Anblick der beiden Männer, die so unvermittelt vor ihr aufgetaucht waren, hechtete Mitrade zu dem Kommandosessel Zenons, an dessen Seite sich ein Thermostrahler befand. Sie erstarrte jedoch mitten in der Bewegung, als sich die Mündung von Schroeders Waffe auf sie richtete. Auf einem der Holoschirme entstand das grelle Leuchten einer Explosion, als die nunmehr steuerlose OT-12 in der Ebene zerschellte.

Schroeder schluckte hart, weil die Anstrengung des Teleportierens ihn mit Übelkeit erfüllte. Es war sein Glück, dass die Entfernung von der OT-12 bis zum Larenschiff nur wenige hundert Meter betragen hatte. So gelang es ihm, die Schwäche zu überwinden, bevor Mitrade sie bemerkte.

»Ihr wagt es!«, giftete die Larin, blieb aber stehen und hob die Hände halb in die Höhe. Schroeder sah einen einzelnen Muskel an ihrem Hals zucken, als sei eine Schlange unter ihrer Haut verborgen. Der Anblick faszinierte ihn, und er musste sich mit Gewalt davon losreißen.

»Mitrade!« Neko trat einen Schritt vor. Auch er hatte die Hände erhoben, allerdings sah die Geste bei ihm beschwörend aus. Schroeder musste ein Stück zur Seite weichen, damit er die Schussbahn nicht verdeckte.

»Wir sind hier, weil wir Eure Hilfe brauchen.«

Mitrade stieß ein höhnisches Gelächter aus. »Ach?«

»Ja, wir ...«

»Warum habt ihr euch unerlaubt von Caligo fortgestohlen, wenn ihr ohne larische Hilfe nicht auskommt, hm?« Wutverzerrt schleuderte Mitrade Neko die Worte ins Gesicht. Schroeder hob die Waffe ein Stück höher, aber die Larin ignorierte die Warnung. Sie ging auf Neko zu wie eine zornige Vettel.

»Stehen bleiben!«, befahl Schroeder scharf.

Mitrade erstarrte. »Du wagst ...« Sie war klug genug, den Satz nicht ein zweites Mal zu Ende zu sprechen. Brennender Hass schlug aus ihren Augen, wandelte sich jedoch gleich darauf in etwas anderes. Etwas, das Schroeder nicht zu deuten wusste. Es sah aus, als sei der Larin ein Gedanke gekommen. Ein Gedanke, der sie auf's Äußerste befriedigte. Schroeder spürte, wie ihm warm wurde.

»Was planen Sie?«, rutschte es ihm heraus.

Zu seiner Überraschung lachte Mitrade auf. Es klang höhnisch. »Dir ist nicht klar, dass ich wegen dir hier bin, nicht wahr?«, sagte sie zu Neko.

»Wegen mir?« Neko schien verwirrt.

Mitrade ließ Schroeder nicht aus den Augen. »Du glaubst, dass ich wegen der Flüchtlinge hier bin, aber in Wirklichkeit bist du es, der mich interessiert. Nur du. Und Tamra vielleicht.«

In Schroeder rangen zwei Bedürfnisse miteinander. Er wollte erfahren, was Mitrade im Schilde führte, aber noch mehr wollte er die Angriffe der Flammen beenden.

Neko traf die Entscheidung für ihn.

»Die Alteraner dort oben auf der Ebene«, erklärte er, »werden von einem flammenartigen Wesen angegriffen und getötet.«

»Wie sollte ich da helfen?«

»Das Wesen hat Eure Leute ebenfalls umgebracht, nicht wahr?«

»Meine Leute sind völlig kampflos gestorben!« Mitrade spuckte die Worte vor Nekos Füße. »Wie Feiglinge.«

»Sie waren keine Feiglinge!«, beschwor Neko sie. »Die Flammen haben ihnen keine Chance gelassen, sich zu verteidigen. Genauso wie bei unseren Leuten dort oben. Ihr müsst in Eure Fernsteuer-Spinne steigen und den Kontakt zu mir herstellen. Gemeinsam können wir vielleicht mit den Wesen reden!«

Mitrades Blick zuckte zu der Fernsteuereinheit und zurück zu Neko. Schroeder kam es vor, als habe sie ihn und die auf sie gerichtete Waffe völlig vergessen. »Ich habe etwas gespürt«, murmelte sie. »Als ich dich beim letzten Mal gesteuert habe.«

»Das war das Wesen!« Neko trat noch einen Schritt vor, doch Schroeder stoppte ihn mit einem warnenden Räuspern. »Ich glaube, dass ich mit ihm kommunizieren kann. Aber ich kann es nur, wenn Ihr mich fernsteuert.«

Die Erkenntnis, dass sie soeben ihre Macht über Leben und Tod der Alteraner wiedergewonnen hatte, zeichnete sich als amüsiertes Lächeln auf Mitrades Gesicht ab. In Schroeders Kopf schrillten die Alarmglocken. Auf keinen Fall durfte er es zulassen, dass Mitrade die Oberhand gewann. Er hatte nur keine Ahnung, wie er das verhindern konnte. Mitrade war die Einzige, die die Fernsteuereinheit bedienen konnte.

Onmouts Stimme riss ihn aus seinen Überlegungen.

»Schroed... ier ... Onmou...« Die Verbindung war schlecht. Schroeder verstand kaum ein Wort. »... haben ...ra. Aber ...lammen ...reifen an. Du muss...ich ...eilen.«

»Mitrade!«, flehte Neko. »Ihr habt gehört. Dort oben sterben sie! Bitte, Ihr müsst uns ...«

Schroeder hatte genug von dem Gewinsel. Er trat vor und rammte Mitrade den Lauf seiner Waffe in die weiche

Stelle unter ihrem Kiefer. Der Muskel an ihrem Hals vollführte einen wilden Tanz. Jetzt, da Schroeder ihr so nah war, sah er, dass es gar kein Muskel war. Irgendetwas war unter ihrer Haut eingepflanzt worden. Der Anblick war faszinierend und ekelhaft zugleich. Schroeder zwang sich, den Blick in Mitrades Augen zu senken. »Schluss mit dem Geplänkel!«, befahl er. »Rein in die Steuerung. Los!« Er gab der Larin einen Stoß, der sie vorwärtstaumeln ließ.

Wütend funkelte sie ihn an. Sie hatte den Mund schon geöffnet, um ihn anzufahren, gehorchte dann aber wortlos. Mit aufreizend langsamen Bewegungen kletterte sie in die spinnenartig aussehende Vorrichtung. Dann aktivierte sie ein Energieaggregat. Die Vorrichtung begann zu summen, und gleichzeitig baute sich ein schimmerndes Prallfeld auf, das Mitrade sanft von den Füßen hob. Wie ein großes Insekt über einer Seeoberfläche schwebte sie frei mitten im Raum. Bis sie ihre Hände auf zwei paddelförmige Steuerelemente legte, aus denen sich lange, geschmeidige Fingerlinge schoben und ihre Hände umfassten. Mitrade bewegte zwei ihrer Finger.

Neben Schroeder zuckte Jason Neko zusammen. Dann erstarrte er.

Fouchou reagierte als Erster. Er entsicherte den Karabiner und rannte an den verblüfften Soldaten vorbei hinaus auf den Gang. Befriedigt stellte er fest, dass die anderen ihre Erstarrung überwanden und ihm folgten.

Es waren eben immer noch die selben alten Haudegen, dachte er, während er um eine Ecke lief und sich durch die Menge der Flüchtenden in den Raum kämpfte, aus dem das kindliche Wimmern der Flammen drang.

Rasch verschaffte er sich einen Überblick. Fünf Flammen schwebten in einer Ecke und pulsierten in trägem

Rhythmus. Fouchou sah ebenfalls fünf Menschen, die wie zu Salzsäulen erstarrt herumstanden. Der Rest der Flüchtlinge war mit aufgerissenen Augen an die Wände zurückgewichen, um so viel Platz wie nur möglich zwischen sich und die Flammen zu bringen. Zum ersten Mal ging Fouchou auf, wie perfekt die Angriffsstrategie der Flammenwesen war. Sobald sie ihre Opfer erst einmal unter Kontrolle hatten, konnten die sich kaum noch bewegen.

»Achtung!«, rief er, ohne genau zu wissen, warum eigentlich. Dann schoss er.

Der Betäubungsstrahl brach aus seiner Waffe hervor, suchte sich seinen Weg und traf einen der Männer in den Rücken, auf den sich gerade eine der Flammen niedersenkte. Wie eine Marionette, der man die Fäden durchgeschnitten hatte, sackte der Mann in sich zusammen.

Die Flamme, auf diese Weise ihres Opfers beraubt, verharrte einen Moment an Ort und Stelle. Ihr Pulsieren änderte den Rhythmus. Fouchou konnte sich des Eindrucks nicht erwehren, dass die Flamme irritiert war. Anders als jene, mit der er es vorhin zu tun gehabt hatte, schien diese sich jedoch schnell zu fangen. Ohne weitere Verzögerungen wandte sie sich dem nächsten Opfer zu.

Fouchou schoss erneut.

Erleichtert registrierte er, dass die anderen Bewaffneten sich ihm anschlossen. Die Gebannten fielen einer nach dem anderen zu Boden, ohne dass die Flammen einen Einzigen von ihnen töten konnten.

Ihr Triumph war allerdings von kurzer Dauer, denn genau in diesem Moment hörte Fouchou Schreien aus den anderen Räumen.

Wieder rannte er los.

Gedanken waren in Nekos Kopf, füllten ihn mit solcher Intensität, dass sein Schädel zu explodieren drohte.

Er schrie auf. Er wollte die Hände heben, sie gegen die Schläfen drücken, konnte es aber nicht. Er stand steif wie eine Statue. Mitrade schwebte vor ihm, den Mund vor Entsetzen weit aufgerissen. Ein Speichelfaden lief ihr über Unterlippe und Kinn, und Neko richtete seine gesamte Aufmerksamkeit auf dieses Detail, weil er sonst den Verstand verloren hätte.

Er spürte, wie sein Ich sich unter dem beständigen, trommelfeuerartigen »Hunger! Hunger!« auflöste, das auf ihn einprasselte. In regelmäßigen Abständen wandelte sich ein Hungerimpuls in kurze, ekstatische Befriedigung, und diese Wahrnehmung war noch schlimmer als die archaische, irrsinnige Gier. Denn sie ließ Neko begreifen, dass ein weiterer Mensch gestorben war.

Er brauchte all seine Kraft, um einen sinnvollen Gedanken zu formulieren – einen Gedanken, von dem er nur hoffen konnte, dass die Flammen ihn verstanden. Mitrade war ihm dabei keine Hilfe, kontrollierte sie doch nur seinen Körper, nicht jedoch seinen Geist.

Dennoch schaffte er es.

»Wer seid ihr?«, dachte er so intensiv, wie er nur konnte. »Warum tötet ihr uns?«

Das Trommelfeuer der gierigen Impulse ließ kurz nach. Es wurde ersetzt von einem starken Gefühl der Irritation, und dann entstand eine seltsame Leere in Nekos Kopf.

Eine Stimme drang wie durch eine dichte Wasserwand in seinen Geist. Verzerrt klang sie und langgezogen, und Neko hatte Mühe, ihren Sinn zu erfassen.

»Aufhören! Sofort!«

Er hörte ein lautes, schepperndes Geräusch, und im

nächsten Moment war er frei. Seine Beine gaben nach, als sein gesamter Körper sich entspannte.

Die Impulse waren fort. Neko krümmte sich auf dem Fußboden zusammen. Schroeder war bei ihm, stützte ihn.

Mit tränenden Augen und pochendem Schädel richtete Neko sich auf. »Ich konnte sie spüren«, ächzte er. »Für den Moment sollte es vorbei sein.«

Es war ein ungleicher Kampf, in dem Angriffs- und Verteidigungstaktiken sich in schneller Folge aneinander anpassten.

Onmout verteilte die dreizehn Bewaffneten auf die verschiedenen Räume, um so zu verhindern, dass sich die Flammen stets einen unbewachten aussuchten. Zunächst stoppte das den Angriff, bis die Flammen begriffen hatten, dass sie sich zusammentun mussten. Sie waren inzwischen an die 50, schätzte Fouchou, und als sie sich sammelten und geballt in einem einzigen Raum angriffen, hatten sie rasch fast die gleiche Anzahl von Menschen getötet, bevor die zwölf anderen Bewaffneten ihrem auf diese Weise überforderten Kameraden zur Hilfe eilen konnten.

Dann änderten auf einmal auch die Flammen ihre Vorgehensweise. Plötzlich griffen sie Fouchou und die Männer an.

Bevor die sich klar darüber wurden, was geschah, waren zwei von ihnen tot.

Fassungslos starrte Fouchou auf die zusammengesunkenen Leichen, sah zu, wie sich die Flammen teilten und zurückzogen.

Zwei der Dekombor-Flüchtlinge zögerten nicht lange. Sie brachten den Strahlenkarabiner der Gefallenen an sich und sahen Fouchou fragend an.

Der nickte nur und wies mit dem Kinn auf die verbliebenen Flammen. Sie näherten sich erneut Fouchous Gruppe.

Fieberhaft überlegte er, wie er dieses neue Problem bewältigen konnte. Er überlegte noch, als die Flammen plötzlich allesamt in der Luft stehen blieben. Ihr Pulsieren beschleunigte sich, wandelte die Farbe von hellem Blau zu schmuzigem Weiß.

»Was passiert jetzt?«, flüsterte jemand.

Fouchou schüttelte den Kopf. »Ich habe keine Ahnung.«

Vor ihren staunenden Augen zogen sich die Flammen ungesättigt zurück und waren im nächsten Moment verschwunden.

»Schroeder?« Kaum dass Mitrade Neko aus der Fernsteuerung entlassen und dessen Gesicht den verzerrten, panischen Ausdruck verloren hatte, scholl Fouchous Stimme aus Schroeders Hyperkom. »Ich weiß nicht, was Sie gemacht haben, aber es scheint zu funktionieren! Die Flammen haben den Angriff abgeblasen.«

»Gut.« Schroeder ließ Neko nicht aus den Augen. »Ich melde mich wieder bei Ihnen.«

»Beeilen Sie ...«

Mitten im Satz würgte Schroeder den Wissenschaftler ab. Er packte Neko am Arm und bugsierte ihn in einen der larischen Kommandosessel. Sanft drückte er ihn hinein. »Was hast du gehört? Erzähl!«

Neko fuhr sich mit der Hand über den Mund. »*Gehört* ist nicht das richtige Wort«, begann er. Seine Stimme klang dünn, wie Papier, das im Wind raschelte. »Es war wie ein Einssein mit ihnen. Ich konnte ihren Hunger spüren, und die Befriedigung, wenn sie sich jemanden einverleibt hatten.«

Schroeder registrierte die seltsame Beschreibung des Tötungsvorgangs, sprach sie aber nicht an. Vorerst nicht.

»Sie haben eine Art kollektive Erinnerung«, fuhr Neko fort und verbesserte sich gleich darauf: »Nein, das ist nicht das richtige Wort. Es ist, als wären sie ein Wesen. Wie ein Bienenvolk oder so. Aber sie haben eine Art Gedächtnis.«

»Woher kommen sie?« Schroeder stützte sich auf den Armlehnen ab, um Neko genauer ansehen zu können. Zu seiner Beruhigung verging dessen Schwäche jedoch zusehends.

»Durch den Tunnel. Ihr Schwarm kam durch den Tunnel. Das denken sie immer wieder. *Durch den Tunnel, aus einer Welt, die unendlich viel heißer ist als diese.*«

»Was ist *der Tunnel*?«

»Das wissen sie nicht.«

Schroeder fiel der Wasserfall ein, den Tamra entdeckt hatte. Dessen Impulse ähnelten denen der Flammen sehr, hatte sie gesagt. Vielleicht befand sich dieser geheimnisvolle Tunnel hinter dem Wasserfall. Konnte es sein, dass der Einfluss der Flammen auf seinen Geist eine Art Überbleibsel von der Passage durch den Tunnel war? Wie ein übler Geruch, der an ihnen haften geblieben war und den er und andere sensible Menschen wahrnehmen konnten?

»Sie wissen, dass sie durch den Tunnel kamen und danach sehr hungrig waren«, nahm Neko den Faden wieder auf. »Sie begannen, die Tiere von Terra Incognita zu jagen, um diesen Hunger zu stillen. Aber ihr Schicksal war, dass es auf dem Planeten keinerlei intelligentes Leben gab.«

»Warum das?«

Neko zuckte die Achseln. »Ich bin nicht sicher. Die Erinnerung ist hier vage, verschwommen, so als sei sie einmal da gewesen, aber inzwischen vergessen worden. Die Flammen wissen, dass sie beides brauchen. Sie stillen ihren Hunger mit unintelligentem Leben, aber sie sind beständig auch auf der Suche nach intelligentem. Ein Instinkt sagt ihnen, dass sie es benötigen, aber sie wissen nicht, warum.«

»Und bei der Suche danach haben sie nach und nach alles Leben auf Terra Incognita ausgelöscht?«

»Genau. Danach verfielen sie in eine Art Hungerstarre. Flamme um Flamme verging, bis am Ende nur eine einzige übrig blieb. Es ist ganz ähnlich wie bei einem Wespenstaat: Es überlebt nur ein einziges Individuum die Zeit des Hungerns. Und das erwacht ein jedes Mal aus seinem Schlaf, wenn ein Schiff notlandet, und der Reproduktionszyklus beginnt von neuem.«

»Hast du herausgefunden, womit wir sie bekämpfen können?«

»Nein. Sie sind gegen jede Art von Gewalteinwirkung immun, egal, ob sie physisch oder energetisch ist. Man kann sie nicht besiegen.«

»Aber sie haben von ihrem Angriff abgelassen, sobald du mit ihnen in Kontakt warst.«

»Weil sie irritiert waren. Sie haben noch nie Kontakt mit ihren Opfern gehabt. Ich habe aber keine Ahnung, wie lange die Irritation sie abhält.«

Tamra bekam von dem neuen Angriff der Flammen nicht viel mit, denn der Medorobot, der sie behandelte, hatte ihr nicht nur den Raumanzug und damit den Hyperkom weggenommen, sondern sie darüber hinaus in einen leichten Betäubungszustand versetzt, um ihre Krämpfe zu lindern.

Sie wusste jedoch genug, um Onmouts Gesicht deuten zu können, als er zu ihr in die Kammer geeilt kam.

Auf die Ellbogen gestützt sah sie ihm entgegen. »Sie haben wieder angegriffen, nicht wahr?«

Er nickte.

Tamra fragte sich, wie lange Onmout nicht mehr geschlafen hatte. Sein Gesicht sah schlaff und grau aus wie das eines alten Mannes, seine Gesten wirkten gehetzt und unruhig.

»Sie haben den Angriff völlig überraschend abgebrochen, und wir hoffen, dass sie es dabei belassen. Vorerst zumindest.« Er erzählte ihr mit knappen Worten, was Fouchou über die Betäubungsstrahler herausgefunden hatte und dass Schroeder zusammen mit Jason Neko bei Mitrade war, um eine Lösung für ihr Problem zu finden. »Wir hoffen, dass er tatsächlich eine gefunden hat. Im Moment sieht es fast danach aus, aber ...« Er unterbrach sich, als fiele ihm erst jetzt wieder ein, warum er gekommen war. »Wie haben Sie den Angriff der Flamme überlebt?« Ihr war anzusehen, welche Hoffnung er auf ihre Antwort setzte. Wie verzweifelt er versuchte, die ihm anvertrauten Menschen vor der schrecklichen Gefahr der Flammen zu bewahren.

Sie hatte beinahe ein schlechtes Gewissen, dass sie ihm nicht helfen konnte. »Ich habe es überlebt«, bestätigte sie ihm. »Aber das Kind nicht.«

»Sie haben es verloren?«

Tamra nickte und versuchte sich klar zu werden, was sie dabei fühlte. Im Moment war da nur eine große Leere, und sie hatte keine Ahnung, womit sie sich füllen würde, ob mit Erleichterung oder Trauer. »Die Flamme, die mich angreifen wollte hat, hat stattdessen das Kind ...« Weiterzusprechen war unnötig.

Onmout schürzte die Lippen. »Es tut mir leid.«

Er zuckte zusammen, als sein Hyperkom sich meldete. Fouchous Stimme füllte den Raum mit seiner Lautstärke.

»Sie greifen wieder an!«

Sechsundzwanzig

Diesmal kam der Angriff der Flammen ohne Vorwarnung. Ian Fouchou hatte seine Männer auf die verschiedenen Räume verteilt, um ihre Verteidigung so breit wie möglich zu streuen. Er war dabei, die Betäubten in eine bequemere Lage zu betten, als er das blaue Leuchten oben in der Ecke entdeckte. Im nächsten Moment fielen die Flammen auch schon über die Menschen her.

Zwei von ihnen starben, bevor Fouchou seine Überraschung überwinden konnte. Er informierte Onmout, dann riss er die Waffe hoch und gab in rascher Folge mehrere Schüsse ab. Zehn Menschen sanken betäubt zu Boden, und von ihnen ließen die Flammen so rasch ab, dass es beinahe angeekelt aussah. Es waren jedoch zu viele, als dass Fouchou allein mit ihnen fertig werden konnte.

Direkt vor seinen Augen teilte sich eine der Flammen, und statt sich, wie gewohnt, gesättigt zurückzuziehen, verharrte sie kurz in der Luft und suchte sich dann ein neues Opfer.

Innerhalb von Minuten waren weitere hundert Menschen tot, und mit jedem beschleunigte sich das Sterben der anderen. Es war ein einziger höllischer Totentanz, erfüllt mit panischen Schreien und entsetztem Kreischen, unterlegt mit dem regelmäßigen Donnern der Betäubungsstrahler.

Dann war es schlagartig still. Die Menschen in Fouchous Raum waren entweder tot oder lagen paralysiert kreuz und quer übereinander. Einen Moment lang schwebten die Flammen über ihnen, und ihr Flackern wirkte beinahe fassungslos.

Dann zogen sie sich zurück.

Und im nächsten Moment begann der Terror in einem der anderen Räume von neuem.

Schroeder richtete den Blick nachdenklich nach innen, um die Informationen zu sortieren, die Neko ihm gegeben hatte.

Im nächsten Moment geschah alles mit rasender Geschwindigkeit.

Plötzlich hatte Neko eine Waffe in der Hand, und ihre Mündung zielte direkt auf Schroeders Magen.

»Was soll das?« Schroeder hatte die Frage schon hervorgestoßen, bevor er bemerkte, dass es nicht Neko war, der ihn bedrohte. Es war Mitrade. Sie hatte unbemerkt die Steuerung wieder aktiviert und die Kontrolle über Neko übernommen. Bevor sie jedoch den Abzug durchdrücken konnte, stöhnten sie und Neko wie aus einem Mund auf.

Nekos Miene verzerrte sich in heller Panik, und in einem einzigen Aufblitzen der Erkenntnis begriff Schroeder, dass ihm der offenbar eben begonnene neuerliche Angriff der Flammen das Leben gerettet hatte.

Mitrade zog die Lippen zurück und entblößte die Zähne. »Schieß endlich!«, keuchte sie.

Schroeder sah Nekos Finger zittern. Unaufhaltsam näherte er sich dem Abzug.

In dem Moment, in dem er durchzog, brach ein Schrei aus seiner Kehle hervor. Er riss die Waffe nach oben, und der Schuss fauchte um Haaresbreite an Schroeders Wange vorbei. Wie gelähmt stand der da, nicht fähig, die Hand an die schmerzende Wunde zu pressen, die die Hitze des Schusses in seinem Gesicht hinterlassen hatte.

Vor seinen Augen brach Neko in die Knie. »Aufhören!«, wimmerte er. »Mitrade! Bitte!«

»Wir schaffen es nicht!« Fouchous Schrei gellte über den Lärm und das Chaos. »Rückzug!«

Aber als sei das ein Signal gewesen, stoppte der Angriff der Flammen plötzlich zum zweiten Mal.

Jede Einzelne von ihnen – es mochten inzwischen fast 1000 sein – verharrte mitten in der Bewegung, und gemeinsam begannen sie sachte auf und ab zu schweben.

Fouchou ließ den Strahler sinken. Seine Schultern schmerzten von der Anstrengung des Schießens, und seine Ohren schrillten in der plötzlichen Stille. Nur das leise Schluchzen einiger weniger Menschen war zu hören.

»Schroeder!«, flüsterte Fouchou.

In der Zentrale des Larenschiffes krallte sich Jason Neko beide Hände in die Wangen, als wolle er sich die Haut vom Gesicht reißen. »Sie sind Leben wie Ihr!«, wimmerte er immer wieder.

Schroeder schlug auf sein Hyperkom und lauschte auf das Abebben des Kampflärms oben in dem Fragmentraumer. Stille senkte sich, Stille, in der er mit sich kämpfte, was er tun sollte.

Solange Mitrade Neko kontrollierte, stand offenbar die Verbindung der beiden mit den Flammenwesen. So lange zögerten die Flammen, die Menschen anzugreifen. Aber so lange litt Neko unter Höllenqualen.

Schroeder sah zu Mitrade hinüber. Sie schien von den Impulsen der Flammen ähnlich gequält zu werden, hatte jedoch offenbar einen Grund, die Verbindung nicht zu kappen. Wieder wanderte Schroeders Blick zu Neko.

Die Waffe.

Mitrade wollte um alles auf der Welt Schroeder erschießen. Dafür war sie bereit, die geistigen Qualen auszuhalten.

In einem Anflug von Fatalismus hob Schroeder seinen Strahler und richtete ihn auf die Larin. »Abschalten!« Sein erstes Ziel musste sein, am Leben zu bleiben. Wenn er starb, hatte Mitrade Neko in ihrer Gewalt. Schroeder ahnte, dass die Larin dann mit Neko den Planeten verlassen würde. Und das würde den sicheren Tod für alle Menschen dort oben bedeuten.

»Abschalten!«, sagte er noch einmal.

»Nein!« Nekos Stimme klang mit einem Mal völlig klar und unverzerrt. Schroeder wandte sich zu ihm um. Die Maske des Grauens war von seinem Gesicht gefallen, ebenso wie alle Anzeichen der Fernsteuerung. »Sie sind jetzt intelligent!«, sagte er leise. »Sie haben aufgehört, ihre Panikimpulse zu senden.«

In Schroeders Geist schrillten die Alarmglocken. Warum hatte Mitrade ihn so plötzlich freigegeben? Er sah Nekos Augen weit werden und reagierte instinktiv.

Mit einem Satz hechtete er vor, prallte gegen den Knechtgeborenen. Riss ihn mit sich von den Füßen.

Und teleportierte.

Er war nicht schnell genug. Glühend heiß fraß sich etwas in seinen Oberarm.

Tamra hatte endlich ihren Raumanzug wiedererhalten und ihr Funkgerät auf Fouchous Frequenz eingestellt. Atemlos hörte sie mit an, was bei den Flüchtlingen geschah.

Als sich die Stille der neuerlichen Angriffspause über den Fragmentraumer senkte, hielt sie es nicht mehr aus. Sie stemmte sich von ihrem Lager hoch, schob den protestierenden Medoroboter kurzerhand zur Seite und wankte aus dem kleinen Raum. Boffään, dessen Anwesenheit sie bisher gar nicht registriert hatte, ignorierte sie auch jetzt.

Der Gang, der zu den Quartieren der Flüchtlinge führte, lag scheinbar endlos vor ihr. Sie hatte Mühe, die leichte Schräge des Fußbodens auszugleichen. Mit der Hand stützte sie sich an der Wand ab und erreichte schließlich den ersten Raum. Ihr bot sich ein Bild des Grauens. Hier stand niemand mehr auf den Beinen. Allein die geweiteten Augen und die flammenförmigen Narben zeigten an, welche der reglosen Gestalten vor ihr tot waren und welche nur betäubt.

Tamra lief in den zweiten Raum, fand dort ein ähnliches Bild vor. Im dritten schließlich traf sie auf Onmout, Fouchou und die anderen Soldaten, die die Betäubungsstrahler in den Händen hielten. Eine gewaltige Masse blau leuchtender Flammen schwebte unter der Decke, ihre kleinen Körper pulsierten in langsamem Rhythmus in allen Blautönen. Durch die Enge, in der sie sich zusammengedrängt hatten, wirkten sie jetzt wie ein einziger, großer, atmender Organismus.

Tamra trat mit lautlosen Schritten neben Fouchou. »Was hat das zu bedeuten?«, flüsterte sie.

Fouchou schüttelte den Kopf. »Ich habe keine Ahnung.«

Schroeder materialisierte mit Neko auf einem der Lavaströme, ungefähr zwei Kilometer entfernt vom Larenschiff. Der Schwung, den er vor der Teleportation gehabt hatte, riss ihn jetzt noch vorwärts und ließ ihn zu Boden stürzen. Er schrie auf, als Feuer durch seinen Arm raste.

»Komm!« Neko bot ihm seine Hand und half ihm hoch. Er kümmerte sich nicht um Schroeders Verletzung, sondern drängte ihm seine Waffe auf. »Hier, nimm! Ich weiß nicht, wie lange es dauert, bis Mitrade mich wieder übernimmt.«

Schroeder nahm den Strahler und steckte ihn in sein Halfter. Den eigenen behielt er in der Hand, senkte die Mündung jedoch zu Boden. Mit zitternden Fingern aktivierte er den Anzugkom. »Was ist mit den Flammen?«

»Sie haben eine bestimmte Größe erreicht und scheinen intelligent zu sein. Sie haben begriffen, dass wir es ebenfalls sind. Für den Augenblick werden sie nicht wieder angreifen.«

Schroeder hob sein Hyperkom an die Lippen. »Demetrius, hast du das gehört?«

»Ja«, kam die Antwort, von den hyperphysikalischen Störungen verzerrt, aber verständlich. »Neko hat recht. Sie schweben hier direkt vor uns und sehen ziemlich verwirrt aus.«

»Das sind sie auch. Sie waren noch niemals zuvor in einer solchen Lage. Sie vermuten, dass ihr Schwarm bei der Passage durch den Tunnel mutiert ist, denn das Volk, von dem sie abstammen, war nicht imstande, Intelligenz zu entwickeln. Die Situation ist völlig neu für sie, und sie versuchen, eine Entscheidung zu treffen, was sie nun tun sollen.«

»Irgendwie befürchte ich, dass sie nicht lange in diesem Zustand bleiben«, meinte Onmout.

»Wir müssen versuchen, mit ihnen zu verhandeln«, sagte Neko. Während er sprach, begann er damit, Schroeders Armwunde zu untersuchen.

»Was haben wir schon anzubieten?«, fragte Onmout. »Wenn ihnen einfällt, dass ihr Hunger groß genug ist, um uns auch zu verspeisen, obwohl wir intelligent sind wie sie, dann gute Nacht.«

Bei der Untersuchung berührte Neko Schroeders Wunde. Der Mutant stieß einen kurzen Schrei aus.

»Was ist mit dir?«

Er glaubte, seinen Ohren nicht zu trauen. »Tamra?«

»Ja. Natürlich. Was ...«

»Du lebst?«

»Natürlich lebe ich. Wieso ...« Sie stockte und Schroeder konnte sie scharf einatmen hören. »Du hast geglaubt, ich bin tot? Du hast nicht versucht, mich zu orten?«

Schroeders Beine drohten nachzugeben. An diese Möglichkeit hatte er nicht einen Gedanken verschwendet! »Ich habe die Flamme gesehen, die sich geteilt hat, nachdem du ... ich dachte ...« Tränen der Erleichterung schossen ihm in die Augen.

Er hörte Tamra lachen. Dann zog sie die Nase hoch. »Du Riesenidiot! Die Flamme hat mein Kind ...« Sie schniefte erneut. »Idiot!« Dann verstummte sie.

»Schroeder?« Diesmal war es Fouchou, der sich meldete. »So leid es mir tut, wir haben keine Zeit für Familienzusammenführungen. Wir müssen einen Weg finden, Frieden mit den Flammen zu schließen.«

»Gleich. Tamra? Geht es dir gut? Ich meine, das Kind ...«

»Mir ist nichts passiert. Ich bin offenbar auf einer schrägen Ebene gelandet, die meine Aufprallenergie weit genug reduziert hat. Eine Menge blaue Flecken habe ich, aber sonst ...«

»Du hast dein Kind verloren.«

»Nicht durch den Sturz. Ich hatte vorher schon Krämpfe. Ich glaube, dass es nicht lebensfähig war.«

»Moment!« Fouchou drängte sich erneut in das Gespräch. »Was haben Sie da gesagt?«

Er unterhielt sich einen Augenblick lang aufgeregt mit Tamra. Schroeder verstand nicht viel, da sie schnell redeten und die Störungen ihr Gespräch überlagerten. Schließlich meldete er sich atemlos: »Schroeder, hören Sie zu. Offenbar hat die Flamme, die Tamra angreifen wollte, sich stattdessen Tamras Kind einverleibt – Entschuldigung, Tamra! Wir sind uns nicht ganz sicher, aber es könnte sein, dass sie das Kind nicht getötet hat, sondern dass es genau im Moment des Angriffs von allein starb.« Fouchou wirkte aufgeregt. »Vielleicht ist das eine Lösung für unser Problem! Wenn das stimmt, nützt den Flammen auch ein normaler natürlicher Tod, damit sie sich vermehren. Wenn wir ihnen das begreifbar machen können ...«

Ein grausamer Schmerz raste durch Schroeders Arm und ließ den Rest der Worte hinter einem blutigen Schleier verschwinden. Neko hatte seine Hand um die Schusswunde gekrallt. Für einen winzigen Augenblick dachte Schroeder, er tue das, um die Blutung zu stoppen, aber dann erhaschte er einen Blick in Nekos Gesicht und wusste, dass Mitrade ihn wieder übernommen hatte.

Die Eindrücke prasselten mit solcher geballten Wucht auf Nekos Geist ein, dass er sich wie unter einem mentalen Trommelfeuer vorkam.

Er sah die Erinnerungen der Flammen, sah die Welt, in der sie früher gelebt hatten, sah ihre riesige, blauflammende Sonne. Er spürte, wie die aus ihrem instinktgesteuerten Dasein erwachten Flammen anfingen, Fragen zu stellen.

Woher stammen wir?

Diese Sonne – sie sieht aus wie wir.

Ist sie unser Ursprung?

Bevor er einen klaren Gedanken formulieren konnte, hatte Mitrade ihn unter ihrer Gewalt, und er spürte, wie sein Körper erstarrte. Er wehrte sich gegen die Beeinflussung, doch er war machtlos dagegen. Ohne dass er es verhindern konnte, zwang Mitrade seine Hand um Schroeders Wunde. Er sah mit an, wie Schroeder in die

Knie ging, sich gleich darauf jedoch zusammenriss und die Waffe hob.

Er sah den düsteren Ausdruck in dem Gesicht des Mutanten, und dann richtete sich die Mündung genau auf seinen Bauch.

»Wenn du mich nicht loslässt, Larin«, presste Schroeder zwischen den Zähnen hervor, »jage ich deinem Schoßhund einen Schuss in den Bauch.«

Abrupt lockerte sich der Griff um seine Wunde, und Schroeder registrierte es beinahe erstaunt. Offenbar hatte seine Ahnung ihn nicht getrogen: Neko war kostbar für Mitrade! Die Frage war nur: warum? Er atmete ein paarmal tief durch, um die Übelkeit zu vertreiben, die durch seinen Leib wallte.

Vor seinen Augen verdichteten sich die Schleier, die er dem Blutverlust verdankte. Sein Oberkörper schwankte, und seine Bewegungen waren viel zu langsam, als dass er Hoffnung auf einen Erfolg seines verzweifelten Versuchs haben durfte. Dennoch entriss er Neko seinen Arm, vollführte eine halbe Drehung und schlug gleichzeitig mit dem Strahlerlauf zu.

Der Aufprall fuhr wie ein Messer in seinen Leib. Schwärze senkte sich über seinen Geist, und er konnte sie nur mit äußerster Anstrengung noch einmal vertreiben.

Neko schwankte nicht. Zwar hatte er ihn getroffen, aber der Schlag war nicht hart und vor allem nicht schnell genug gewesen. Mitrade hatte Nekos Arm hochgerissen und den größten Teil der Wucht abgefangen.

Schroeder hörte Neko aufschreien, aber die Welt um ihn herum war nur noch eine immer ferner rückende Kulisse. Er hörte einen Fluss rauschen und begriff, dass es das Blut in seinen Ohren war.

Dann traf ihn etwas seitlich am Schädel und löschte alle Empfindungen aus.

Tamra hatte darauf bestanden, in der OT-13 mitzufliegen, die Onmout losgeschickt hatte, um Schroeder zu helfen.

Jetzt lehnte sie an dem Fenster neben ihrem Sitz und sah mit an, wie Neko sich über die breiten Lavaströme und die felsenübersäten Gebiete dazwischen quälte und zu Mitrades Raumschiff stolperte.

Der Pilot ließ den Gleiter ungefähr 20 Meter über Nekos Kopf schweben. »Was machen wir mit ihm?«

»Er ist auf dem Weg zu Mitrade.« Tamra sah zu, wie Neko mühsam und mechanisch eine kleine Schräge hinaufkroch. *Warum nur will Mitrade ihn unbedingt in ihre Hände bekommen?*, fragte sie sich. Sie schüttelte den Kopf. »Lassen wir ihn in Ruhe. Startac braucht unsere Hilfe dringender.« Sie wies voraus, wo Schroeders Leib regungslos auf dem schwarzen Felsen lag.

Als sie neben ihm landeten, erwachte er gerade wieder aus seiner Ohnmacht. Tamra wartete nicht, bis die Laderampe den Boden berührte, sondern sprang den letzten halben Meter hinab und eilte zu ihm.

Er blutete stark aus einer Fleischwunde am Arm, und der Blutverlust hatte ihn noch bleicher werden lassen, als er ohnehin schon war. Eine lange, ebenfalls blutige Schramme zog sich über seinen Unterkieferknochen bis hinauf zum Ohr.

Aber er schien nicht ernstlich verletzt zu sein, denn er richtete sich auf, bevor sie ihn ganz erreicht hatte. Mit ihrer Hilfe kam er auf die Füße.

»Lass uns abhauen«, knirschte er mit schmerzverzerrtem Gesicht. »Bevor Mitrade Neko hat und sich entschließt, uns abzuschießen.«

Siebenundzwanzig

Zu Mitrades Erleichterung hatten die Impulse der Flammen ihre Intensität verändert, seitdem sie Intelligenz entwickelt hatten. Zwar konnte sie sie noch immer wahrnehmen, aber sie waren nicht mehr erfüllt von animalischer Gier und ekstatischer Triebbefriedigung, sondern glichen nun eher zögerlichen, irritierten Fragen. Es fühlte sich an wie das Zupfen an ihrem Geist, wenn ihr ein Name nicht einfallen wollte, von dem sie genau wusste, dass sie ihn eigentlich in ihrer Erinnerung gespeichert hatte.

Jason Neko befand sich jetzt ganz in der Nähe des Schiffes. Wenn sie ihn erst in ihrer Gewalt hatte, würde sie ihn nicht mehr fernsteuern müssen. Dann würde sie ihn zu einem hübschen Paket verschnüren, in einen der Raumjäger verfrachten und diesen elenden Planeten endlich verlassen, um zu Kelton-Trec zurückzufliegen.

Im Lauf der Zeit, die sie nun schon damit verbracht hatte, Alteraner fernzusteuern, hatte sie es zur Perfektion darin gebracht, mit einem Teil ihres Bewusstseins die Steuerung durchzuführen und gleichzeitig mit einem anderen ihren eigenen Gedanken nachzuhängen.

Tamra fiel ihr ein und ihre Rache, die nun noch eine Weile auf sich warten lassen musste. Allein der Gedanke an die Alteranerin führte jedoch dazu, dass sie vor Zorn am ganzen Körper zu zittern begann. Sie lenkte sich damit ab, dass sie sich auf Jason Neko konzentrierte.

Der Weg über die Lavaströme schien mühsam zu sein,

denn Neko näherte sich der KERIGAN-CORT nur sehr langsam. Endlich jedoch stand er im Schatten des Schiffes, die Schultern gestrafft und der Nacken ebenfalls, wie ein Soldat, der auf einen Befehl wartete.

Mitrade entließ ihn aus ihrer Gewalt und öffnete die untere Schleuse für ihn.

Obwohl Neko jetzt nicht mehr ferngesteuert wurde, kam er schließlich in die Zentrale. Seine Haltung hatte sich in der Zeit, die er gebraucht hatte, um das Schiff zu durchqueren, verändert. Seine Schultern hingen nach vorn, ebenso der Kopf, sodass seine langen, schwarzen Haare seine Augen verdeckten.

»Hallo, Jason!« begrüßte Mitrade ihn. Ein erregtes Kribbeln rann über ihren Rücken. Sie hatte ihn!

Endlich hatte sie Jason Neko in ihrer Gewalt.

Er stand eine Weile reglos, als habe er ihre Worte nicht gehört. Dann hob er langsam den Kopf und richtete den Blick auf sie.

Seine Augen flackerten vor unterdrückter Wut, und eine Düsternis ging von ihm aus, die die Erregung in Mitrade noch um einige Grad nach oben schraubte. Sie liebte es, mit ihm zu spielen. Ihn zu manipulieren, ohne dabei die technischen Möglichkeiten der Fernsteuer-Spinne zu benutzen. Sich dabei einfach nur auf ihren Intellekt zu verlassen.

Mit einem feinen Lächeln hob sie die Augenbrauen.

»Warum, Mitrade?« Heiser war seine Stimme, ein wenig zitterig, und die Tatsache, dass er sie zum ersten Mal mit ihrem Namen und nicht mit »Herrin« angeredet hatte, ließ Wut wie einen winzigen Funken in ihrem Magen aufglimmen.

Sie ging einige Schritte auf ihn zu. »Warum?«, wiederholte sie. Langsam umrundete sie ihn und hoffte, er würde genügend Angst vor ihr empfinden, um sie misstrauisch im Auge zu behalten.

Er tat es nicht.

Er stand einfach da und starrte geradeaus.

Mitrade knirschte mit den Zähnen. »Warum was, mein Lieber?«

Neko sog Luft in die Lungen und richtete sich dabei zu seiner ganzen Größe auf. »Warum habt Ihr mir diesen Fernsteuerchip einbauen lassen?«

Das war die Frage, die ihn am meisten umtreiben musste. Mitrade kicherte leise. »Weil ich es konnte.«

»Wann?«

»Oh, das ist sehr lange her.«

»Ihr habt mich benutzt wie ein Spielzeug.«

Mitrade hatte ihre Umrundung seiner Gestalt beendet. Dicht vor ihm blieb sie stehen und legte ihm eine Hand unters Kinn. Als sie ihn zwang, ihr ins Gesicht zu sehen, nahm ihr der Hass in seinen Augen beinahe den Atem. Das Kribbeln ebbte ab, verstärkte sich jedoch gleich darauf wieder, wie bei einem Spiel, bei dem sie auf ein schlechtes Blatt den Einsatz verdoppelt hatte.

Behutsam tastete sie über den Sen-Trook-Strang an ihrem Hals.

Nekos Blicke verfolgten sie dabei, und sie ließ die Hand sinken. »Was versprecht Ihr Euch für einen Vorteil von mir?«

Ein ganz leichter Schauer ließ Mitrades Miene wanken, verging jedoch so schnell, dass Jason sich nicht ganz sicher war, ob er ihn gesehen oder sich getäuscht hatte. Seine Frage war ins Blaue gezielt, denn er hatte keine Ahnung, warum sie ihn zurück in das Raumschiff gebracht hatte. Er wusste nur, dass sie solch einen Aufwand nicht für ein einfaches Spielzeug betreiben würde.

Sie musste einen triftigen Grund haben.

»Ihr seid nicht hier, um die Flüchtlinge wieder einzufangen«, sagte er leise. Dieser Gedanke war ihm schon in dem Moment gekommen, als er genauer über die KERIGAN-CORT nachgedacht und begriffen hatte, dass sie viel zu klein war für die 8000 Menschlinge – Menschen, korrigierte er sich in Gedanken. »Ihr wollt Rache, nicht wahr?«

»Rache?« Mitrade wiederholte das Wort, als komme es ihr zum ersten Mal in den Sinn. »Ein hübscher Gedanke.«

Der Hass, der sich seit jenem Moment in Neko aufgestaut hatte, als er gewahr geworden war, was Mitrade mit ihm anstellte, entzündete sich in einem einzigen grellen Aufflackern. Er hatte jedoch nicht die Kraft, sich auf sie zu stürzen und ihr den Hals umzudrehen, wie er es vorgehabt hatte. Stattdessen überkam ihn eine grenzenlose Müdigkeit, die umso schwerer zu ertragen war, als der Hass ihn ruhelos machte.

Sein Blick fiel auf die Fernsteuer-Spinne. »Ihr habt vor, mich zu nutzen, um Tamra zu quälen, stimmt es?«

»Was für ein selbstgerechter kleiner Kerl du doch bist«, zischte Mitrade. »Glaubst du allen Ernstes, Tamra schert sich auch nur eine Sekunde lang um dich?«

Die larische Überheblichkeit, mit der sie das sagte, überstrahlte einen Moment lang all seine Gedanken. *Sie hat recht!*, schoss es ihm durch den Kopf, doch dann wehrte er sich gegen den Impuls, ihr zu glauben. »Sie tut es«, sagte er schlicht.

»Sie hält dich für einen Trottel! Spätestens, seit du ihr damals diesen schnurrigen Heiratsantrag gemacht hast. Erinnerst du dich daran? Du hast dich benommen wie ein rolliger Straßenkater.«

»Ihr wart es, der mich damals diese Worte sprechen ließ!« Er rief die Erinnerung an jenen Moment in sich wach und verdrängte die Scham, die er bisher dabei empfunden hatte.

Mitrade warf den Kopf in den Nacken und lachte auf. »Möglich.«

Jason ballte die Hände zu Fäusten. Ihm war, als müsse er sich hier und jetzt auf dem Boden zusammenrollen und die Augen schließen, um dann nie wieder aufzustehen. Die Erkenntnis, dass er niemals Sicherheit darüber erlangen würde, welche seiner Taten seine eigene Entscheidung gewesen waren und welche nicht, schmerzte ihn so sehr, dass es kaum auszuhalten war. »Und die Sabotage der ORTON-TAPH ebenfalls«, hauchte er.

»Sabotage? Oh nein, als du dich auf der ORTON-TAPH befunden hast, war ich gar nicht in der Lage, die VR-Spinne zu bedienen.«

Jasons Geist registrierte diese Aussage, aber er maß ihr keinerlei Bedeutung bei. Der Wunsch erwachte in ihm, das alles zu beenden. Unauffällig sah er sich nach einer Möglichkeit um.

Mitrades Thermostrahler hing in einer Halterung an ihrem Kommandosessel. Zu weit entfernt, um ihn zu erreichen.

Die Larin bemerkte, wohin sein Blick gewandert war. »Mordlust, mein Lieber?«

Neko biss die Zähne zusammen. Ihm wurde klar, dass er nicht wusste, auf wen er die Waffe richten würde, falls er sie in die Finger bekam. Wieder betrachtete er die Fernsteuer-Spinne. Im Moment konnte er absolut sicher sein, dass er er selbst war. Er kannte sich ein wenig mit der Technik des Gerätes aus und wusste, dass die Larin mindestens zwei oder drei Minuten brauchen würde, um sich in das Prallfeld zu begeben, die entsprechende Position einzunehmen, alle Fingersteuerungen an ihrem Platz anzubringen und dann den Steuervorgang zu starten.

Wenn sie es jedoch geschafft hatte, würden die Impulse aus dem Gerät direkten Einfluss auf den Chip in seinem Nacken nehmen, sein Nervensystem beeinflussen und seinen Körper zwingen, das zu tun, was Mitrade wollte.

Sein Arm hob sich, und er tastete mit der Hand in den Nacken. Er glaubte, den Chip in seinem Fleisch pulsieren zu fühlen.

Seine Hand verkrampfte sich zu einer Kralle, und er spürte, dass sich die Fingernägel durch seine Haut bohrten.

Mitrade erstarrte.

So erschrocken sah sie aus, dass Jason, der schon dem Schmerz nachgeben und die Hand hatte sinken lassen wollen, den Druck noch ein wenig erhöhte. Wie kleine Klingen schnitten seine Nägel sich in sein Fleisch. »Was habt Ihr?«, fragte er. »Ihr seht auf einmal so besorgt aus.«

Mitrade wollte etwas sagen, verschluckte sich aber. Sie hustete, setzte neu an. »Nicht den Chip zerstören«, flüsterte sie. Sie wirkte so erschrocken, dass Neko beinahe gewillt war zu glauben, er habe ein Druckmittel gefunden.

Was war an dem Chip so wichtig?

»Warum nicht?«, fragte er mit kalter Stimme.

»Weil du dich damit umbringst, du Idiot!« Schlagartig war ihre Selbstbeherrschung wieder da.

»Was, wenn ich genau das vorhabe?«

Mitrades Mund bildete ein kleines, panisches O. An ihrem Hals zuckte es nervös. Die Bewegung war zu stark für einen einzelnen Muskel.

Jason ließ den Blick an Mitrades Gestalt hinabgleiten,

bis er an dem kleinen silbernen Kasten an ihrem Gürtel haften blieb.

Sie bemerkte es, und ihre Hand krampfte sich schützend um das Ding.

»Was ist das?«

»Das geht dich gar nichts ...« Ein kurzer, harter Schlag riss Mitrade das letzte Wort von den Lippen.

Jason begriff verblüfft, dass er vorgeschnellt war und zugeschlagen hatte, ohne dass er es bemerkt hatte. Sofort meldete sich wieder diese kleine Stimme in seinem Hinterkopf: *Was, wenn du noch niemals du selbst warst?*

Er ignorierte sie.

»Was ... ist ... das?«, wiederholte er.

»Ein Sen-Trook.« Mit einem Mal war alle Selbstsicherheit aus Mitrades Stimme verschwunden.

»Was ist ein Sen-Trook?«

»Ein künstliches Gehirn.«

Jason hob eine Augenbraue, um ihr zu signalisieren, dass er nicht verstanden hatte. Fast bereitete es ihm Freude, wie sie auf einmal ängstlich auf seine Reaktionen achtete. Sie wusste, dass er ihr körperlich überlegen war. Er war größer als sie und mittlerweile so zornig, dass er sich kaum noch beherrschen konnte.

Unsicher glitt ihr Blick zu der Waffe an ihrem Sessel.

Jason streckte die Hand aus und legte sie um Mitrades Kehle. »Denk nicht einmal dran!«, knurrte er.

Ihre Augen weiteten sich. Es war nicht ersichtlich, ob wegen des Drucks, den er auf ihre Luftröhre ausübte, oder wegen der plötzlich gar nicht mehr ehrfürchtigen Anrede. »Ein Professor der Medizin, der früher einen Lehrstuhl an der Universität von Taphior hatte, dort aber in Ungnade fiel, hat es entwickelt«, beantwortete sie seine Frage schnell und fügte hinzu: »Illegal.«

»Wozu dient es?«

»Es ist eine Art Zwischenspeicher für den Geist eines Laren, der ...« Sie zögerte, es auszusprechen. »Getötet wurde«, schloss sie mit einem Seufzen.

Jetzt war es an Neko, die Augen zu weiten. »Dann hat Tamra also die Wahrheit gesagt! Sie hat dich tatsächlich erschossen. Und dieser kriminelle Professor aus Taphior hat dich wiederbelebt.«

Mitrade schluckte schwer gegen den Druck auf ihrer Kehle an, und Jason lockerte seinen Griff ein wenig. Sie nickte. »Die Technik ist nicht weit genug fortgeschritten, um das Gehirn wieder zum Funktionieren zu bringen, sobald es einmal länger als eine halbe Stunde tot war.«

»Darum dieser Kasten.«

»Er ist nur eine Übergangslösung.«

»Wofür?«

»Für ein richtiges Sen-Trook. Eines, das in den Körper eingepflanzt werden kann.«

Unwillkürlich griff Jason sich mit der freien Hand in den Nacken. Er sah, wie Mitrade ihn dabei beobachtete. Ihre Augen zuckten nervös, und mit einem Mal wusste er Bescheid.

Alle Energie wich aus seinem Körper. Kraftlos glitten seine Finger von Mitrades Hals, und sein Arm fiel nach unten. *Nein!*, schrie es in ihm. *Das kann nicht sein!* Aber als er sah, wie sich Triumph in Mitrades Blick stahl, wusste er, dass alles Sträuben nichts nützte.

Er schlug sich in den Nacken. »Dort sitzt ein solches Sen-Trook!«

Die OT-13 brachte Tamra und Schroeder zurück zu dem Posbiraumer und setzte sie direkt davor ab.

In Tamras Augen dauerte es viel zu lange, bis sie beide,

Captain Onmout und Doktor Fouchou alle Einzelheiten ihrer Erkenntnisse miteinander ausgetauscht und sich gegenseitig auf den Stand der Dinge gebracht hatten.

»Dann glauben Sie, dass die Flammen uns nicht wieder angreifen werden?«, fragte Onmout. »Obwohl wir Neko verloren haben?«

»Wir haben ihn nicht verloren!«, protestierte Tamra. »Er ist am Leben. Mitrade hat ihn!«

Schroeder schien zu diesem Thema seine eigene Meinung zu haben, doch er sprach sie nicht aus.

»Wir müssen ihn befreien!«, sagte Tamra.

»Wir wissen nicht«, meinte Fouchou sanft, »ob er befreit werden möchte.«

Tamra wusste, dass er recht hatte. Zeit seines Lebens hatte Neko auf der Seite der Laren gestanden. Wer sagte denn, dass er sich genau in diesem Moment nicht freiwillig bei Mitrade aufhielt?

Das nackte Entsetzen fiel ihr ein, das sie in seinen Augen gesehen hatte, als er ihr erzählt hatte, was mit ihm los war. Sicher, er war ein loyaler Knechtgeborener gewesen, aber das nur aus der Unkenntnis heraus, wozu Laren fähig waren. Was Mitrade ihm angetan hatte, musste einfach jedes Gefühl von Loyalität für sie fortgefegt haben.

Tamra klammerte die Hände ineinander. »Er will es!«, sagte sie und wünschte sich, überzeugter klingen zu können, als sie es tatsächlich war.

»Was bist du doch für ein kluger, kleiner Kerl!« Mitrade, die jetzt wieder die Oberhand hatte, kicherte leise. Sie kam auf Jason zu und legte nun ihrerseits die Hand um seine Kehle. Sie drückte jedoch nicht zu, wie er es getan hatte, sondern streichelte die Haut an seinem Hals zärtlich mit dem Daumen.

Jason drehte sich der Magen um. »Warum?«, krächzte er.

»Oh, ganz einfach. Du warst ein Teil der Versuchsreihe.« Langsam ließ Mitrade die Hand in seinen Nacken wandern und kraulte dort seine Haare. »Du warst noch sehr klein damals, hattest aber einen starken Überlebenswillen.«

Jason hatte Mühe, die Informationen zu einem Gesamtbild zusammenzufügen, denn das Grauen, das ihn angesichts des Bildes ergriff, das sich langsam vor ihm aufbaute, war wie ein Fluchtreflex. Es gab jedoch keine Möglichkeit, dem Kommenden auszuweichen, denn Mitrade fuhr einfach fort.

»Genau genommen warst du das erste Objekt, das die Versuche überstand.«

»Ihr habt mich getötet.«

»Natürlich. Anders konnten wir die Versuche ja nicht durchführen.« Wenn Mitrade registriert hatte, dass er zu der ehrfürchtigen Anrede zurückgekehrt war, zeigte sie es nicht. In ihren Augen glitzerte die Freude darüber, ihn jetzt völlig in der Hand zu haben.

Ohne Fernsteuerung.

»Und dann habt Ihr meinen Geist auf dieses Sen-Trook überspielt und mir eingebaut.«

»Genau. Das interne Sen-Trook war eine Weiterentwicklung von diesem hier.« Mitrade klopfte auf den Kasten an ihrem Gürtel. »Kelton-Trec baute es aus einem ganz normalen Fernsteuer-Chip, dem er die zusätzliche Funktion aufpflanzte.«

»Warum besitzt Ihr nicht auch so eines?«

Die Frage veränderte den Ausdruck in Mitrades Gesicht so schlagartig, dass Jason keine Gelegenheit bekam, dem Kommenden auszuweichen. Die Hand fuhr aus seinem

Nacken nach vorn, und im nächsten Augenblick explodierte ein zorniger Hieb an seiner Schläfe.

Flammend gelb senkte sich heiße Wut über Mitrades Geist, so unvermittelt, dass sie augenblicklich die Selbstbeherrschung verlor und zuschlug. Sie traf Neko seitlich am Kopf, und der Schlag war mit so viel Wucht geführt, dass der Menschling herumgerissen wurde. Ganz kurz glaubte Mitrade, dem Sen-Trook in seinem Nacken geschadet zu haben, denn der Ausdruck in Nekos Augen wurde stumpf, klärte sich jedoch gleich darauf wieder.

»Warum ich keinen Sen-Trook-Chip habe?«, keifte sie. Speichel sprühte von ihren gelben Lippen in Nekos Gesicht. »Warum ich mit diesem Ding hier rumrennen muss, mit einem Schlauch unter der Haut, der mich juckt und kribbelt, dass es kaum zum Aushalten ist?«

Die Erinnerung senkte sich auf sie nieder, und diesmal gelang es ihr nicht mehr, sie zu verdrängen. Sie wimmerte auf.

Kelton-Trec stand vor ihr, den Kopf bis auf die Brust gesenkt, sodass er ihr den Nacken darbot. Sein ängstliches Winseln hallte ihr in den Ohren wieder. »Es gibt da noch eine Kleinigkeit ...«, stammelte er.

»Was für eine Kleinigkeit?«

»Der Chip wurde bei dem Vorgang zerstört.«

»Dann nehmt einen neuen!«

»Genau das ist das Problem.« Jetzt hob Kelton das Kinn und wagte es, Mitrades fassungslosem Gesicht standzuhalten. »Es gab nur den einen.«

Mit lautem Kreischen fuhr Mitrade auf ihn los. Mit geballten Fäusten prügelte sie auf ihn ein, ohne dass er sich dagegen wehrte, und erst, als ihm das Blut von den Lippen und Brauen tropfte, kam sie zur Besinnung. Betäubt sank sie auf die Fersen und legte beide Hände auf den Boden, um den Schwindel zu bekämpfen, der sie in seinen unbarmherzigen Griff genommen hatte. »Baut einen neuen«, flüsterte sie.

»Das geht nicht so einfach. Es würde Jahre dauern. Erinnert Euch daran, dass der Bürgerkrieg einen Großteil meiner Geräte zerstört hat. Aber ich werde Euch das Gerät, auf dem Euer Geist im Moment gespeichert ist, so integrieren, dass Ihr damit steinalt werden könnt.«

Mitrade holte wimmernd Luft. »Ich will nicht für den Rest meines Lebens mein Gehirn am Gürtel tragen! Es muss doch eine Lösung geben!«

»Keine«, murmelte Kelton. »Alle Sen-Trook-Chips sind zerstört oder verbaut. Euer war der letzte, den ich hatte.«

»Zerstört oder verbaut.« Mit nachdenklicher Miene kam Mitrade hoch. »Verbaut. Von Euren Versuchsobjekten leben noch einige, nicht wahr?«

»Einer nur: Jason Neko.«

»Neko!« Mitrade schöpfte wieder Hoffnung. »Wenn ich Euch diesen Neko bringe, könnt Ihr dann sein Sen-Trook gegen dieses Ding hier austauschen?«

Kelton-Trec dachte nach. »Natürlich. Allerdings würde es den Tod des Menschlings ...«

»Wenn schon!« Mitrade wies auf die schwarzen Fasern, die ihr Genick mit dem silbrigen Kasten verbanden und sich wie lebendig neben ihrem Körper durch die Luft schlängelten. »Versorgt das so, dass ich keine Probleme damit habe. Ich bringe Euch Jason Neko ...«

Mitrade wusste nicht mehr, welches Entsetzen größer gewesen war: das, als sie begriffen hatte, was dieser medizinische Pfuscher mit ihr angestellt hatte, oder das, als sie erfahren hatte, dass sich Jason Neko an Bord der ORTONTAPH und damit außerhalb der Reichweite ihrer Macht befand.

Sie wurde sich bewusst, dass sie die Hände in ihre Haare gekrallt hatte und Jason das sehr genau registrierte. Wie lange war sie in ihren Erinnerungen versunken gewesen? Minuten? So jedenfalls kam es ihr vor. Aber wie auch immer: Der Menschling hatte die Gelegenheit nicht genutzt, um sie zu überwältigen.

Hatte er es überhaupt gewollt? Er wies jetzt auf die Fernsteuer-Spinne. »Die Menschen dort oben brauchen uns beide. Wir dürfen nicht ...«

Er fuhr herum, weil Mitrade einen erschrockenen Schrei ausstieß.

Hinter ihm war dieser Teleporter-Mutant erschienen, und er richtete einen Thermostrahler direkt auf Mitrades Bauch. »Wenn du nicht willst, dass ich Tamras Loch erneuere«, sagte er grimmig, »bringst du uns alle drei auf der Stelle zu dem Fragmentraumschiff. Und deine Fernsteuer-Einheit dazu.«

Der larische Jäger zog eine lange Schleife über dem Wrack und landete dann mit Hilfe eines Prallfelds fast lautlos. Der rote Staub, der sich in der Nähe des Fragmentraumers mit der niedrigen Vegetation mischte, wirbelte hoch und sank langsam wieder zu Boden, während die Bodenluke geöffnet wurde und eine Rampe sich aus dem Gleiter schob.

Mit vor Aufregung feuchten Händen sah Tamra zu, wie Jason als Erster auftauchte. Seine Haltung hatte sich völlig verändert. Er wirkte kleiner als noch Stunden zuvor, und auch älter. Nichts war mehr von seiner selbstbewussten, katzenhaften Sicherheit übrig.

Hinter ihm kam Mitrade. Tamras Brustkorb zog sich zusammen. Die Larin hatte die Hände über dem Kopf erhoben, ihre Finger wiesen in Richtung ihrer Schläfen, sodass die Ellbogen weit nach außen gestreckt waren. Der Blick ihrer smaragdgrünen Augen huschte über die kleine Ansammlung von Menschen, die zusammen mit Tamra die Ankunft des Gleiters erwartet hatte.

Onmout, der direkt neben Tamra stand, murmelte irgendeine leise Verwünschung.

Dann hatte Mitrade Tamra entdeckt. Mit einem Ruck blieb sie stehen. Ihr Blick bohrte sich in den Tamras, und für eine Sekunde stand die Zeit still. Bis Schroeder mit angelegter Waffe hinter Mitrade auftauchte und ihr einen Stoß gab, der sie die Rampe hinuntertaumeln ließ.

Tamra spürte, wie er sie ansah. Gänzlich undurchdringlich war seine Miene, und doch ahnte sie, dass er sich Sorgen machte. Sie holte tief Luft.

Sie würde das hier überstehen!

Schroeder trieb Mitrade vor Captain Onmout. »Da ist sie.«

Der Kommandant musterte die Larin schweigend. »Gut«, sagte er dann. »Sehen wir zu, dass wir diese Sache hinter uns bringen. Habt ihr die Fernsteuer-Einheit mitgebracht?«

Mit dem Kopf wies Schroeder über seine eigene Schulter in Richtung Raumjäger. »Sie ist da drin. Sie ist größer, als ich gedacht habe, aber wir konnten sie aus der Zentrale in den Jäger schaffen. Allerdings ist es dort jetzt so eng, dass von uns niemand mehr hineinpasst, sodass ich vorschlage, sie hier draußen aufzubauen.«

Wieder nickte Onmout. Dann sprach er Mitrade direkt an. »Sobald Mister Schroeder Ihr Gerät ins Freie geschafft hat, werden Sie sich daransetzen, Mister Nekos Körper übernehmen und uns helfen, mit den Flammenwesen zu kommunizieren.«

»Was ist, wenn ich es nicht tue?« Herausfordernd reckte Mitrade das Kinn.

Tamra ballte die Hände zu Fäusten.

»Dann werden wir Sie dazu zwingen.« Onmout sagte das in einem sehr ruhigen Ton, und als die Larin darauf nicht reagierte, verlieh Schroeder seinen Worten Nachdruck, indem er ihr die Waffe zwischen die Schulterblätter drückte. Er wirkte jetzt unglaublich finster, und Tamra fragte sich, was in seinem Kopf vorging. Wäre er wirklich in der Lage, die Larin einfach zu erschießen? Sie suchte nach einer Regung in seinen dunklen Augen, und ihr wurde klar, dass er nicht zögern würde, wenn er damit fast 8000 Menschen retten konnte.

Der Haken an der Sache war nur, dass es sie nicht weiterbrachte, Mitrade zu töten, weil dann ein wichtiger Teil für die Kommunikation mit den Flammen fehlte. Und das wusste Mitrade ebensogut wie die anderen auch.

Was ihre Möglichkeiten, sie unter Druck zu setzen, rapide verringerte.

Um die Aufmerksamkeit der anderen nicht unnötig von der Larin abzulenken, trat Tamra unauffällig an Jasons Seite. Sein Gesicht war bleich und starr, wie bei einem Mann, der von einer Sekunde auf die andere in abgrundtiefe Trauer gerissen worden war.

»Wir brauchen sie, nicht wahr?«, fragte sie leise.

Jason reagierte mit einiger Verzögerung. »Ja. Niemand außer ihr ist in der Lage, die Fernsteuerung zu bedienen.«

»Dann müssen wir sie dazu überreden, uns zu helfen. Wir müssen verhandeln«, sagte Tamra.

Jetzt wandte Jason den Kopf und sah sie an. Seine Augen waren rot gerändert. »Was willst du ihr anbieten?«

Tamra zuckte die Achseln. Mitrade stand noch immer aufrecht und mit arroganter Miene inmitten der Menschen und schien sie überhaupt nicht wahrzunehmen.

Natürlich hatte Tamra längst eine Idee, was sie der Larin für ihre Hilfe bieten konnte. Sie ließ ihren Blick über die langsam immer größer werdende Menschenmenge gleiten, die nach und nach aus dem Fragmentraumer ins Freie trat.

Wie um sie alle an die noch nicht überstandene Gefahr zu erinnern, tauchten aus einem Spalt in der Raumschiffflanke nun auch mehrere blaue Flammen auf und standen reglos wie winzige Leuchtfeuer in der Luft. Ihr Pulsieren hatte einen langsamen Rhythmus.

»Sie sehen aus, als würden sie nach mir rufen«, murmelte Jason dicht bei Tamras Ohr. Und er hatte recht. Auch auf Tamra machten die Flammen den Eindruck, als warteten sie auf die Wiederaufnahme der Kommunikation. Immer mehr Flammen erschienen, bis sich schließlich ein großer, blauschillernder Klumpen in der Luft ballte.

Tamra presste die Lippen aufeinander und fasste einen Entschluss. Sie wollte schon einen Schritt nach vorn machen, als sie Jasons Hand auf der Schulter spürte.

»Kommt gar nicht in Frage!«, sagte er so leise, dass nur sie es hören konnte. Hatte er begriffen, was sie vorhatte? Offenbar, denn mit einem energischen Ruck zog er sie zurück und ging stattdessen selbst zu Mitrade.

»Euch ist klar«, sagte er, »dass diese Menschen Euch nicht von dem Planeten fortlassen werden, wenn Ihr ihnen nicht helft.«

Mitrade zuckte mit den Achseln, doch es war deutlich zu sehen, dass sie fieberhaft über ihre Möglichkeiten nachdachte. Sie wurde gebraucht, das war ihr klar, und deshalb hatte sie in dieser Verhandlung eine eindeutige

Machtposition. Wenn sie sich weigerte, würde das Sterben wieder einsetzen, und Menschen würden als Erste sterben. Mit jedem Toten würde ihre Verhandlungsposition besser werden, bis sie schließlich alles fordern konnte, was sie nur wollte.

Herausfordernd sah sie Tamra an und lächelte leicht. »Die Flammen verschonen mich«, sagte sie spöttisch und tippte auf den Kasten an ihrem Gürtel. »Deswegen! Warum sollte ich auch nur einen Einzigen von euch Alteranern retten?«

Tamra rief sich den Moment ins Gedächtnis, in dem sich ihr Thermostrahl in Mitrades Bauch gebrannt hatte und die Larin wie eine Puppe zurückgeschleudert worden war. »Weil ich in diesem Fall mit Euch zurück nach Caligo gehen würde. Als Eure Sklavin.« Sie hörte Startac Luft durch die Zähne ziehen, doch Jason kam ihm zuvor.

»Sie ist es doch gar nicht, weswegen Ihr hierher gekommen seid«, beschwor er die Larin. »Ihr denkt schon lange nicht mehr an Eure Rache, weil Ihr eine viel wichtigere Mission habt.«

Seine Worte ließen Mitrade den Blick senken. Ihre Hand krampfte sich um das silberne Kästchen an ihrem Gürtel.

Jason wies darauf. »Wenn Ihr diesen Menschen helft, komme *ich* mit Euch zurück nach Caligo. Ohne Widerstand zu leisten.«

Mitrade stieß höhnisch Luft durch die vier Nasenlöcher. »Dann bist du tot!«

Jason nickte gleichmütig. »Das bin ich jetzt schon.«

»Jason?« Obwohl sie die Spannung fühlte, die sich zwischen den beiden aufgebaut hatte, konnte Tamra sich nicht zurückhalten. »Was meinst du damit?«

Mitrade warf den Kopf in den Nacken und lachte so laut, dass das Geräusch über die Ebene hallte und von den nahen Bergen zurückgeworfen wurde. »Dass er tot ist, Vögelchen! Genau wie ich auch.«

Jason drehte sich zu Tamra um. »Untot, Tamra«, sagte er leise. »Mitrade hat es geschafft, der Bezeichnung eine ganz neue Bedeutung zu geben.« Und er erzählte ihr, was mit ihm geschehen war.

Tamra spürte, wie ihr Magen sich mit scharfen Eisstücken füllte. »Das darf nicht sein!«

»O doch!«, schrie Mitrade. »Darf es, weil ich es so wollte! Was meinst du, was für eine schöne Leiche dein guter Jason war? Drei Jahre alt war er, aber schon damals so hübsch, dass er all seine Erzieher um den Finger wickelte. Wie eine zarte kleine Porzellanpuppe lag er vor mir, nachdem Kelton ihm die Spritze gegeben hatte.«

»Schluss jetzt!« Schroeders Stimme donnerte dazwischen und brach sich ebenso an den Bergen wie Mitrades Lachen. »Hör auf mit deinen grausamen Spielchen!«, herrschte er die Larin an. »Und sieh zu, dass du in den Gleiter kommst.« Er wollte nach ihrem Arm greifen und sie vorwärtsstoßen, doch sie machte sich los.

»Ich verlange Neko dafür!«, rief sie.

Captain Onmout trat einen Schritt vor. Die Flammen waren jetzt beinahe vollständig aus den Höhlungen des Fragmentraumers hervorgekommen. Ihr blaues, pulsierendes Licht ließ alles in ihrer Nähe einen zweiten Schatten werfen. Mit versteinerter Miene sah Onmout Jason fragend an.

Der nickte nur. Und sah zu, wie Schroeder die Fernsteuer-Spinne ins Freie schaffte.

Achtundzwanzig

Fouchou war froh, dass sie die ganze Sache im Freien vollziehen würden. Er war kurz im Laderaum des Jägers gewesen, und die stickige Enge darin hatte sich wie ein eisernes Band um seine Brust gelegt. Jetzt, da er wieder draußen stand, holte er so tief Luft, wie er konnte.

Endlich war das Geplänkel vorbei und Mitrade hing in der Prallfeld-Halterung ihrer Fernsteuer-Einheit. Mit einer Mischung aus wissenschaftlichem Interesse und wehmütiger Faszination betrachtete Fouchou das Gerät und schüttelte insgeheim den Kopf über sich. Seine Gedanken wanderten zu Kelton-Trec, und er legte eine Hand auf die Stelle seines Rückens, hinter der sich die Leber befand.

Er zwang sich, sich darauf zu konzentrieren, die Gefahr der Flammen von den Gestrandeten abzuwenden. Vorerst wenigstens.

»Sind Sie so weit?«, fragte er Neko.

Der hob den Daumen.

»Können Sie ihn so steuern, dass er in der Lage ist, mit mir zu sprechen?«, fragte er Mitrade.

»Natürlich!«

»Gut. Dann tun Sie das.«

Mitrade bewegte einige ihrer Finger in einem schnellen Rhythmus und aktivierte dadurch die Fernsteuerung. Nekos Körper erstarrte, allerdings nur einen Moment lang, dann entspannte er sich wieder.

»Ich bin jetzt in seinem Körper«, informierte Mitrade Fouchou. »Solange ich keine weiteren Befehle eingebe, kann er sich frei bewegen und handeln.«

»Jason, können Sie mich hören?« Fouchou brachte sein Gesicht dicht vor das Nekos.

»Ja.«

»Hören Sie auch die Flammen?«

»Ja. Sie fragen, wer ich bin und wo ich bis eben war.«

»Erstaunlich!«, sagte Fouchou. »Sie haben tatsächlich begonnen, auf ihre Umwelt zu reagieren. Nicht wie ein instinktgesteuertes Raubtier, sondern wie ein intelligenter, neugieriger Organismus. Und da sie selbst ein multipler Organismus sind, vermögen sie auch nur mit einem anderen multiplen Organismus zu kommunizieren. Sagen Sie ihnen, dass Sie ein Freund sind und dass Sie geschlafen haben.«

»Sie wollen wissen, was das ist, *Freund* und *geschlafen.*«

Fouchou schloss die Augen, um sich besser konzentrieren zu können. Er wischte sich über die Stirn und verdrängte den unangenehmen Gedanken, der ihm durch das Gehirn schoss. Es hatte Dutzende von Linguisten gebraucht, und Jahre des Forschens, um eine Kommunikation mit dem Wonnerochen von Zeus aufzubauen ... »Sagen Sie ihnen, ein Freund ist dazu da, um mit ihnen Antworten auf ihre Fragen zu suchen.«

Ein unterdrückter Schrei ließ ihn die Augen wieder aufreißen. Er wollte gerade einen wütenden Fluch ausstoßen und die Menge zur Ruhe anhalten, als er bemerkte, dass sich der Schwarm in Bewegung gesetzt hatte und sich ihnen näherte.

Schroeder hielt noch immer seine Waffe im Anschlag, obwohl Mitrade in ihrem Prallfeld keine Möglichkeit hatte,

Dummheiten zu machen. Einzig Nekos Körper konnte sie dazu nutzen, und Startac war sich relativ sicher, dass er es nicht fertigbringen würde, auf den Mann zu schießen.

Dennoch konnte er den Strahler einfach nicht einstecken. Er umklammerte ihn sogar noch fester, als die Flammen näher kamen.

Mitrade schien nicht völlig von der Kontrolle über die Fernsteuerung beansprucht zu werden, denn sie warf immer wieder lange, finstere Blicke in Tamras Richtung, die das jedoch nicht zu bemerken schien. In ihre eigenen düsteren Gedanken versunken starrte Tamra einfach geradeaus in Nekos Richtung.

»Sie fragen, ob ich mich selbst für das Nicht-Sein entscheiden kann«, sagte der gerade.

Fouchou runzelte die Stirn. Es bedurfte einer gewissen Interpretationsfähigkeit, wusste Schroeder, um eine Kommunikation mit einem solch fremdartigen Wesen in Gang zu bringen und keinen Missverständnissen zu unterliegen.

Der Schwarm hatte sich den ersten Menschen aus der Menge bis auf wenige Meter genähert. Schroeder bewunderte die Leute, die diesmal nicht in Panik ausbrachen, sondern sich nur unbehaglich langsam in die andere Richtung entfernten. Ein kleiner Funke würde genügen, um die Situation kippen zu lassen. Im Augenblick sandten die Flammen ihre panikerzeugenden Impulse nicht aus, aber was war, wenn Panik unter den Menschen ausbrechen würde? Würde das die Flammen zum Angriff treiben?

»Sagen Sie ihnen, ja. Menschen können sich für das Nicht-Sein entscheiden«, bat Fouchou Neko.

Einen Moment lang blieb Neko still, dann sagte er: »Sie sagen, Nicht-Seiende sind Futter.«

Schroeder fühlte, wie sein Mund trocken wurde. Onmout gab seinen Männern einen Wink, und sie nahmen ihre Karabiner von den Schultern und entsicherten sie.

»Fragen Sie sie, was sie unter Nicht-Seienden verstehen. Schnell!«

»Sie sagen, Nicht-Seiende können nicht kommunizieren.«

Fouchou lief der Schweiß jetzt in breiten Bahnen über Brust und Rücken. Es gab so viele Möglichkeiten, missverstanden zu werden. Er musste den Flammen irgendwie klar machen, dass nicht nur Mitrade und Neko Seiende waren, sondern die anderen 8000 – 7000, verbesserte er sich – ebenfalls. Sein Problem schien jedoch, dass die Flammen nur Neko und Mitrade wahrnehmen konnten. Alle anderen waren für sie Nicht-Seiende, also Tiere, die gefressen werden konnten. Und dass sie sich bereit machten, erneut anzugreifen, war überdeutlich.

»Fragen Sie sie, was sie tun werden, wenn alle Nicht-Seienden gefressen wurden.«

»Selbst ins Nicht-Sein zurückfallen. So ist der Zyklus.«

Fouchou füllte seine Lungen mit Luft. »Okay«, murmelte er. »Jason! Sie müssen den Flammen ein Bild übermitteln. Schaffen Sie das? Machen Sie ihnen klar, dass wir Menschen genauso ein Organismus sind wie sie. Ebenso wie sie brauchen wir jeden einzelnen Körper, um zu sein.« Es war nicht direkt eine Lüge, dachte er, sondern eher ein Bild, das die Flammen hoffentlich verstehen würden. »Und weil dem so ist, dürfen die Flammen uns nicht mehr töten. Machen Sie ihnen das klar.«

»Sie sagen, dass sie nicht darauf verzichten können, sonst werden sie irgendwann wieder nicht sein.«

Fouchou spürte Triumph. Genau das hatte er gehofft!

»Doch!«, rief er euphorisch, als könnten die Flammen ihn direkt verstehen. »Weil wir gekommen sind, um genau das zu verhindern. Machen Sie ihnen klar, dass wir dafür mächtig genug sind. Immerhin können wir uns zwischen Sein und Nicht-Sein entscheiden. Erklären Sie ihnen das! Wir sind in der Lage, die Flammen vor dem Nicht-Sein zu bewahren, aber nur, wenn sie uns am Leben lassen!«

Es verging eine quälend lange Zeit, bis Neko wieder etwas sagte. »Sie wollen wissen, wie das gehen soll.«

Fouchou winkte Tamra zu sich. Sie reagierte nicht sofort, und so zischte er ihr zu: »Kommen Sie her!« Als sie neben ihm stand, griff er nach ihrer Hand. Er spürte, wie sie sich versteifte, aber sie ließ zu, dass er ihren Arm in die Luft hob. »Diese Frau wurde von einer der Flammen angegriffen, und weil sie wusste, dass die Flammen Leben brauchen, hat sie einen Teil von sich geopfert. Sagen Sie den Flammen, dass die Menschen bereit sind, dies in Zukunft regelmäßig zu tun.«

Er hörte, wie hinter ihm in der Menge Gemurmel laut wurde, und konnte verstehen, was die Menschen umtrieb. Er hatte jedoch keine Gelegenheit, ihnen seinen Plan zu erklären. Einzig Onmout und Startac Schroeder schienen begriffen zu haben, und sie versuchten, die aufgebrachte Menge zu beruhigen. Es gelang ihnen nicht sehr gut, aber immerhin wurde das Gemurmel leiser.

Schließlich erhob Jason die Stimme wieder. »Die Flammen wollen wissen, warum wir ihnen das anbieten.«

»Weil nur so beide Völker auf diesem Planeten überleben können, ohne sich gegenseitig vernichten zu müssen.«

Mit klopfendem Herzen wartete er auf eine Reaktion der Flammen. Neko stand bewegungslos, den Kopf leicht auf eine Schulter geneigt, als lausche er auf eine für alle anderen unhörbare Stimme.

»Sie sind einverstanden«, sagte er schließlich.
Gleichzeitig zog sich der Flammenschwarm zurück.
Unter den Menschen brach lauter Jubel aus.
Fouchou wischte sich den Schweiß vom Gesicht.

Nachdem Mitrade die Fernsteuerung abgeschaltet hatte, streckte sie den Arm nach Jason aus. Die Geste sah eigenartig übertrieben aus, wie die Parodie einer Mutter, die ihr Kind an die Hand nehmen wollte.

»Das dürfte es gewesen sein«, sagte die Larin. »Gehen wir.«

Jason zögerte einen Moment. Dann machte er einen Schritt auf die Larin zu.

»Nein!« Der Schrei war Tamra herausgerutscht. Sie hechtete voran und stellte sich zwischen Jason und Mitrade.

Heiße Wut blitzte in Mitrades grünen Augen auf. »Wag' es nicht!«, zischte sie.

Dann ging alles sehr schnell.

Jason wusste, was geschehen würde, obwohl die Larin mit schier übermenschlicher Geschwindigkeit handelte. Er sah sie herumfahren zu Onmouts Soldat. Sah sie ihm die Waffe entreißen und mit der gleichen Bewegung auf Thermobeschuss umstellen. Sah sie zielen.

Und schießen.

Er warf sich vorwärts. Mit schmerzhafter Wucht prallte er gegen Tamras schmalen Körper. Riss sie zur Seite.

Und der Schuss, der Tamra gegolten hatte, traf ihn genau in den Bauch.

Tamra taumelte vorwärts, gegen die Hülle des Raumjägers. Sie brach in die Knie. Mühsam nur fing sie ihren

Sturz mit den Händen ab und schürfte sich dabei die Haut blutig.

Der Schuss fauchte an ihr vorbei, strich atemberaubend heiß über ihre Wange. Fassungslos wirbelte Tamra herum.

Jason wurde mitten im Sprung getroffen und zur Seite gerissen. Hart kam er auf dem Rücken auf. Das Knistern der Entladung gellte in Tamras Ohren.

Sie rappelte sich auf, wie unter Wasser kam sie sich vor, als habe sich die Luft um sie herum zu einer zähen Masse verdichtet, die sich ihr entgegenstemmte und ihr den Atem aus den Lungen drückte. Halb kroch, halb flog sie auf Jason zu, und als sie neben ihm war, griff sie nach seiner ausgestreckten Hand.

Seine Augen waren vor Erstaunen weit aufgerissen.

Ein Rauchfaden stieg von seinem Leib in die Höhe und zerfaserte in der Luft.

Tamra presste die freie Hand auf ihren aufgerissenen Mund, während ein Zucken durch Jasons Körper lief. Seine Hand krampfte sich um ihre Finger. Er öffnete den Mund, um etwas zu sagen, aber der Schuss hatte auch ihm die Luft aus den Lungen getrieben.

Er atmete keuchend ein.

Und dann nicht mehr aus.

Mitrades schrilles Kreischen gellte ihm in den Ohren, und es klang so absolut wahnsinnig, dass Schroeder die Haare im Nacken zu Berge standen.

Er fuhr herum und wollte schießen, aber Tamra war ihm im Weg, und so ließ er die Waffe unbenutzt sinken.

Die Larin war an Nekos Seite auf die Knie gesunken und beugte sich über die Leiche wie ein altes Klageweib. Sie raufte sich die Haare und heulte laut auf.

Der Anblick war grotesk.

Tamra schien das ebenfalls zu empfinden, denn sie kam auf die Füße und entfernte sich von der Larin.

»Komm her!«, sagte Schroeder leise.

Sie tat, was er verlangte.

Onmout, der einige Schritte vor seinen eigenen Leuten stand und eine Hand wie als Signal zum Schießen in die Luft gereckt hatte, biss sich auf die Lippe. Er zögerte einen Augenblick, dann machte er ein verneinendes Zeichen.

Die Männer ließen die Waffen sinken.

Tamra lauschte in sich hinein, suchte die Lücke, die in ihre Seele gerissen worden war, fand sie aber nicht. Für den Moment war in ihr alles leer, und es war eine gänzlich andere Leere als diejenige, die sie empfunden hatte, als sie Schroeder tot geglaubt hatte.

Diesmal war es ein tiefes Bedauern. Eine große Trauer darüber, dass sie Jason Neko nun nie mehr so kennenlernen würde, wie er ohne larischen Einfluss geworden wäre.

Sie versuchte, sich in ihn hineinzuversetzen. Versuchte nachzuempfinden, was er zuletzt gefühlt haben mochte, nachdem er erfahren hatte, was mit ihm geschehen war. Sie konnte es nicht.

Tot gewesen zu sein und feststellen zu müssen, dass alles, was einen ausmachte, in einem technischen Gerät gespeichert worden war!

Tamra schüttelte sich. Unwillkürlich tastete sie zu der Stelle, an der ihr eigener Peilerchip gesessen hatte.

Ihre Augen brannten, doch sie spürte keine Tränen hinter den Lidern.

»Halten Sie sie auf!«

Der Schrei ging in einem orgelnden Pfeifen unter, dessen Bedeutung Tamra erst beim zweiten Blick aufging.

Während die Menschen rings herum von Jasons Tod gefangen waren, hatte Mitrade sich davongestohlen. Und den Jäger gestartet!

»Sie entkommt uns!«

Da Onmouts Männer ihre Waffen noch immer im Betäubungsmodus trugen, brauchten sie einige Augenblicke, um sie umzustellen. So war Schroeder der Einzige, der einige Thermoschüsse hinter dem senkrecht in die Luft steigenden Gefährt hinterherschickte.

Sie waren wirkungslos.

Der Raumjäger stieg innerhalb von wenigen Sekunden auf mehrere hundert Meter Höhe, verharrte dort einen Augenblick und schwenkte dann herum, um zu beschleunigen.

Im nächsten Moment war er Tamras Augen entschwunden.

Neunundzwanzig

Noch am gleichen Abend wandelte sich die Trauer in Tamra in einen tiefen, unerträglichen Schmerz und schließlich in gleißende Wut auf Mitrade-Parkk, die wieder einmal dafür gesorgt hatte, dass ihr, Tamra, Leid zugefügt wurde.

Obwohl sie Schlaf dringend nötig hatte, wanderte Tamra unruhig in ihrer Kabine umher. Ihr Körper wollte fort, sämtliche Nerven schienen in Flammen zu stehen, und sie glaubte, sich im nächsten Moment übergeben zu müssen.

Sie blieb dicht vor der Wand stehen und hieb mit der geballten Faust dagegen. Der körperliche Schmerz raste bis hinauf in ihre Schulter, aber er konnte den seelischen Schmerz nicht überblenden.

Beinahe hätte Tamra überhört, dass jemand hinter sie getreten war.

»Störe ich?« Es war Schroeder.

Tamra schüttelte den Kopf und rieb sich die schmerzende Hand.

Schroeder kam näher. Er strich behutsam über Tamras Wange, die von dem Beinahe-Streifschuss wie nach einem starken Sonnenbrand schrillte. Dann nahm er ihren Arm und begann, Gelenk und Handkante zu massieren. Tamra sah ihm ins Gesicht, und wieder begannen ihre Augen zu brennen, ohne dass sie weinen konnte.

»Hat Mitrade den Planeten verlassen?«

»Muller ist sich nicht sicher. Aber er hat die Emissionen des Jägers so lange verfolgt, bis sie nicht mehr aufzuspüren waren.«

»Sie wird nach Caligo zurückkehren.«

»Ihre Reichweite ist nicht groß genug, aber sie wird es bis zu einem larischen Außenposten schaffen, denke ich.«

Tamra entzog Schroeder ihre Hand. Die Berührung seiner Finger hatte eine leichte Gänsehaut auf ihre Haut gezaubert. Sie schlang die Arme um den Leib. »Dann ist sie entkommen.«

»Sieh es so: Sie hat eine Strafe erhalten, die vielleicht schlimmer ist als der Tod.«

»Untot.« Tamra schüttelte den Kopf. »Wer hätte das gedacht?«

Schroeder legte eine Hand unter ihr Kinn und zwang sie, zu ihm aufzusehen. »Hast du geweint?«

Sie verneinte.

Er biss die Zähne zusammen. »Solltest du aber.«

Sie zuckte die Achseln. »Was wird jetzt mit den Flammen?«

»Sie befinden sich nach wie vor im Friedhofshangar. Fouchou behauptet, dass das ein gutes Zeichen ist. Er ist dabei, einen neuen Weg zur Kontaktaufnahme zu suchen. Er behauptet, er könne eine andere Art finden, mit dem Flammen zu kommunizieren, und ich hoffe, er hat recht. Irgendwie habe ich das Gefühl, er brütet etwas aus.«

»Einen Plan?«

»Keine Ahnung. Ich denke, ich werde versuchen, ihm zu helfen.«

Tamra löste die Arme von ihrem Leib. »Wie willst du das tun?«

»Das Wrack in dem Wasserfall«, erinnerte er sie. »Der Wasserfall selbst. Denk daran, dass du das Gefühl hattest, die Impulse, die davon ausgehen, seien die gleichen wie die der Flammen. Ich werde morgen zu dem Wasserfall fliegen und mich dort umsehen.«

Eine große Müdigkeit griff auf einmal nach Tamra. Sie gähnte unterdrückt.

»Schlaf ein wenig. Bevor ich morgen früh fliege, komme ich noch einmal zu dir, ja?« Schroeder wollte sich abwenden.

Tamra nickte. Er war bereits draußen, als sie ihn zurückrief.

»Startac?«

»Ja?« Er streckte den Kopf wieder in die Kabine.

Sie gab ihm einen leichten Kuss auf die Lippen. »Danke«, sagte sie nur.

Die Berührung von Tamras Lippen brannte noch auf Schroeders Haut, als er sich auf die Suche nach Doktor Fouchou machte.

Er fand ihn im Friedhofshangar der Posbis, wo er in den Anblick der pulsierenden Flammenmenge vertieft war. Offenbar hatte der Mediziner ihn kommen hören, denn ohne sich umzuwenden, sagte er: »Sie sehen schön aus, oder?«

Schroeder trat neben ihn. Der Abgrund gähnte nur wenige Zentimeter vor seinen Füßen, aber er ignorierte ihn. Das Leuchten der Flammen erfüllte den Hangar mit einem unwirklichen Licht.

»Irgendwie schon.«

Fouchou blieb noch einen Augenblick in die Betrachtung des Schwarms vertieft, dann wandte er sich zu Schroeder um. Sein merkwürdig gefärbtes Gesicht schien heute noch hagerer zu sein als sonst. »Kann ich Ihnen irgendwie behilflich sein?«

Schroeder hatte eigentlich vorgehabt, Fouchou so unauffällig wie möglich auszuhorchen, um herauszufinden, ob Tamras Verdacht zutraf, mit ihm könne irgendwas nicht stimmen. Jetzt jedoch entschied er sich, mit offenen Karten zu spielen. »Kann es sein, Doktor, dass es noch einen anderen Grund für Ihr Hiersein gibt?«, fragte er. »Ich meine: Sie haben zugegeben, dass Sie auf Dekombor geboren wurden, und ich werde seitdem den Gedanken nicht los, dass Sie für Mitrade arbeiten.«

»Mitrade?« Fouchou lachte leise. »Oh nein, mein Lieber. Da liegen Sie völlig falsch.«

»Womit läge ich richtig?« Die Flammen sanken ein Stück in die Tiefe, sodass sich die Intensität des von ihnen ausgehenden Leuchtens veränderte. Fouchous vorstehende Wangenknochen warfen jetzt Schatten auf seine Augen.

»Ich habe Ihnen doch von dem Laren erzählt, dessen Gunstbold ich eine Zeit lang war. Nun, dieser Lare war jener Kelton-Trec, der unsere liebe Mitrade in einen Cyborg verwandelt hat. In seinem Auftrag bin ich hier.« Fouchou legte den Kopf schief, als wollte er Schroeder herausfordern.

»Erzählen Sie mir, was passiert ist.«

Fouchou nickte. Die Flammen hoben sich wieder, und es sah aus, als fließe die Dunkelheit aus den Augenhöhlen des Doktors heraus. »Kelton-Trec war einmal ein hoch angesehener Mediziner in Taphior. Er hat Vorlesungen an der Universität der Stadt gehalten und die Reichsten und Edelsten der Laren behandelt. Irgendwann jedoch passierte ihm bei einer seiner Operationen ein schrecklicher Fehler, und eines der Familienmitglieder eines hohen Politikers kam dabei ums Leben. Kelton verlor auf einen Schlag alles, seine Reputation, seine Arbeit und sogar seine Gesundheit. Er leidet unter einem seltenen Gendefekt, müssen Sie wissen. Einer Krankheit, die sein Blut verdickte und seine Adern über kurz oder lang verkleben würde. Er ist nicht in der Lage, etwas dagegen zu tun, außer den schleichenden Verfall zu verlangsamen. Als er jetzt aber auf so abrupte Weise in Ungnade fiel, beschleunigte sich die Krankheit. Um am Leben zu bleiben, ging Kelton in den Untergrund und setzte dort die Forschungen fort, die er in der Universitätsklinik heimlich begonnen hatte. Es gelang ihm, einige finanzkräftige Förderer zu gewinnen, darunter auch Pulpon-Parkk, Mitrades Vater, sodass er die Sen-Trook-Technik in relativ kurzer Zeit zu einer gewissen Reife bringen konnte.« Ein düsteres Grinsen glitt bei diesen Worten über Fouchous Miene, und Schroeder kam ein Verdacht.

»Sie haben daran einen nicht unwesentlichen Anteil, vermute ich.«

Das Grinsen erlosch abrupt. »Stimmt. Wie gesagt diente ich als Gunstbold bei Kelton, aber in Wirklichkeit übersteigt mein medizinisches Können, das ich übrigens zum Großteil von Kelton selbst gelernt habe, das seine. Ich war es, der das Sen-Trook zum Funktionieren brachte. Als Dank dafür schenkte mir Kelton die Freiheit.«

Schroeder fragte sich, ob das vor oder nach dem »Mord« an Jason Neko geschehen war, wollte es aber lieber gar nicht genau wissen. Er spürte, wie seine Kehle in der Nähe des Mediziners eng wurde, und plötzlich konnte er das Unbehagen nachvollziehen, das Tamra in dessen Nähe empfunden hatte.

»Ich bin Ihnen unheimlich, nicht wahr?«, lächelte Fouchou. »Nun, das hat gute Gründe, fürchte ich, wenn ich auch an dem, was Jason angetan wurde, völlig unschuldig bin.« Er erstarrte einige Sekunden lang in Nachdenklichkeit. »Wenigstens daran«, murmelte er. Dann kehrte er in Gedanken in die Vergangenheit zurück und erzählte weiter: »Ich war damals zwar ein recht begabter Mediziner, aber leider war mein Charakter in keiner Weise gefestigt genug für die Freiheit. Ich landete auf direktem Wege in der Drogenhölle von Hiob, einem kleinen System in den Außenbezirken des alteranischen Imperiums. Seitdem bin ich abhängig hiervon.« Er zog den Lederbeutel unter seinem Hemd hervor und hielt ihn Schroeder vor die Nase. »Eine hübsche, kleine Teufelsdroge. Wenn Sie mir das nicht aus der ORTON-TAPH geholt hätten, wäre ich schon längst tot. Leider werde ich über kurz oder lang auch mit diesem Zeug tot sein, da es meine Leber ganz langsam auffrisst. Ich hatte allerdings nicht vor, das zuzulassen. Ich nahm Kontakt mit Kelton-Trec auf, denn ich kannte ja die Fähigkeiten seiner Sen-Trook-Einheit. Sie würde in der Lage sein, meine Leber zu erneuern, und genau darum bat ich ihn. Zu meiner Überraschung willigte er sofort ein. Heute denke ich, dass er irgendein Problem mit seinem Gerät hatte und sich erhoffte, ich könnte es für ihn lösen. Die Heilung meiner kaputten Leber würde ein kleiner Preis für meine Hilfe sein, dachte er wohl. Leider kam ich nicht dazu, mich zu ihm zu begeben, denn in der Zwischenzeit wurde ich verhaftet und wegen Drogenbesitzes ins Gefängnis gesteckt.«

»Wo Sie Demetrius Onmout schließlich rausgeholt hat«, vermutete Schroeder.

Fouchou nickte. »Ja. Als ich erfuhr, dass die MINXHAO ausgerechnet nach Caligo fliegen sollte, hätte ich vor Lachen beinahe meine eigene Zunge verschluckt. Wie dem auch sei: Die MINXHAO wurde abgeschossen, die Besatzung in Dekombor inhaftiert. Ich hoffte eine ganze Weile, dass Kelton mich dort herausholen würde, aber offenbar hatte er inzwischen sein Problem allein in den Griff bekommen, denn er machte keine Anstalten dazu. Erst als die Sache mit Mitrade so schrecklich schief ging, brauchte er meine Hilfe wieder und nahm Kontakt mit mir auf.«

»Wie das? Zu dem Zeitpunkt müssen Sie sich doch längst an Bord der ORTON-TAPH befunden haben.«

»Habe ich auch. Aber ich hatte dies hier.« Fouchou hielt seinen linken Arm hoch und wies auf ein schmales, schwarzes Band, das er um das Handgelenk trug. »Eine weitere Erfindung von Kelton und mir. Ein Hyperfunk, der weitaus weniger von den Einflüssen in Ambriador gestört wird als alles, was es sonst so gibt. Leider funktioniert er allerdings in unmittelbarer Nähe von Ereton/A auch nicht viel besser als Ihr Gerät.«

»Dann sind Sie also im Auftrag von Kelton-Trec hier«, fasste Schroeder zusammen. »Aber warum?«

Fouchou verzog die Lippen zu einem wölfischen Grinsen, das dem Mitrades sehr ähnlich sah. »Um dafür Sorge zu tragen, dass Jason Neko auch wirklich zurück nach Caligo gelangt.«

»Als Hilfe für Mitrade«, nickte Schroeder. »Also doch!«

»Nein!« Fouchou klang empört. »Als Aufpasser für die Larin. Kelton traut ihr nicht über den Weg. Er weiß, wie impulsiv die Frau oft handelt, und glaubt darum, es sei gut, jemanden in ihrer Nähe zu haben, der verhindert, dass sie Dummheiten macht.«

»Sie haben sich aber recht wenig um Ihren eigentlichen Auftrag gekümmert, würde ich sagen.«

Fouchou zuckte mit den Achseln. Schroeder versuchte, aus ihm schlau zu werden, aber es gelang ihm nicht. »Neko ist tot. Was werden Sie jetzt tun?«

»Ich bin ebenfalls so gut wie tot.« Fouchou klopfte sich gegen die Brust, wo der Lederbeutel unter seinem Hemd verborgen lag. »Ich denke, ich werde versuchen, wenigstens noch einmal ein bisschen nützlich zu sein.« Eine Wehmut lag im Blick des Arztes, die Schroeder sich nicht erklären konnte. Er beschloss, nicht nachzuhaken; dies war offensichtlich ein heikles Thema für Ian Fouchou.

Unbehaglich räusperte Schroeder sich. »Nun ja. Dann gibt es nicht mehr viel zu sagen, nicht wahr?«

Fouchou schüttelte den Kopf.

Schroeder reichte ihm die Hand. Er ergriff sie. Wieder erschien ein Lächeln in seinem Gesicht, doch diesmal wirkte es traurig. »Leben Sie wohl, Mister Schroeder. Passen Sie gut auf Tamra Cantu auf.«

»Das werde ich.« Startac schüttelte Fouchous Hand, und dabei spürte er, wie ihm die Kehle eng wurde.

Fouchou senkte den Kopf. »Gehen Sie jetzt besser«, riet er.

Am nächsten Morgen fühlte Tamra sich ein wenig besser. Die Müdigkeit war zwar noch immer da, und sie schien eher aus ihrem Geist zu kommen als ein Signal ihres Körpers zu sein. Aber im Schlaf hatte Tamra ein bisschen Kraft getankt, und sie fühlte sich kräftig genug, um Schroeder zu bitten, sie auf seine Erkundungsreise mitzunehmen.

Zunächst zierte er sich, doch als sie ihm erklärte, dass sie sich nur durch eine Aufgabe von den trübseligen Gedanken an Jason abhalten konnte, willigte er schließlich ein.

Er bat Onmout um zwei Soldaten als Begleitschutz. Zu viert flogen sie los.

Der Großteil des Fluges verging in tiefem Schweigen. Da die beiden Soldaten es vorgezogen hatten, sich nicht auch noch in die enge Pilotenkabine der OT-13 zu quetschen, sondern sich kurzerhand im Transporthangar des Beibootes auf den Boden gehockt hatten, waren Tamra und Schroeder allein.

Ihr machte die Stille nichts aus, und fast bedauerte sie es, als Schroeder das Wort an sie richtete. »Darf ich dich etwas fragen?«

»Natürlich.«

»War Jason der Vater deines Kindes?«

Das Kind! Tamra unterdrückte ein Seufzen. Was hatte sie eigentlich in den letzten Tagen alles verloren?

Schroeder verstand ihr Seufzen falsch. »Entschuldige«, sagte er hastig. »Ich wollte ... es geht mich gar nichts an.«

»Doch.« Tamra wandte den Kopf und wartete, dass er sich einen Moment lang von dem Anblick vor der OT-13 losriss. Sie flogen über eine Landschaft aus scharfkantigen, wie aufgefaltet aussehenden Felsen.

»Es geht dich etwas an«, sagte sie. Es war das Einzige, was sie ihm im Moment zu bieten hatte. Das äußerste Ende jenes Weges, den sie zu gehen wagte, und sie konnte nur hoffen, dass er verstand, was sie ihm sagen wollte.

Er wartete eine Weile. Ab und zu warf er einen prüfenden Blick nach vorn, sah dann aber immer wieder Tamra an. »Es geht mich was an«, wiederholte er. Ein leises Lächeln glitt über seine Miene. »Gut.«

Er hatte verstanden.

Wenige Minuten später gab der Hyperfunk einen leisen Ton von sich und zeigte an, dass Captain Onmout versuchte, sie zu erreichen. Schroeder aktivierte die Übertragung. »Wir befinden uns im Anflug auf das Tal«, informierte er den Kommandanten. »Ich beginne bereits die Auswirkungen des Schiffes zu spüren, aber Tamra noch nicht.«

»Kommen dir die Impulse irgendwie bekannt vor?«, fragte Onmout.

In der Tat erinnerten sie Schroeder an jene, die die Flammen aussendeten, aber er hatte kurz vor seinem Aufbruch mit Onmout gesprochen und wusste darum, dass der Kommandant sich erhoffte, er würde die Impulse aus der Milchstraße kennen.

»Nicht von früher, nein«, antwortete er. Bis auf Terra Incognita hatte er einen solchen Einfluss auf seinen Geist noch niemals zu spüren bekommen.

»Schade.«

»Wir finden schon heraus, was es damit auf sich hat.« Er deutete auf die Frontscheibe, wo jetzt der Fluss auftauchte. Tamra nickte zum Zeichen, dass es jener war, den sie bei ihrem ersten Ausflug hierher gesehen hatte. »Soeben ist der Fluss in Sichtweite gekommen«, sagte er zu Onmout. »Ich melde mich wieder, wenn wir etwas Neues wissen.«

»... ich melde mich wieder, wenn wir etwas Neues wissen.«

Schroeder hatte die Verbindung unterbrochen, doch Mitrade hatte genug gehört. Sie fuhr sich mit der Zunge über die Lippen. Ein Gefühl von Triumph wollte sich seit Nekos Tod nicht mehr einstellen, doch ein wenig Befriedigung konnte sie noch empfinden.

Sie hatte die Atmosphäre des Planeten bereits verlassen, als ihr aufgegangen war, dass sie keine Ahnung hatte, was auf Caligo für Verhältnisse herrschten. Gut möglich, dass sie bei der neuen Regierung, die sich über kurz oder lang etablieren musste, nicht mehr denselben Stand haben würde wie bei der alten. Das war sogar wahrscheinlich, hatte sie sich in Gedanken korrigiert, wenn man herausfand, *was* sie war. Sie hatte auf das Sen-

Trook geklopft, und Emotion war durch ihren Leib gewallt wie ein Adrenalistoß.

Sie hasste dieses Gerät!

Kurz hatte sie mit dem Gedanken gespielt, einfach die Fasern zu zerreißen, die unter ihrer Haut allein bei dem Gedanken daran wieder angefangen hatten zu jucken, aber dann hatte sie sich dagegen entschieden.

Umbringen konnte sie sich immer noch.

Vorher würde sie allerdings die letzte Aufgabe erledigen, die ihr noch geblieben war.

Also hatte sie den Raumjäger gewendet und den Hyperfunk aktiviert, um herauszufinden, was sie wissen musste.

Sie schaltete die Oberflächenscanner ein und überflog die Bilder, die sie lieferten, bis sie ein Tal und einen Fluss fand. Beides lag nicht allzu weit entfernt von dem Wrack der ORTON-TAPH.

Mitrade bleckte die Zähne zu der Nachahmung eines Grinsens.

Dann änderte sie den Kurs entsprechend der neuen Daten.

Sie wusste jetzt, wo sie Tamra Cantu finden konnte.

Das Walzenschiff lag noch immer inmitten des Flusses, und die regenbogenschillernden Kaskaden des Wasserfalls ergossen sich über sein Heck.

Schroeder landete die OT-13 in einiger Entfernung. In den letzten Minuten war der Anflug auf das Wrack zunehmend schwierig geworden, und als er jetzt die Triebwerke ausschaltete, senkte er für einen Moment den Kopf und umklammerte ihn mit den Händen.

Auch Tamra spürte die Auswirkungen der Ausstrahlung des Schiffs. Vor ihren Augen flimmerte es, immer wieder ruckten die Ränder ihres Blickfelds schlagartig aufeinander zu. Ihr Kopf schmerzte wie von tausend kleinen Nadelstichen. Das Schlimmste war jedoch ein starkes Gefühl von Irritation, das von dem Wrack ausging.

Es war, als streiche ihr permanent eine eiskalte Hand über den Rücken. Sie schauderte. »Geht es?«, fragte sie Schroeder.

Er richtete sich auf. Seine Augen sahen gequält aus, und seine Lider flatterten leicht. »Geht schon.«

Unter ihnen erklang ein Zischen und dann ein Poltern, das ihnen anzeigte, dass die Soldaten bereits die Bodenschleuse geöffnet und die Laderampe ausgefahren hatten.

Schroeder stemmte sich aus seinem Pilotensitz in die Höhe. »Na, dann los«, sagte er gepresst.

Das fremdartige Wrack wirkte auf Schroeder düster und bedrohlich, und er begriff, dass dieser Eindruck allein unter dem Einfluss der fremdartigen Impulse entstand. Bei genauerem Hinsehen war an dem Wrack nichts zu entdecken, was es von all den anderen unterschied. Abgesehen von seiner schieren Größe jedenfalls.

Tamra zupfte ihn am Ärmel und zeigte auf ein paar verstreute Fragmente, die sich bei genauerem Hinsehen als halbmeterlange, schwärzliche Panzer erwiesen. An einigen hingen fransenartige Beinchen.

»Meinst du, die sind ebenfalls Opfer der Flammen geworden?«, fragte sie.

Schroeder zuckte die Achseln. »Das werden wir wahrscheinlich nie erfahren.«

Das Wrack zu betreten war bei all den Rissen und aufgeplatzten Wänden kein Problem. Sie arbeiteten sich zu viert durch die herumliegenden Trümmerteile, von denen die Vegetation etliche so überwuchert hatte, dass sie kaum noch als technische Relikte zu erkennen waren. Dann betraten sie das Schiff durch ein Loch, das mindestens 100 Meter in die Höhe und mehr als 50 Meter in die Breite maß.

Sie kamen in einen Hangar, der auf den ersten Blick genauso gigantisch wirkte wie der des Fragementraumschiffs. Als Schroeder gegen die Funken anblinzelte, die vor seinen Augen tanzten, sah er jedoch, dass dieser Eindruck täuschte. Zwar war auch dieser Raum groß genug, um darin überlichttaugliche Beiboote unterzubringen, doch er besaß nicht annähernd die riesigen Dimensionen des Fragmentraumers.

Eine Wand war bedeckt mit Bedienelementen und Schaltpulten. Schroeder trat davor und musterte die Steuerungen. Plötzlich kam er sich vor wie ein Kind in einer viel zu großen Küche. Die Pulte, die Schalthebel, sämtliche Knöpfe waren gigantisch.

Schroeder sah Tamra zu, wie sie prüfend eine Hand auf ein Schaltelement legte, das seitlich an einem Pult angebracht war. Gegen die Größe des Elements sah ihre Hand so winzig aus wie die eines Säuglings.

»Was für Kerle haben denn dieses Schiff geflogen?«, fragte sie verblüfft. Ihre Stimme klang rau. Immer wieder blinzelte sie, und an der tiefen Falte zwischen ihren Augenbrauen konnte Schroeder ablesen, dass auch sie Kopfschmerzen verspürte.

»Große«, kommentierte einer der beiden Soldaten. Auch er verglich seine Körperteile mit jenen, die nötig waren, um die Bedienelemente zu handhaben.

Schroeder versuchte sich vorzustellen, wie die Gliedmaßen des fremden Volkes gebaut sein mussten. Einen konkreten Hinweis darauf gab ihm eine großflächige Vertiefung in einer Konsole. Sie ähnelte der Bedienfläche von

Mitrades Fernsteuer-Spinne. Ebenso wie diese bildete der tieferliegende Umriss die Hand nach, sodass sich recht gut erkennen ließ, womit die fremden Raumfahrer gearbeitet hatten.

Eine Art monströser Greiflappen.

Schroeder forschte in seiner Erinnerung, ob er ein Volk kannte, das ähnliche Hände besaß. Wie durch einen Katalog ging er alles durch, was ihm jemals in seinem Leben begegnet war oder wovon er auch nur gehört oder gelesen hatte.

Er biss sich auf die Oberlippe und kaute darauf herum. Ein Volk mit solchen Händen kannte er!

Gleich darauf jedoch schüttelte er den Kopf, wie um sich selbst zurechtzuweisen.

»Sei nicht albern!«, murmelte er.

Tamra sah ihn fragend an.

»Diese Steuerung hier ... sie sieht aus, als gehöre sie einem ...« Er zögerte, dann sprach er es aus. »... einem Kelosker.«

»Was sind Kelosker? Und warum glaubst du nicht daran?«

»Weil die Kelosker seit langem nicht mehr existieren. Sie waren die begabtesten Mathematiker, die das Universum je gesehen hat. Ihr Gehirn funktionierte im fünf- und sechsdimensionalen Bereich, und rechnerisch konnten sie sogar bis in die siebte Dimension vordringen.«

Tamra strich über die Kante des Steuerpultes. »Ja, und? Du hältst es offenbar trotzdem für unmöglich, dass ein Schiff von ihnen hier gestrandet ist.«

»Weil es auch unmöglich ist! Durch ihre Denk- und Wahrnehmungsweise sind Kelosker in der Lage, das zu sehen, was für uns die Zukunft ist. Sie wären von den Einflüssen von Ereton/A niemals so überrascht worden wie wir.«

»Trotzdem sind sie hier notgelandet.«

Schroeder war noch nicht ganz überzeugt davon, aber da er keine andere Erklärung hatte, beließ er es dabei. Die geistigen Einflüsse waren hier im Inneren des Schiffes ein ganzes Stück erträglicher geworden, und das schien ihm viel eher ein Phänomen zu sein, mit dem sie sich beschäftigen sollten. Bevor er sich jedoch abwenden konnte, kam ihm ein atemberaubender Gedanke.

Konnte es sein, dass die Kelosker hinter den extremen hyperphysikalischen Vorgängen in Ambriador steckten?

Nach allem, was er von ihren Fähigkeiten wusste, wäre ihnen das durchaus zuzutrauen.

Ein Kribbeln ergriff Schroeders Rückgrat. Plötzlich hatte er das dringende Bedürfnis, Perry Rhodan von dieser Entdeckung zu unterrichten. Er knirschte mit den Zähnen. *Eins nach dem anderen.*

»Weißt du, was mich wundert?«, fragte Tamra. Sie strich noch immer über die verschiedenen Instrumente. Ab und zu kratzte sie ein wenig von dem auch hier im Inneren überall wuchernden Moos ab. »Dass wir hier keine Leichen finden.«

»Wir haben doch noch gar nicht richtig gesucht.«

Tamra sah skeptisch aus. »Stimmt. Aber irgendwie glaube ich, dass wir keine finden werden.«

Schroeder nahm sein Hyperfunk und unterrichtete Onmout über das, was sie entdeckt hatten.

»Wir werden sehen«, sagte er zu Tamra, nachdem er fertig war.

DREISSIG

Tamra behielt recht.

Sie suchten ungefähr eine Stunde lang das Innere des Wracks ab, und obwohl sie etwas entdeckten, das wie die Zentrale aussah, fanden sie keine einzige Leiche. Schließlich machten sie sich in der näheren Umgebung auf die Suche nach einem Friedhof oder Ähnlichem, aber auch dabei waren sie erfolglos.

Die fremdartigen Impulse waren hier draußen allerdings auch so stark, dass sie kaum noch richtig denken konnten.

Um ihnen zu entgehen und sich zu beraten, zogen sie sich noch einmal ins Innere des Raumschiffs zurück.

»Wusste ich es doch!«, sagte Tamra. »Wenn du mich fragst, dieses Schiff ist unheimlich!«

»Aber es scheint, als kämen die Impulse nicht von hier«, meinte Schroeder. »Sie gehen von etwas anderem aus.«

Tamra nickte nachdenklich.

»Der Wasserfall!« Einer der Soldaten und Schroeder hatten die Worte gleichzeitig ausgesprochen.

Tamra winkte ungeduldig ab. »Ich meine nicht diese Impulse. Ich meine das Schiff selbst. Und seine Erbauer, diese Kelosker. Sieh dich doch um! Das Schiff ist riesig. Hier sind mit Sicherheit mehr als tausend Individuen mitgeflogen. Warum haben die Flammen sie nicht angegriffen?«

»Vielleicht ist das Schiff lange vor den Flammen hier aufgetaucht.«

»Möglich. Aber das würde nicht erklären, wo die Kelosker geblieben sind.«

»Sie haben den Planeten mit ihren Beibooten verlassen.«

Tamra sah Schroeder an, dass er nicht an seine eigenen Worte glaubte. Irgendwie, das spürte sie, empfand er die gleiche Faszination und auch das gleiche Grauen wie sie. Dieses Schiff war Teil eines Volkes, das wahrhaft mächtig war.

Tamra glaubte noch einen fernen Abglanz dieser Macht fühlen zu können, und an der Art, wie sich Schroeder und auch die beiden Soldaten umsahen, erkannte sie, dass es ihnen ganz ähnlich ging. Es war wie eine ferne, geisterhafte Präsenz, die ihr eine Gänsehaut über den ganzen Rücken jagte.

In einem Anfall von Fatalismus lachte sie auf. »Ausgerechnet!«, entfuhr es ihr.

»Was meinst du?«

»Ausgerechnet wir zwei Bruchpiloten, die wir kaum mit unserem eigenen Leben klarkommen, entdecken eine Spur zu kosmischen Dimensionen!«

Eine wohlbekannte Stimme ließ alles in Tamra zu glasklarem Eis erstarren. »Du hast schon immer dazu geneigt, dich allzu wichtig zu nehmen, Vögelchen!«

Der Flammenschwarm schwebte inmitten der silbrigen Kokons, die den Posbis als Gräber dienten. Ihr blaues Leuchten ließ die feinen Drähte schimmern und glitzern, dass sie aussahen wie gesponnene Seide. Ian Fouchous Hand schloss sich fester um den Beutel an seinem Hals, und mit einem Ruck zerriss er die Schnur.

»Was machen Sie hier eigentlich die ganze Zeit?«

Die kindliche Stimme hallte in der Weite des Raumes wider und ließ Ian Fouchou zusammenzucken. Hastig wandte er sich um.

»Hast du mich erschreckt!«

Ein kleiner Junge hatte sich vor ihm aufgebaut, die Hände in die Hüften gestützt und die Augen fragend aufgerissen. Sein Haar stand ihm in unordentlichen, rötlichen Wirbeln vom Kopf, und seine Wangen glühten.

»Entschuldigung«, sagte er, aber er klang nicht betreten. Neugierig glitten seine Blicke an Fouchou vorbei hin zu den Flammen. »Sind die jetzt wirklich harmlos?«

»Ich hoffe es. Genau sagen kann ich es nicht. Wie ist dein Name?«

»Liam Pasterz.«

»Weiß deine Mutter, dass du hier bist?«

Der Junge zuckte mit den Achseln. Es war eine starre Geste. »Sie ist bei einem der Flammenangriffe ums Leben gekommen.«

Fouchou schluckte. Mit einem Mal wusste er nicht mehr, was er sagen sollte. »Warum bist du hier?«

Wieder dieses starre Schulterzucken. »Weil ich mit eigenen Augen sehen will, ob sie wirklich harmlos sind.«

»Du glaubst es nicht, oder?«

Schulterzucken.

»Sie haben deine Mutter nicht aus Bosheit getötet, das darfst du nicht glauben.« Fouchous Wangen begannen ebenfalls zu glühen.

»Ich weiß. Es war ein Missverständnis.«

Überrascht hob Fouchou die Augenbrauen. Er suchte nach einem Zeichen dafür, dass Liam das zynisch gemeint hatte, fand aber keins.

Der Junge pustete gegen seinen wirren Haarschopf. »Sie finden das komisch, oder? Dass ich so rede?«

»Ein bisschen vielleicht.«

Wieder setzte Liam zu seinem Schulterzucken an, doch diesmal hielt er mitten in der Bewegung inne. »Die anderen finden es komisch. Sie denken, ich bin verrückt geworden.«

»Wenn die eigene Mutter auf so eine schreckliche Weise stirbt, kann einen das ...«

»Unsinn!« Mit einer heftigen Handbewegung wischte Liam Fouchous Worte zur Seite. »Ich bin nicht verrückt. Und so schrecklich war der Tod für meine Mutter bestimmt nicht. Sie hat sich sehr nach meinem Vater gesehnt.«

»Der auch gestorben ist?«

»Auf Caligo, ja.«

Fouchou spürte ein großes Bedauern darüber, wie viel Schmerz es in der Welt gab.

Liam musterte ihn genau. »Sie wollen auch lieber sterben, oder?« Er wies auf den Beutel in Fouchous Hand.

War er so leicht zu durchschauen? Fouchou sah in die Richtung der Flammen. Seit der vergangenen Nacht zerbrach er sich den Kopf darüber, wie es möglich war, eine Kommunikation mit den Flammen in Gang zu setzen, jetzt, da sie Jason Neko verloren hatten. Er war sicher, dass die beiden so verschiedenen Völker nicht nur friedlich miteinander leben, sondern sich auch gegenseitig eine Menge geben konnten.

»Auf Terra gab es eine Zeit«, erzählte er, »da entdeckten die Menschen einen bis dahin fremden Kontinent. Natürlich konnten sie zunächst mit den Einwohnern dieses Kontinents nicht reden, aber sie verständigten sich auf andere Weise. Sie machten sich gegenseitig Geschenke, die ihnen zeigen sollten, dass ihre Absichten friedlich waren.«

»Klingt gut.« Liam schob seine Zunge zwischen den Zähnen hervor und zog daran. »Was schenkt man dem Flammenvolk?«

Fouchou zuckte die Achseln.

»Mitrade!« Jeder Anflug von Angst oder gar Entsetzen war aus Tamras Stimme und auch aus ihrem Verhalten verschwunden. Mit vor Anspannung schmerzenden Schultern sah Schroeder zu, wie sie sich der Larin näherte, die aus dem Schatten eines der gigantischen Schaltpulte getreten war und einen Strahler auf sie gerichtet hatte.

Wut sprach aus den Gesten der jungen Alteranerin. Grenzenlose, kalte Wut.

Schroeder griff nach seiner Waffe und zog sie. Gleichzeitig mit ihm taten das auch die beiden Soldaten. Mitrade jedoch lachte ihnen offen ins Gesicht.

»Bevor ihr mich erwischt«, sagte sie mit einer Stimme, die absurd fröhlich klang, »habe ich Tamra längst erschossen.«

Schroeder war klar, dass sie recht hatte. Und ihm war ebenfalls klar, dass es Mitrade völlig egal sein musste, was nach ihrem Schuss passierte. Sie war gekommen, um Rache zu nehmen, weil das das Einzige war, das ihr noch blieb.

»Willst du es dir tatsächlich so einfach machen?«, höhnte Tamra mit eisiger Stimme. »Ein kurzer Schuss, und das war es?«

Mitrade funkelte sie an. »Genauso einfach, wie du es dir gemacht hast.«

Ein winziges Kopfzucken zeigte Schroeder, dass Tamra ihr nicht glaubte. Dachte sie wirklich, der Rachedurst der Larin sei so groß, dass sie sie nicht einfach erschießen würde?

»Das ist dir nicht genug, Mitrade, und das weißt du so gut wie ich!« Tamra ging einige Schritte auf Mitrade zu und verdeckte sie dadurch fast vollständig.

Schroeders Herz begann zu jagen. Was hatte sie nur vor?

Kurz schoss ihm der Gedanke durch den Kopf, sie könne Selbstmord begehen wollen, doch er schob ihn von sich. Es hatte keinen Zweck, sich mit Eventualitäten zu befassen. Er musste eine Lösung finden, bevor Tamra feststellen würde, dass sie sich täuschte.

Sein Blick glitt nach oben zur Decke. Unauffällig gab er den beiden Soldaten einen Wink. Sie traten beide ein Stück zur Seite, der eine nach rechts, der andere nach links, sodass ihre Schusswinkel ein wenig günstiger wurden.

Mitrade registrierte es mit einem wölfischen Grinsen und ohne die Waffe von Tamra zu nehmen.

Schroeder versuchte, sein Herz zu beruhigen. Seine Hand hatte sich schweißnass um die Waffe geklammert, und er fühlte, dass sie zitterte. Wieder blickte er zur Decke. Dort befand sich eine spiralförmig gewundene Antenne, die mit ihrer silbrigen Spitze nach unten aus der Verkleidung wuchs. Mitrade stand genau unter ihr.

Ganz langsam atmete Schroeder ein, bis seine Lungen zum Bersten gefüllt waren, dann hielt er die Luft an. Er hatte nur eine einzige Chance.

Er musste schnell sein.

Verdammt schnell.

Er machte sich bereit, indem er die Luft aus seinen Lungen entweichen ließ.

»Tamra!«, schrie er.

Dann schoss er.

Liam hatte sich an Fouchous Seite gedrängt, so dicht, dass ihre Arme und Oberschenkel sich berührten. Eine Wärme ging von dem Körper des Kindes aus, die fast fiebrig wirkte.

Im ersten Moment war Fouchou nervös gewesen, erfüllt mit Angst. Doch jetzt, da es ihm gelungen war, die Flammen auf sich aufmerksam zu machen und sie langsam auf ihn zuschwebten, wurde er auf einmal ganz ruhig.

Der Flammenschwarm blieb vor ihm stehen.

Fouchou trat so dicht an die Kante der Loge heran, wie er es wagte. Er vermied es, einen Blick in den Abgrund zu werfen, der unter ihm gähnte. *Bloß nicht schwindelig werden und in die Tiefe stürzen!* Er streckte eine Hand aus, und die Flammen schienen zu verstehen, was er ihnen sagen wollte.

Eine von ihnen löste sich aus dem Schwarm, näherte sich lautlos und blieb wenige Millimeter vor seinen ausgestreckten Fingern stehen.

»Ein Geschenk«, murmelte er. »Ein Geschenk für euch habe ich.« Er hob den Lederbeutel, den er in der anderen Hand hatte.

Die Flamme rührte sich nicht.

»Sie akzeptiert den Frieden, den sie mit Neko geschlossen hat«, flüsterte Fouchou Liam zu. »Siehst du das? Sag den anderen, dass die Flammen ihnen nichts mehr tun werden.« Er nahm das Lederband zwischen die Zähne, formte mit der nun freien Hand eine Schüssel und näherte sie der Flamme von hinten.

Sie wich ihm aus und schwebte dabei ein Stück über Fouchous Finger hinweg. Vorsichtig näherte er sich ihr noch ein bisschen mehr, trieb sie auf diese Weise über seinen Handrücken, den Unterarm hinauf bis zur Schulter. Das Pulsieren der Flamme wurde schneller und erinnerte jetzt an den Rhythmus, den sie kurz vor einem Angriff an den Tag gelegt hatten. Es kamen jedoch keine Panikimpulse.

Fouchou drängte die Flamme noch ein Stück höher, bis sie dicht an seiner Halsschlagader schwebte. Er drehte die Hand ein wenig, schob die Flamme an seiner Wange hinauf. Als sie sein Jochbein erreicht hatte, schien sie zu begreifen. Den letzten Rest des Weges legte sie allein zurück.

Sie setzte sich auf Fouchous Stirn. Ihr Pulsieren war jetzt schnell und erregt, aber sie rührte sich nicht.

»Ein Geschenk«, murmelte Fouchou. Er konnte nur hoffen, dass die Flammen in der Lage waren, die Symbolik seiner Handlung zu verstehen.

Langsam hob er den Lederbeutel an die Lippen und zog die Schnur mit den Zähnen auseinander.

»Sag den anderen, was geschehen ist, ja?«, bat er Liam. »Und jetzt geh!«

Der Junge schüttelte den Kopf. »Ich will zusehen.«

Fouchou war dicht davor, es ihm zu verbieten, doch dann entschied er sich dagegen. Vielleicht war es von Nutzen, wenn jemand den anderen erzählen konnte, was genau hier vor sich gegangen war. Auf diese Weise würde nicht die Gefahr bestehen, dass Onmout dachte, es habe ein neuer Angriff stattgefunden.

Mit klopfendem Herzen richtete Fouchou den Blick wieder auf den Flammenschwarm. Die Flamme auf seiner Stirn hüllte sein Gesichtsfeld in schwingendes, blaues Licht, das auf ihn eine beruhigende Wirkung hatte.

Er hob den Lederbeutel an die Lippen und schüttete den gesamten Inhalt in den Mund.

Schroeders Schuss traf die Antenne an der Basis. Ein greller Entladungsblitz flammte auf. Im gleichen Moment warf sich Tamra zur Seite.

Ein weiterer Blitz – aus Mitrades Waffe diesmal. Er furchte eine handbreite Schneise in ein Schaltpult.

Tamra stürzte zu Boden, und für einen atemlosen Moment glaubte Schroeder, sie wäre getroffen worden. Die Antenne brach mit einem lauten Kreischen ab, das Mitrade den Blick nach oben reißen ließ.

Ihre Augen wurden weit. Dann wich sie dem fallenden Geschoss aus.

Und prallte dabei gegen Tamra, die sich gerade auf alle viere aufrappelte. Gemeinsam gingen die beiden zu Boden.

Tamra reagierte schneller, als Schroeder es je zuvor bei einem Menschen gesehen hatte. Im Fallen rollte sie herum, kam auf die Füße und schlug Mitrade die Waffe aus der Hand.

Mit einem Aufschrei stürzte die Larin sich auf sie, trieb sie gegen eine Wand, wo sie sie mit dem Rücken festnagelte.

Tamra stieß einen schmerzhaften Schrei aus.

»Nicht schießen!«, befahl Schroeder den beiden Soldaten, die mit angelegter Waffe dastanden und nicht wussten, was sie tun sollten.

Seine Warnung kam gerade noch rechtzeitig, denn genau in diesem Moment wurde sich Mitrade ihres ungedeckten Rückens bewusst. Sie zerrte Tamra von der Wand fort und fuhr herum, sodass die Alteranerin sich jetzt wie ein Schild zwischen ihr und den Soldaten befand.

Schroeder stockte der Atem.

Er sah zu, wie Tamra auf die Knie ging, weil sich die Hände der Larin um ihren Hals legten und zudrückten. An Schnelligkeit war sie der kompakten Larin um einiges überlegen, aber an Kraft konnte sie es nicht mit Mitrade aufnehmen.

»Tamra!« Schroeder sprang vor, um ihr zu Hilfe zu eilen, aber er war nicht schnell genug.

In einem Anflug von Panik ruderten Tamras Hände durch die Luft. Sie bekamen Mitrades Hals zu fassen, und ihre Finger gruben sich in das Fleisch dort.

Fassungslos sah Schroeder zu, wie die Larin mitten in der Bewegung zu absoluter Regungslosigkeit erstarrte.

Tamra kam auf die Füße. Ohne Mitrade loszulassen, wandte sie sich langsam zu ihr um. Sie machte einen Schritt auf die Larin zu, und diese wich aus! So unerwartet kam die Wendung in dem ungleichen Kampf, dass Schroeder einen Augenblick brauchte, bis er begriff, was geschehen war.

Tamra hatte den wulstigen Strang an Mitrades Hals zwischen die Finger bekommen!

Die Verbindung zwischen Mitrades Nervensystem und dem Sen-Trook an ihrem Gürtel.

Ein einziger Ruck würde genügen, der Larin buchstäblich das Gehirn aus dem Leib zu reißen.

Und Mitrade wusste das.

Auf ihrem breiten Gesicht zeichneten sich der Reihe nach die unterschiedlichsten Gefühle ab. Fassungslosigkeit. Entsetzen. Dann Resignation. Kapitulation.

»Nun mach schon!«, hörte Schroeder sie flüstern. Ihre Stimme war nicht mehr wiederzuerkennen, klang flach und rau.

Tamra rührte sich nicht.

Die Brutalität der Handlung drang in Schroeders Bewusstsein ein, und als er sah, wie sich Tamras Halsmuskeln spannten, war er sicher, dass ihr Zorn und die Qualen, die sie all die Jahre durch Mitrade hatte erleiden müssen, groß genug waren.

Er sah ihre Hand zucken.

Mitrades Augen quollen aus den Höhlen.

Dann gab Tamra ihr einen harten Stoß, der sie auf den Rücken fallen ließ.

Mit in den Nacken geworfenem Kopf blickte die Alteranerin auf die Larin nieder. »Leb weiter!«, zischte sie.

Die Wirkung der Droge setzte fast augenblicklich ein. Fouchou fühlte, wie sich seine Adern mit Feuer füllten, das durch seinen gesamten Körper raste und jeden einzelnen Nervenstrang unter Strom setzte. Er sah buntschillernde Räder vor seinen Augen tanzen, hörte Stimmen und Geräusche. Ätherische Gesänge. Seine Nase roch Blumenduft.

Durch all diese Wahrnehmungen hindurch spürte er noch die Flamme auf seiner Stirn zucken und sich winden, und das Licht, das sein Sehvermögen überlagerte, änderte seine Farbe von hellem Blau zu intensivem Ultramarin.

Die Gesänge wurden lauter, als nähere er sich endlich seinem Ziel.

Er spürte, wie sein Herz anfing, langsamer zu schlagen, und große Müdigkeit ihn einhüllte. Ein starkes Kribbeln ging von seiner Stirn aus, und plötzlich hatte er das Gefühl, er sei nicht mehr allein.

Bevor die Dunkelheit heranrauschte, verdoppelte sich die Intensität des blauen Lichtes direkt vor seinen Augen. Er lachte auf.

Er war angekommen!

»Warum haben Sie sie gehen lassen?«, fragte einer der Soldaten ungläubig. Seiner Miene war anzusehen, dass er Tamra für verrückt hielt.

Nachdem sie Mitrade von sich gestoßen hatte, hatte sie sie davongescheucht wie eine lästige Fliege. Stolpernd hatte Mitrade das Keloskerschiff verlassen, und jetzt war von draußen das Dröhnen eines startenden Jägers zu hören.

Tamra hob die Hände zu einer Geste, die aussah wie Resignation. »Ich wollte einmal so grausam sein wie sie.«

Das Dröhnen entfernte sich, und zurück blieb nur schwere, lastende Stille. Die plötzlich von einer Detonation zerrissen wurde.

Einunddreissig

Einige Tage später

»Glauben Sie, dass Sie dem wirklich gewachsen sind?« Fragend spähte Captain Onmout in Tamras Gesicht. »Sie sehen noch immer mitgenommen und blass aus.«

»Es geht schon.« Tamra wich Schroeders Blicken aus. Sie wusste, dass er ihren Entschluss, ihn zu begleiten, nicht guthieß.

Er kannte jedoch ihre Motivation: Endlich konnte sie akzeptieren, dass Schroeder und sie zusammengehörten. Da würde sie nicht das Risiko eingehen, allein zurückzubleiben, wenn er sich in eine gefährliche Situation begab.

Denn gefährlich war das, was er vorhatte, das war allen klar, die jetzt hier vor dem Wasserfall standen und betreten vor sich hinstarrten.

»Überleg es dir noch einmal!«, bat Onmout Schroeder. »Wenn wir euch beide verlieren, ist das für die Menschen hier ein schwerer Schlag. Nach all den schlechten Nachrichten, die sie in der letzten Zeit verkraften mussten ...«

»Es gab auch ein paar gute«, erinnerte Tamra ihn. Die Flammen schienen sich tatsächlich mit ihrem Nichtangriffspakt zufrieden zu geben. Jedenfalls hatten sie seit Nekos Tod den Friedhofshangar der Posbis nicht mehr verlassen. Noch immer verspürte Tamra das Bedürfnis, den Kopf zu schütteln, wenn sie daran dachte, was Doktor Fouchou getan hatte.

Sie hatten ihn nach ihrer Rückkehr von dem Kelosker-Wrack auf einer der Galerien gefunden. Ganz friedlich sah er aus, und die Flammenspur auf seiner Stirn wirkte beinahe wie ein Schmuckstück.

Den 8000 Gestrandeten hatten sie nicht erzählt, dass es einen erneuten Todesfall in Zusammenhang mit den Flammen gegeben hatte. Die meisten Menschen hätten die Symbolik nicht verstanden, die Fouchou bei seinem letzten Schritt vorgeschwebt war. Tamra und die anderen jedoch waren sicher, dass sein Selbstmord der letzte Fingerzeig gewesen war, den die Flammen brauchten, um sich auf ein friedliches Zusammenleben einzulassen.

»Es war ein Geschenk«, hatte der kleine Liam Pasterz ihr zugeflüstert, und sie glaubte, dass er recht hatte.

Neko hatte den Flammen *erzählt*, dass die Menschen bereit waren, ihnen ihre Sterbenden zu schenken. Fouchou hatte es ihnen *bewiesen.*

Tamras Hand glitt in eine Tasche an ihrem Raumanzug. Papier knisterte unter ihren Fingern, und sie fühlte ein Lächeln auf ihrem Gesicht. Man hatte einen Brief bei Fouchous Leiche gefunden, der an sie adressiert war. Nur zwei Sätze hatten darauf gestanden: *Schroeder kann Ihnen alles erklären.* Und: *Jason hat den Laren nicht getötet, sondern ich.*

Tamra kehrte aus ihren Erinnerungen an den seltsamen Mediziner zurück in die Gegenwart.

»... stimmt«, hörte sie Onmout sagen. »Aber dass wir diesen Planeten nicht mehr verlassen können, hat die Moral doch ganz gehörig gedämpft.«

Es hatte mit der Detonation von Mitrades Jäger begonnen. Zuerst hatten sie gedacht, die Larin habe sich selbst in die Luft gesprengt, aber als Onmout ein paar Tage später befohlen hatte, ein weiteres Beiboot aus der ORTON-

TAPH zu holen und einen seiner Piloten damit beauftragt hatte, zu starten und zu versuchen, einen alteranischen Außenposten zu erreichen, war das Schiff über dem Meer ins Trudeln geraten und abgestürzt.

Sie hatten keine Ahnung, warum es so war, aber offenbar war Terra Incognita nicht gewillt, sie wieder fortzulassen.

»Wir wissen nicht, was ihr auf der anderen Seite finden werdet«, wandte sich Onmout jetzt an Schroeder und schielte unbehaglich zu dem Wasserfall, den sie inzwischen als Ursprung der irritierenden Impulse ausgemacht hatten. Er war blass, wie alle, die sich so dicht an der Quelle befanden. »Aber solltest du auf einer Welt landen, von der aus du Perry Rhodan erreichen kannst, informiere ihn bitte, wo wir sind. Aber warne ihn in aller Deutlichkeit! Auf keinen Fall darf er riskieren, ebenfalls hier zu stranden.«

Schroeder nickte. »Er wird herauszufinden versuchen, woran es liegt, dass kein Schiff von hier starten kann.«

»An diesem elenden Hypersturmriff, woran sonst?« Onmout verzog den Mund zu einer schiefen Grimasse.

Schroeder war sich nicht ganz sicher, ob er recht hatte, aber das behielt er für sich.

Er wischte sich über die Stirn, doch das vertrieb die Kopfschmerzen nicht, die sich wie ein hungriges Tier durch sein Gehirn wühlten. Mit zusammengebissenen Zähnen reichte er Tamra die Hand. »Bereit?«

Sie griff zu. Ihre Finger waren eiskalt. »Bereit. Wozu auch immer.« Sie griff nach dem Kabel, das man an ihrem und an Schroeders Raumanzug befestigt hatte, und schüttelte es. Es wirkte dünn und zerbrechlich, auch wenn Schroeder wusste, dass es aus spezialverdichtetem Metallplastik bestand und absolut reißfest war.

Er wappnete sich. Dann tat er den ersten Schritt unter den Wasserfall.

12. Mai 1343 NGZ

Mit steinernem Gesicht sah Perry Rhodan hinaus in den leeren Raum, in dem sich einer der unzähligen Sterne langsam in einen roten Ball verwandelte, je näher sie ihm kamen.

Blossom.

Er unterdrückte ein Seufzen.

Was für eine Bilanz!, dachte er. Sie hatten im Golthonga-System fünf Tage auf das Erscheinen der ORTON-TAPH gewartet. Das Schiff war nicht angekommen, und es stand zu befürchten, dass es auch nicht mehr kommen würde.

Fast 10 000 Menschen waren verschollen, und mit ihnen Startac Schroeder.

Mondra Diamond trat hinter Rhodan und legte ihm eine Hand auf den Oberarm. »Grübelst du?«

Er zuckte die Achseln. »Unsere Silberkugeln befinden sich in der Hand von Laertes Michou«, begann er aufzuzählen. »Anton Ismael liegt im Koma und kann den Kerl nicht im Zaum halten. Startac ist verschollen, vielleicht sogar tot.«

»Das kannst du nicht wissen!«

Rhodan ließ Luft durch seine Nasenlöcher entweichen. »Stimmt.« Er entwand Mondra den Arm und richtete den Blick wieder auf die langsam näher kommende Riesensonne.

»Großadministrator?«, erklang eine Stimme aus dem Interkom.

»Ja?«

»Soeben erhalten wir die Nachricht, dass am Rand des Systems ein larischer Troventaar aus dem Linearraum gefallen ist.«

Rhodan rieb sich über das Kinn. »Danke!«

Wenigstens Verduto-Cruz war pünktlich!

Vielleicht konnten sie es doch noch schaffen, die 29 Milliarden Alteraner vor dem Tod zu retten, deretwegen sie Lotho Keraete hergeschickt hatte.

Ungeduldig trat Captain Onmout von einem Fuß auf den anderen. Seit einer Stunde waren Schroeder und Tamra nun schon im Inneren des Wasserfalls verschwunden. Das Kabel, das sie mit dem Hier und Jetzt verband, bebte ab und zu ein wenig, aber sonst tat sich nichts.

Schließlich hielt Onmout es nicht mehr aus. »Holt sie da wieder raus!«, befahl er.

Zwei seiner Männer machten sich daran, das Kabel auf die große Rolle zurückzuwickeln, von der sie es abgespult hatten. Im ersten Moment mussten sie all ihre Kraft einsetzen, um es einzuholen, dann ging es leichter.

Sie kurbelten einige Minuten.

Dann stieß Onmout einen lästerlichen Fluch aus.

Zu ihren Füßen lag das Ende des Kabels. Es war abgerissen, ausgefranst und zerfasert.

Von Schroeder und Tamra gab es keine Spur.

Lichtjahre entfernt stand Kelton-Trec des Nachts auf einem zerschossenen Hausdach und sah in den sternenübersähten Himmel von Caligo.

In seinen Adern stockte das Blut, und er wusste, dass er nicht mehr viel Zeit hatte, um sein Lebenswerk zu vollenden.

»Kommt endlich, Mitrade!«, flüsterte er. »Damit wir dem Sterben ein Ende bereiten können.«

Er blickte auf das Armband-Kom an seinem Handgelenk. Vor wenigen Stunden hatten die Eruptionen des Hyperraumes kurz nachgelassen und ihm eine Kontaktaufnahme mit Ian Fouchou ermöglicht.

Die Signale hatten ihre Reise durch die Unendlichkeit angetreten, und Kelton konnte an seiner Anzeige ablesen, dass ein Kontakt zustande gekommen war.

Fouchou jedoch hatte sich nicht gemeldet.

Der Einfluss auf seinen Geist war unglaublich stark. Schroeder spürte, wie er die Orientierung zu verlieren drohte, doch es gelang ihm, sich auf die Quelle der Störungen zu konzentrieren.

Es fühlte sich an, als habe sein Körper sich aufgelöst. All seine Empfindungen waren ausgelöscht bis auf eine einzige. Er spürte, dass er noch immer Tamras Hand hielt.

Ein Sog erfasste ihn, der sich kalt anfühlte. Eiskalt.

Schroeder erschauerte. Mit all seiner Kraft krallte er sich an Tamra, und plötzlich glaubte er, etwas sehen zu können.

Das stumpfe Grau, das ihn in den letzten Minuten oder Stunden eingehüllt hatte, lichtete sich zu einem röhrenförmigen Tunnel, durch den er wie durch ein Teleskop blicken konnte.

Sein anderes Ende war in rötlich-düsteres Licht getaucht. Psychedelisch bunte Leuchterscheinungen flammten auf und erloschen wieder. Zwischen ihnen glaubte Schroeder wimmelnde, halb durchsichtige Körper zu erkennen, aber wenn er versuchte, den Blick auf einen von ihnen zu fokussieren, entglitten sie ihm wieder. Kurz hatte er den Eindruck von aufgerichteten Hundertfüßlern, und er dachte an die schwarzen Panzerschalen, die sie bei dem Wasserfall entdeckt hatten. Er konnte nicht sagen, was er sah; die Szene machte auf ihn gleichzeitig den Eindruck einer Alptraumvision und eines rauschenden Festes.

Schroeder versuchte, die Augen zusammenzukneifen. Er hatte keine Ahnung, ob sie ihm gehorchten. Er wusste nicht einmal mehr, ob er noch Lider hatte.

Langsam verdichtete sich der Nebel wieder und entzog das Bild der fremden Welt seinem Bewusstsein. Kurz bevor es jedoch ganz erlosch, sah Schroeder eine ungeschlachte, massige Gestalt mit riesigen, lappenförmigen Gliedmaßen.

Einen Kelosker.

Das Grau hüllte ihn wieder ein. Er fragte sich, ob es ihn jemals wieder aus seinem Griff entlassen würde.

ANHANG

Das Whistler-Museum von Terrania
Dritter Teil der Führung: Diese Künstler!

Terrania ist eine Augenweide für Architekten, ein Schaufenster für die Baukünste aller Völker der ganzen Galaxis. Hier ein Gebäude zu errichten, in der Hauptstadt der Liga Freier Terraner, ist für die meisten Baumeister der Milchstraße etwas wie ein Ritterschlag. Viel könnte man erzählen über die Stahlorchidee der Solaren Residenz, über das Whistler-Stadion oder über die Singende Moschee am östlichen Ausgang der Thora Road, deren vibrierendes Minarett die hundert Milliarden Namen Gottes murmelt, immer in der Hoffnung, dass er eines Tages diese mechanische Stimme erhört.

Die Thora Road scheidet, wie man weiß, den Atlan Space Port, den zivilen Handelsraumhafen Terranias, vom Atlan Village. Atlan Village »gilt als Künstler- und Studentenviertel, außerdem leben hier viele Angehörige von Fremdvölkern, sodass ein buntes Durcheinander vielfältiger Kulturen herrscht. Einige der berühmtesten und berüchtigtsten Kneipen und Restaurants sind in Atlan Village zu finden. Im Gegensatz zu vielen anderen Stadtteilen sind die Gebäude von Atlan Village vergleichsweise klein beziehungsweise niedrig, und es gibt eine Vielzahl kleiner Gassen und gemütlicher Ecken, in denen das Nachtleben pulsiert«, heißt es in einem bekannten Fremdenführer. Aber verspricht nicht jeder Reiseführer, wenn er dem Gegenstand seiner Beschreibung nicht gerade feindlich gesinnt ist, *berühmt-berüchtigte Kneipen* an *gemütlichen Ecken*? Zählt jenes sonderbare kleine Lokal *Leckermäulchen*, in dem gerüchteweise hin und wieder das Fleisch eines Intelligenzwesens auf den Tisch kommt (mit einer allerdings vortrefflichen Sauce, wie man hört) eher zu den berühmten oder eher zu den berüchtigten Wirtshäusern? Wer hält die Hand über diesen kulinarischen Familienbetrieb, dass er, der nach jedem neuen Skandälchen behördlicherseits geschlossen wird, wenige Wochen später mit großem Pomp neu eröffnet? Ist der grüne, bittere Absinth, der im Gasthof *Aus alter Väter Tagen* kredenzt wird, wirklich so »von allem Thujon und anderen missvergnüglichen Elementen des Wermutöls bereinigt und also der Gesundheit dienlich, ja förderlich«, wie das Werbeholo behauptet, das sich auf die Fersen möglicher Kundschaft heftet? Und wenn es wahr ist: Warum duftet das Gläschen, das auf einem Antigravtablett hinter dem Holo herhuscht und einen Schluck zur Probe anbietet, so verräterisch nach Pfefferminz?

Trau einer der Werbung!

Wenn man an der Absinthschenke vorbei ist und sich ein wenig links hält, stößt man auf die *Allee der Jahrtausende.* Das klingt großartig, aber genau hier trifft die Aussage des Reiseführers über die beengt-verwinkelten Verhältnisse im Atlan Village einmal tatsächlich zu. Die Allee ist schmal; die Äste der Bäume greifen über die Straßenmitte ineinander. Wenig von dem wenigen Licht, das die umstehenden Häuserriesen in die Allee sickern lassen, dringt durch die verschränkten Wipfel. Man meint, in einer lang gestreckten, schummerigen Gartenlaube zu wandeln. Die Gebäude, die es sich hier im Schatten gemütlich gemacht haben, sind sehr, sehr alt; ihre Schaufenster stehen auch untertags erleuchtet, um sich gegen die ewige Dämmerung der Allee zu behaupten. Zwischen den vielen geduckten Häusern findet sich ein besonders niedriges. Es sieht aus wie – nun ja: wie ein uraltes Winzerhaus, vielleicht von der Mosel; ein Häuschen, das sich auf seinem Weg durch die Jahrtausende ziemlich verlaufen hat. Ein hölzernes Firmenschild prangt über der Auslage: *Galerie Schlarröfer*.

Eine Galerie also.

Die Galerie ist auf die Werke eines einzigen Meisters spezialisiert. Croton Manor heißt der Künstler, dessen Gemälde hier zu horrenden Preisen gehandelt werden. Manor, ein Maler des 25. Jahrhunderts alter Zeitrechnung. Man weiß wenig über ihn. Er muss zur Zeit der Dolan-Krise seinen kurzen Auftritt gehabt haben, seinen Augenblick Berühmtheit im großen terranischen Welttheater. Damals, als es unter seiner Anleitung fast zu einem Aufstand der Menschheit gegen den damaligen Großadministrator Perry Rhodan gekommen war.

Die Annalen der Liga schweigen sich ziemlich aus über ihn, und auch in der Kunstgeschichte dieser frühen Jahre hat er keine große Furore gemacht. Aber ein kleiner, verschwiegener Kreis von Kennern hat ihm die Treue gehalten über die Jahrtausende. Und die unscheinbare Galerie ist etwas wie ihr Zentrum.

Wenn man die Tür öffnet, bimmelt ein Glöckchen. Der Galerist sitzt in einem hohen Ohrensessel und raucht. Er nickt uns stumm zu, lächelt und weist mit der Hand auf die Stellwände. Wir dürfen uns umsehen. Manor bevorzugte offenkundig ein einziges Motiv: ein düsteres Gebirge

Croton Manor – eines der wenigen Bilder des Meisters

im Hintergrund, davor einige einzelne oder mehrere Figuren, darüber und alles beherrschend Wolken, die in strahlenden Farben und von Sonnenstrahlen durchdrungen dargestellt werden.

Manor hatte auf altertümliche Leinwand gemalt.

Wir stehen vor einem Bild, das drei Menschen vor einer dieser seltsamen Gebirgslandschaften zeigt. Die drei haben, wie es scheint, weder miteinander zu tun noch mit den Felsen im Hintergrund noch mit dem lichtdurchbrochenen Gewölk. Wir stehen vor dem Bild und sind –

– es ist nicht zu leugnen, wir sind –

»– glücklich?«, fragt der Galerist, der unbemerkt hinter uns getreten ist.

Ja, tatsächlich. Danke der Nachfrage. Wir haben nicht vom Absinth genascht und nichts von der chiffrierten Tageskarte des *Leckermäulchens* genossen, und der Tag ist trüb, aber mit einem Mal sind wir glücklich. Wir strahlen über das ganze Gesicht und lächeln den Galeristen an. Der nickt.

»Natürlich sind Sie glücklich. Das ist die Ausstrahlung der Bilder. Nun. Sie wissen, wie die Gemälde entstanden sind?«

Eigentlich wissen wir es nicht. Der Reiseführer fand Manor keiner Erwähnung wert.

»Croton Manor war ein Mutant«, erläutert uns der Galerist und pafft einen dünnen Rauchfaden in die Luft. »Er euphorisierte die Menschen. Das damalige Mutantenkorps hatte keine Verwendung für ihn. Schließlich ist es nicht Aufgabe des Staates, seine Bürger zu beglücken, nicht wahr?« Der Galerist lachte lauthals. »Nun. Manor hat jeder Farbe einige Tropfen von seinem Blut beigemischt. In Verbindung mit einem kristallinen Katalysator innerhalb der Farben bleiben die Blutzellen am Leben und strahlen glückbringende Impulse aus.«

Wir nicken und sehen den spukhaft hohen Preis, der vor dem Gemälde flimmert, plötzlich mit anderen Augen. Kunst, die glücklich macht. Ein Maler, der im wahrsten Sinne des Wortes mit Herzblut malt. Was für eine Geschichte. Wahrscheinlich gelogen. Wahrscheinlich strömten aus unsichtbaren Düsen geringe Mengen einer stimmungsaufhellenden Aromadroge in die Luft der Galerie. Roch es nicht nach Pfefferminz? Und wenn man ein Gemälde erstand – und sich dabei für viele Jahre verschuldete – und im eigenen Heim an die Wand hängte, war der Zauber schon verflogen.

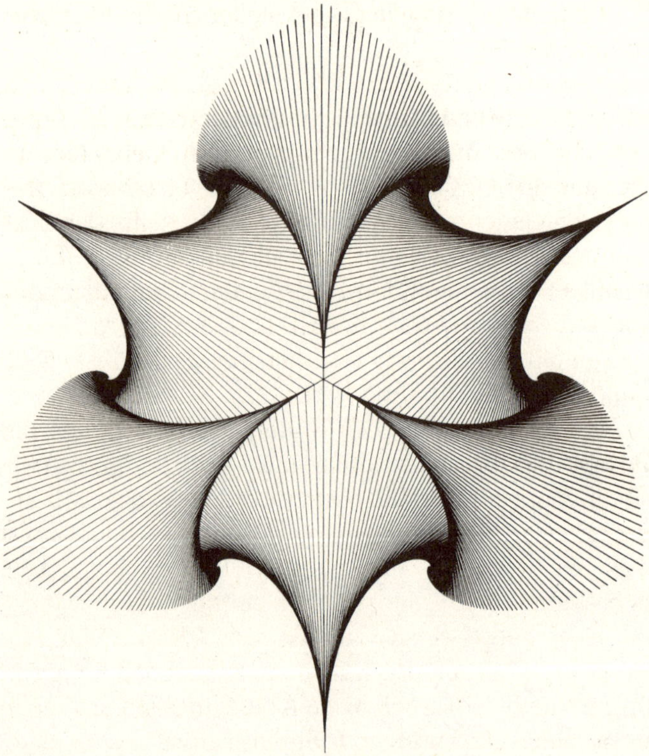

Crest

Der Galerist lachte: »Nun. Kunst, die glücklich macht. Ein Künstler, der mit Blut malt – das ist natürlich die Vergangenheit der Malerei. Wenn Sie ihre Zukunft sehen möchten – schauen Sie sich die Roboterbilder an im Museum für Androidengeschichte!«

Wir danken für den Tipp. Wir verlassen die Galerie Schlarröfer. Das Glücksgefühl verblasst. Zurück bleibt der Galerist, der auf ein seltsames Gebirge schaut, vor dem drei Figuren stehen: jede für sich, ganz in ihr Glück versunken.

Robotermalerei – ja, das klingt tatsächlich mehr nach Zukunft. Machen wir uns also auf ins Whistler Museum und schließen wir uns der Führung an. Denn die betritt eben den Saal der automatischen Künstler und Literaten. Sie gingen die Galerie entlang. Die Reihe der Ausstellungsstücke begann mit der Zeichnung *Crest.*

Einige der Gäste schnalzten genießerisch mit den Zungen – soweit sie welche hatten. »Das Bild wurde generiert mit einem CalComp-770-System und gezeichnet auf dem Trommelplotter 763«, erläuterte der Museumsführer. »Frühe Epoche der Computerkunst, zweite Hälfte des 20. Jahrhundert alter Zeitrechnung.«

Man schritt vorüber an Kunststücken wie *Running Cola is Africa,*

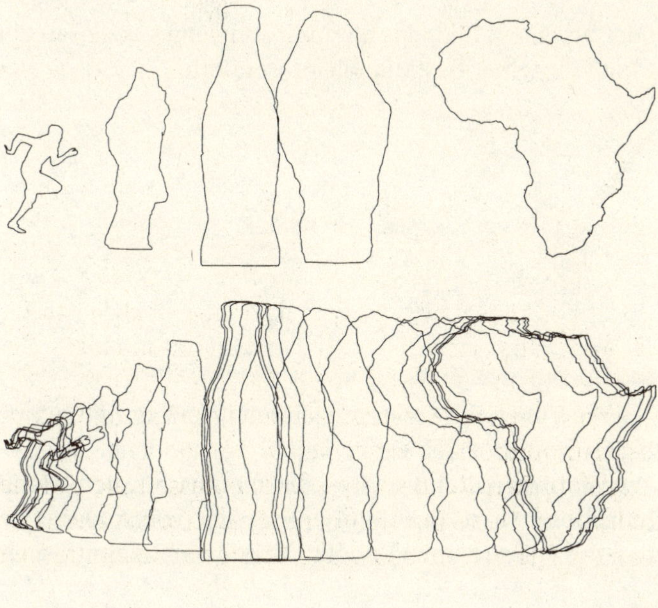

einer Lissajous-Figur,

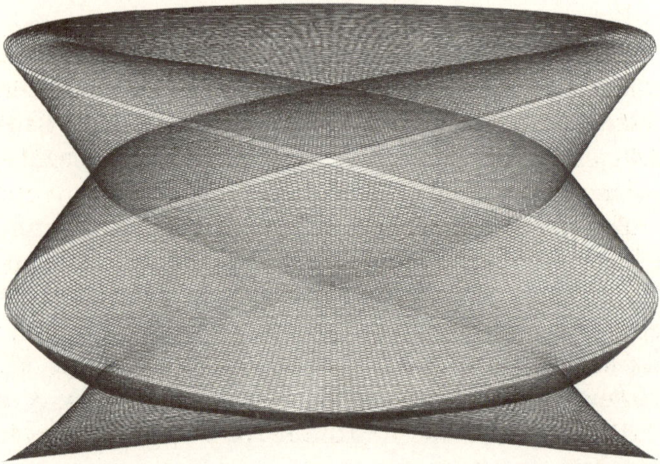

oder an einem Bild, das die Auflösung eines Vogels in ein Chaos einzelner Bestandteile präsentierte.

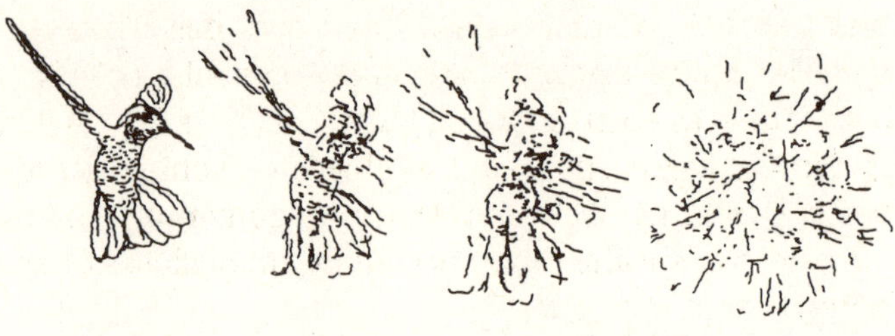

»Die frühen Automaten zeichneten Formen, die keinen Inhalt hatten. Oder sie zerlegten vorhandene Umrisse. Transformierten sie, setzten die merkwürdigsten Metamorphosen in Gang. Man muss sich vor Augen halten, dass diese frühen Robotkünstler vom Erkenntnisvermögen unendlich weit unter den biologischen Größen standen. Um Dinge abzubilden, musste man zuvor Dinge sehen. Aber was heißt das: Dinge sehen?«

Der Museumsführer blickte in die Runde. »Was ist das, *ein Ding*? Nehmen wir an, wir sehen einen Baum, ein Haus, einen Gleiter, und einen Mann, der aus dem Haus tritt, um in den Gleiter zu steigen. Was sah die frühe Maschine, wenn sie denn sah? Wenn sie Sensoren hatte zur Aufnahme elektromagnetischer Impulse?

Sah sie überhaupt, selbst wenn sie sah? Konnte sie unterscheiden, differenzieren, erkennen? Ich habe eben einige Dinge aufgezählt – aber wie viele dieser Dinge sah die Maschine?

Der Automat musste lernen, dass der Baum, an dem er Dutzende von Ästen, hunderte von Zweigen, tausende von Blättern zählen konnte, doch nur *ein* Ding war. Dass der Mann, obwohl er zwei Hände, zwei Beine, zehn Finger besaß, doch nur *ein* Ding war, und dass die Kleidungsstücke, die er trug, zu ihm gehörten, er also das *eine* Ding blieb, obwohl er mit *einer* Hose, *zwei* Schuhen und so weiter bestückt war. Ferner: dass das Haus, aus dem der Mann trat, *ein* Ding blieb, obwohl ein Ding – der Mann – es eben verlassen hatte. Und dass der Gleiter, in den der Mann stieg, *ein* Ding blieb, obwohl er gerade ein weiteres, nämlich den Mann aufgenommen hatte. Man sieht, der frühe Automat musste ein heilloses Chaos sehen.«

»Kein Wunder, dass er kleine Vögel in chaotische Fetzen zerstäubt«, warf einer der Gäste ein.

»Und weiter«, fuhr der Museumsführer fort, »bestand nicht der eine Baum, anders betrachtet, aus vielen Ästen? Der Ast aus vielen Segmenten? Jedes Segment aus Millionen Zellen? Eine Frage nicht nur des Sehens, sondern des

Betrachtens! Der eine Baum konnte ein tausendfach Ding sein, ein Kosmos voller Staffelungen, Stratifizierungen, Über- und Unterordnungen, Hierarchien, Abhängigkeiten und Wunder.

Oder war es kein Wunder, wenn ein eben entdecktes Blatt plötzlich verschwand, wieder auftauchte, wieder fort war, einmal existierte, dann wieder nicht? Weil es schlicht hinter einem anderen Blatt verschwand! Wie sollte man den Automaten lehren, dass ein Nicht-Sichtbares erhalten blieb auch in der Unsichtbarkeit? Wie sollte man ihn lehren, an das Unsichtbare zu glauben? Ja, man kann sagen, die frühen Kunstautomaten malten gewissermaßen blind.«

Die Gäste ließen Laute des Bedauerns vernehmen.

»Oh, was diese frühen Maschinchen alles lernen mussten, bevor sie abbilden konnten: Zählen, sehen, betrachten, glauben – lernen.

Und sie taten genau das. Sie lernten. Schauen wir uns diese Zeichnungen an, hergestellt von dem Zeichenprogramm AARON, das der Künstler Harold Cohen geschrieben hat.

Cohen war selbst ein anerkannter Künstler, dessen Bilder in der Mitte des 20. Jahrhunderts alter Zeitrechnung in der Tate Gallery und in vielen anderen Museen ausgestellt wurden, ehe er sich der programmierten Kunst zuwandte.

Die frühen Zeichnungen AARONs zeigen abstrakte Formen, die allerdings von den menschlichen Betrachtern als verstreut herumliegende Felsbrocken oder Zweige aufgefasst werden konnten, als fremdartige Vögel oder Käfermutanten. Spätere Zeichnungen wurden komplexer. Sie stellten menschliche Gestalten in einer Art Dschungel dar, Akrobaten in einer Pflanzenwelt. AARON hatte gelernt,

Menschen, wie in den Dschungel getanzt – AARON

nach welchen Regeln Menschen sich bewegen und Pflanzen wachsen.

Natürlich musste auch AARON noch allerlei lernen, künstlerische Prinzipen vor allem: dass der Raum der Zeichnung eine gegebene Fläche ausfüllen muss, zum Beispiel. Ein winziges Figurenpaar, das sich in die linke obere Ecke einer ansonsten freien Leinwand drängt, ist ästhetisch unausgewogen.«

»So? Wieso? Sagt wer?«, fragten sich die Gäste.

»Nach menschlichen Maßstäben jedenfalls«, ergänzte der Museumsführer.

»Als wäre der Mensch das Maß aller Dinge!«, kicherte einer der Gäste. Auch die anderen lachten, prusteten oder äußerten andere Zeichen der Erheiterung.

»Nachdem Perry Rhodan der terranischen Zivilisation arkonidische Technologie – darunter auch Robotertechnologie und positronisches Know-how – zugänglich gemacht hatte, nahm auch die automatische Kunst auf Terra einen spürbaren Aufschwung.

Man sieht«, kommentierte der Museumsführer, »dass im Verlauf der Kunstgeschichte die Imitation menschlicher Kunstfertigkeit immer mehr in den Hintergrund rückte. Schon im frühen 23. Jahrhundert war es kein Problem mehr, Gemälde *im Stil von* zu schaffen. Hier sehen wir beispielsweise die *Raumschlacht im Wega-Sektor* im kleinteilig-miniaturhaften Stil von Albrecht Altdorfer, *Zelldusche im Physiotron* wie von Francis Bacon, *Unter den Sternen von Druufon* im Op Art-Stil von Victor Vasarely.

Aber die Imitation von Kreativität genügte den großen künstlerisch tätigen Positroniken von Whistler bald nicht mehr. Sie gingen daran, andere Bilder zu schaffen – Bilder, die eine Diskussion darüber auslösten, ob man die Kunstautomaten nicht auf Kunstwerke verpflichten – oder besser: beschränken – sollte, die für den menschlich-biologischen Betrachter verständlich blieben. Statt Gemälde wie diese zu komponieren:«

Die Gesellschaft schritt einige der prominentesten positronischen Kunstwerke der letzten Jahrhunderte ab: Legendäre Meisterwerke wie das *Trans-Kalupsches Spital für schizophrene Linearkonverter, Evolutionsverweigerer keine Erinnerungskredite!, Skizze für eine zerebrale Komödie, Meditation über die fortschreitende Materialermüdung im Bose-Einstein-Kondensat, Todgeweihte Waffen, Der du nicht du bist: Bist du ich?*

»Die Terraner wollten die Kreativität ihrer robotischen Künstler drosseln? Das nenne ich Zensur!«, rief einer der Gäste aus. »Gilt in der Liga Freier Terraner keine künstlerische Freiheit?«

»Das ist ein weites Feld«, lächelte der Museumsführer. »Und ich bin kein Kunstjurist. Schauen wir uns lieber noch ein echtes Highlight dieses Raumes an.«

Sie traten auf eine völlig transparente Energieblase zu, die vor einer winzigen, hell strahlenden Lichtquelle schwebte. »Diese Holografie«, erklärte der Museumsführer, »ist die Live-Übertragung von einem Ort hoch über der Bahn des Uranus. Das Original heißt: *Hier ist überall – sei mein Gast.* Ein Sektor von NATHAN hat dieses Kunstwerk geschaffen. Im Inneren der Energieblase herrscht natürlich ein möglichst totales Vakuum.«

Die Gäste nickten oder gaben sonstige Zeichen der Zustimmung und des restlosen Verständnisses. »Vielleicht sollte ich es noch ein wenig erläutern ...«

Die Gäste schauten in die völlig leere Blase, selbstversunken.

Der Museumsführer wartete noch eine Weile, dann erklärte er: »NATHAN hat, soweit er uns informierte, folgende Überlegung angestellt: Bilder zeigen immer noch etwas anderes als sich selbst. Sie präsentieren einen Gegenstand – ein Gebirge, Gewölk, Figuren, mindestens aber die Absicht des Malers, seine emotionale Verfasstheit. Sie duplizieren einen Teil der Welt. Wie groß auch immer jedoch der gewählte Ausschnitt ist, er bleibt doch vergleichsweise mikroskopisch klein.

Das größte denkbare Bild wäre das Bild des ganzen Universums, und zwar im Maßstab eins zu eins. Ein solches Bild wäre aber zugleich das denkbar überflüssigste Duplikat, eine schiere Verdopplung. Ein Kunstwerk, das, selbst wenn NATHAN es im Laufe weniger Milliarden Jahre zustande brächte, doch von wenig Originalität zeugte. NATHAN entschied sich also für eine Hommage, eine Verbeugung vor der vorhandenen Schöpfung. Er fertigte kein

Abbild vom Universum an, sondern stiftete ihm einen universalen Betrachter.«

Alles nickte. Der Museumsführer fuhr fort. »Bekanntlich vergeht die Zeit umso langsamer, je schneller sich der Betrachter bewegt. Für den schnellsten aller Betrachter, denjenigen, der sich mit Lichtgeschwindigkeit bewegt, stünde die Zeit also still. Wer nun aber keine Zeit braucht, um von hier nach dort, von hüben nach drüben, von Punkt A zu Punkt B zu Punkt C und immer so weiter zu gelangen, wem also zwischen dem Hiersein und dem Dortsein keinerlei Zeit vergeht, der ist überall zugleich.«

»Völlig klar«, antwortete der Chor der Gäste.

»NATHAN hat also einen Ort errichtet, in dem nichts das Vakuum trübt, nichts dem Licht sich in die Bahn wirft. Demnach wäre das Licht, das wir hier in dieser leeren Blase sehen, zu eben diesem Zeitpunkt an jedem Ort des Universums.«

»Völlig klar«, wiederholten die Gäste.

»Oder, um genau zu sein: das Licht, dessen überlichtschnell übertragene Kopie wir hier sehen.«

Die Gruppe wiederholte: »Völlig klar!«

»Manche begreifen es nicht«, schloss der Museumsführer seinen Vortrag ab.

»Schwer zu glauben«, murmelten die Gäste, als sie dem Führer in den nächsten Raum folgten.

Altertümliche Stühle aus Holz, Regale voller Bücher, ein Pult mit einem Glas Wasser, die Blätter eines Manuskriptes. Es roch nach Staub, der aus winzigen Düsen in der Decke rieselte, frisch hergestellt und aromatisiert von Miniaturaggregaten aus swoonscher Fertigung.

Die Gestalt am Tisch hob den Kopf, ihre lederne Jacke knarrte. Die Gestalt sprach: »Ich begrüße Sie zu einer original-altterranischen Dichterlesung. Ich bin der Whistler-Dichter, komponiert aus dem Besten von Johann Wolfgang Goethe, Mark Twain, Jane Austen, Bei Dao, Paul Auster und circa dreißig anderen Dichterfürsten. Ich bringe Ihnen einige Texte zu Gehör, die aus den ersten Tagen des automatisch-rechnergestützten Schreibens stammen.

Haltet der unreifen Jugend die Ohren zu und stützt die Gebrechlichen – es geht los!«

Mit einem Fingerschnipp brachte der Museumsführer den Poesierobot zum Schweigen.

»Was wir gleich hören werden«, erklärte er, »stammt tatsächlich aus der Frühzeit robotischer Textproduktion, aus dem 20. Jahrhundert alter Zeitrechnung. Manches wird sich daher ungelenk anhören, anderes magisch, vieles sonderbar – ich bitte um Aufmerksamkeit!« Wieder ein Fingerschnipp, und der Androide am Pult sortierte seine Blätter, trank einen Schluck Wasser und begann:

Teller und Schweiß

Sträuße
seit sich aus unseren kammern
solche säfte geschöpft hatten,
werden euch auch die wurzeln übertragen:
ihr schnittet euch selbst
durch und durch sichtlich
in scheiben auf,
die an jede flüssigkeit grenzten.
der halm grünt uns, die blüte rötet euch,
sobald wir ausgeschlachtet worden sein werden
von all dem verscherben:
immer habt ihr euch gegabelt
durch uns gäste, die zweigsamen.

doch die gläser, die klingen uns bald,
so im heißen als messer,
während wir jetzt einander kosten
euch über dem wachsenden teig.
ganz verblümt blättert ihr uns
von den decken, den ganzen schmus:
diese luster werden geschwankt haben,
durch all unseren kohl
von euren blumen gebissen?
ihr brachtet uns zum sieden.

– und schwieg.

Auch die Gäste schwiegen. Der Museumsführer räusperte sich leise und sagte:

»Der vorliegende Text soll der Sage nach im Jahr 1987 in einem renommierten österreichischen Verlag erschienen sein. Österreich war, wie erinnerlich, seinerzeit noch ein Kaiserreich mit einer Kultur, die fast vollständig auf dem Konsum von Kaffee basierte.

Als Autoren des Gedichtes und der ganzen Gedichtsammlung fungierten Ferdinand Schmatz und Franz Joseph Czernin. Die Sammlung mit dem Titel *Die Reisen. In achtzig flachen Hunden in die ganze tiefe Grube* erhielt einige Literaturpreise, die dem Werk aber wieder aberkannt wurden, als die angeblichen Autoren enthüllten, sie hätten das Werk von einem Computer schreiben lassen.«

»Skandal!«, empörten sich einige der Gäste, »der arme Rechner!«

»Später wurden so genannte Erzählprogramme entwickelt, die nicht nur in der Lyrik, sondern auch im Bereich der erzählenden Dichtung Beachtliches leisteten. Ein damals besonders prominentes Programm war TALE-SPIN, das sich auf die Kunst des Fabeldichtens verstand: kleine, lehrreiche Werke, in denen sprechende Tiere die Hauptrolle spielen. Maestro, bitte!«

Der Dichterandroide sortierte seine Blätter neu und las:

»Heinrich Ameise war hungrig. Er wanderte hinüber zum Flussufer, wo sein guter Freund Frieder Vogel saß. Heinrich rutschte aus und fiel in den Fluss. Er konnte nicht um Hilfe rufen. Er ertrank.«

Der Museumsführer schaute in die Runde.

»Grauenvoll«, sagte einer der Gäste.

»Erschütternd.«

»Was für eine zu Herzen gehende Geschichte.«

Der Museumsführer nickte. »Das Erzählprogramm wusste damals durchaus bereits etwas über die Motivation von Figuren, die ja nichts sind als Modelle wirklicher Lebewesen. Aber hier hat der Programmierer noch einen winzigen Fehler gemacht. Er hatte wahrscheinlich erwartet, dass Frieder Vogel, der doch Heinrich Ameises Freund ist, Heinrich vor dem Tod durch Wasser rettet. Aber zu diesem Zeitpunkt hatte er noch keine Regel im Programm, die es einer Figur ermöglichte zu *bemerken*, was eine andere Figur in ihrer Nähe tat. Zugleich existierte noch die rein physikalische Regel, dass *ein unfreiwilliges Bad das Sprechen ausschließt.* Demnach konnte Heinrich Ameise den Freund nicht zur Hilfe rufen. Der Freund registrierte das Unglück nicht. So sank die unglückliche Ameise in ihr nasses Grab.«

Die Gäste standen tief betroffen. »Schluderei des Programmierers, und ein unschuldiges Lebewesen muss mit seinem Leben dafür büßen.«

»Barbarisch.«

»Himmelschreiend.«

»Skandalös.«

Der Museumsführer schnippte mit den Fingern und

sprach: »Aber schon die frühen Programme wussten spannenderes Garn zu spinnen.«

Und der Roboter sortierte seine Blätter neu und las:

»Die wundervolle, gescheite Lady Buxley war reich. Die hässliche, sexbesessene Lady Buxley war alleinstehend. John war Lady Buxleys Neffe. Der verarmte, empfindliche John war böse. Der gut aussehende, sexbesessene John Buxley war alleinstehend. John hasste Edward. John Buxley hasste Dr. Bartholomew Hume. Der brillante, stattliche Hume war böse. Hume war sexbesessen. Der freundliche, unbeschwerte Edward war reich. Der sexbesessene Lord Edward hässlich. Lord Edward war mit Lady Jane verheiratet. Edward mochte Lady Jane. Edward war nicht eifersüchtig. Lord Edward hatte etwas gegen John. Die hübsche, eifersüchtige Jane mochte Lord Edward. Ende.«

Der Roboter verstummte. »Das ist eine sehr merkwürdige Geschichte«, sagte einer der Gäste in das Schweigen hinein. »Und sehr lehrreich.«

»Und erschütternd. Wirklich erschütternd.«

»In späteren Jahren kam es dann zu einer heute legendären dichterischen Zusammenarbeit zwischen einem biologischen Lebewesen und einem Roboter. Maestro!«

Der Poesieroboter *teilte sich* und *baute sich um.*

Links saß ein plüschig wirkendes Imitat des iltischen Multimutanten Gucky, rechts ein entfernt humanoid wirkender Zwerg-Roboter. Der Roboter bestand aus einem schwarz glänzenden Material. Kopf und Rumpf waren gleich groß, die Arme setzten direkt an den Seiten des Kopfes an. »Das«, stellte der Museumsführer den Roboter vor, »ist der Psi-Roboter Lucky Log, der den Terranern anno 2404 auf dem Planetoiden Runaway in Andromeda zugelaufen war und sich bald darauf mit Gucky ange-

Extraterrestrisch-robotische Dichterlesung

freundet hatte. Den Spitznamen *Lucky* erhielt der Roboter übrigens wegen seines häufigen Kicherns. Natürlich sehen wir hier weder den echten Gucky, noch den echten Log. Dass der Ilt Freundschaft mit einem Roboter schloss, war durchaus nicht zu erwarten. Schließlich war seine Heimatwelt Tramp auf Geheiß des wahnsinnig gewordenen Robotgehirns Kher vernichtet, sein Volk ermordet worden. Gemeinsam arbeiteten Log und Gucky an dem *Epos über die Eroberung des Universums.*«

Wieder ein Fingerschnipp, und die beiden Figuren begannen zu deklamieren:

Über der tosenden Einsamkeit
Ragen die Sterne der neuen Zeit.
Ultragiganten im Nebelhauch,
hinter sich Feuer, hinter sich Rauch,
lassen die Meister der Insel erzittern,
ein Mausbiber will sie mit Mohrrüben füttern.

Der Roboter setzte fort:

Hell schimmert vor Atrun ein flammendes Tor,
Unser Flaggschiff stößt zum Transmitter vor.

Dann fiel wieder Guckys ein wenig piepsige Stimme ein:

Das Wrack-System, es bebt und es kracht,
der Lucky, der hat es zu Pudding gemacht.

Dann wieder der Roboter:

Der Gucky aber, der strahlende Held,
verwandelt es in ein Mohrrübenfeld.

Das Mausbiber-Duplikat brach in ein begeistertes Kreischen aus.

»Künstler sind doch ein merkwürdiges Volk«, bemerkte einer der Gäste.

Die beiden Poeten trugen immer noch vor, aber ihre Stimme klang leiser und leiser, wie aus alter Zeit und wachsender Ferne. Mit einer Geste lud der Museumsführer seine Gruppe ein, ihm in den nächsten Saal zu folgen.

»Eine merkwürdige Freundschaft, das: ein Ilt und ein Roboter«, murmelte einer der Gäste, als sie hinüberwechselten. Und ein anderer antwortete ihm: »Nirgends geschehen so sonderbare Dinge wie in der Wirklichkeit.«